财新图书
Caixin book series
U0903383

财新图书
Caixin book
series

大道无行

铁道部：政企合一的失败样本

王晓冰 于宁 王晨 等著

出版说明

本书作者之一王晓冰，作为财新传媒编辑部副主编，是以高铁为中心的系列报道的策划、组织和主管编辑。她带领财新记者于宁、王晨、谷永强、曹海丽、黄湘、王晓庆、刘建锋、章涛、于达维、张伯玲、周凯莉、吴静、李雪娜、张雅珺等人，完成了调查与写作。为将这一重要案例完整地呈现出来和保存下来，王晓冰根据大量已经发表和从未发表过的素材，完成了该书的统筹与编撰。

借此出版之机，本书所有作者感谢李虎军、高昱、郭琼、王和岩、罗洁琪、梁冬梅、符燕艳、张宇哲、温秀、毕爱芳、崔筝、刘卫、郑道等编辑和记者在报道采写过程中的参与和支持。

吴敬链先生对铁路系列报道的重视，以及对该书撰写与出版的指导与督促，成为我们工作的动力。在该书编撰完成后，他不仅通读了全文，而且专门撰写了序言。在此，向吴敬链先生表示最诚挚的感谢！

特此说明。

财新图书主编　徐晓

2013 年 4 月

序

///////////

高铁危言

吴敬琏

这是一本依据翔实的材料对“高铁奇迹”这一重大政治经济现象进行深度剖析的“非小说性作品”。

高铁现象之所以重要，是因为它乃是当前中国一种重要的发展思路推出的“样板工程”。这种发展思路由于主张依靠国家的强力推动和政府主导的大规模投资，高速度地实现工业化和现代化的国家目标，有时也被称为国家资本主义的发展路线。

经过30多年的高速增长，中国在2010年超越日本，成为全球第二大的经济体，出口也超越德国，成为全球最大的出口国。不过中国在经济崛起的同时，一系列的经济社会矛盾也如影随形，趋于激化。特别是腐败深入党政组织的肌体，贫富分化日益加深，不仅使高速增长难于持续，还直接危及社会的和谐和安定。

对于这种“两头冒尖”的现象，有两种完全不同的解读。一种观点认为，两方面的现象都与改革有关：一方面，市场经济改革为中国经济的崛起提供了基本的动力；另一方面，改革的放慢和停顿，国家对资源配置继续保持主导作用和对微观经济活动进行广泛干预等旧体制遗物的严重存在，妨碍了经济增长模式的转型和腐败的抑制消退，使各种消极现象愈演愈烈。

反之，另一种观点则针锋相对地提出：目前中国面临的种种社会问题，都是来自市场经济改革，而中国能取得震撼世界的成就，则是因为它有一个强大有力的威权主义政府，因而能够充分运用强势政府强大的资源动员能力和对社会的控制力，集中力量办大事，实现GDP高速增长等政府制定的目标。他们把这种制度和发展模式称为“中国模式”。“中国模式”的支持者说，中国的高铁建设正是因为在国家的全力支持下，由铁道部这个不但党政合一、政企合一，而且集公安、检察、法院等于一身的超级政府机构执行，因而能够充分发挥强势政府和国家投资的优势，创造了在建规模、建设工期、通车里程、行车速度等多个世界纪录，因而高铁正是“中国模式”所创造的“奇迹”。

显然，对高铁这样一个国家资本主义发展路线的样板进行认真的剖析，对于我们认清历史和设计未来都有无比重要的意义。

采用国家资本主义的发展模式来促进国家发展，在世界历史上是不无先例的。早在中世纪末期，西班牙、葡萄牙、英国等国就采用由国家强力介入海外开拓活动的重商主义战略振兴国力，开始了这些国家的崛起。然而，重商主义并不能维持长久的繁荣。16—17世纪的第一海上强国西班牙，由于制度性腐败和穷兵黩武，耗尽了从殖民地掠夺来的财富，终于在17世纪沦落为二流国家。而逐渐减弱了政府对经济的控制，建立起规范的市场经济的英国，却在18世纪后期到19世纪初成功地实现了产业革命，成为世界第一经济强国，并保持长达两个世纪之久。

另一种形式的国家资本主义，即所谓“政府主导的市场经济”和“威权主义的发展模式”，也曾在二战后东亚国家赶超西方国家的经济发展中扮演过重要的角色。这种国家资本主义的发展模式在高速增长阶段起了明显的支持作用，然而到了20世纪90年代，这一发展模式所积累起来的矛盾在东亚多国相继爆发，其中有些国家通过进一步的改革浴火重生，得以续写辉煌，也有些国家从此陷入了长期的停滞和衰退。

不可否认，中国在20世纪后期和21世纪初期以东亚式的“政府主导的市场经济”和“威权主义的发展模式”作为仿效的目标，对于经济发展有积极的作用，但是，中国的经济体制和经济发展也存在两个明显的问题。

第一，由于中国的历史传统和原有的“国家辛迪加”体制——无产阶级专政的政治体制＋国有经济大一统的经济体制的影响，在中国20世纪末建成的“政府主导的市场经济体制”中，各级政府和国有经济的作用，较之东亚经济更加广泛和直接。

第二，当日本等国东亚模式的弊病已经暴露无遗时，中国本来应当引为鉴戒，努力改正自身的体制缺陷，并按照2003年中共十六届三中全会《中共中央关于完善社会主义市场经济体制若干问题的决定》的要求，通过进一步的市场化、法治化、民主化改革，使初步建立起来的市场经济体制逐步完善起来。但是，事态并没有朝着这样的方向发展，相反，力求保持自身寻租的特殊利益与支持改革前旧路线和旧体制的人们，利用民粹主义和民族主义的言辞误导和裹胁部分民众，使国家主义和国家资本主义的思潮形成相当大的声势。

有的部门和一些地方采用政府强制加国企海量投资的手段实现本部门和本地区形象工程和政绩工程的大跃进，所谓的“高铁奇迹”，就是其中的一个样板。

国家资本主义的威权主义发展模式的确可以在一定时期中营造出看起来颇为辉煌的政绩，但是，由于它效率低下，成本高昂，从较长的时期看，这种做法不可持续，甚至会造成严重后患。在缺乏民主法治的体制下，少数人以国家的名义任意作为，使国家权力趋于腐败，不仅破坏了市场平等竞争秩序，压制竞争这个经济繁荣的源泉，还造成了制度根基的破坏，为以权谋私和寻租腐败大开方便之门。

中国的大规模高铁建设，正是这种依靠政府的强制力量和政府主导的大规模投资营造短期政绩的一个样板。这种发展模式的支持者宣称，中国高铁发展的历程“体现了中国模式的基本思路”，“形成了超越西方水准的新技术和新标准，创造了中国品牌，使中国得以引领今天世界的‘高铁时代’”。

事实究竟如何呢？

中国需要规模宏大的铁路建设，包括在人口和产业密集地区进行时速250公里以上的高铁建设，但是，用何种方式来进行这一建设却是具有决定意义的，不同的选择会造成完全不同的结果。

对于背负着沉重体制包袱的中国铁路而言，首先需要就“是否应当对旧铁道体制进行改革”做出抉择：一种办法，是通过改革，在新体制下实现有效率的发展；另一种办法，是在保持住甚至强化了的旧体制下，增加投入，不惜付出巨量资源浪费的代价，实现创造世界第一的政绩目标。

2003年以前，在铁道部门内外已经形成了必须进行体制改革、用改革推动发展的共识，具体的改革方案也在设计和讨论之中。然而新上任的部长刘志军断然否定了原来的设想，采取了一个相反的方针：用“发展”取代改革，靠“发展”解决问题，由是开始了按照政府主导的发展思路进行的“高铁大跃进”。

从2006年至今，铁道部在全国铁路建设上砸进去4万多亿元的投资，13亿中国人每人平均负担3000元。但这巨额的投资主要集中在高铁（即时速250公里以上的客运专线）上，中国铁路的“短板”——货运和适合大多数人需要的普速客运并没有得到应有的改进。就高铁而言，虽然开通了8千多公里的营运里程，其中有些线段也的确具有带动地区经济发展的外部效益，但是，由于规模过大、指标过高和投资效率低下，浪费十分惊人，投入的资源和产出的成果之间完全无法比拟。所以，无论从成本效益分析还是从稀缺资源有效配置的角度考虑，都显得得不偿失，甚至完全误配。事实还表明，铁道部门领导自称的他们所创造的世界最短的建设工期、每小时380公里以上的行车速度、百分之百的安全系数等方面的“世界纪录”，或者是华而不实的自我吹嘘，或者是完全子虚乌有的杜撰。而数以万亿元计的投资，除养肥了一大批腰缠万贯的贪官污吏和“红顶商人”外，还欠下了高达2.5万亿元的未偿债务，要由平民百姓今后去偿还。

总而言之，能不能用国家资本主义的方式，靠国家的强制力量和政府主导的海量投资去实现中国的发展，是一个我们必须回答的重大问题。财新传媒的记者秉承新闻人的求实精神对高铁建设进行了深入的调查，他们呈现在本书中的丰富翔实的材料和据此做出的有理有据的分析，无疑能够为我们做出自己的判断提供重要的帮助。因此，我愿把它推荐给关心国家发展前途的读者们。是为序。

大道无行
目 录

第六章　神话的破灭 /193

第七章　铁路改革的起点 /253

后　记 /293

第一章
"大跨越"

位于城郊东南角杨春湖附近，距离汉口中心区约30公里的武汉高铁车站气势非凡：落地玻璃幕墙，屋顶由数个大小不一的弧形连接，寓意"千年黄鹤"。一条高架车道横空通到二层——像机场候机楼一样，武汉高铁站分两层，上层为出发大厅，下层为到达大厅。车站共建有20条到发线，11个站台，其规模和气派相比城市另一角的天河机场毫不逊色。

这个总建筑面积35.5万平方米、投资额超过40亿元的新高铁客运站，连接着"中国世界纪录协会"选出的"目前中国里程最长、技术标准最高、投资最大、票价最高"的铁路客运专线——武广客运专线，这条专线也是规划中的京广客运专线的南段。

在这个光鲜亮丽的新高铁车站里，看不到扎堆围坐在地上或行李铺盖上一边抽烟一边高声打牌的农民工们，或者脸冻得通红、流着鼻涕、穿着开裆裤在候车室过道中玩耍的小孩，以及一边看孩子一边守着大包小包的农村妇女，也看不到随地乱扔的果皮纸屑、泛着刺鼻气味的洗手间，以及喧嚣和拥挤。

这里干净、明亮、宽敞，甚至有些冷清。

武汉高铁车站仅仅是中国过去短短几年里建成投入使用的近295座新型"现代化铁路客站"之一，这些富丽堂皇的新火车站和写着"和谐号"的子弹头新高速列车正迅速改变着世界对中国铁路过往落后、拥挤而杂乱的印象。不少西方观察人士在惊叹的同时不免担忧——中国在不到10年的时间里建成的高速铁路里程超过了西方发达国家在过去近半个世纪里新建高铁里程的总和。截至2012年年底，中国高速铁路投入运营里程达9356公里，中国还想向许多国家输出自己规模化的高铁技术和制造能力，包括美国。

虽然还没能像日本新干线那样被印在明信片上，但在中国，高铁被赋予了现代化、高新技术、经济实力、国际竞争力、自主创新能力等内涵。

高铁支持者赞叹它更快、更好、更舒适，也认为“对基础设施的投资永远没错”，称中国和其他国家的经验证明，这种投资总是会带动沿线区域经济的大发展，超前也没关系。

反对者则批评高铁是“给富人坐的列车”，认为“建设铁路高速客运专线”存在“战略定位的误区”，导致严重的市场风险、债务风险和金融风险，更重要的是，存在着“违背科学发展规律的技术风险”。

然而，无论支持者还是反对者都没有得到多少发表意见进而影响决策的空间。中国高铁列车在几乎没有经过正式公开讨论的情况下，就以惊人的速度和规模轰隆隆地发动了。

中国铁道部原部长刘志军是这场“高铁大跃进”的总策划人，也是主发动机。这个铁路强人在2003年上台后，就将前任部长傅志寰留下的以网运分离为核心的铁路改革方案搁置一旁，提出铁路当前的要务是“跨越式发展”。而此前，包括铁道部在内的政界学界已基本达成共识，认为中国铁路和石油、电信等其他行业一样，面临的主要问题是政企合一的垄断体制。铁道部集裁判员和运动员于一身，包揽铁路建设和运营，且有独立的公检法系统，不受国家司法系统制约，垄断之弊尤甚。在刘志军上台之前，石油、电信和电力都已启动相关改革，铁路成为中国最后一个坚硬的垄断堡垒。

在基本体制问题没有解决的情况下搞铁路大发展，会产生什么样的后果？中国高铁在随后几年的建设过程将为这一问题提供答案。起初，这似乎是一个前所未有的建设奇迹；然后，随着安全、腐败和资金问题的逐渐暴露，奇迹变成了一个巨大的脓疮。

在刘志军的力主下，铁道部2004年就与日本川崎、阿尔斯通、西门子等厂商开始了引进高铁技术的谈判。从2005年起，铁道部与地方政府合作，逐步推开高铁的全国布局。2006年，耗资2200亿元的京沪高铁立项通过。刘精心筹划，大胆突进，终于在2008年中国推出4万亿元经济刺激计划之时抓住机会，使铁路成为最大的获益者——2008年，中国铁路年投资额从3000多亿元骤升至7000亿元，中国高铁建设进入一个前所未有的“大跃进”时代。

未经审议的万亿元投资

高铁——高速铁路，这一概念在中国出现，始于20世纪90年代初，当时为解决铁路运能紧张问题，铁道部就两条繁忙干线——京沪线和秦沈线提出客货分线的试点方案。

客货分线运输，简言之，即让客车和货车分线来跑，从而减少由客车和货车之间的速差导致的对发车频率和运能的限制。由于在繁忙干线上运能已近饱和，调度上难以兼顾客货运，建新线成为一个现实选择。

建什么样的新线呢？选择有三：一是建传统铁路跑客运，二是建传统铁路跑货运，三是建高速客运铁路。

中国选择了第三条路。

这一选择并非不合理，澳大利亚交通和管理咨询公司Bullpin总监、世界银行顾问理查德·伯劳克（Richard Bullock）在接受财新记者采访时认为，虽然传统铁路的建设成本比高速铁路低很多，但技术总在不断进步，如果有能力采用“明天的技术”的话，一般没有国家会用“昨天的技术”来建新线。

秦沈线因距离较短（不到500公里），论证结果是新建一条时速200公里、“双线、电力牵引”的专线比较合适；而京沪线较长（超过1000公里），运营速度目标值被定为时速300公里。当时中国铁路还没有展开大提速，客车最高运行时速不足120公里。1992年铁道科学研究院提交的《京沪高速铁路可行性研究报告》曾建议京沪高铁专线采用“高、中速共线运行”的模式，即未来现有铁路上运行的中速车（最高时速达160公里）也可上高速线。

这两条同时启动论证的客运专线命运大不同。1999 年 2 月，长达 407 公里的秦沈客运专线通过立项，2003 年 10 月正式通车运营，成为中国第一条客运专线，其间几乎没有引起多大关注。而京沪专线项目却历经长达 10 余年的激烈争论，一波三折，直至 2006 年才被国务院审议通过。京沪项目因线路长、影响大、设计时速高、成本高而广受关注，反对者指出，世界上几个主要高铁国家的建设成本在每公里 3 亿元至 4 亿元之间，即使中国的建造成本低很多，投入也会是惊人的，匆忙上超大型项目会加剧财政和金融风险。

但以铁道部原总工程师沈之介，两院院士、机车车辆动力学专家沈志云，中国社科院数量经济技术研究所原所长李京文等为代表的“急建派”则认为，建设京沪高铁从现实发展考虑很迫切，“技术上可行，经济上合理，国力能够承受，建设资金有可能解决”。

“急建派”和“缓建派”（以铁道部专业设计院原副院长姚佐周、上海铁路局原总工程师华允璋为代表）之间的争论，在朱镕基出任总理后，又被“轮轨派”和“磁悬浮派”的争论所取代。

这场争论以“轮轨派”胜出结束，但时间已过去 8 年。据说，对于上马京沪高铁疑虑重重的朱镕基，在卸任前还曾就此项目专门嘱咐过接任者，但他的离任终究敞开了中国高铁发展的大门。

2006 年，京沪高铁正式立项，运行最高时速已从原先的 300 公里被调整成 380 公里。

如果中国的高铁故事止于京沪，或许不会引起各界包括国际社会的极大关注和争议。

2003 年 3 月，出任铁道部部长伊始，刘志军便提出铁路“跨越式发展”，即“一定历史条件下落后者对先行者走过的某个发展阶段的超常规赶超”，由此得名“刘跨越”“刘跃进”。

在刘志军看来，铁路当时的主要问题是路网滞后，不能满足经济发展和人民出行的需要，因此当务之急是发展，而非改革。他力主搁置了前任傅志寰开始的网运分离改革——至迟在 1999 年，当时的中国最高决策者对于“切分”已无疑义，各种方案的分歧最终演变为选择如何切的方式；2000 年下半年，铁道部在与国务院研究室、原国家发展计划委员会及国务院发展研究中心等多个部门和机构多次研讨后，形成了一个为期 10 年的方案，是为网运分离改革方案。方案出台后，关心改革的各方仍在为如何切更有利于打破垄断、更符合中国的国情而争论不休。然而 2002 年 5 月英国铁路发生的一起造成 7 人死亡、67 人受伤的铁路事故使业界开始质疑英国铁路改革，进而影响了中国铁路改革的进程，2003 年刘志军的上台彻底改变了中国铁路发展的道路。

在他的“跨越式发展”思路下，中国铁路改革全面停滞，尽管之后的 2005 年国家发改委又提出过新的以“政企分离”为核心的整体改革方案，2008 年大部制改革时曾酝酿将铁道部纳入大交通部，但均因铁道部的强烈反对未能成行。发展本身并没有错，问题在于在一个错误的垄断体制下的大发展将给中国带来什么？

刘志军上任的次年——2004 年，国务院审议通过了国家《中长期铁路网规划》，确定到 2020 年，全国铁路营业里程达到 10 万公里，主要繁忙干线实现客货分线。在省会城市及大中城市间建快速客运通道，环渤海地区、长江三角洲地区、珠江三角洲地区建立 3 个城际快速客运系统，建设客运专线 1.2 万公里以上，西部地区则另建设新线约 1.6 万公里。该《规划》首次确立了“四纵四横”的客运专线网。

《中长期铁路网规划》中并未出现“高铁”或“高速铁路”的字样，一律以“客运专线”表述，客车速度目标值定在每小时 200 公里及以上。

在刘志军的规划里，“客运专线”等同于高铁，但避开了由“高铁”二字可能引发的争议和反对，而“200 公里及以上”的速度目标值则为其对速度的追求保留了巨大空间。不过，中国没有实现的规划也很多，如果没有刘志军的铺垫和国际金融危机的机遇，中国的高铁网也不会这么快大规模开工。

刘志军同时终止了原先铁道部持续了近 10 年的高速列车机车的自主研发，包括停掉在秦沈线上通过试验的中华之星列车，改以“市场换技术”，全盘引进国外最新技术。这一步棋刘志军在 2004 年已经部署，等到 2006 年时，技术引进谈判和高铁及动车（指 D 字头车）的供应与组装体系已经准备就绪，只待政策东风与资金到位。在刘志军看来，中国已经“有条件直接利用世界最新科技成果，把引进、消化、吸收先进技术与自主创新结合起来，在较高起点上实现铁路技术发展的跨越”。

自主研发与市场换技术都只是掌握高铁技术的路径之一，本无优劣之分，在成熟的市场经济国家，亦可齐头并进，两条道路相互竞争，互相促进，但在铁道部的垄断体制下，变成了非此即彼的选择。之所以要放弃自主研发，改为引进国外先进技术，最主要的原因是为了快，因为引进吸收比自主研发更快，技术也更成熟，便于刘尽快展开高铁建设宏图。

手持国家《中长期铁路网规划》，刘志军很快启动了建国以来最大规模的铁路建设——石太、京津城际快轨、合宁、合武、胶济、武广、郑西、沪宁、沪杭、甬台温、温福、京沪等多条高铁新线相继开工。

修铁路需要大量资金，高速铁路尤是，一年只有500亿元铁路建设基金、长期面临建设资金严重短缺的铁道部如何解决这一现实难题？

中国并不缺钱，但敲开财政大门不易。铁路多年来供需矛盾突出，但在国家基建投资中的比重一度下降。刘志军知道如何争取到足够支持。他在2009年全国铁路工作会议上这样讲道：“党的十六大以来，中央领导同志多次考察铁路……要求抓住黄金机遇加快发展，为铁路工作指明了方向。”

仅仅依靠财政，不足以支持如此庞大的高铁帝国，地方政府是高铁背后的另一大推力。自2005年以来，铁道部相继和全国30多个省、自治区和直辖市签署合作建路的协议，地方政府或以拆迁成本入股，或拿出真金白银。以京津城际铁路项目为例，它由铁道部和天津市共同发起，分别出资27亿元和26亿元，其后北京市和中海油陆续出资17亿元。中海油在天津拥有大量投资，其内部人士坦承，高铁很难赚钱，入股主要是“给（天津市）面子”。

在京沪高速铁路股份有限公司1150亿元的注册资本金中，地方政府的出资比例也超过了21%。

在上述2009年全国铁路工作会议上，刘志军曾如此描述地方政府的作用：“各省区市党委政府加快铁路建设的积极性越来越高，纷纷提出多建、快建铁路，对合资建路模式进一步认同，积极投资……并主动承担征地拆迁主体责任。”

与地方政府的合作又进一步撬动了金融机构的融资，地方政府愿意参与，是因为可以拉动地方 GDP 增长。刘志军亦为人玲珑，每年全国“两会”，他时常去车站迎接地方大员。

刘志军也赶上了好时机。2008 年，国际金融危机爆发，中国政府 4 万亿元经济刺激方案出台，此时，已经成形的《中长期铁路网规划》成为最好的投资对象。铁道部很快调整了《中长期铁路网规划》，将 2020 年全国铁路营运里程规划目标由 10 万公里调整为 12 万公里以上，客运专线由 1.2 万公里调整为 1.6 万公里。刘志军在 2009 年年初的讲话中表示：“中央……把加强铁路建设摆在了更加突出的位置，并投入部分预算内资金用于铁路建设，相继批准一大批铁路重点工程开工。”

2010 年 3 月，铁道部又宣布，将在接下来的 3 年时间里，投资 9000 亿元建成 9200 公里高铁。届时，到 2012 年年底——正是刘志军任期将满之时，中国客运专线和城际铁路的营业里程将达到 1.3 万公里，成为全球高铁运营里程最长的国家。在极为有利的政策环境中，中国高铁建设一路高歌猛进，不管是建设速度还是目标时速，都直指世界之最。

一位参与了数次高铁规划设计的专家告诉财新记者，修高铁必要性最高的是京沪，也经过了长期和激烈的争论，到 2004 年的高铁规划提出时，争论更加激烈，有专业争论也有利益争论。但铁道部非常聪明地用“客运专线”“200 公里以上”等提法回避了争论。后来论述大连－哈尔滨线必要性的时候，问号越来越大，觉得东北地区经济落后，而且铁路已经提速。但到 2008 年国际金融危机后，借 4 万亿元经济刺激计划的东风，高铁大干快上，即使大家疑问再大，铁道部也非要上，已无法阻挡。

长江三峡工程预算投资 900 亿元，加上拆迁等费用动态总投资也不过 2000 亿元，从 1919 年孙中山提出，到 1953 年毛泽东重提，经过了几十年的争论，各方面专家在媒体上公开辩论，国务院领导甚至专门延请反对者进中南海研讨，《关于兴建长江三峡工程的决议》才终于在 1992 年 4 月 3 日由第七届全国人民代表大会第五次会议审议通过。反观铁路客运专线，仅京沪高铁总投资就达 2200 亿元，技术和资金能力是否足够？经济性如何？是否符合中国现在的经济发展水平？是否符合普通老百姓的需要？

在刘志军的精密部署下，中国高铁建设这个投资 10 倍于三峡的大项目没有经过公开严肃的论证，也没有经过全国人民代表大会的审议就迅速上马了。刘志军之所以成为中国启动投资规模惊人的高铁项目的关键人物，与其个人风格和追求有关，但究其根本，还在于政企合一的垄断体制和铁路封闭专制的传统造就和放大了他的话语权。

去美国修高铁

刘志军的野心和魄力远远超过很多人的想象。中国人去美国修高速铁路？2010 年年初，这个听起来令人难以置信的消息，点燃了中国铁路人的热情，似乎转眼就要变成现实。在美国总统奥巴马 2009 年访问中国之后，中美两国的相关政府机构和企业，紧锣密鼓地展开了资金及其他相关准备工作。

2010 年 1 月 13 日，财新记者从中国中铁股份有限公司董事会相关人士处得到确认，中国已派出考察团赴美，“如果中国要到美国修建高铁，中国中铁一定会是参与者”。

2009 年 2 月，美国总统奥巴马签署了高达 7872 亿美元的《2009 美国复苏与再投资法案》，其中包括一项价值 130 亿美元的交通投资，预备年内投放首批 80 亿美元，随后 5 年每年拨款 10 亿美元，以加速美国高速铁路建设。

奥巴马的投资计划，顿时吸引了正在国内大干快上修建高铁的中国。中国铁建股份有限公司一位高层人士 2009 年年末就对财新记者透露，公司与美国有关方面签订了一份协议，将从规划、设计到建筑施工提供一条龙服务，为美国人修高铁，并且即将派人去美国考察。

中国铁道部和企业以高涨的热情投入到这场“走出去”的征途中，技术、人力甚至资金，都不是障碍。但是，美国国内的经济环境、高铁的盈利前景、截然不同的政治文化氛围和政府决策过程，成了中国人面临的严峻挑战。

根据美国联邦铁路局（Federal Railroad Administration，FRA）公告，截至 2009 年年底，已有超过 30 家的美国国内外的铁路制造商和供应商提交了建设或扩建高铁项目的申请，名单中未见中国企业。GE 运输系统集团排在第一位，德国西门子、日本三洋亦名列其中。

GE 交通背后其实有着中国铁道部和企业的身影。2009 年 11 月 17 日，美国 GE 公司发布公告称，GE 公司和中国铁道部在北京签署备忘录，双方承诺在寻求参与美国时速 350 公里以上的高速铁路项目方面加强合作。至于双方究竟以何种形式合作，GE 公告没有提及。

GE 交通在发给财新记者的邮件中表示，双方合作很可能为美国带来约 3500 个高技术制造岗位。根据框架性协议，未来高速铁路项目中潜在的机车和信号设备中的 80% 将从美国本地供应商中采购，并在美国本土完成最终组装。不过，时任铁道部副总工程师张曙光 2009 年年中在清华大学演讲时曾透露："我们将用一个月时间，和美国 GE 公司达成向美国全面转让中国铁路技术并在美国承包一条高速线的工作方案。"

一位研究轨道的业内人士直言，GE 不缺技术，他们需要中国提供大规模使用的经验和调度数据。北京交通大学交通运输学院教授杨浩也持类似看法，他认为，中国最大的优势是改变了高铁只在小国发展的局面，"我们的技术体系适合在大的国家、长距离段实行，我们有实际经验。"

面对国际金融危机留下的残局，美国总统奥巴马正需要一些新的项目来推动经济复苏，高铁正是其中之一。截至 2009 年年底，中国已经新建了 2319 公里的高铁客运专线，加上之前通过提速达到每小时 200 公里以上的运营线路，中国高铁运营里程已达到 6552 公里，超过了欧盟九国的总和，也远远超过日本的 2000 多公里，居世界第一。这个成绩令人羡慕，中国人也急于向全世界特别是欧美推广自己大规模修建高铁的经验，只不过，在美国修建一条高铁的决策过程可比中国复杂和漫长得多。

2010 年年初，GE 交通表示，公司同美国各州的决策者及高速铁路当局保持着沟通，其中包括加利福尼亚州和佛罗里达州。

自 20 世纪 80 年代起就在筹划兴建高铁的美国加利福尼亚州，是最有可能率先动工的地区，同时也是申请拨款数额最多的地区。2005 年 8 月，加州的高铁执行计划获得政府批准；2007 年起开始环境评估；2008 年 11 月，加州选民投票批准州政府发行 99.5 亿美元债券用于高铁建设；2009 年 10 月，加州正式向联邦政府申请 47 亿美元的经济援助，用于加州高速铁路建设。

不过，加州还要与 23 个州竞争。相对于高铁建设所需的动辄百亿千亿美元级的资金量，如何分配联邦拨款以及如何用为数不多的联邦拨款撬动后续资金，是美国高铁面临的两大问题。截至 2009 年 12 月，美国联邦铁路局已收到总额达千亿美元的来自 40 个州的 200 多个高铁项目申请。美国联邦铁路局曾准备在当年冬季具体公布获批项目，显然是因为分配棘手，其发言人罗伯·库尔耐特（Rob Kulat）在给财新记者的邮件中表示，现在不能给出一个具体的公布时间。但他表示，美国联邦铁路局有优先选择标准，包括能尽快启动，有一个良好的融资、经营和风险管理计划以及有与合作伙伴的共识等。

计划中的加州高速铁路南起加州第二大城市圣地亚哥，经洛杉矶到旧金山，全长约 800 英里（约合 1300 公里），计划耗资 450 亿美元，计划票价为相应机票的 83%，预计 2020 年建成第一部分。在 2009 年 12 月中旬公布的加州《2009 高铁商业计划案》[*Business Plan:December 2009 Business Plan Report to the Lgeislature(145 Pages)12/14/2009*]中，加州政府表示，预计需要从私人投资者处募集 100 亿~ 120 亿美元。

“(政府拨款及发债之外的)剩余资金加州准备通过招商的方式，在全世界范围内寻求私人投资，包括中国在内的各个具有高铁经验的国家届时都可投标承建。”加州高铁委员会地区项目经理马丁尼兹（Hose J. Martinez）于 2009 年 10 月公开表示。

加州与中国早有接触。奥巴马访华之前的 2009 年 10 月 12 日至 17 日，铁道部就派出代表团前往加州进行了为期一周的中美高速铁路技术交流。广州瀚阳工程咨询有限公司是这次考察的协调单位，该公司在网站上称，加州参议员、参议院预算和财政审核委员会主席德尼斯·莫伦诺·达切妮（Denise Moreno Ducheny）明确表示，没有中国的参与，加州高速铁路建设难以完成。随后，11 月 18 日，达切妮来中国访问，与时任中国铁道部部长刘志军会面。

政府推进高铁的意愿很强烈，但美国人愿意吗？“中国人已把高速铁路造完通车了，我们还没研究完高铁对环境的影响？估计等我们的高速铁路通车时，中国人、日本人的星际旅行服务都已开通了。”美国一个聚集了众多保守人士的网上论坛中的一则留言，调侃之中道出现实。

中国的高铁发展和建设速度，可能令美国人无法想象。美国对公共工程的决策系统之复杂，也令中国人难以想象。加州高铁项目进展缓慢，除了资金短缺，也与各方意见难以统一有关。

例如，加州高铁委员会需在铁路沿线各城市调研，征求当地居民的意见，各城市的官员也须根据本城居民的态度来决定是否加入此项目。噪音、环保问题以及高铁线路经过处土地的征用问题，让不少城市持保留态度。

监管机构的态度至关重要，一个质疑也许就会推翻整个调研报告。加州立法分析办公室是加州财政政策的建议和监管者，它在对《2009 高铁商业计划案》的审查报告中指出：计划中提供的一些信息，像预期客流量、运营保本点、资金来源、具体建设时间规划、可能面临的风险和如何应对风险等不够具体。

这立刻成为高铁反对者的有力证据。《圣地亚哥联盟报》2010 年 1 月 13 日在一篇社论中指出，《2009 高铁商业计划案》中预计的每年 4100 万人次的客流量，比美国国家铁路公司（Amtrak）现在的客流量（2600 万人次 / 年）都多。如果客流量达不到预期，私人投资者利益如何保障？“这个匆匆起草、荒谬无用的投票方案最好赶快废止。”社论措辞严厉。

在加州高铁局官方网站上，有一个问题是：高铁会赚钱吗？加州高铁局给出的回复是：从世界范围来看都是赚钱的。

这个笼统的说法不一定客观，据北京交通大学经济管理学院教授赵坚介绍，“全世界高铁基本都不赚钱，就日本新干线当中东京到大阪的 500 公里赚钱，其他都亏”。

赵坚称，京津城际铁路平均每公里建设投资 1.85 亿元，仅每年的贷款利息就达 7 亿元。客运量最初两年维持在约每年 1800 万人次，2011 年之后提升到每年 2100 万人次左右，远低于事前估计的 3800 万人次，营业收入还不够支付运营成本，更别提偿还银行贷款利息和本金了。“每条高速铁路客运专线建成之日都将是巨额亏损显现之时。”赵坚说。

另外，喜好自驾的美国人，是否会爱上高铁？针对此类反对之声，加州高铁局没有做出正面回复，只表示已经提交了针对质疑修改的计划方案。

直到 2010 年已构想了近 30 年的加州高速铁路还在前期准备阶段，足以说明这项工程的艰难。加州高铁局发布的商业计划书中表示，2010 年起将寻找建设管理团队和金融合作者，但预计 2011 年才能完成环境评估报告，最早要到 2012 年才可能动土开工。

尽管如此，中国铁道部已经为“走出去”大张旗鼓地摩拳擦掌。在 2010 年 1 月 7 日召开的全国铁路工作会议上，时任铁道部部长的刘志军表示，已有 100 多个国家的元首、政要和代表团参观考察了京津城际铁路，对中国高铁发展给予了高度评价，铁道部还成立了中美、中俄、中巴、中沙、中委、中缅、中吉乌、中波、中印等境外合作项目协调组。“沙特麦加朝觐轻轨铁路项目进展顺利，委内瑞拉中西部铁路项目开工建设，与美国、俄罗斯、沙特和巴西等国的高速铁路合作项目取得积极进展。”刘志军说。

中国庞大的银行和资金，也已为铁道部“走出去”做好了准备。2010 年 1 月 4 日，铁道部与中国工商银行共同签署了一份实施铁路“走出去”战略的合作协议。根据协议，双方将共同致力于把国内成熟的“铁路 + 金融”整体联动合作模式推向世界。

对于资金匮乏、失业率高涨的加州来说，如果中国采用BOT模式（build-operate-transfer，即建设—经营—转让，是铁路建设中常见的一种建设和融资模式），即中国先行垫付建设资金，之后分享运营收益的方式承建高铁，或以其他形式进行投资，是其乐见其成的好事。但对中国而言，修高铁是赚钱的生意，参与运营则未必。

“加州有钱建吗？建了能赚钱吗？如果中国去修高铁不能赚钱，只是‘面子工程’，就太不应该了。”赵坚提醒说。遗憾的是，在高铁建设正如火如荼的 2010 年，一直对高铁唱反调的赵坚属于铁道部大力排挤和打压的对象。类似的质疑声音太过微弱，没有引起中国政府高层的足够重视。

世行报告预警：中国高铁奇迹难以效仿

中国在不到10年时间里新建的高速铁路里程，“无论路网规模还是速度等级，都跃居世界第一”（刘志军2011年1月4日的讲话），这一成绩令世界动容。世界银行专门组织专家撰写了一份名为《高速铁路：通向经济发展的快车道？》（*High-Speed Rail: The Fast Track to Economic Development?*）的报告，于2010年7月发布。

这份基调温和的报告并没有正面质疑中国高铁的成功，但仍然提出了一些关键问题。巴西、印度、俄罗斯、土耳其、英国和美国等也开始考虑投资高铁，中国的高铁能否成功？他国可从中国经验中学到什么？具备哪些条件高铁才成为具有经济合理性的投资？报告最后提醒其他国家，中国的经验过于特殊，难以效仿。这是一个预警。

在接受财新记者采访时，世行中国和蒙古局首席交通专家、交通部门主任，也是上述报告的发起人司凯强（John Scales）表达了同样的意思，他国不一定具备中国的条件，在做决策时应慎重考虑。

在世行看来，中国东部平原地区人口稠密、居民收入增长迅速、城市群间距合适等一系列要素在其他发展中国家很难找到。同样在他国难以找到的是，政府集中、集合资源建设的能力，以及在幅员辽阔的土地上建设如此大规模项目所需要的经济规模。

其他国家不行，中国就行吗？中国在全国范围大规模新建高速客运专线网，就有充分理由？

发展高铁并不意味着建客运专线。同样，建新线也并不意味着要发展时速350公里的高铁。按照国际铁路联盟的定义，新建时速250公里及以上、既有线改造时速200公里及以上的铁路即为高铁。按照这个定义，经过六次大提速后的中国铁路主要干线已经达到高铁标准，目前在既有线路上跑的时速200公里的动车便是高速列车。在欧洲，相当一部分高速列车也是在改造过的既有线路上运行。

是否新建客运专线取决于原有铁路运能的紧张程度和实际客流需求，建设什么速度的铁路则要看旅客承受能力。也就是说，是要算经济账的，包括社会资源配置是否合理，社会公共服务是否受到损害，不是所有地区都适合，也并非速度越快越好。

经济发达和人流密集是各国修建高铁的两个基本前提。由于成本高、建设周期长，高铁建设在各国都是高风险投资。以日本为例，除了最早的东海道新干线盈利，随后建的数条新干线都大面积亏损，致使日本政府欠下巨债，不得不在 20 世纪 80 年代进行铁路民营化改革，通过提高运营效率改善了财务状况。但中国铁路系统直到 2013 年全国“两会”前还是典型的政企不分，效率不可同日而语。而东海道新干线能做到盈利，也因为在从东京到大阪的这 500 公里铁路线上，集中了日本全国 60% 的人口和 2/3 的国民生产总值，该线 2008 年运量达 1.49 亿人次。

欧洲在新建高铁线上更谨慎。欧洲虽然经济发达，但人口密度低，城市结构基本定型，没有太多扩展空间。欧洲国家大多采取分段逐条建设的方法，自 20 世纪 70 年代至今，德国总建 5 条新线，法国 7 条，西班牙 2 条，意大利 1 条，英法之间建了一条英吉利海峡连线。此外，比利时、葡萄牙、荷兰、芬兰、瑞士各建了从 60 公里到 326 公里不等的一些试验性的高铁线路。据世行统计，截至 2010 年，欧洲新建高速客运专线总长仅 5500 公里，而且，线路并非全新，而是和既有线区段接驳，共用老站。

美国至今未新建一条高速铁路。其一，美国公众对政府大规模投资不热心；其二，美国国土辽阔，人口分布不均衡；其三，美国公路和航空网络发达，铁路竞争力弱。从投资回报看，则缺乏经济合理性。美国总统奥巴马 2009 年 4 月公布其高铁愿景后，即遭到美国国内多方攻击。华盛顿政策中心研究员兰德尔·欧·图勒（Randal O’Toole）撰文称，“现实的评估显示，高铁的成本非常高昂，但对提高美国人的移动性和环境质量却贡献甚少”。

中国确有些理由兴建高速客运专线——运能供需矛盾突出，每年超过 8% 的经济增长率，相当一部分富裕起来的人群，不断加速的城市化进程，都为中国部分地方修建高铁提供了可能。

但这些理由不够充分。中国如此大规模地兴建高标准的高速客运专线，除了会导致举债规模过大，债务风险集中，经济合理性也是一个很大的挑战。据中咨公司投资项目可行性研究与评价中心主任李开孟介绍，西方国家的铁路试验速度很高，但商业运营充分考虑经济性。而中国大型基建项目的可研报告主要是论证项目在工程上是否可行，经济合理性虽也讨论，却不起决定作用。

"西方的决策速度很慢，但最后各方是能接受的，我们没有这样一个决策机制。"李开孟直言，"中国不是所有地方都适合修高铁，应该因地制宜，方案优化，科学决策，而不是按照一个模式在全国推开。"

遗憾的是，这样的意见不被铁道部接受，彼时，中国整个铁路系统正在刘志军的推动下，争建、快建、大建高铁线路，资金、技术乃至经济合理性都无须讨论。

如果说以京沪沿线的人口密度和经济发展水平，新建高速客运专线还有望盈利的话，在中国其他地区，特别是中西部，条件则要大打折扣。

即使是在经济发达地区，高速客运专线也未必能吸引高收入旅客。参与宁杭高铁调研的某银行测算，在 75% 上座率的情况下投资利润率也不到 1.4%。

2010 年 4 月，从北京到福州的京福动车开行两月后悄然停运，原因很简单，上座率低。

据报道，停运前一度 10 日内无人预订车票。京福动车全程运行 16 小时，初期座票为 584 元和 467 元，卧铺票为 1055 元和 1185 元，这个价格相较北京到福州的全价机票 1610 元并无太大吸引力，因为后者常有低至 3 ~ 6 折的折扣。而普通直达特快虽运行时间要多出近 4 个小时，票价却低很多——硬座 253 元，硬卧 428 ~ 458 元，软卧 675 ~ 705 元。

结果，选择普通直达特快的旅客比动车要多。按 350 公里时速建设的京福高铁（北京到蚌埠段走京沪高铁）虽然旅行时间缩短至 7 个小时，但票价势必比停运的动车票价又要高出一大截，如和机票全价相当，就更无法与民航竞争了。

业内人士认为，这条线的规划很奇怪，因为超出 2000 公里高铁并无优势。事实上，这条线路在评审时就争议巨大。

世行报告指出，高铁在 3 小时行程或 750 公里以内，较飞机有竞争优势，特别是在机场远离市中心的情况下。理想通道是在相距250公里至500公里的两个大城市之间；或通道虽长，但中间每隔一定距离，如150公里至300公里，就有大的城区。通常情况下，500公里的距离，铁路可以占有80%以上的市场份额，但到了1000公里，就会下降到20%。民航局局长李家祥在接受财新记者采访时称，500公里以内的高铁对民航的影响在50%以上，比如郑西线的飞机基本都停了；1000公里以内影响为20%；2000公里以上就没什么影响了。

东航原党委书记李军表示，京沪线飞机的票价720元即可覆盖成本，750元可以有约6%的利润率，相比之下京沪高铁的价格不一定有竞争力。

北京交通大学经管学院教授赵坚指出，中国铁路客运市场存在三大特点：一是旅客收入水平较低，旅行需求层次较低，向高层次转变在中国可能需要相当长时间。二是客流量大，但客流源点分散、流向分散，不如日本那样集中。通常干线两点直通客运量只占本区段客流总量的1/3或更低，并随区段的延长急剧下降。三是中国国土面积大，主要经济中心的平均距离远，因而旅客的旅行平均距离较长。

这些特点使得中国的高速铁路面临极不确定的市场需求风险。

新线大规模上马，重复建设不可避免。就在京沪高铁开工建设的时候，京津城际已运营，沪宁城际也在开工建设，这导致在京沪铁路的京津段和沪宁段，将形成京沪高铁、城际快轨和既有线三条复线同时运营竞争的格局。京津城际在2008年8月正式开通后，第一年客流量达1800万人次，低于预期的3000多万人次，到2009年年末亏损近7亿元，而这个客流量也是在铁道部停开了京津既有线上所有动车组后才实现的。将来京沪高铁开通，铁道部保谁为主呢？

实际上，仅仅依靠提供点对点的高速客运服务是很难覆盖资金成本的。北京大学政府管理学院博士研究生吴景海曾在《铁道经济研究》上撰文称，根据网络经济的原理，能将多种客流和货流在运营网络上较好结合的运输企业，比单纯提供点到点直达服务的运输企业在经营上有优势。比如，由一家企业同时提供客货运服务的总成本比由不同企业提供单一产品和服务的成本低。

高铁通向何方

回顾中国的高铁之路，世行报告中所指的中国集中资源办大事的高铁模式，很大程度上是一个在政企合一的体制下，一个部门的强力推动最终捆绑了巨大的公共资源的模式。

在这个过程中，既未看到必要的外部监督——仅京沪高铁的计划投资额就超过三峡工程——也没有看到公开讨论，甚至未经全国人大批准。如果说京沪高铁还经过了十几年的争论，刘志军上台后的高铁客运专线规划就完全成了独舞：异己声音遭到排斥，项目从立项到开工“短平快”。世界各国在修建高铁的过程中都会讨论到一些常识问题，比如：资金从何而来？经济合理性如何，当地是否有足够运力需求满足高铁投资和未来运营的需要？技术是否能够达到？这些问题在中国修建高铁的过程中虽也有机构和个人提出，但都被铁道部作为不和谐音无视了。在垄断的体制下，整个铁路系统整齐划一，统一成了一个声音、一个步调。而更高的决策层也为这种垄断的体制所捆绑，只能任由高铁继续奔跑下去，因为并没有铁道部之外的其他部门、机构或公司可以为中国铁路问题的决策负责。

多位业内人士向财新记者指出，刘志军很讲究“效率”。他在 2008 年国务院大部制改革时强力反对把铁道部并入大交通部，便是“出于建设的需要”。政企不分，铁道部并不直接承担经济盈亏责任，因此铁道部对市场前景、经济效益、还本付息等问题似乎并不担忧。外界所看到的，是一个始终以追求高标准、高速度为己任的铁道部部长。

到目前为止，全世界只有 3 个国家有设计时速 350 公里的高速客运专线投入运营：法国 2 条、西班牙 1 条，剩下都集中在中国，中国有京津城际、武广、郑西、沪宁、沪杭、京沪、京福等数条已建或在建时速 350 公里及以上的客运专线。

速度是越快越好吗？

民航局原副局长杨国庆认为，不同交通运输方式有不同的群体，铁路针对什么群体？不能排斥速度稍慢而价格便宜得多的服务。在北京交通大学经管学院教授赵坚看来，对旅客而言，速度并非首要选择标准，而是要看节约时间的价值是否能覆盖成本。在长途客运市场，白天出行高铁的速度不如飞机，晚间出行铁路并非越快越好，夕发朝至更有吸引力。比如，从北京到上海以每小时 200 公里速度运行的夕发朝至列车，就比凌晨 3 点把旅客运抵上海的每小时运行 300 公里的高速列车更有吸引力。

赵坚认为，高速铁路在中等距离具有竞争优势的主要原因，不仅因为它速度快，还因为铁路车站比机场更接近客户。世行报告也指出，车站的连接、易达是吸引旅客乘坐高铁的一个重要因素。如果没有快捷、方便的连接服务，高铁优势会被极大地侵蚀。而现在中国高铁所到之处，大多不与老站接驳，而选择在离城区较远的地方建立新站。

另外，从能源消耗和环境保护来看，列车也并非越快越好，因为列车在行驶中受到的阻力和速度的平方成正比，速度越高，能源消耗也越大。

高速度也意味着高投入，从时速 200 公里提高到 300 公里以上，无论在动车组技术、通信信号技术，还是铁路建设上，都是巨大的跨越，技术成本和运营成本都将大幅度提高。

为实现“高标准、高速度”，铁道部新建客运专线全部采用无砟轨道。无砟轨道，是相对传统有砟轨道而言。后者在小块石头的基础上，铺设枕木或混凝土轨枕，再铺设钢轨。无砟轨道则由混凝土浇灌而成，路基不用碎石。无砟轨道对机车车身的轴承重量有要求，只适合新型的动车组列车上线，传统的绿皮及红皮车因轴承重不能跑。无砟轨道后期维修成本相对低，但建设成本大致是有砟轨道的 2 倍。

据世行报告，中国建一条时速 200 公里、客货混跑的传统有砟铁路，通常建设成本为每公里 1300 万美元；建造时速 250 公里的无砟高速铁路，建设成本为每公里 1580 万美元；建造时速 350 公里的无砟高速铁路，建设成本则为每公里 1800 万美元。地理状况、拆迁成本不同，不同路段的成本差别也很大。

而按赵坚的说法，建设 1 公里时速 300 公里高速客运专线的成本，是建设 1 公里以货运为主的普通铁路的 3 倍以上。

速度高了，对路基、路轨的要求都会相应提高。为了安全，保持平直非常重要。目前设计时速为350公里的高速客运专线对曲率半径要求最小是7000米，这意味着轨道几乎不能有什么弯曲度，最大坡度为2%。日本东海道新干线只能跑270公里也是因为线路有不少弯道，列车经过时必须减速。

为此，铁道部在时速350公里的客运专线建设上大面积地采用高架桥和隧道，以保证线路的平直。铁道部对外宣称采用高架桥是为了节约耕地资源、节省拆迁成本，但实际上这也是导致建设成本增加的重要因素——根据公开资料，中国高铁建设目前50%以上采用高架桥设计，在京津、京沪高铁上，高架桥的比重更高达80%左右。

世行交通专家向财新记者介绍，在国外，以美国为例，高架桥建铁路的成本是平地建设的7倍以上，隧道成本则是20倍以上，造价惊人。中国因人工等因素差异要小一些，但高架桥和隧道的成本也比平地铺轨多2~3倍。

另一个导致高铁成本高企的因素是拆迁，一个说法称拆迁有时占总成本的30%。高速要求线路平直，无法像传统铁路那样通过增加弯曲度来绕开住宅。而随着中国房地产市场和土地价格的狂飙突进，拆迁成本也大幅攀升，特别是在经济发达地区，这使得一年前做的预算一年后就可能要做大幅度调整。

偏好速度，垄断决策，导致了信息的不透明和不对称。赵坚告诉财新记者，2004年铁路勘察设计人员就京津、武广、郑西等线路做可行性研究时，都是按国家《中长期铁路网规划》确定的速度目标值200公里及以上做的，但建设时铁道部把速度目标值“以上”到350公里，“投资一下子就上去了”。

“什么时候改成350公里的大家都不知道，一直到2005年年底京津高速快要建成了，有一些指挥运营和管理体制问题需要研究，邀请我们做时，才知道是按350公里做的，和既有线路不兼容。”赵坚说。

财新记者获得的国家发改委2004年《关于审批新建北京至天津城际轨道交通可行性研究报告的请示》显示，“设计区段旅客列车速度：满足开行时速200公里及以下列车的要求”。

国家发改委批复的京津城际铁路项目总投资为123.4亿元，2008年建成通车后发现概算总额升至 215.5 亿元，超出预算 92.1 亿元，相当于增加了 74.6%。调整后每公里投资额高达 1.85 亿元，其中拆迁成本高达 7000 万元，是目前为止单位成本最高的一条专线。

为何会超标？超标部分来自哪里？项目方并未给公众任何解释。京津城际铁路有限责任公司原总经理冯启富在 2008 年审计署审计后被撤职，被认为是和投资超标有关。

事实上，业内人士告知，几乎每一个已建和在建高铁项目都存在着实际投资多少超标的情况，如武广高铁，国家批复的投资为 1080 亿元，但实际概算投资总额为 1166 亿元，超标 86 亿元。

京津城际全长 115 公里，时速从 200 公里调整到 350 公里，实际运行时间差多少呢？不到 10 分钟。

也就是说，为了节约 10 分钟，多付了几十亿元的钱。

在执行高层命令方面，垄断是相当高效的。刘志军一声令下之后，中国高铁的速度不仅体现在列车时速上，也体现在建设铁路的速度上——这是一个快得令人恐惧的速度。

一般新建客运专线，根据路线长短，少则 4 年，长则 10 余年，德国从汉诺威至维尔茨堡 327 公里的时速 250 公里的专线建了整整 20 年。虽然时间并不完全代表质量，但中国建设高铁的速度令人瞠目。一位外国专家告诉财新记者一个故事：铁道部曾邀请几位美国工程师到现场指导一个大型隧道项目的开挖铺轨。美国工程师问施工方计划多长时间完成，对方回答两年半。美国人摇头说，这不可能，在美国，这样一条隧道至少要挖三年半。最后结果是，中方用了一年半时间就完成了。

“中国挖隧道的速度差不多是一天 10 米，在其他国家，同样的长度至少需要 3 倍的时间。”上述专家说。

如果只是一个或少数几个项目在建，提前完成工期或许压力没那么大，但全国十几条线同时开工建设，其中不乏距离超过 1000 公里的，对施工方和供货商的压力可想而知。这些线路本来设计的工期和国外常规的相比已缩短了很多，又常常需要提前完成，少则半年，多则一年。

一位外资供货商透露，由于多条线路、多个项目同时上马，要求的物资供应量很大，他们经常加班加点也不一定能满足供货要求。而且由于工期很紧——几乎每条线路都要求提前完成，实际供货期只有原定计划的1/3。有时甚至接到单子时要求交货的时间已经过了，“紧张的时候能把人逼急。在这种情况下生产出来的产品很难做到没有问题”。

据说，铁道部为了监督质量曾聘请一名德国专家来做监理工程师，在现场控制施工质量。这名德国专家一再要求现场管理人员和工人慢下来，但没有人理他，他最后愤然离去。

赶工期不仅体现在铁路线建设上，新客站也是如此。铁道部总规划师郑健曾撰文介绍，截至2010年11月底，中国已建成北京南、天津、武汉、广州南、上海虹桥等现代化铁路客站231座，其中特大型客站13座；在建的235座，其中特大型24座。这些只是计划到2012年建成的804座新客站（其中51座为特大型客站）的一部分，这804座新客站总面积达2400万平方米。这些新客站造价不菲，动辄几十亿元，甚至上百亿元，如上海虹桥客站造价达150亿元。预算超标现象比比皆是，广州新火车站的建设成本从原来设计的几十亿元涨到了130亿元。

郑健披露，高铁客站开工时间一般滞后于高铁线路2年左右，但必须与高铁线路同时开通。中国高铁的工期一般为4年，那么留给客站的工期只有2年左右，但高铁工期常常提前，留给客站的时间就更短了。

事实上，刘志军本人对运输安全不是没有担忧。在2009年全国铁路工作会议中，刘志军就发言称：“在大规模建设中，施工安全问题越来越突出；客运专线陆续投产，高速安全问题越来越重要……大批新技术装备的应用，在管理、运用、维修上有大量工作要做；速、密、重并举的运输模式将在相当长时期内存在，这种运输环境下的安全管理面临许多难题。”他承认，“组织如此大、高标准的铁路建设，对于我们来说是一个全新的实践”，同时重申反腐的重要性。

而作为高铁第一执行人的铁道部运输局原局长张曙光，也曾在一次内部讲话中对国产高速机车的质量提出批评。

施工人员的素质是另一个问题。为了在短时间内完成大量新建线路，总承包商非法层层分包，最后战线一拉开，沿线农民拉过来就干，这些农民工往往缺乏必要的培训。上述供货商向财新记者抱怨，产品好不好是一回事，用得合不合规是另一回事。有时是工人使用不当导致了问题，但施工单位一出问题就把责任推到供应商身上。那么，刘志军为什么甘冒可能失控的安全风险，如此大规模地集中上马呢？

他在一次公开发言中透露，当前铁路正处在低成本发展的有利时机。在经济社会快速发展的情况下，资源紧缺问题将越来越突出，工程建设中的征地拆迁费用、原材料价格、人工成本将越来越高，这是不可逆转的趋势。因此大规模铁路建设进行得越早、推进得越快，我们付出的成本越低。抓住时机、多建铁路、快建铁路，可以以有限的资金取得更大的发展成果。

刘志军的出发点是少花钱多修路，且时机不等人，高铁必须修得越快越好。但随着高铁陆续投入运营，最先感受到变化的是乘客，而对于需求不同的乘客来说，高铁带来的并不一定是快捷和方便。2009 年 12 月 26 日，武广客运专线正式运营。剪彩过后，人们发现，由武昌和汉口始发的武汉和广州间多对包括直达在内的普通列车悄然停运。

武汉铁路局局长余卓民在《铁道经济研究》上曾披露，武广高铁开通后，根据运输需求，对既有京广南线停开 5 对客车，增加 5 对货车，“提高了运力资源使用效率”，并称“困扰武汉铁路局多年的既有京广南线运输能力紧张问题得到根本解决”。

武汉铁路局还将北京、郑州、上海、兰州、太原、成都、重庆以及局管内宜昌、襄樊、黄石、荆门等地 12 对到武汉的普速客车引入新的武汉高铁站，这些通过普速车到达的客流每天约有 6000 人，其中近 1000 人转乘高铁前往广州。

不过，一位前武汉铁路局职工向财新记者透露，之所以停了多对列车，是“为了支持高铁”。他说，铁路局对外不敢说停运，而是称“没票”，“你去买票，他们会说票卖完了。”

2011 年春节，这位前铁路职工托关系帮他哥哥买到一张 200 多元的从武汉经广州发深圳的普客卧铺票。但他哥哥从广州返回时，就只有高铁票可买了。高铁票一等座 780 元，二等座是 490 元。

相似情况也出现在京津、沪宁、沪杭等城际短途高铁线路上。原有时速 250 公里的动车，均大幅减少，甚至完全取消。沪杭高铁刚通车时车厢内空空荡荡，在停开甚至取消了部分动车线路后，目前上座率已经大大提高。

在一次从上海始发的沪宁高铁上，一位广东口音常跑苏州的生意人向财新记者介绍，他去苏州的高铁（指 G 字头车）票 41 元，动车（指 D 字头车）票 26 元，但动车票难买，只能买到第二天的，再跑一趟不值，只好坐高铁。上海虹桥站的一位售票人员亦向财新记者证实，动车票抢手，当天的一般买不到，只能买隔天票，而虹桥站的自动售票机只售高铁票。

2011 年春运，买票难，回家难，“一票难求”的窘境在网络传播效应下被放大数倍，相当多民众指责铁道部花巨资在高铁政绩工程上，忽略了中下层百姓的基本需求。客观地说，高铁并非春运紧张的罪魁祸首，但铁道部为了支持高铁，保障高铁的上座率，停运了很多线路也是事实，实际上是牺牲了为低收入人群提供的基础服务。

根据规划，新建客运专线是为了实现繁忙干线客货分线。但目前主要繁忙干线的客运专线设计标准多为时速 350 公里，采用无砟轨道，这种轨道只能允许时速 200 公里及以上的动车组上线。这意味着，如果要实现真正的客货分线，目前在传统铁路上跑的普快及非动车特快将被淘汰，这又将是一笔巨大的投资。而这些客车服务的对象多为中低收入人群，这部分客源也是目前中国铁路消费的主力军。

有多少旅客愿意支付时速 350 公里必须支付的高价呢？

目前中国铁路的运价率为每人公里 0.1 ~ 0.15 元，而高速客运专线软座的运价率要达到每人公里 0.45 ~ 0.6 元，甚至更高。

那么，高速客运专线的票价是如何确定的？

被撤职的京津城际铁路有限责任公司原总经理冯启富曾在 2006 年 5 月于《铁道经济研究》刊发的《京津城际轨道交通市场营销战略研究》一文中称，按照成本定价模式，票价应在补偿合理成本支出的基础上，加上一定比例的利润构成。“参考当前京山线运营的京津城际特快列车，单程票价软席为45元，费率约为0.35元/（人·km）；运距相仿的广深线城际特快列车票价最高为90元，费率在0.6元/（人·km）左右”，因此他建议“京津城际轨道交通采用0.40～0.50元/（人·km）作为基本票价率”。

陕西省铁道学会经济师刘保健则在《对郑西铁路客运专线运营效益的思考》一文中透露，根据国家发改委、铁道部《关于武广、郑西铁路客运专线高速动车组列车运价有关问题的通知》，武广动车组的试行运价水平由“相关铁路运输企业根据市场供求状况自主确定”。郑西线客运专线研究报告中原本按照票价率0.3元/（人·km）测算，单程票为137元左右，但本文认为鉴于郑西客运专线在旅行速度、舒适度及安全性等方面所表现出的显著优势，137元的标准明显偏于保守。2010年2月6日正式开通的郑西专线试运行价一等车票为390元，二等车票240元。郑西线按设计能力应该每天运行100多对，但目前实际上只有十几对。运营两个月，上座率仅60%左右，部分低端旅客流向了公路。

刘保健认为，郑西铁路客运专线建成后，要达到国家发改委批复的可行性研究报告中设定的5069万人次/年的预期客流密度，必须“采取各种措施把既有铁路客流稳定地转移到新线上”，使郑西铁路客运专线成为旅客出行的首选。

世行交通专家表示，从国外经验来看，高铁也可采用浮动票价制，让低收入人群也买得起。比如法国，最低票价是最高票价的1/5；在英国，这个数字甚至可达到1/10。当然，最低票价只在淡季或非高峰期才有。采用灵活的票价机制只是欧洲政府或铁路公司为公众提供的多种选择之一，而高铁也只是铁路提供的服务之一。

对于高速便捷的高铁，中等及以上收入的人群大多表示欢迎，但赵坚对中国低收入人群可能面临的“被高铁”选择困境表示担忧，他认为，高速客运专线投入运营后，平行的铁路既有线将以货运为主，铁道部会停开既有线的大部分夕发朝至列车和快速旅客列车，从而迫使旅客支付高于软卧车票价的费用乘坐高铁，“但这种做法将面临社会的强烈不满，甚至可能成为引发社会不稳定的因素”。

铁路系统内的很多人也有类似担忧，铁道部经济规划研究院副院长林仲洪就曾撰文强调“基础设施的发展也要把保障民生放在重要位置”，“铁路发展的成果一定要让全体人民共享”。

但事实是：随着高铁线路的开通，越来越多的票价便宜的线路在消失；在速度的追求下，很多过去通铁路的地方正在被挤出铁路版图。在垄断体制下发展起来的高铁，已经而且将要更大范围地蚕食消费者在铁路上的选择空间。如果“四纵四横”的高铁网络最终建成，每一个为高铁埋单的消费者、纳税人还有多少选择？中国现阶段是否需要这么多高速铁路，中国铁路未来在速度和为公众提供基础服务之间应如何平衡，这些问题值得深思。

畸形的高铁

黄 湘

2008年国际金融危机的爆发和蔓延，令美欧等市场经济发达的国家深陷困局。在此后两年时间里，中国经济却维持了高速增长，看起来颇具活力。与此同时，中国的高铁神话也迅速升温，4万亿元扩内需资金有1.5万亿元进入高铁建设领域，不仅工地遍地开花，各种宣传也将公众的期望值逐步引向沸点。

在不少论者看来，中国经济的活力和高铁建设的快速推进，证明了倚仗国家力量“集中资源办大事”的优越性，由政府“看得见的手”主导投资，比市场“看不见的手”更有效率。更有人言之凿凿地说，在虚拟经济迅速发展的当今世界，由于资本的投机性，私人资本的自由竞争很容易导致资本远离实体经济而助长金融泡沫，造成金融危机；而国家资本可以在政治精英的主导下，保证将资本投入实体经济，尤其是基础设施建设，从而促进实体经济增长，避免金融泡沫自我膨胀所导致的经济危机。这种以国家主导投资、以政治驾驭市场的经济模式，有一个颇为响亮的名称：国家资本主义。

国家资本主义最早见于列宁的论述，是指国家资本以政治权力为依托，进入市场与其他资本展开竞争，进而形成市场控制力的一套政治经济体制。列宁试图以此论证资本主义从自由竞争发展到垄断，乃至嬗变为帝国主义的必然性。然而，今日学界在使用这个术语时，并不像列宁那样认为这是资本主义发展的必经阶段，而是将其视为一种取消自由竞争内核、徒具其表的资本主义，是利益集团借助国家公权力，对社会资源和市场形成高度垄断。一个典型例证是日本从二战之后到1998年亚洲金融危机之前形成的银行、企业、政府相互捆绑的经济模式，这一模式虽然曾对日本的经济赶超起到一定促进作用，但终因积弊丛生而丧失内在活力，在1998年亚洲金融危机中全面崩溃。

近年来，越来越多的海外观察者将当前中国经济的发展模式，诸如"国进民退"等，概括为国家资本主义，对于这一模式的评价亦趋于两极对立。例如，2001年诺贝尔经济学奖得主斯蒂格利茨对这一模式持褒扬态度，认为它可以带动经济发展和福利增长；而另一位以研究转轨著称的著名经济学家萨克斯则激烈反对，认为这一模式不可持续。2009年诺贝尔经济学奖得主威廉姆森从制度经济学的角度出发，支持萨克斯的观点。总体而言，2008年国际金融危机爆发之后的两年间，由于经济表现好于深陷危机的美国和欧洲，中国的国家资本主义一度得到不少有保留的推崇。

中国政府从未宣布过要实行国家资本主义战略，事实上，从1978年启动改革开放，到2001年加入世界贸易组织，虽然其间有过若干顿挫，但市场化一直是中国改革的主导方向。然而，近10年间，市场化改革在很大程度上停滞不前，倚仗国家力量"集中资源办大事"的呼声甚嚣尘上。

按照前述国家资本主义可以避免金融泡沫产生的经济危机的逻辑，以国家力量推动高铁建设，可谓题中应有之义。因为高铁属于基础设施建设，在经济高速增长的背景下，对基础设施的投资总不会错；高铁又具有诸多战略价值，比如可以拓展中国在欧亚大陆的陆权，可以整合区域经济等。在"大国崛起"之类的宏大叙事的映衬下，高铁的"跨越式发展"显得水到渠成。

所谓"跨越式发展"，用"中国高铁之父"刘志军的话说，亦即"一定历史条件下落后者对先进者走过的某个发展阶段的超常规赶超"。只是人们常常忘了，这在理念上与当年那场"赶英超美"的"大跃进"如出一辙。更大的问题在于，这样的"跨越式发展"依托的是一个拒绝改革的垄断体制，这就造成了两个后果：一是一旦决策失误，体制内很难纠错；二是权力的过于集中直接导致了日后寻租的泛滥。

自从2010年后半年以来，随着房地产泡沫、地方债务黑洞等问题陆续浮出水面，国家资本主义这一发展模式的吸引力也迅速消失殆尽。2011年，在刘志军锒铛入狱、"7·23"动车事故等事件发生之后，曾经煊赫一时的高铁神话风光不再。而从2011年开始的资金供应枯竭——原因在于之前盲目扩大建设规模，将现有融资资源消耗殆尽——更令高铁建设深陷债务困境和融资僵局。

现实就这样无情否定了那种认为国家资本主义可以比自由竞争的资本主义更具避免金融泡沫之优势的观点，恰恰相反，倚仗国家力量“集中资源办大事”，导致了更大的财务和金融黑洞。

国家资本主义与生俱来的“政府失灵”，非但不能纠正市场的缺陷，反而会使问题更加恶化。因为政府同样具有“经济人”的本性，政治精英在参与公共决策时同样有自私的动机，有人类共同的弱点。如果说“市场失灵”的本质在于投机心态和从众心理对价格信号的扭曲，那么“政府失灵”的本质就在于治理这种扭曲的社会成本——这往往表现为政策干预对市场内在结构的破坏和价格信号的扭曲，区别是，后一种扭曲更难矫正，更体现出制度成本的刚性。

更重要的是，资本常常是盲目、贪婪和无情的，这恰恰要求国家扮演界定产权、制定规则和守护公共利益的角色。界定产权可以疏导资本的贪婪，制定规则可以缓解资本的盲目，守护公共利益可以遏制资本的无情。而国家资本主义却要求国家与资本共舞，用公权力为资本的盲目、贪婪和无情推波助澜，火上浇油。

在国家资本主义的体制下，且不说政治精英凭借公权力设租和寻租易如反掌，就算他们品质高尚廉洁奉公，由于公权力不受约束和资本不受监管，一旦决策失误，所造成的资源浪费也必然远远大于市场环境下一个企业家的投资失误。因此，即使刘志军不贪腐、不傲狠，他所主导的高铁建设也不可能不是畸形的，因为所有决策都是在允许“无穷透支”的前提下制定的。

高铁神话是中国特色的国家资本主义的缩影。高铁建设的畸形，根源在于人们对国家资本主义的幻觉。

表一 各国（地区）高铁营运里程

	营运里程（公里）
中 国	6552
日 本	2459
法 国	1700
德 国	1290
西班牙	1272.3
意大利	734
俄罗斯	640.7
中国台湾	335.5
比利时	326
葡萄牙	314
土耳其	245
韩 国	240.4
英 国	109
荷 兰	100
瑞 士	79
荷 兰	60

注：表内数据是记者根据各国（地区）公布的公开资料整理的。数据统计截至2009年12月31日，统计范围为已投入运营的可运行时速200公里以上动车的铁路。

表二　中国高铁跃进之路（2007—2011）

时　　间	中国高速铁路投入运营里程
2007 年年底	2876 公里
2008 年年底	3481 公里
2009 年年底	6552 公里
2010 年年底	8358 公里
2011 年 7 月	9676 公里

注：2007 年 4 月 18 日起中国铁路第六次大提速后有 2876 公里铁路最高运营时速达到 200 ~ 250 公里。

第二章
大崩溃

还是在2010年上半年高铁建设正大规模铺开时，财新资深调查记者于宁就准备写一个关于高铁的深度报道。最初的想法很简单：中国如此大投入、大规模地上高铁，到底能不能赚钱?

京津高铁是我们瞄准的第一个目标。从2008年8月1日开通到2010年，京津高铁已运行一年半，且京津之间客流量大，这条线路的运行情况能够反映高铁在比较理想情况下的市场状况。

但调查很难进行下去，刘志军治下的铁路系统对媒体严防死守，记者用了各种办法，仍无法拿到京津高铁的运营数据。而且，即使拿到数据，即使数据显示京津高铁不赚钱，也无法熄灭政府对于高铁的建设热情。2010年，中国高铁已成为中国模式的象征，其速度令外国人都刮目相看。在当时的氛围下，任何对高铁的质疑都像是鸡蛋里挑骨头——不赚钱又怎样？中国经济高速发展，对基础设施的投资即使刚开始超前，最后也总被证明物超所值。

这个题目后来搁置了。直到2011年2月，被称为“中国高铁之父”的铁道部原部长刘志军因贪腐下台，一个“中国式发展定律”再次被验证：由政府主导投资的基础设施项目越大，腐败的机会和空间也越大。随之而来的，是一个目前还没有曝光但通常与腐败如影随形的问题——安全。“高铁大跃进”带来的普遍的抢工期加剧了质量危机。

刘志军落马后，中国应不应该发展高铁这个题目再次被提出来。在财新的编前会上，这个选题引起了激烈争论。即使刘志军已经下台，但在他下台之初，对高铁的乐观情绪仍然存在。很多人热爱高铁，因为它宽敞、干净、快捷。至于安全，当时还没有明确的证据证明高铁不安全。

但是刘的下台使采访变得比过去容易，言禁放松了，几乎每个接受采访的铁路业内人士都提到了对高铁安全的担忧。一位铁道部高工说，高铁路基要求五年沉降，采用高架桥是为了缩短沉降期，风险很难估计；一个做铁路工程的老板说，对铁路来说，完工时间是第一位的，为了赶工，什么办法都想，偷工减料也得提前；一家给路基供货的高铁供应商说，由于多条线路同时上马，有时接到单子时，交货时间已经过了，“这种情况下产品很难做到没有问题”。

这些调查形成了财新2011年3月的一组关于高铁经济合理性、技术和建设安全性、公益性的报道，包括《速度的代价》和《高铁通向何方》等。那时，安全还是隐患，没有变成现实。

很多人至今仍相信高铁是中国经济的奇迹，也只有奇迹可以拯救中国的高铁，但奇迹没有发生。5个月后的2011年7月23日，隐患“爆炸”了，在距离温州南站5公里处的一座高架桥上，两列动车追尾，40人罹难。

京沪高铁预警

“7·23”事故之前，京沪高铁已经拉响了安全警报。

白欧阳（化名）称得上是“最倒霉的乘客”。2011年7月10日，他乘坐G159次列车从北京前往南京时，被困在断水、断电、断空调的封闭车厢达140分钟之久。两天后，他乘坐G2次列车返回，又遭遇京沪高铁宿州段供电故障。一位6岁的小乘客建议他：“叔叔，咱俩下车把这趟车推走，坐下一辆吧。”

根据铁路部门事后的通报，2011年7月10日18时左右，刚刚开通10天的京沪高铁滕州东站内出现接触网故障，经抢修于19时37分恢复行车，19趟列车晚点。7月12日10时45分，京沪高铁宿州附近供电设备发生故障，

13时修复，其间造成上行、下行双向全线停驶，仅上海虹桥站就有50趟列车晚点，最长晚点达3小时45分钟。

屋漏偏逢连夜雨。2011年7月13日，由上海虹桥开往北京南站的G114次列车在镇江南站附近停靠一个半小时后，换备用车前行。同一天，为京沪高铁而建的南京南站再度爆出工程质量问题，换乘大厅部分地段出现屋顶漏雨和地基下沉。

京沪高铁开通运营仅10多天，即接二连三发生故障，这究竟只是运营初期的阵痛，还是赶工埋下的安全隐患?

多次参与高铁规划的中国工程院院士王梦恕称，7月10日与12日两次故障都是短路跳闸引起的，都与接触网有关。接触网是沿钢轨上空“之”字形架设、供受电弓取电流的高压输电线，是高铁供电系统最关键也是最薄弱的环节。据王梦恕介绍，7月10日的故障是由于瞬间风速过大，超过9级，一条接触网附加线因而偏移，碰到物体后引发变电站跳闸停电。检修工作仅半小时就完成，但为了安全起见，又进行了全面排查。

时任铁道部新闻发言人的王勇平2011年7月14日下午做客人民网强国论坛时也表示，7月12日G102次动车组受电弓损伤，引发弓网事故，具体技术原因仍在分析之中。

王梦恕还称，接触网、轮轨和信号系统是高铁最可能出现故障的三大环节，其中后两者因为关乎运行安全而更受重视。至于接触网近来问题频出，一方面是因为重视不够，另一方面也是调试期间的正常现象，属于工艺问题，而非工程质量问题。他估计，一个月左右的磨合期过后，情况会有好转。

不过，就在2011年3月18日，京沪高铁四电系统集成电气化工程全线送电成功时，铁路部门曾如此吹嘘京沪高铁的技术含量和安全性：“京沪高铁接触网误差小于头发丝，用造飞机的理念施工。该接触网实现了无硬点、无高差、无离线，是国内也是世界上最稳定、质量最好的牵引供电系统。”

至于7月13日G114次列车出现的故障，一位机车厂技术人员告诉财新记者，是北车集团长春轨道客车股份公司生产的CRH380BL-6418列车的速度传感器出现问题，长客股份等不掌握控制系统软件技术，没有办法自主调控，致使车速受到影响。

“先前铁路部门把话说得太满了，使得乘客的预期和现实反差太大。另外，如果不那么赶工期，也不至于频频出现故障。”一位参与过 2011 年 3 月京沪高铁接触网调试工作的专家说。

从 1990 年启动可行性研究，到 2011 年 5 月 10 日试运行、6 月 30 日正式开通，各方围绕着京沪高铁论战不休。京沪高铁真正的建设时间只用了 3 年，比原定工期提前一年半，某些工程完成得过于仓促。

号称亚洲最大的南京南站，开通不到 10 天就把北广场数千平方米的地砖全部敲碎，重新铺设。相关建设单位表示，因京沪高铁赶在“七一”前通车，原先铺设的地砖为“临时设施”。

此前的广深、武广等高铁开通后，故障也不少，但似乎未像京沪高铁如此频繁地发生接触网故障。北方交通大学电气工程学院牵引供电研究所所长吴命利接受财新记者采访时指出，一方面是此前调试时间相对充裕，另一方面是京沪高铁线路更长，路况复杂，高架多，受风力和天气影响更大。

“像京沪高铁这样庞大的系统工程，运营初期必然有很多故障，接下来是稳定期，接近使用年限时又会故障频发。”吴命利称，这种典型故障曲线被称为浴盆曲线，即两头高，中间低，“别的高铁也存在诸多故障，只是关注度没有京沪高铁那样高罢了”。

铁道部一直没有公布 2011 年七八月间京沪高铁故障的发生频次及原因分析，但从一些内部人士发表的论文中可以一窥端倪。武昌客车车辆段邹生敏 2009 年撰文指出，CRH2 型动车组开行以来，受电弓发生过不同程度不同类型的故障；上海铁路局侯祥君 2010 年撰文称，CRH3C 型动车组在沪宁城际开通前期出现几起故障，应急处理不当；北京铁路局赵晓明等人 2011 年撰文透露，2009 年 2 月 12 日京津地区一场小雨，使得 CRH3 型动车组车顶高压电器设备绝缘性能下降，主变流器发生接地故障，多列动车组晚点。

某专门引进铁路技术的公司网站上，挂着一份《张曙光在动车组质量安全会议上的讲话提纲》（2009 年 6 月 25 日）。时任铁道部运输局局长的张曙光当时以严厉的口吻痛斥机车制造过程中存在的问题和隐患，他指出，仅 2009 年上半年，就发生影响行车20分钟以上及更换车底的动车组行车设备故障45件。

其中，2009年1月2日，CRH1型车因继电器故障，耽误广深线上行2小时11分钟；6月1日，CRH5型车启动阀在重联作业后被关闭，途中停车7次，晚点2小时32分。

据称，2009年6月18日，刘志军在动车制造企业检查工作时，发现铝合金车体端墙存在焊缝随意打磨等问题，曾批评该企业“没有好好珍惜这来之不易的订单和市场”。

不管中国铁路部门是否愿意，新开通的京沪高铁很容易被人拿来与日本新干线相比。

2011年7月7日，时任铁道部新闻发言人王勇平做客新华网时表示，二者完全不能相提并论，无论速度还是舒适度，无论线上部分技术还是线下部分技术，新干线与京沪高铁的差距都很大。5天后，上海铁路局宣传部副部长陈万钧在其个人博客中撰文称，新干线1964年开通后经历了10年磨合期，即便在近两年，各种故障也经常发生。与新干线相比，京沪高铁是“新手上路”，公众应理性看待其开通初期的故障。

负责运营东海道新干线的JR东海（东海旅客铁路公司）一位人士则告诉财新记者，2009年度，尽管受到大雨及强风等自然灾害影响，每天有341班的新干线平均延迟时间也仅为30秒。运营东北新干线的JR东日本（东日本旅客铁路公司）一位人士也说，2011年尚未因供电设备故障而停车。作为例外，2011年1月17日控制系统故障，东北新干线等5条线路列车停运，但公司第二天就在官网公布了包括具体情况和可能原因等在内的详细报告。

当被问到日本新干线有没有类似京沪高铁4天内3次出现故障的情形时，JR东日本这位人士说：“我们会在通车之前试开，例如，最近通车的东北新干线青森路线，我们进行了长达半年的试开。”

在日本，乘坐新干线时需购买普通车票和特快车票。一旦新干线延误超过两个小时，铁路公司会将特快车票费用退给乘客，若乘客决定中途下车，有可能连普通车票费用一并退还。

京沪高铁暴露的问题只是高铁安全隐患的冰山一角，但已足够令公众震惊。他们没有想到，一场更大的灾难即将到来。

而中央及铁道部高层在京沪高铁正式开通之前，对于高铁安全问题已有所顾虑，并做出了安排，其时，接替刘志军担任铁道部部长的盛光祖公开表示京沪高铁将降速降价运行。盛光祖称，京沪高铁将安排开行时速 300 公里和 250 公里两种列车，实行两种票价，初期每天开行 90 对，包括京沪一站直达、省城间直达和沿线交错停车三种模式。为什么降速？一位参与“十二五”规划讨论的专家透露说，早在 2011 年 2 月初，已有多位专家提醒中央要注意高铁土地沉降问题以及 300 公里以上高铁的运行安全问题。那时，刘志军尚未事发。

最高时速 300 公里是京沪高铁早期进行可行性研究时提出的目标，国家发改委审批时通过的设计时速为 350 公里，初期运营时速为 300 公里。但实际建设中，京沪高铁是按最高时速 380 公里的标准来建的。这是刘志军任内屡试不爽的游戏之一——京津、沪宁、武广、郑西等多条高铁线路的设计时速，在国家发改委批复的可行性研究报告里均确定为 200 公里及以上，但到了施工过程中，都“以上”到了 350 公里——这是目前全球铁路的最高运营时速。

伴随京沪高铁 380 公里的“世界最高运营速度”的，还有所谓“拥有自主知识产权”、时速 380 公里的新一代高速列车“和谐号”380A 的诞生。2010 年 5 月 27 日，首辆 380A 在中国北车长客股份高速车制造基地下线。据称，其持续运营时速 350 公里，最高运营时速 380 公里，将率先用于京沪高铁。2010 年 11 月初，原铁道部副总工程师兼运输局局长张曙光曾表示，未来 5～10 年内中国高铁运行时速超过 400 公里在技术上完全可行。他透露，2011 年 3 月铁道部还将在京沪高铁枣蚌试验段上进行 500 公里时速试验。

到了 2011 年 6 月，在刘志军倒台后，这一速度值退回到出发时的原点，用一位铁路系统人士的话说，“只是回归正常而已”。但按 380 公里最高时速建设的铁路成本已然固化，甚至在一些业内人士看来，降速也未必一定能够增进对安全的保障，这更多地是一个象征。这条“新中国成立以来建设里程最长、投资最大、标准最高”的高速铁路降速运行，标志着中国铁路对于速度的狂热追求终于让位于安全。

只不过，这一切来得太晚了，危机的种子在狂热的建设过程中早已种下。

“7 · 23”雨夜：一场匪夷所思的追尾

危机比所有人担心的来得更快。2011 年 7 月 23 日晚 20 时 30 分左右，由杭州站开往福州南站的 D3115 与由北京南站开往福州站的 D301 相撞。这注定成为中国铁路发展史上的一个标志性事件，并长久地留在公众的记忆之中。

D3115 列车，16 号车厢，27、28 座——这两张火车票，是山东人王海茹和她的丈夫曹卫东劫后余生的“纪念”。

7 月 23 日 19 时 50 分左右，由杭州站开往福州南站的 D3115，到达温州南站的前一站永嘉站。第一次乘坐动车的王海茹，特意看了看手表。按照正常的时刻表，D3115 到达永嘉站的时间应为 19 时 47 分。永嘉站与温州南站相距 16 公里，这趟车尚需运行 9 分钟左右。

D3115 列车长蒋晓梅后来接受媒体采访时表示，这趟车晚点大概 5 分钟。她回忆，列车从温岭站开出后遭遇雷阵雨天气，不得不减速行驶。到达永嘉站后，又临时停车 20 多分钟。她听到司机在对讲机中告诉随车机械师，由于天气原因前面没有信号，没有办法通行。

7 号车厢一位乘客告诉记者，这趟列车在永嘉站停留几分钟后，又有一趟列车驶过，她无意中看了看车号：D301。

永嘉是一个小站，D301 原本不应在这里停靠，按计划，它应在 19 时 14 分从温岭站出发，以平均时速 200 公里以上的速度直接开往温州南站，19 时 42 分到站。列车已经晚点，现在因为信号故障，不得不陷入新的等待。

D301 列车 4 号车厢最后一个包间里，坐着王薇和她的妈妈、儿子以及两个同事。车厢由软卧改造而成，每个包厢里有 6 个座位。他们 2 点多在南京上的车，当时列车已经晚了近半个小时。

20 时 15 分左右，D3115 从永嘉站驶出。很多乘客意识到，列车行驶速度“似乎不正常”。16 号车厢 21 座的乘客吕德民和 10 号车厢的乘客鲍永远均表示，列车提速两三分钟后，渐渐减速。

列车长蒋晓梅也证实，20 时 22 分左右，D3115 在路上慢慢停了下来，“停了五六分钟后重新启动滑行”。

事后的调查显示，D3115 次列车此时已到达此前因雷击出现故障的区域，按规定应从自动驾驶转为目视行车模式继续行车，但从 20 时 21 分 46 秒开始，D3115 次司机 3 次尝试转换行车模式未能成功，其间 6 次呼叫上海列车调度人员未果，列车被迫在原地停留了 7 分 40 秒，直到 20 时 29 分 26 秒才终于重新启动，以每小时 16 公里的速度缓慢前进。

没有人意识到灾难临近。16 号车厢里，王海茹嘲笑丈夫曹卫东“头发太乱”；吕德民和身边一位名叫陈道弟的老人闲聊，老人带着妻子温爱萍、大女儿陈熙、3 周岁的外孙周仁特以及怀着 7 个月身孕的小女儿陈碧从绍兴站上车，前往温州。

王海茹清楚地记得，那个 3 岁的小男孩穿着一双黑色的沙滩凉鞋，淘气地在后座跑来跑去。16 号车厢的乘客不算太多，1—16 号座位在车尾。在王海茹拍摄的一个视频里，可以清晰地听到一个小女孩在喊：“我要爸爸，我要爸爸。”后来，她才知道这个小女孩就是事故 20 小时后获救的“奇迹”——项炜伊。不到 3 岁的小炜伊随父亲项余岸、母亲施李虹从杭州游玩回家，坐在车尾靠近包厢门的座位。

另一辆列车 D301，于 20 时 24 分从永嘉站开出，最高时速可能接近 200 公里。3 号车厢的付小姐回忆，“当时的速度很正常”。

D301 如果以 200 公里的速度开行，只需几分钟就能抵达温州南站。就这样，20:15 开出的 D3115 走走停停，20:24 开出的 D301 高速行进，它们运行在同一条轨道上，朝向同一个方向，现在都已接近终点。

D301 司机对于前方潜藏的危险一无所知。事后调查显示，直到当晚 20 时 29 分 32 秒，在前车 D3115 已经因故停车 7 分多钟后，温州南站值班人员才呼叫 D301 次列车司机，告之 D301 次列车行驶前方区间有车，“现在注意运行啊……现在设备……”他的话没有说完通话已经中断。

此时，D301 次列车已行驶到距离 D3115 次列车停车地点 497 米的位置。两辆列车的乘务员正在广播，提醒旅客“温州南站就要到了”。D301 车 2 号车厢的陈爱听起身从行李架上取下行李，走到 2 号、3 号车厢的连接处。

由于雷击，温州双屿街道双岙村从 19 时多开始停电，全村一片漆黑。20

时 27 分左右，在自家二楼大窗户前乘凉的村民谢丽看到一列火车出现在铁轨上，“几乎没怎么动”。她觉得很奇怪，过了三四分钟，她看到这列火车的背后，车灯照射过来，“又有一列火车开过来了”。

灾难几乎在一瞬间发生。D301 次列车司机和温州南站人员通话完毕 33 秒后的 20 时 30 分 5 秒，“咣唧唧”一声巨响后，快速行驶的 D301 在下岙路段的铁路桥撞上了缓缓而行的 D3115。D301 次列车司机潘一恒在最后一刻采取了紧急制动，但相撞之时，D301 的速度仍有每小时 99 公里。

D301 列车长沈冰倩接受央视采访时说，大概在 20 时 31 分，D301 采取紧急制动刹车，列车强烈震动，车内停电，用电台无法再联系上司机潘一恒。

村民谢丽这样描述当时的场景：“后面那列火车的前几节车厢撞到前面那列，掀到半空里，再重重地落下来。”那一瞬间，很多村民都看到了金黄色的火花，还有浓重的黑烟。

王海茹听到撞击的巨大响声，车厢剧烈震动，车厢断电，漆黑一片，只听到行李架和行李“咣咣”坠落。她的身体从座位上止不住地下滑，乘客惨叫声响成一片。曹卫东一只手死死抓住前方的椅背，一只手拉住王海茹，将妻子的头紧紧护在胸前。

D301 列车 3 号车厢的付小姐回忆，当时听到列车紧急制动的声音，整个身体都往前倾，车厢里“全都黑了”。她拼命抓住小桌板，“怎么抓都抓不住”，车厢一直在翻滚，她在包厢里从这头甩到那头，一边尖叫一边随着车厢往下掉。一声重重的坠地声后，3 号车厢出轨，摔落到高架桥下。

事后看到，被撞的 D3115 次车 13—16 号车厢脱轨，其中，16 号车厢就像一个被揉烂的铁皮盒子，车厢后半截受到严重挤压；D301 的 1—3 号车厢坠落到 15 米高的铁路桥下，4 号车厢斜挂在了铁路桥与桥下的泥塘之间。

铁路桥上，王海茹和丈夫曹卫东用坠落的行李架拼命砸 16 号车厢的窗玻璃，但“死也砸不开”。所幸的是，曹卫东看到右侧的窗户玻璃碎了一大半，他拉着王海茹，从窗户里爬了出去。

21 座的吕德民使尽力气，拆掉座位，从车厢底部一个半径不足 30 厘米的黑洞，跳到铁轨上。之后，他又伸手，将旁座的陈道弟老人从黑洞里拽了出来。

窗外正在下雨，曹卫东和王海茹夫妻俩哭喊着往前跑，大概跑了 10 节车厢的样子，到达一个修路工的小木屋。曹卫东让修路工拨通 110，他浑身颤抖，甚至说不完一句完整的话，一直哭喊："出事了，撞火车了。"

王海茹回忆，当时 16 号车厢跑出来 5 个人，曹卫东和吕德民一直在试图救人。一位中年妇女声嘶力竭地哭喊："我的女儿还在里面！主啊，救救我的女儿吧！"

10 号车厢的鲍永远跑了出来，然后，这位温州瑞安市文联的工作人员带着几个身强力壮的小伙子开始救人。他往后跑时，在 12 号车厢附近遇到一个穿制服、个子不高、30 多岁的中年人，他就是 D3115 的司机。司机拿着电话，一直在喊："出事了，怎么办！怎么办！"鲍永远和他一起跑到车后，看到 15、16 号车厢之间已经断开，中间有一具鲜血淋漓的尸体。鲍永远点燃一支"中华"，塞在已瘫坐在地上的司机嘴里，发现司机浑身都在颤抖，嘴角抽搐。

王海茹也见到了这位 D3115 的司机，司机当时瘫坐在铁轨上，一边痛哭，一边冲电话吼："当时我说能过去的，他（音）非让我停！"

在 D301 车上，4 号车厢的王薇死死抓住能扶住的东西，车厢在旋转，她的两名同事压在她的妈妈和儿子身上。等他们清醒过来，发现车厢侧翻，大家都挤贴在火车玻璃上，玻璃特别厚，根本砸不开。车厢门变形，也无法打开。车里面很闷，他们感觉呼吸困难。过了 10 分钟左右，下岙村的村民砸开了过道一侧的窗户，打开车厢门，王薇一行获救了。2 号和 3 号车厢连接处等待下车的陈爱听，也被村民拉出来送到医院。

而 D301 司机潘一恒的遗体很快也被发现，他浑身鲜血，闸板穿透了前胸。

百米外的双岙村主要从事鞋类加工业务，村民和外来打工者加起来有几千人，其中有几百人参加了救援。鼎力峰鞋材厂的阮长宵赶到现场时，发现"有一节车头插在地里，车头整体已经歪曲，另一侧则接着地面"。他和村民开始帮着乘客从车身中间的缝里爬出来。

有人在泥塘里发现一名乘客，浑身都是泥浆，撞车时从断裂的两节车厢里直接“飞”入泥塘，但伤势不是很严重。4 号车厢很多未受伤的乘客则在村民帮助下，沿着铁栏杆爬了下来。

警察和消防人员接警后几分钟就到场的官方说法，受到村民们的质疑。一位村民表示，大概 20 时 50 分，消防车到了。没过多久，警车也到了。第一批参加救援的一位警员说，他们到达的时间是 21 时 8 分左右。救援起初在桥下展开，D3115 的一些乘客反映说，救援人员在 2 个多小时后才发现桥上也需要救援。

附近村民几乎全部动员，“来晚的都挤不进去”。

一位姓蒋的村民说，救援队到了之后，“百姓们就不能参加救援了”。另外，救护车快半个小时后才到达现场。有一个女人的脊椎撞伤，浑身是血，好不容易搬到救护车上，“却没有座位了”。村民找了一辆四轮车，两个人托着她的头，一路送到医院。

32 岁的杨峰在 24 日凌晨 1 点多赶到现场，他是 D3115 次 16 号车厢乘客陈碧的丈夫。23 日 21 时多获知消息后，穿着睡衣的他和堂弟一起开车从绍兴赶来。下车后，他们穿过一片草坡，蹚过一条河，再横穿一块麦田，浑身泥泞地进入现场。刚开始，他们在铁路桥下的 4 节车厢内辨认，后来，两人爬到铁路桥上的铁轨，找到第 16 号车厢。

杨峰回忆，他爬进 16 号车厢里，看到断手、断脚，被压着的尸体，以及遍地血迹。凌晨 3 点多，救援人员对这节车厢进行切割，“但没切开，就停止施救了”。

“为什么不救了？！里面还有人！”杨峰大吼。一位武警官兵回答：“用过生命探测仪了，里面没有生命迹象，都是尸体。”

24 日凌晨 5 时左右，财新记者通过一片泥泞的垃圾场，靠近事故现场，看到两位女士正在恳请救援人员施救，而一个爬出来的男人说：“有一块铁板压在我弟弟身上，叫了两三个小时都没有人救。”

获救的乘客被迅速送往附近的医院，1000 多名未受伤的乘客则被暂时安置在温州市第 23 中学和双屿客运中心。

5 时 30 分左右，天开始亮了，头戴中铁二十二局安全帽的一批队员到达现场。领队的商姓队长说，他们带来了挖掘机、装载机和吊机，任务主要是处理现场。

两岁零八个月、撞车后被压在车厢门口的项炜伊，是动车追尾事故的最后一名幸存者。这个童花头、单眼皮，被称为伊伊的小女孩，在事故发生20个小时后的7月24日17时多，被发现“手指仍在动”，还有生命体征。那一天，温州特警支队支队长邵曳戎原本接到指令，要将D3115列车的16号车厢从桥上吊下来。但他说，他坚持先在桥上搜救，从而保住了项炜伊的生命，这个故事后来被广为传颂。

鹿城消防大队勤奋路中队指导员姜建序说：“找到伊伊之前，在16号车厢，我们找到了12个人，都没有呼吸了。”

小炜伊之后，再没有幸存者。24日17时至18时15分，短短一个多小时，救援人员又在16号车厢找到8名遇难者的尸体，其中，有小炜伊的父母，还有杨峰的亲人。

在项炜伊获救之前，救援工作一度陷入停滞。尽早恢复通车，已成为现场指挥者的优先选项。7月24日这一天，很多现场目击者发现，挖掘机作业，挖出一个大坑，D301的车头被翻倒，推进坑中，一些车体碎片被掩埋。有现场目击者用视频和照片记录下了这些情景。

7月24日中午，财新记者在事故处理现场看到，D301的车头被挖掘机翻倒在旁边挖出的一个大坑中，随后陆续运来十几辆卡车的沙石，在事故现场铺出道路。14时过后，两辆大吊车进场，在沙石铺出的路面上放置脚垫以防下陷。16时，准备就绪的两辆大吊车首先将损毁严重的D3115列车15号车厢吊下。

7月24日当晚举行的新闻发布会上，有记者问车体为何被掩埋，时任铁道部发言人的王勇平称：“他们把车头埋在下面，盖上土，主要是便于抢险。”上海铁路局一位路段技术负责人称：“车厢对事故调查没有帮助，现在是废铁一堆，清理掉它，是我们正常的工作流程。”中铁三局一位人士则告诉财新记者，因为300吨吊车要进场，将桥上拉不走的车厢吊下来，得腾出场地。

这些动作几乎全程被媒体和公众微博直播，舆论质疑铁道部在“掩埋车头、销毁证据”。

其后，国务院“7·23”甬温线特别重大铁路交通事故调查组研究决定，将遗留在现场的事故车辆移送至温州西站，做进一步调查处理。

新华社记者7月27日发表署名报道称，至26日深夜，事故现场清理完毕，“之前埋下的D301次动车车头也被挖出运走”；该记者看到，“这些残骸裹满泥土，许多已成碎片，现场施工人员用挖掘机将它们掘起，再装入10多辆翻斗车运走”。

现场解除封锁后，附近一些村民听闻车厢碎片可以卖钱，纷纷回到事故现场“挖宝”。

7月28日，铁道部再度回应，称掩埋车头销毁证据一说不属实，但新华社等媒体披露，铁道部此前在处理列车脱轨事故时确有掩埋车体的前科。

在事故发生的桥下，大坑犹在，已变成一个水坑，工作人员在水塘边修起围栏，隔日又拆掉。

一些遇难者家属质疑，如果救援工作未中断，或许可以多救出几位乘客。“我丈母娘肢体就是完好的，如果凌晨的时候坚持救，说不定还有希望。”杨峰说。

陈碧的遗体在殡仪馆被发现，已经面目全非。“凭着对她的感觉，就是一只手，哪怕她是一段焦木，我也能感受到她的气息，我也能认出来。”杨峰说，何况妻子手上还有一枚卡地亚的订婚戒指。

在殡仪馆，事故遇难者都被编号。陈碧的姐姐陈熙，她们的母亲温爱萍，以及陈熙的儿子周仁特也不例外。在这里，冷冰冰的编号意味着与亲人永别。

不久，官方称此次事故共造成40人死亡。杨峰则坚称还要加上一个生命，因为死去的妻子腹中还有一个7个月的孩子。

25日晚，自发的悼念活动在温州市世纪广场进行，人们点燃蜡烛，放飞祈福灯。

项炜伊父亲项余岸的学生自发唱起歌曲，纪念遇难的老师。

28日上午，时任国务院总理温家宝到温州市医学院附属儿童医院看望了项炜伊。此前，该院副院长唐疾飞曾经表示，小炜伊是挤压综合征引起的肌肉坏死，左小腿功能今后可能受到影响。

事故次日晚上，铁道部举行新闻发布会上，有记者追问："为什么在你们救援结束后，在拆解车体的时候，还能发现一个活着的小孩子？"铁道部发言人王勇平称："这是生命的奇迹。事情就是这样发生了。"

"7·23"动车追尾事故遇难者

姓名	性别	年龄	籍贯	备　注
陈　伟	男	42 岁	福建籍	
黄雨淳	女	11 岁	福建福州人	
陆海天	男	20 岁	安徽无为人	中国传媒大学信息工程学院 2009 级学生
朱　平	女	20 岁	浙江鹿城人	中国传媒大学动画与数字艺术学院数字媒体艺术二班学生
金显眼	男	34 岁	浙江平阳人	
曹尔星	男		福建籍	美籍华人
卓　煌	男	38 岁	福州人	
金扬钟	男	8 岁	平阳人	
毛菲菲	女	25 岁	浙江平阳人	与丈夫苏孝图一起遇难，遇难前怀有身孕
苏孝图	男	28 岁	浙江平阳人	与妻子毛菲菲一起遇难
温爱萍	女	51 岁	浙江平阳人	
陈　碧	女	28 岁	浙江平阳人	怀有身孕，温爱萍的女儿
陈　熙	女	29 岁	浙江平阳人	温爱萍的女儿，陈碧的姐姐
周仁特	男	2 岁 7 个月		陈熙的儿子
张秀燕	女	32 岁	福建连江人	
陈　跃	女	31 岁		浙江瑞安人，金建飞的妻子
金建飞	男	32 岁	浙江瑞安人	与妻子陈跃一起遇难
金文博	男	4 岁		金建飞和陈跃的孩子
徐配配	女	23 岁	河南上蔡人	
郝乃刚	男	58 岁	天津北辰人	
陈云英	男	46 岁	福建晋安人	
李建忠	男	42 岁	浙江鹿城人	

姓名	性别	年龄	籍贯	备　注
LIGUORI ASSUNTA（利古·奥莉雅苏恩塔）	女		意大利人	
胡维鹏	男	33 岁	福建福州人	
项余岸	男	30 岁	浙江鹿城人	温州任岩松中学语文老师 最后获救小女孩项炜伊的父亲
施李虹	女	29 岁	浙江瓯海人	项余岸的妻子 最后获救小女孩项炜伊的母亲
江正通	男	42 岁	浙江温岭人	
林　骁	男	40 岁	福建福州人	
陈怡洁	女	10 岁	杭州下城人	
林　焱	男	27 岁	福建福州人	
穆立楠	女	22 岁	北京顺义人	
陈鸿鹏	男	14 岁	福建长乐人	与叔叔陈财发一起遇难
陈财发	男	38 岁	福建长乐人	
郑杭征	男	34 岁	福建连江人	
陈治平	男	59 岁	浙江鹿城人	
吕红艳	女	39 岁	湖南长沙人	
曾国钧	男	45 岁	浙江瑞安人	
CHEN ZENGRONG（陈曾容）	女		福建籍	美籍华人
赵立松	男	39 岁	福建福州人	
潘一恒	男	38 岁	福建福州人	D301 次动车组的福州机务段动车司机

（统计截至 2011 年 7 月 29 日 18 时，后官方调查报告确认 40 人死亡）

一环一环断裂

事后看来，发生在温州的这次火车追尾是一次匪夷所思的相撞，它所暴露的不仅是中国所谓高铁自主知识产权的千疮百孔，也暴露了整个铁路运营管理系统的低效和混乱。事后的救援和善后更是冷漠敷衍，挑战了公众承受能力的底线。

事故发生5天后，2011年7月28日上午，上海铁路局新任局长安路生在国务院“7·23”甬温线特别重大铁路交通事故全体会议上首次承认，“7·23”动车事故是由于温州南站信号设备在设计上存在严重缺陷，遭雷击发生故障后，导致本应显示为红灯的区间信号机错误显示为绿灯。

该信号设备由中国铁路通信信号集团公司旗下的北京全路通信信号设计研究院设计，该院2011年7月28日上午在其网站公开发表一封落款日期为7月27日的道歉信，并表示要积极配合事故调查工作，“敢于承担责任，接受应得的处罚”。

刚从铁道部总调度长任上派来“救火”的安路生还表示，温州南站电务值班人员没有意识到可能的错误显示，未按有关规定进行故障处理，没能防止事故的发生。

安路生没有提到调度的责任。但后来的调查显示，当晚除信号系统出问题外，上海铁路局的行车调度部门对此次事故也负有不可推卸的责任，2011年年底出台的“7·23”事故调查报告证实了这一点。

早在调查报告出炉之前，事故的过程和原因已被媒体还原。引发这一悲剧的，绝不仅仅是信号设备的缺陷、电务值班人员的懈怠，或者是调度失误，而更像是中国落后但压力巨大的铁路运营管理系统，在大范围引入高速度奔跑、高科技控制的高铁后发生的一次系统性崩盘。

早在“7·23”事故之前，高铁的安全链条早已一环一环断裂。

发生追尾的后车是北京南站开往福州站的D301次，前车是杭州站开往福州南站的D3115次。从到达永嘉站的这刻起，错位已经开始了。按正常情况，D301原本不应该在永嘉站停留，原本应该跑在D3115前面，但它晚点了。

7月23日19时52分左右，D3115次开进永嘉站。正常情况下，该车次在这里只停一两分钟，但是，D3115 次以及十几分钟后到达的 D301 次，分别在这里停留了 20 多分钟和半个小时左右，列车被迫滞留的原因是前方出现了红光带。

在铁路控制系统中，以线路钢轨为导体，构成轨道电路，两条轨道被列车的轮对短接，在控制系统中就会显示为红色，从而指示车辆的位置。但在绝缘损坏、雷电等情况下可能造成无车路段的路轨短接，或者信号设备系统本身有故障，显示异常红光带或“闪红”。

列车运行需听从调度指挥。对 2009 年 10 月 1 日正式开通的甬台温客运专线而言，列车司机需要按上海铁路局的调度室指令行事。永嘉站站长刘二强和温州南站站长吕庆祥均声称，站内只有工务、电务负责维护，并无调度。

红光带是火车运行过程中的常见故障。出现红光带的原因很多，或为前方路段有车，或为故障所致，调度室往往难以判断。在这种情况下，调度室应该采取保守做法，将其当作前面有车来处理。

D301 的一位随车机械师回忆，他曾询问司机潘一恒在永嘉站滞留的原因，被告知是“待避”。待避为铁路术语，指前车避开，让后车先走。

铁道部一位退休官员解释说，红光带只在调度台显示，司机是看不到的。司机只看地面信号，以地面信号灯作为运行的绝对凭证——绿灯全速前进，黄灯减速运行，红灯停车。而动车因为运行时速快，一般在 200 公里以上，为保障行车安全必须依靠车载自动防护系统（ATP）来驾驶——地面信号将通过应答器发到 ATP 上。

根据网络流传后得到业内专家证实的一份事故当天“调度作业和车站作业记录”，19 时 36 分，因温州南站 4 道出站信号无法开放，调度布置温州南站转为非常站控。8 分钟后，随着 D3212 开出，调度取消非常站控模式。到了 19 时 53 分，因为温州南站下行线的三接近轨道电路再次出现红光带，该站再次转为非常站控。19 时 55 分，永嘉站也转为非常站控。

所谓非常站控，是指在非正常情况下改由车站办理出发列车和进站列车作业。

所谓三接近，则是指还有接近 3 个闭塞分区的距离。在列车的行车调度上，铁路被分成若干段，叫闭塞分区。每个分区的开头结尾都有信号装置，以红绿灯显示。每段分区一次只允许一趟列车通行。

有列车运行的闭塞分区，禁止其他列车进入，所以它后面的灯是一个红灯。紧接着的一个闭塞分区是黄灯，其次是黄绿灯，再后面才能是绿灯。

理论上，3 个闭塞分区的设置可以防止列车在高速行驶当中追尾，因为后车在距离前车两个闭塞分区的时候就会收到黄灯信号警示，距离前车一个闭塞分区时会收到红灯信号警示。但 7 月 23 日晚上，信号系统却没有正常发挥作用，这是当日天气、信号软件设计缺陷和人为操作失误共同作用的结果。

国外闭塞分区多在 10 公里以上，而中国的多在 2 公里以上甚至更短。上海铁路局一位工作人员表示，中国铁路的流量大，不可能像国外那样宽松。温州南站通信车间工作人员称，在永嘉站至温州南站这个路段上，每个闭塞分区的长度为 1.4 公里。

20 时 15 分，调度在红光带故障并未排除的情况下，决定让 D3115 从永嘉站开出，因为按计划还有两趟动车需在当天 21 时之前到达温州南站。

D3115 的车速并不快，开了约 7 分钟以后又停了下来。D3115 次列车之所以停下来，是因为前方就是出现红光带的路段。按规定，司机要在这里从自动驾驶转为目视模式行驶，即放慢速度通过故障路段。

一定程度上，红光带是此次事故的缘起，或者说击垮铁路系统脆弱防线的导火索。

这不是中国铁路第一起与红光带有关的追尾事故。2006 年 4 月 11 日，广梅汕铁路公司辖下龙川段，青岛开往广州东的 T159 次从后方撞上停车的武昌至汕头的 1017 次，数节车厢脱轨。1017 次最后一节车厢为乘务员休息车，车厢内两名乘务员死亡，20 余人受伤。

一位铁路系统内部人士对财新记者说，在那次事故中，该路段出现红光带，事故路段的信号系统指示通过列车慢速行驶。前车 1017 次在慢速行驶中发现前方信号灯不亮，因而紧急停车，而后车 T159 次在慢速下驶出一个隧道口，看到 1017 次时已来不及制动。

根据北京全路通信信号设计研究院 2008 年 11 月的一份技术交流文件，该事故的起始原因是相关路段由于雨季道砟电阻低，产生不正常的红光带。

事故调查结果为，铁路电务部门在潮湿多雨天气下信号维护不力，负主要责任，调度部门负次要责任。

这份文件中引用统计称，红光带中由道砟电阻低引起的占 95% 以上，其中隧道区段占 71%，桥梁占 6%。而此次温州事故的事发路段，既有隧道，又有桥梁。

龙川段追尾事故后，铁道部科技司、运输局组织了全路的红光带原因调查和技术攻关。时隔 5 年之后，类似事故再次出现，而程度远超上次，显然攻关效果并不理想。

红光带固然会给控制台或调度判断路况带来麻烦，但上海铁路局一位权威人士指出，如果按照正常调度和行车规程执行，“事故完全可以避免”。

实际上，“铁路行车非正常情况应急处理操作手册”对于出现红光带后，调度如何发车接车有明确规定：

首先，必须在电务对红光带故障进行检查维修并签字后，调度才能发出发车命令。如果区间（两个车站之间的路段称为一个区间）内一个闭塞分区出现红光带时，需在前次列车到达邻站后，或前车发出后不少于 10 分钟时，方可发出后续列车。而如果两个以上闭塞分区出现红光带，则必须等前车到达下一站，后车方可发车。

根据铁道部运输局 2006 年 1 月组织编写的 CTCS-2 级列控系统（CTCS 是中国列车控制系统的简称）操作文件，“区间轨道电路出现红光带时，列车应首先制动停车，转为目视行车模式，限速 20 公里 / 小时运行”。

据一位接近铁道部的权威人士透露，D3115 司机 20 时 22 分左右停车后向调度台反映，“看不到旁边的信号灯信号”。短暂停车后，上海的调度人员要求 D3115 继续前行，“前面没有车，你可以走”，同时要求采取目视行车模式，速度不超过每小时 20 公里。

但事发当晚甬台温线轨道电路因雷击出现发送信息异常，D3115 次司机 3 次尝试转换行车模式，均未成功。失败之后，D3115 次被迫在原地停留 7 分 4 秒，从 20 时 22 分 22 秒至 20 时 27 分 57 秒，D3115 曾 6 次尝试呼叫上海列车调度人员，温州南站值班员也曾 3 次呼叫 D3115 次列车司机，均未成功。

在这5分35秒的时间中，上海调度人员和温州南站值班员均不清楚D3115次列车的具体位置。

直到20时27分57秒，温州南站值班人员才联系上D3115次列车司机，得知其“已行至距离温州南站两个闭塞分区的区段，因机车综合无线通信设备没有信号，跟列车调度员一直联系不上，加之轨道电路信号异常跳变，转目视行车模式不成功，将再次向列车调度员联系报告”，温州南站值班人员回答“知道”，两人通话于20时28分42秒结束。

随后D3115次列车司机继续呼叫上海列车调度员，仍然无法联系。

在这段时间里，上海列车调度员及温州南站值班人员似乎都忘了停车一事。就在20时24分25秒，列控中心显示区间红光带消失，上海调度人员便安排已经晚点的D301次列车从永嘉站出发，驶往温州南站。

D301以正常速度驶向温州站，其最高时速可能达到200公里。永嘉站距离温州南站只有22公里，以这一速度七八分钟就可驶完全程。

D301的司机并不知道，此时D3115还在重启，重启后的速度也非常缓慢。上海铁路局的调度从始至终未对D301下达减速指令，直到撞车前半分钟，即20时29分32秒，温州南站值班员才提醒D301司机前方有车，此时两车相距不到500米，刹车已来不及。

在电力未销记、红光带的原因也未查明的情况下，调度之所以强行发车，确有让晚点列车抢回一些时间的考虑。前述上海铁路局人士说：“现在铁路部门对正点率的要求比较高，压力也比较大。D301已经晚点，最近京沪高铁频频出故障，可能是担心舆论反应太强烈，就想赶点。调度处理确实有问题。”

广铁集团一位人士也说，正点率是铁路部门业绩考核的重要指标，对动车正点率的要求远比普通列车严格，因为“坐动车的人对时间的要求比较高”。而且，司机的奖金也与正点率挂钩。

7月25日晚，上海铁路局局长安路生在上海局全局电视电话会议上讲话称，应该加强非正常行车组织，“深刻吸取近年来局内、局外由于非正常情况下指挥不当、处置不果断造成的事故教训，高度重视非正常情况下的行车组织”。

他还说："对非正常情况的处置，绝不能抢，一定要坚定不移地坚持安全第一的观念，不允许有任何侥幸心理……出现红光带，第一暂定按站间办理行车；第二由调度集中区段转为非常站控时，必须经调度所值班主任准许，确认车站盯控人员到岗后，方可转换。"

安路生曾任铁道部总调度长。2008 年 4 月 28 日，导致 72 人遇难的胶济铁路列车相撞事故发生后，他从总调度长改任成都铁路局局长。"4·28"事故的原因之一即是调度指令传递出现了问题。对此次"7·23"动车追尾事故中调度应负什么责任，安路生应心中有数。

问题在于，高铁有一整套列车自动防护系统，如果仅仅是调度失误而自动防护系统仍有效发挥作用的话，这次追尾事故大概不会发生。

甬台温客运专线上使用的整个通信信号系统，由通号集团负责集成，其中，信号设备由该集团旗下北京全路通信信号设计研究院设计。

"从信号系统的安全考虑，只要出现故障就必须导向安全，任何时候出现故障，信号灯必须显示红灯。这次事故里，由于遭受雷击，后面的信号显示错误。从设计时就应该考虑到设备可能遭到各种因素破坏，（他们）可能没有把这种因素考虑进去，按说这是不应该发生的事情。"西南交通大学彭其渊教授说。

接近铁道部的权威人士透露，事发当晚，雷击将轨道电路上的保险丝打断。打断后，一度出现整个区间信号灯不亮的情况，但很快恢复，恢复后在车载自动行车系统和与列控中心联机的电脑系统中就变成绿灯。

此时前车 D3115 正处于故障区域，已看到地面信号不亮而在调度安排下停了下来。但列控中心电脑系统此时已因故障恢复为绿灯，没有正常显示 D3115 的位置，上海调度人员就在这种情况下给 D301 下达了发车命令，后车在自动控制系统的绿灯指示下继续高速前行，人工与自动系统的对接在此发生了紊乱。

关于雷击对信号设备造成的损害，事故后调查组也一直在紧张排查和分析原因。

7 月 25 日，在温州南站通信车间二楼的通信控制室，不断有佩戴"车站值班"袖标的人员进出。财新记者敲门后，负责人打开一条门缝，拒绝了采访要求。该控制室隔壁办公室内，一位负责人说，隔壁房间正在紧张维修，“我们区间里的部分信号设备还不够好，他们都很忙，包括我都不去打扰他们”。

7月28日中午，在这里调查的专家组举行会议，分析信号系统的防雷击问题。专家组发现了两个比较严重的问题，一个是机房上的天线、铁杆和铁塔容易将雷电引发的感应电传导进来；第二是外电容易通过地线带到机房内部，将电源烧掉。“内屏蔽与外屏蔽接到了一起。信号电缆影响了整个信号系统电池组的运行。”一位专家表示。

一位在会议室外守候的设备提供商表示，地线布线的好坏，对于信号系统能否应对雷电冲击关系很大。他曾经去日本新干线参观，发现其线路排得非常整齐，像艺术品。

7月28日下午，财新记者再次拜访温州南站，发现该站工作人员对安路生的一个说法并不认同。安路生在上述会议上说，雷击造成温州南站信号设备故障后，电务值班人员没有意识到信号可能错误显示，安全意识敏感性不强；温州南站值班人员对新设备关键部位性能不了解，没能及时有效发现和处置设备问题。除了设备质量，这也反映出人员素质和现场控制等问题。

但是，温州南站信号设备维护基地和通信车间的几位人士表示，如果是信号软件系统的设计问题，就不是温州南站电务人员的事，“我们没有责任去发现设计问题”。

信号设备究竟存在怎样的设计缺陷，安路生在讲话中并未明言。一位交通运输管理咨询人士向财新记者解释，产品设计时必须考虑到将来运行时可能面临的各种环境因素，比如雷击，这在专业上被称为“危害分析”。一旦发生这种情况，信号应如何显示？“设计要跟环境结合在一起，你在设计过程中没有考虑到这个因素及对这一因素的处理，也是设计缺陷的一种表现。”他指出，中国目前在危害分析方法上相对薄弱。

另外，该人士也指出，由于中国高铁发展速度太快，人员培训还跟不上，而软件终归也需要人去操作，所以不能排除跟人的关系。

铁道部副部长彭开宙在7月28日的“7·23”甬温线特别重大铁路交通

事故调查组全体会议上称，和温州南站使用同类型信号设备的有 58 个车站、18 个中继站，均于 24 日凌晨开始紧急安排专人不间断监控列车运行情况和设备状况，发现故障立即停止运行。

因信号系统缺陷引发的温州动车追尾事件，使公众对高铁安全产生前所未有的质疑。中国对国外高铁技术的引进消化和吸收做得到底怎么样？铁路系统有没有能力驾驭这么高速的列车？

早在 2007 年，铁道部就宣布研发出动车防追尾系统，称这套由中国自主研发的自动闭塞系统，可将高速运行的两列动车组的间隔时间控制在 5 分钟，将相关信息通过钢轨传送到动车组的车载系统，防止追尾发生。

铁道部总工程师何华武 2011 年 7 月 15 日接受新华社记者采访时亦表示，国内高铁所有系统都是按照“故障导向安全”的理念设计的。无论是线路、车辆，还是接触网、通信信号，任何一个环节、一个点上检测到问题，系统都会按照这一设计原则，采取自动导向安全的应对措施。就在追尾事故发生的当天，在成都出席第三届交通运输工程国际学术会议发表演讲时，何华武再次强调，“中国高铁的安全保障是可靠的”。

最终，一场雷雨让铁道部的宣传成为笑柄。

在 CTCS 系统中，负责控制车辆运行的是 ATP。该系统由车载 ATP 设备和地面的车站列控中心、地面电子单元 LEU、轨道上的应答器等设备组成，它自动检测列车的实际运行位置并计算安全运行速度，在可能发生危险时自动引导列车及时减速或制动，从而防止列车追尾。

此外，动车组还装备有 LKJ（列车运行监控记录装置），该系统由车载主机、压力传感器、事故状态记录器等组成，根据接收到的信号数据，在列车速度超过安全限制时实施制动等措施，防止事故，其中的事故状态记录器相当于列车的黑匣子。

动车组同时装备 ATP 车载设备和 LKJ，在设计时速 160 公里以上路段，由 ATP 控制车辆，LKJ 只记录运行情况。如 ATP 车载设备不能正常工作，但机车信号正常，司机可按 LKJ 控车运行。

ATP 系统正常的情况下，如果前面有车停在闭塞分区无法动弹或缓慢行驶，像D3115的情况一样，它身后的车都无法前行。在调度中心的大屏幕上，所有线路上列车的动态也是一目了然。如果有异常，系统会自动报警。

D301一位随车机械师证实了这一点。他告诉财新记者，随车机械师负责车上的安全设备，包括ATP系统，设备特别先进，有问题就报警，出现故障会自动停车，还有LKJ系统，“我自己分析的话，这些设备‘一切都正常’”。

追尾事故发生后，多家为甬台温客运专线提供信号设备的上市公司受到公众怀疑，但这些公司纷纷撇清与事故的关系。其中，和利时公司是两列列车车载ATP系统的供应商，受传言影响，股价在7月25日周一收盘下跌18.37%。但该公司称，来自多个信息源的数据分析显示，两列列车的ATP系统运作正常，无任何导致崩溃的故障发生。

那么，问题到底出在哪个环节？实际上，ATP系统和LKJ系统都需要借助地面的信号系统，才能知道其前方一定距离内是否有列车，而这次出问题的正是地面信号采集设备。

在这个时候，D301和D3115仍然有避免追尾的机会。一位铁路系统退休人士指出，调度知道前面有车且正在慢速运行，如果头脑清醒，是可以判断出绿灯出错了的。

上海铁路局温州通信车间一位刘姓工长告诉财新记者，当天事故路段通信系统没有出故障，完全正常，“列车有自身的呼叫系统，列车司机有没有呼叫，我不知道。我能保证的是，呼叫系统的通信线路是没有问题的，他们可以互相呼叫”。

不可思议的是，所有自动的和人工的安全屏障都没有发挥作用。雨天又进一步缩短了目视的距离，当D301司机钻出隧道，借助远光灯看到前方高架桥上有一辆列车时，他采取了紧急制动，但为时已晚。在列车时速达到200公里时，制动距离需要2000米；列车时速为100多公里时，制动距离需要1000多米。这样的制动距离，司机的目视无法达到，只能依靠信号系统。

7月23日20时31分，在距离温州南站只有3公里左右的高架桥上，D301就这样阴错阳差地撞上了D3115。D301车上的一位随车机械师说，他当时刚从 1 号车回到 8 号车，走得慢一点，也没命了，“我在铁路上干了 23 年，老车都不会发生这种事情”。

这一撞，40 人死亡，接近 200 人受伤。铁道部一位内部人士承认，温州动车事故暴露出高铁运营管理上很多漏洞，“这次事故中如果人员培训到位，处理故障经验丰富的话，事故并非不能避免”。

不是第一次

这并非中国高铁的第一起信号系统故障。据媒体报道，2010 年 6 月 9 日，广州至武汉的 G1022 次列车途经武广高铁广州至清远区间时，车载计算机突发通信故障，列车被迫停车，所幸并未造成人员伤亡。还有更多的信号故障不为公众所知。

出问题的亦不止信号系统。京沪高铁 6 月底开通之后，曾在 5 天之内发生 4 次供电设备故障，其中一次，还发生了列车测速系统故障导致的临时限速。就在温州动车追尾事故发生不久，7 月 25 日晚，京沪高铁安徽定远段再次因暴雨天气出现供电设备故障。

高铁频频发生故障，折射出国内在技术引进和消化吸收方面存在的不足。

据国内一家机车制造企业人士透露，和国外企业相比，国内机车制造企业技术能力相对薄弱，消化吸收引进技术的能力未能达到预期，大量国产高铁零部件达不到应有标准。

2009 年 6 月的动车组质量安全会议，其实早已掀开问题一角。会上爆出，唐山轨道客车有限责任公司采购的动车零部件大量质量不合格；长客股份生产的 46 列国产动车组的零部件功率和绝缘等级与技术条件不符；浦镇车辆厂长期存在转向架构架加工面的铸造缺陷等问题，但会议召开时仍未查出原因。所有这些因素，都严重危害动车组的运行安全。

在动车系统各项技术中，信号系统一直是国内企业的技术短板，这一短板一直困扰着国内企业。

2006 年青藏铁路开通前仅信号调试就花了很长时间。据媒体报道，当时青藏铁路从美国引进的信号系统并不稳定，甚至出现“丢车”现象，即调度控制中心计算机无法确定列车行走位置。正式开通前一年，有中央领导亲临视察，通信信号在测试中连接不上。“当时在场的人都非常着急，铁道部直接分管通信设备的运输局副局长胡东源因此被免职。”一位知情人士透露。

通过技术转让，中国造出了高铁，但软件和自动控制系统是最难掌握的技术难题。据一位当年参与高铁技术引进谈判的人士回忆：“外方的技术转让是有底线的，他们只是转让了一些部件的设计图纸，教会我们制造，但一些核心的东西，特别是软件源代码，是不会转让的。”

国内一家机车制造企业负责技术引进的人士也证实了这一点：“过去几年的技术引进是以制造工艺为主，高铁一些核心技术和软件源代码外方并未转让。特别是信号系统，现在信号系统的主要硬件还是依靠进口，软件是自己搞的。”

此次温州动车事故初步调查分析结果显示，目前国内既有线路上应用的信号系统仍不完善。“这套信息系统当时技术并不成熟，但为了赶工期，没有经过考核就急急忙忙地上了，结果一个雷给暴露了出来。”接近铁道部的一位人士称。

尽管铁道系统内部自身能力有限，却轻易不愿让系统外企业进来分羹。华为一直想进入动车组和高铁的列车控制系统开发，却连资质都申请不到。

在交通运输管理咨询人士看来，整个高铁行业在过去几年中以疯狂的速度发展，“企业只要生产出东西就能卖掉，即便产品合格率比较低也无所谓，只要生产出来就能赚钱，整个行业时间是第一位的。”一位高铁供货商感叹，“日本的新干线用了 10 年修建，我们确实太快了。”

在这样亢奋的行业氛围下，大干快上成为铁道部推动高铁快速发展的一个主要法宝，甚至不惜违背基本的科学规律，其中最为典型的莫过于动车组驾驶培训。在国外专家看来，起码需要经过 3 个月驾驶培训方能上岗的动车驾驶，在铁道部一纸命令下甚至出现了为期 10 天的短训班。

上述咨询人士认为，作为国内高铁企业的主要客户，铁道部虽然多次强调要确保产品质量，但在实际行动上并未树立安全第一的理念，“如果客户最高层都不重视，那企业就会觉得，质量保证工作做不做都一样，企业对产品可靠性的观念非常薄弱”。

事故发生第二天晚上，上任不久的铁道部部长盛光祖在全路运输安全紧急电视电话会议上称，要迅速整改高铁安全中存在的问题，包括对设备的惯性故障组织开展技术攻关，彻底解决问题，提升动车组司机素质等。

这些措施能奏效吗？“7·23”动车追尾事故发生后，人们对铁道部垄断下的铁路安全，尤其是高铁安全提出了更多疑问。翻查铁道部在过去这些年的安全记录，确实很难让人放心。

众所周知，2008年4月28日，胶济铁路因列车超速而撞车，造成72人死亡。在这一惨剧的背后，调度命令传递等多个环节出现漏洞。但是，遇难者的鲜血似乎白流了。

和往常一样，“4·28”事故之后铁道部启动全路安全大检查。当年7月，时任铁道部安监司司长陈兰华在全路安全监察系统电视电话会议上指出，安全情况并未得到好转。重大事故和大事故平均每18天发生一件，是近十几年来所没有的。自1997年“4·29”荣家湾特别重大事故之后，2008年除了发生“4·28”特别重大事故，还发生死亡18人的“1·23”重大事故，柳州局“6·30”1322次旅客列车因下雨山体坍塌导致机车及6辆客车脱轨事故，北京局“7·4”K157次客车制动梁端头焊缝开裂、梁体折断事故，性质都十分严重。

3个月后的2008年10月13日，济南铁路局再次出现列车超速事故。北京铁路局开行的DJ5506次列车由青岛开往徐州，据称济南机务段带道司机刘茂全错误操作列车运行监控记录装置“支线键”，导致该次列车在限速每小时120公里的线路上，超速运行8750米，时间长达3分23秒，最高运行速度达到每小时162公里。铁道部副部长胡亚东在全路电视电话会议上称，在这种状况下“不出事、没翻车，实在是侥幸，实在是撞上大运了”。

而且，铁道部系统内隐瞒事故的问题比较突出，一些事故的真正原因和深层次问题没有充分暴露。如2008年2月21日，上海局杭州电务段在萧萧联络线严重违法使用封连线封连电气设备接点，造成列车一般C类事故，但直到一个多月后铁道部安监司接到举报，上海局才如实汇报。一位《工人日报》记者回忆自己经历的 3 次铁路事故时说，隐瞒和就地掩埋是铁道系统面对事故时一贯的做法。1998 年春天，京广铁路 47 公里的工地上发生一起塌桥事故，100 多个工人和即将更换的枕木一起压翻了桥面，据现场工人估计，死亡应在 10 人以上。但铁道部一个电话，报道就胎死腹中。

在以上事故中，如果有人被刑事起诉，往往是行政级别低的员工。铁路局局长等官员，即使被免职，也很快调任其他同级职务。

提及这两年频发的高铁故障，以及此次动车追尾事故，很多人都会将矛头对准 2011 年年初已经落马的、在铁道部部长任上 8 年之久的刘志军。

刘志军自己也清楚铁道部的安全隐患。他在 2005 年 9 月的全路运输安全电视电话会议上坦承，运输安全存在的问题仍然是大量的，如设备质量问题非常突出。线路病害、信号故障、机车大部件破损、提速机车走行部故障等呈现明显上升的趋势，对运输安全特别是旅客列车安全构成极大的威胁，当年已经发生的 10 件行车重大、大事故中，有 7 件直接与设备质量有关。

“7·23”动车追尾事故后被免去上海铁路局局长职务的龙京，也曾在 2011 年 4 月该局电视电话会议上指出，在铁道部为期一个半月的全路安全大检查活动期间，上海铁路局性质严重的事故没有杜绝，特别是发生了“3·18”南京北站调车人员车辆伤害死亡一般 B 类事故、“2·17”机车溜逸一般 C 类事故、“3·17”京沪高铁动车组试验列车撞施工小车一般 C 类事故等，性质十分严重，“一方面表明安全大检查活动在部分单位开展不够深入、不够扎实，走了过场，另一方面也表明我局的安全基础仍然十分薄弱”。

分析人士指出，在铁道部现行体制不改变的情况下，“7·23”动车追尾事故的教训能否真正被吸取，安全形势能否真正改观，都是问号。包括刘志军、龙京以及当年曾因为胶济铁路事故被免去铁道部总调度长职务的新任上海铁路局局长安路生在内，他们一方面在各种场合反复宣讲安全的重要性，一方面却又身不由己地共同推动着中国高铁以奇迹般的速度立项竣工投入运营，仓促间铸成大错。

马骋之死

马骋死得很突然。

中国铁路通信信号集团公司的总经理、中国高铁信号技术的带头人，死在了“7·23”甬台温动车追尾事故一月祭的前一天——2011年8月22日。

当天上午，马骋正在深圳与前来检查广深港客运专线的国务院高速铁路安全大检查组成员一起开会，据多位知情人士称，刚讲完话，他就倒在桌上。

马骋没有心脏病史，却突发心脏病去世，熟悉的同业为之唏嘘：“压力过大，责任也过大。”在他死之前，通号集团正面临前所未有的信任危机，其下辖的北京全路通信信号研究设计院正是甬台温信号系统的设计者，通号集团则是集成商。

在2011年7月23日晚，一个致命但简单的软件设计错误，导致甬台温的列车控制中心不能实时采集外部数据，并向调度集中系统（下称CTC）传输了错误信息。D301次动车的车载自动控制设备因此接到错误信号，仍按正常速度行驶，与前车D3115次动车追尾，终酿成一场40人死亡的特大事故。

事故发生以来，通号集团成为众矢之的。作为通号集团领导的马骋不堪重负，病发身故。昔日的信号精英如此收场，令人感喟。但致命的设计错误究竟为何发生？还有多少隐患没有暴露？无人敢下断言。谁又该为“高铁大跃进”承担责任？

马聘和通号集团的故事为原本已经很悲怆的高铁历史又加上了令人唏嘘的一笔。

短短7年，通号集团与中国高铁为不断攀向更高的速度同步冲刺，表面上不断攻克一个又一个技术难关，但光荣背后，技术人员疲于奔命，力有未逮，终致惨剧。“7·23”事故暴露的不仅是通号院的软件设计缺陷，也是整个高铁发展不顾科学规律和常识，盲目追求速度下的险象环生，以及铁路运营系统在高度紧张下的混乱失衡。

这种封闭运行的发展模式，也使决策者现在进退两难。“现在全国的高铁信号集成多半是他们的，一棍子打死，高铁的运营和技术支持怎么办？总不能全停了重新搞吧！（这种模式）已经绑架了铁路！”一位接近事故调查组的人士表示。

从 2011 年 9 月 1 日起，铁路调整运行图，高铁普遍降速，武广、郑西等高铁线路也不再以时速 300 公里运行，对高铁安全的担忧笼罩了一切。国务院牵头的高铁安全大检查在继续，但通信信号行业乃至整个铁路行业的垄断问题及招投标灰幕，则非补漏这般简单。对整个铁路系统而言，已经暴露的各种问题不仅是“跃进”之祸，也是垄断之祸，积弊丛生，新规待立。

“7・23”事故后不久，财新记者从接近调查组的人士处获悉，当天信号系统出的问题是：车载电脑及调度控制系统中原本应显示为红灯的地方却显示了绿灯，之所以出现这种纰漏，源于信号系统软件设计的逻辑错误，偏离了“故障导向安全”原则，使信号失灵。

7 月 23 日 19 时 39 分，上海甬台温调度台的调度接温州南站报告：车站联锁设备显示下行三接近红光带，车站 CTC 界面无显示。

车站联锁设备反映的是温州南站站内信息，车站值班员可以看到，而上海的调度看不到。上海调度中心只能看到 CTC，它的信息来自各个站的车站 CTC，而车站 CTC 分别从车站联锁和列控中心（反映站与站之间的区间信息，包括列车占用信息）获取信息。

当时两者搜集的信息显然不一致——联锁显示的是红光带，而列控中心反映的是正常。从前述调度记录看，如果调度足够警醒，当时就能判断出“车站 CTC 无显示”即意味着联锁和列控中心有一个已经出了问题。

直到事故后复盘，才确认 LKD2–T1 型列控中心设在温州南站的信息采集板保险管 F2 被雷电击坏熔断，导致信息采集出问题。更可怕的是因为软件设计的逻辑错误，采集驱动单元检测到采集电路出现故障，向列控中心主机发送故障信息，但未按“故障导向安全”原则处理这些信息，导致传送给主机的状态信息一直保持为故障前采集到的信息。

而列控中心主机收到故障信息后，仅把故障信息转发至监测维护终端，也未采取任何防护措施，同时还在继续接收采集驱动单元送来的故障前轨道占用信息，并依据这些信息控制信号显示及轨道电路。

因此，列控中心后来传送的已不是实时更新信息，无法再正常显示故障区的轨道占用状况及前车位置。

按高铁的安全设计，后车距离前车还有 3 个闭塞分区时，前方会显示为红灯。“如果列控中心识别出来，按照故障导向安全原则，就要把老数据清除，电脑上应显示红光带，后车 D301 也应以 20 公里的时速目视运行。现在列控中心没有识别出来，老数据没有清零，还显示正常，前方无车，结果后车以 ATP（车载）模式运行，高速行驶，最终追尾。”上海铁路局一位内部人士解释说。

雷击只是外部诱因，真正的麻烦是软件设计出了大问题，由于软件的逻辑错误，主控软件得到并传给 CTC 的不是实时外部数据。当然，如果调度负责一点，天气瞭望条件好一些，这次事故也许不会发生。但在一位信号软件专业人士看来，由于软件的缺陷，早晚会出事。

值得注意的是，CTC 显示异常在列车停在永嘉站时已经发现了，“列控中心传输给 CTC 的信息是错的，CTC 不知道，但是放车进入区间的调度员怎么会不知道？他放车进去了，但在 CTC 上没看到，难道不该引起注意吗？”前述接近调查组的消息人士称。在他看来，转为非常站控模式后，调度员、车站值班员、司机信息交流失误是事故最终未能幸免的关键。

一般情况下，调度台应有调度员和助理调度员，前者负责列车运行计划、调整及指挥；后者负责监控列车运行和操作设备，比如转非常站控。转入非常站控后，车站值班员负责通知司机，其间车站和调度员按规定应加强联络，同时车站值班人员应与区间运行列车实行车机联控。

然而，7 月 23 日 19 时 54 分开始，上海铁路局调度中心值班员张华已发现调度所 CTC 显示与现场实际状态不一致，并按规定布置永嘉站、温州南站、瓯海站将分散自律控制模式转为非常站控模式。但之后上海铁路局调度人员仍按照 CTC 显示的错误信息指示 D301 发车，且调度人员和车站值班人员并未及时与之前发出的 D3115 车实行车机联控，加之雷击造成通信障碍，造成调度员、车站值班员、司机三方对车所处位置互相沟通错误，最终导致了撞车。而根据列车安全行车的有关规定，出现红光带后，在前车还未越过区间故障点时，后车不得进入故障区间。

2011 年 8 月 11 日，国务院“7・23”甬温线特别重大事故调查组在温州召开第三次全体会议。调查组组长、时任国家安监总局局长骆琳在会上表示，造成事故的原因既有软件设计问题，也有管理问题。8 月 22 日国家安监总局新闻发言人黄毅称，“这起事故确实是一起不该发生的、可以避免和防范的责任事故”，“既暴露出信号系统设计上的缺陷，从而导致雷击造成的故障问题，同时也反映出故障发生之后，应急处置不力以及安全管理上存在漏洞。”他称，下一步将进入事故责任的认定阶段，包括直接责任、间接责任、领导责任。

2011 年 8 月 10 日事故调查组人员调整，铁路人员全部离开，只配合调查，大量路外专家、其他部门领导介入调查。

在多位业内人士看来，事故中暴露的软件设计缺陷是一个低级错误，“各厂家对安全性要求不同，但故障导向安全是最基本的原则，设计绝对不应出现这样的问题。”一位中国铁道科学研究院的专家称。他很难理解人才济济的通号院为何铸下如此大错，他猜测，“设计人员缺乏经验，没有想到这种可能性，大家把重点放在了硬件上。硬件比较难，要保证硬件采取的信息准确，而软件是补漏的，重视不够”。

至于这一设计问题为何没有在测试时被发现，一位信号专业人士称，厂家在产品开发阶段就应该进行故障测试，但现在一般不会做雷击这种破坏性试验，而只做系统功能测试。这个软件设计问题属于产品中模块设计的问题，从研制报告中很难看出是否安全合规。

另一位专业人士分析认为，测试时间太短也是一个原因，“一般测试组只测试一两天，之后就开评审会，主要关注系统和产品功能，不会深入产品设计的细节问题”。

据了解，国内目前在故障测试方面并没有统一的标准，厂家自己判断需要做哪些测试，同时承担相应风险。通号集团在甬台温线上提供的这款列控中心产品 LKD2-T1，并不是在其已研制多年的联锁平台上开发的，而是在新的硬件平台上开发出来的。

最后公布的调查报告认为，LKD2-T1 确实存在缺陷，除前述软件设计缺陷外，数据采集电源仅有一路独立电源，未按规定采用两路独立电源设计，一旦电源失效，两路输入采集来自一个源点，无法构成输入信息的安全比较。2011 年 12 月 8 日铁道部下文，要求尚未开通的铁路项目不得使用该设备，“仅仅做了功能性试验，没做破坏性试验，是否还存在其他的问题，在当前这种非常时期，谁也不敢打包票。”一位铁路系统内部消息人士表示。

根据调查报告，甬台温 18 个站采用的北京通号设计院研制的 LKD2-T1 型列控中心设备，竟然是在没有进行单板故障测试、没有经过现场测试和试用、审查资料不完善等情况下获准使用的。铁道部相关部门在 LKD2-T1 型列控中心设备招投标、技术审查、上道使用等方面违规操作、把关不严，致使其上道使用。

据悉，2011 年 7 月 27 日通号院就完成了硬件调整——对采集板加强了防护保障，而针对 4 条客专采取的临时整改措施包括按照站间闭塞行车，即站间只准走一列车，而非以前的自动闭塞行车。在安全为速度付出惨重代价后，为了安全，终于开始牺牲速度。

“成也高铁，败也高铁”，这句话不仅适用于刘志军。马骋既是这场“大跃进”的受益者，也是牺牲品。

2004 年至今，通号集团在铁道部一个又一个攻关任务重压下走向辉煌的顶点，多名业务骨干获火车头奖、詹天佑奖等，通号集团也得到铁道部无数嘉奖和表彰。短短 7 年间，作为受益者，通号集团不仅研发了中国 C 系列列车控制系统的集成平台，其研发成果 C2、C3 信号系统也已广泛应用于高铁线路，年收入因此翻了两三倍，达到 120 亿元。

这是成就，亦是包袱。作为高铁的神经中枢，信号系统承担着铁路运行安全的重任。技术研发只是起点，在高铁正式运营之时，考验才真正开始。

这个考验，基层员工感受不深，但作为“信号技术带头人”的通号集团总经理马骋深知背负责任之重，生前曾在内部多次强调信号系统的安全责任，提醒员工“不要做历史罪人”。但最终事与愿违，“7·23”事故之后，午夜梦回，中国自主研发的 C2、C3 信号控制系统，是否还存在其他没有暴露的隐患？这应该是马骋最担心的问题。

马骋是恢复高考后第二届大学生，毕业于北京交通大学自控专业，铁科院的一位人士称他为“最早的一批专业人才”。他从1998年11月至2004年1月担任过通号院院长，后成为通号集团总经理，业内评价他勤勉、实干。

没有心脏病史的马骋，最终在安全检查时心脏病突发辞世，所承受的压力之大可以想见。通号集团广州分公司的一位内部人士透露说，“7·23”事故后一个月，通号集团一直都在做安全自查，各地工程分公司做技术的人都下到一线去排查问题。马骋2011年8月19日陪同国务院安全大检查组的人来到深圳，之前刚去了厦门。

根据国务院2011年8月12日下发的《关于开展高速铁路安全大检查的通知》，此次高速铁路安全大检查从国家发改委、科技部等12部委抽调人员，共组织12个检查组，检查范围为时速200公里以上的正在运营的高速铁路和在建项目（包括客运专线），检查对象包括北京、沈阳、郑州、武汉、西安、济南、上海、南昌、广州、成都等10个铁路局和中国南车集团、中国北车集团、中国铁路通信信号集团等设备生产厂家。

调查从8月中旬持续到9月中旬，具体行程由各检查组自行确定。2011年9月中旬，也是“7·23”事故调查报告预计正式公布的时间。

一位业内资深人士闻知马骋的遭遇，颇为感慨：“可怜的信号人！信号在整个高铁中不过九牛一毛，现在因为温州动车的事被推到了前台。他们并不是真正的决策者！谁在那个位置上都得干，不愿意搞‘大跃进’，马上被拿下。刘志军的口头禅是：你能不能干？不能干让能干的人来！所以马骋作为信号的老前辈，还是既务实又拼命的人，现在也不幸了！”

2011年8月23日，通号集团发出讣告。8月24日上午9点，简朴的遗体告别仪式在深圳市殡仪馆大礼堂举行，礼堂内摆满花圈。参加告别仪式的有200多人，包括国资委副主任黄淑和、铁道部副部长卢春房，时任国务院副总理张德江发来唁电并送花圈。一位领导在讲话中称：“他为中国通信事业鞠躬尽瘁、奉献一生……他一直把铁路安全放在首位。”

在“7·23”事故40位遇难者以生命为高铁付出代价之后，马骋难以承受身心重压撒手人世，而对这场“大跃进”的反思与纠错，才刚刚开始。

致命信号何来

C2、C3 掌管着高铁的神经中枢。如果不是“7·23”事故，C2、C3 这两个专业名称，对很多人来讲都非常陌生。

C 即 CTCS，是中国列车控制系统的英文缩写，包括地面设备和车载设备两部分。2004 年年初，铁道部颁发了《中国列车运行控制系统 CTCS 技术规范总则（暂行）》，决定在铁路既有线第六次提速中采用 C2 级列控系统，同时提出了从 C0 到 C4 的技术等级，并规划了每个等级的基本功能。第六次大提速之前的列车控制系统被定义为 CTCS−0 级，车载设备主要为运行监控记录装置（LKJ），地面设备包括轨道电路、信号机和车站联锁系统，适用于时速 120 公里以下线路，而适用于时速 120～160 公里和时速 200 公里以上的列车控制系统分别被定义为 CTCS−1 和 CTCS−2。

在第六次大提速之前，国内铁路主要依靠轨道电路向铁路沿线的信号机传递行车命令，列车司机参照信号机显示的信号颜色操作列车运行。提速到 160 公里和 200 公里之后，列车司机对地面信号机的颜色已难以辨认，为此铁道部 2004 年决定开始研制新一代列车运行控制系统。

趋势属必然，只是中国走得太快了。

当时，铁道部运输局官员和通号院、和利时、铁科院、北方交大等单位的专家组成 C2 攻关组。一位业内专家告诉财新记者，“地面部分（包括列控中心、联锁、CTC 等）全部是我们自己搞的，没有合资”。攻关组先确定了基本框架，然后各家分头设计，当时有 5 家机构参与设计——通号集团、和利时、卡斯柯、北方交大微联、铁科院通号所。

据介绍，上述 CTCS 技术规范是参照欧洲标准 ETCS（即欧洲列车控制系统）制订的。ETCS 分为 E0、E1、E2、E3 四个级别，C3 的功能与 E2 基本一致，而 C2 则是自主搭建起来的体系，比 E1 的等级要高。

一位信号系统资深人士说，C2 技术挑战不算太大，主要是缺乏经验，

“中国当时已经铺完了统一制式轨道电路，传输行车许可是连续的，所以条件比 E1 要好，我们加上应答器、列控中心、车载设备就可以了，搭建比较简单，技术难点不多”。

但实际操作起来，问题远不像想象的一样简单，因为以前没有做过列控中心，并无经验，连需要出台哪些技术规范都不清楚。

与地面列控系统自主研发不同，在当时紧急推进的状况下，列控车载设备 ATP 是通过合资的方式引进的。

2005 年 6 月，通过国际招标，铁道部分别与和利时 / 日立、铁科院 / 株洲所（中国南车株洲电力机车研究所）/CSEE（法国电气与信号设备公司）两个联合体签署了 ATP 采购和技术转让合同，从国外引进列控车载设备和技术，合作期限 15 年，最终全部在中国生产。同年 10 月，铁道部又通过国际招标的形式，分别与通号院 / 阿尔斯通、和利时 /CSEE、西门子信号有限公司（通号集团旗下的西安铁路信号公司与德国西门子的合资公司）3 家联合体签订应答器设备采购和技术转让合同。

两次国际招标采购，实行设备采购与技术转让相结合的方式，外方技术转让的知识产权归铁道部所有。铁道部要求竞标人必须有国外合作伙伴，其自身应具备消化、吸收受让技术和设备制造的能力，同时竞标人的外方合作伙伴应具备系统集成、设备研发和制造的能力，提供技术支持和服务，对系统设备负安全责任。

2005 年 11 月，铁道部建立了 C2 的技术标准体系。但 2006 年年初，铁道部在试验时即发现列控系统软件设计不合理，车载设备异常输出紧急制动，车载通信设备出现故障。当年 7 月在胶济线进行的列控中心综合试验中，又发现 ATP 软件存在漏洞，轨道电路信息传递不稳定。对上述问题整改后，铁道部在当年 8 月进行了补充试验，并组织专家成立试验报告评审会，认定 C2 列控系统“基本满足”规定的技术规格要求。当年 9 月 29 日铁道部召开第六次大面积提速（胶济）现场会，开始全面部署第六次大提速。

铁道部最初引进的列控车载设备控车的最高速度，为时速 200 公里。但在第六次大提速现场会后，2006 年 11 月又决定对既有提速线路的部分区段进行进一步改造，将动车组的最高运行速度提高到时速 250 公里，又完成了一个跨越。

随后，铁道部组织了和外方的第二次技术谈判，以解决列控车载设备对动车进一步提速的限制问题，最终于 2006 年 12 月底签订补充合同，对列控车载设备和动车组进行升级，经过模拟运行试验，完成了 ATP 设备应对 250 公里时速的升级改造。

C2 的研发必须跟上提速的进程，试验中出现的所有问题，铁道部都要求专家们必须在极短的时间内解决。2006 年年底，在铁道部进行的动车组拉通检查和牵引试验中，应答器报文变差引起列车紧急制动 26 次，常规制动 25 次。2007 年 4 月 18 日铁路第六次大提速开始后，列控车载设备又暴露出设备软件和应答器信息接收单元不稳定等多种问题。

C2 攻关的核心力量，正是通号集团下属的通号院，其研制的列控中心、CTC 和车站联锁等 C2 子系统，均通过了铁道部组织的可行性审查和技术鉴定。公开资料显示，2008 年 1 月 21 日，经测试组仿真测试及铁道部评审委员会审查，通号院研制开发的 LKD2-T1 型列控中心“基本满足”铁道部规定的技术规范要求，顺利通过铁道部审查，并获得 2008 年度中国铁道学会科学技术奖一等奖。

2008 年 7 月底，全新的客专 C2 系统在合宁线上第一次应用，此后在其他高铁线路上被广泛采用。铁道部一位退休官员认为，C2 系统“当时技术并不成熟，但为了赶工期，没有充分考核就急急忙忙地上了”。

在甬台温线上使用的，正是 C2 系统。

C2 之后紧接着是 C3 攻关，服务于时速 300 公里以上的高速铁道。

中国高铁的跨越式发展，给专家们提供了一个又一个冲刺世界顶尖速度的机会，无怪乎 2011 年 4 月宣布京沪高铁从时速 350 公里降至 300 公里时，一些铁路专家因此感叹“失去了千载难逢的机会，本来是准备在跑出时速 486.1 公里之后冲刺 500 公里的”。

在这条信号系统技术升级路线上，通号集团上下无数人为此付出了无数个日日夜夜，但勉力打拼的结果也只是勉强跟上了铁道部提速的步骤，各种问题从研发到试验阶段就一一暴露，最终只能以边运营边解决的方式仓促上马。

2007 年 12 月底，铁道部成立了 C3 系统攻关组。相对于 C2，C3 增加了 RBC（无线闭塞中心）和 GSM-R（铁路移动通信系统）通信基站，采用无线通信进行信息传输。2008 年 3 月 6 日，铁道部科技司、运输局在北京组织召开《客运专线 CTCS-3 级列控系统总体技术方案》专家评审会，认为方案符合 C3 技术规范中提出的系统设计、产品实现、测试验证及验收确认等 4 个阶段的系统评估，是科学合理的。随后铁道部建立了仿真测试实验室，要在车载设备和 RBC 等关键设备国产化的基础上，创建拥有自主知识产权的 C3 列控标准体系和技术平台。

中国高铁的过快推进，令国外同业感到担心。国内高铁信号系统招标一般和通信、电力供电、牵引供电系统招标同时进行，合称四电系统集成招标。2007 年，中国铁建电气化局在承接郑西客运专线四电系统集成时，曾邀请西门子提供技术支持，但被其拒绝，理由之一即是郑西高铁四电系统部件供货商分散在世界各地，“用的是不同国家不同企业的东西，这样的集成我们做不了”。

除了部件繁杂，工期的限制也成为国内四电系统集成面临的一个主要障碍。以郑西高铁为例，西门子的技术人员认为，“在如此短的时间内，要完成这样的系统集成是根本不可能的”。做过和利时轨道交通事业部经理的徐悦在接受媒体采访时也曾表示，为了赶工期，国内高铁信号施工项目经常是“边定需求，边开发产品，边工程施工”，因此被称为“三边工程”。

作为 C3 研发的主力，通号院遇到了很多挑战。列控技术主要包含两方面，一是地面技术，一是车载技术。通号院做联锁起家，一直以来地面技术比较强，以全路统一制式的 ZPW-2000A 轨道电路技术为突出代表，其车载技术不强。随着列控技术的演进，车载技术越来越重要，即信号控制技术逐步由地面控制为主转到以车载系统控制为主。为此，通号院成立了列车自动控制研究所，陈锋华担任所长。

根据通号集团网站上的信息，陈锋华把 C3 的复杂性归纳为“三多”：第一是子系统多。C3 系统由地面 RBC 无线闭塞中心、车载 ATP 等 10 余个子系统组成，每个子系统又由众多模块组成，总计多达百余个。第二是控制对象多。京沪高铁全线不含移动体在内，仅地面固定控制点就上万个。第三是接口多。C3 系统各子系统并不是简单地堆积就可以实现系统功能，每个子系统间通过多维度、多层次的网络接口有机连接，才能形成一个完整的控制系统。这样一个巨型系统，需要同步数万个控制对象，使之协同工作。

第一个应用 C3 的武广高铁是通号院的代表作。在武广高铁建设中，通号院完成了全线通信信号系统集成工作，编制了 C3 运用的标准体系，成为行业标准制定者。陈锋华回忆这个过程时感慨万端。

那段时间，他剃了光头。“我们原本期望在 2009 年 8 月 C3 高级功能试验完成以后，有关系统开发的问题就要全部解决，10 月开始转入工程阶段，（集中）主要精力来解决工程问题。可 10 月初的时候，咱们的高级功能试验大毛病没有小毛病太多。每次领导来添乘，咱们从咸宁跑试验段一小段儿，都跑得胆战心惊的，就怕中间有一些 ATPCU 故障不可控，压力非常大。由于没有按预期完全彻底地解决系统开发的问题，把这些问题带到工程阶段以后，就把科研开发和工程阶段两股道的问题纠缠在一起，这是武广项目比较难的一个很大的原因。”陈锋华透露，试验过程中有时一天发现 26 个问题，晚上分析到 2 点以后。

陈锋华还想在脑门上写几个字：“把系统搞稳定了。”

陈锋华很早就认识到，信号系统不稳定，问题有硬件方面的，也有软件方面的，但“主要还是软件方面的原因”。“我们虽然走了引进路线，但其实对老外来说武广也是挑战。第一，他们也没有 C3 系统；第二，他们也没有这么长的路线、跑这么高速度的动车组。好多东西我们都需要根据新的需求和新的要求，做好多修改……因为我们整个时间比较紧。”

就在这样与时间赛跑的过程中，C3 上路了，不过，还有很多问题需要边运营边解决，通号集团因此规定“分析问题不过夜、整治问题不过夜”。武广线刚一开通，二型车和三型车加在一起近 40 辆，每趟车回来发现故障都要当天解决，工作任务非常繁重。

C3 遇到的困难比 C2 要大得多，在“7・23”事故中出现的现象其实早已出现过。通号集团旗下的北京信号厂是通信信号产品的生产厂，在距离京沪高铁上海段试车不到30个小时的时候，现场技术人员陈强、魏小飞接到通知，赶往蚌埠南站更换列控程序。当他们在交换机上搜索时，发现安全数据网的右网不通，为了保障在动车试验前解决故障，两人连夜赶到定远站通宵排查。最后确定是由于TSR（临时限速服务系统）测试人员在徐州做TSR初始化时，安装的临时交换机没有拆下来，其交换机地址和中继53站的地址重合，而中继53站恰好是安全数据网右网的第一个站，因此在安全数据网连通之后把中继53站屏蔽了，造成整个安全数据网的右网无法工作。

局外人很难想象，京沪高铁试车时还存在如此多的故障，可以说，C3几乎是跌跌撞撞走到了现在。

一位专业人士评价说："通号院的设计人员疲于奔命，他们自己都没有消化和整改的时间。"

甬台温事故以及京沪高铁故障频发，最终使高层下了降速的决心。从2011年9月开始，除了京沪、京津和沪杭3条高铁线按照时速300公里运行，其他高铁客专全部降回设计时速，连既有线改造的也降回原来的160公里，甚至有些线路已经停开，可以说一下回到了第六次大提速的原点。

从C2到C3，通号集团尽管压力巨大，但回报丰厚。在"7·23"之前，高铁的创造者们更多地是在忙碌中分享这一令人目眩的盛宴——业内人士估算，通号集团至少占据了地面信号控制设备70%的市场，是最大的受益者。

铁道部对通信设备制造行业实行准入制度，许可证由铁道部颁发。地面控制系统是中国自己开发的，不要求合资，内资即可参与。在时速低于200公里的路线进行既有线改造时（即C0系统），2005年国内获得许可证的有通号集团、和利时、交大微联、铁科院通信所和卡斯柯5家，而此后获得C2许可证的只有通号集团、和利时和铁科院3家，到了C3就只剩下通号集团和和利时两家——和利时还只做列控中心与RBC，不做联锁、CTC等。

ATP则要求合资或合作，2005年6月，通过国际招标，铁道部分别与和利时/日立、铁科院/株洲所（中国南车株洲电力机车研究所）/CSEE两个联合体签署了ATP采购和技术转让合同，这是当时C2的ATP供应商。

但在C3系统中ATP合作方又发生了变化，在铁道部指定下，变成了通号集团与和利时的天下，通号集团与庞巴迪合作，和利时与日立和安萨尔多合作。

是技术尖端其他国内企业做不了，还是铁道部"肥水不流外人田"的垄断模式，妨碍了路外企业参与竞争？

华为即是一名来自路外的挑战者，在看到和利时中标广深港、郑西两条C3项目后，华为曾以极高的代价从和利时挖人。2010年9月，华为在德国柏林国际轨道交通技术展览会上展示了HRC（高速铁路通信）端到端解决方案，以及最新的基于LTE（长期演进）技术的高速铁路宽带通信解决方案，但华为至今还未能获得许可证。

即使路内企业，境遇也颇不相同。铁科院通号所的一位人士称："通号集团可以做集成商，自己有设计院、生产公司和工程公司，而且设计院里还有专门做工程设计的。我们只有设计，生产也得委托通号集团的北京信号厂。和利时有生产，但工程业务很小，只有通号集团能做集成。"

通号集团自称是国家高铁通信信号系统技术引进消化吸收与再创新主体承担单位，联合完成了中国第一条350公里时速的京津城际铁路四电系统集成，此后又完成了合武、武广、广珠、郑西、广深港、沪宁、海南东环等客运专线项目。

国内高铁信号系统招标一般和通信、电力供电、牵引供电统招标同时进行，合称四电系统集成招标。通号集团经常和老牌的中铁电气化局组成联合体，他们是第一军团；而中铁建电气化局担任集成商后，将列控中心分包给和利时的比较多。

国内一家铁路信号设备供应商称："2010年之前，四电系统集成商虽然负责项目招标，但还要上报铁道部，将参与竞标的3家公司及报价上报铁道部，原则上集成商自身也没决定权，只是推荐，最终由铁道部运输局确定。"2010之后情况有所好转，需要在二级市场即交易所挂出招标公告，铁道部将权限下放给甲方，透明度提高，但是C3项目仍然没有在二级市场上招标。

1998年与铁道部政企分开时，通号集团利润只有1459万元，2007之后出现爆炸性增长。2007年到2009年间，总资产从48.5亿元增至102.2亿元，净资产从 18.6 亿元增至 33.8 亿元，主营收入从 42 亿元增至 79.4 亿元，年均增长率都超过 20%；净利润则从 2.12 亿元增至 6.42 亿元，年均增长 44.7%。2009 年净资产收益率已达 22.45%，到 2010 年，通号集团收入已增至 120.5 亿元、利润 12.6 亿元。

2010 年通号集团启动整体改制，成立通号集团股份有限公司，准备在国内上市，并引入了其他投资者——在 45 亿元的股本中，通号集团以净资产入股占 96.82%，中国机械工业集团有限公司、中国诚通控股集团有限公司、中国国新控股有限责任公司分别出资 4190 万元占 0.93%，中国国际金融公司旗下的直投机构——中金佳成投资管理有限公司出资 1676 万元占 0.37%。

作为通号集团旗下的核心企业，通号院 2007 年的税后利润也翻番，达到 6306 万元，2008 年、2009 年则分别达到 1.44 亿元、2.54 亿元。2011 年 1 月，以 13 亿元的净资产改制为有限公司。

在铁道部的规划和安排之下，高铁信号系统已经形成了自有的一套垄断格局，路外企业无缘进入，C2 还略有竞争，C3 则几乎是通号集团与和利时独步天下。

不过，“7・23”事故之后，通号集团受到了沉重的打击。

在最终的事故调查报告中，信号系统的缺陷被重点处理，报告称通号集团的问题包括草率研发、管理混乱以及违反程序等，十几名通号集团高管受到处罚。调查组建议，对时任的通号集团副总经理缪伟忠以及通号院的董事长张海丰、副总经理宋晓风、副总工程师张苑等撤职，其他工程师等记大过或降级。此外，对于违规给通号集团信号系统放行的官员也建议给予相应处罚，如，给分管科技司的铁道部副部长陆东福记过处分，时任科技司司长季学胜和原运输局副局长兼基础部主任徐啸明撤职，铁道部总工程师何华武记大过，京福铁路（安徽）公司总经理张骥翼降级和党内严重警告，时任铁道部运输局基础部副主任刘朝英降级和党内严重警告。

财新记者获悉，受事故及 2011 年铁路投资影响，2011 年通号集团的收入虽增长 10% 左右，但利润下降，上市计划亦被打乱。“原来准备抓紧上市的，现在可能要再等两三年。”一位熟悉通号集团的人士称。

深藏的裂纹

危机并不仅止于已经暴露的部分。

2011 年 7 月 15 日，济南车辆段动车所的探伤工乔兆红（“红”字或为“江”，报告签名为手写体）在通过探伤器对一辆编号为 6209L 的高铁列车例行检查时发现，在这辆中国北车生产的 CRH380BL 列车上，超声波探测第 11 节车厢的车轴时屏幕显示反射波幅度异常，这意味着该处存在内部缺陷。

正式上路不过半月，高铁列车竟然在关键的动力轴处发现不明裂纹。

后来的探伤报告显示，这是一处裂纹，该缺陷在靠近齿轮处，长 7.1 毫米、高 2.4 毫米。报告要求，对该轴进行“换轴”处理。当天，主管领导袁啸阳、轮轴专职尚志红、设备专职赵树兵、质检员宋斌、探伤工长庄宁和探伤工乔兆红本人均在报告上签字。

车轴是连接列车轮对的关键部件，对列车安全关系重大。轮对是机车与钢轨相接触的部分，由左右两个车轮压装在同一根车轴上组成，其作用是保证机车车辆在钢轨上的运行和转向，承受来自机车车辆的全部静、动载荷，把它传递给钢轨，并将因线路不平顺产生的载荷传递给机车车辆各零部件，机车的驱动和制动也通过轮对起作用。

动力轴如果出现 2 毫米或超过 2 毫米的材质缺陷，就达到铁道部的报废标准，如继续使用可能导致车辆断轴、脱轨颠覆，造成车毁人亡的惨剧。CRH380BL 由 16 节车厢组成，其中动力车厢 8 节，不带动力的拖车 8 节。

正式上路不过半月，高铁列车竟然在关键的动力轴处发现不明裂纹，这不大可能是机械疲劳所致，如果不是探伤器出了问题或者探伤工误操作，就只能是材质问题或者工艺缺陷。

据财新记者调查，CRH380BL 的轮对供应商是智奇铁路设备有限公司，其实际控制人，便是因贿赂刘志军而声名大噪的山西女商人丁书苗。丁与刘的关系，在后文中将有详细介绍。

财新记者从上海铁路局南翔动车所获悉，在关键部件发现重大缺陷，必须第一时间上报铁道部，根据检测出的问题的大小，相关探伤工可获得 1000 元至 1 万元的奖励。

不过，此后数日，从铁道部和中国北车的公开披露信息来看，各方面并没有就此问题展开实质性行动。在更换了车轴之后，这辆列车和其他同样型号、使用同一家供应商供应的轮对的列车，依然以每小时 300 公里的速度在京沪高铁上继续奔跑。

在此前后，京沪高铁已因接触网问题以及专门检测轴承温度的传感器报警问题，发生停车、自动限速等多起故障，引起各方对高铁安全的高度质疑。随后的 7 月 23 日，两列动车在甬台温铁路上离奇追尾，致 40 死 172 伤的惨剧，一时间，对于高铁的恐惧笼罩了中国。

在血的教训面前，决策层终于意识到中国已无法再承受高铁事故的代价，行动终于开始了，不过并不彻底。

2011 年 8 月 11 日，中国北车公告召回正在京沪高铁运营的 54 列 CRH380BL 型动车组，称："中国北车所属长客股份公司生产的 CRH380BL 型动车组连续发生热轴报警误报、自动降弓、牵引丢失等故障，大多因分供方配件不合格所致，在运营现场难以快速排查和有效整改。"召回之举，距京沪高铁正式运行不到一个半月，距已公布的运行试验阶段的启动日（5 月 11 日）也仅 3 个月。

在公告中，中国北车将故障原因主要归结为"传感器误报"，指传感器过于灵敏所致。传感器故障固然也很麻烦，但相比可能造成重大安全事故的动力轴问题，则显然是小问题。但直至发稿时（2011 年 8 月 22 日），针对这一可能造成重大安全事故的隐患，中国北车始终没有对外披露济南车辆段发现动力轴不明缺陷一事。

2011 年 8 月 16 日，财新记者暗访济南车辆段获悉，针对不明缺陷的调查比对正在秘密进行，探伤器专业公司北京新联铁科技发展有限公司（2011 年 12 月 27 日更名为北京新联铁科技股份有限公司）及中国铁道科学研究院专家亦从北京调往济南参与调查。中国北车召回的背后，还有太多在公众视线以外的谜，这正是真正的危险所在。

裂纹不止一处。

财新记者从专门负责提供探伤设备的新联铁公司技术人员处获悉，在关涉车辆安全运行的关键部件——空心轴发现不明原因的缺陷已不止一次，早在 2011 年 6 月，即有类似报告。

目前高速列车普遍使用空心轴，这样可以减轻开车载重，加快速度。但由于动力轴对行车安全关系重大，且内部缺陷很难通过肉眼看到，必须由专业的探伤设备进行超声波电子检测。根据铁道部要求，CRH2 型动车每运行 3 万公里就要对空心轴探伤，CRH5 型动车探伤周期为 18 万公里。

2011 年 8 月 12 日下午，北京新联铁公司技术员籍众慧和姜汉超在济南车辆段探伤办公室讨论空心轴问题时称，截至当天，经与厂家和供应商协商会诊确认，经过机器探伤发现超标缺陷的车轴已报废了 3 根，还有 4 根做了换轴处理，已被供应商智奇公司拉走。

籍、姜二人透露，不止济南，其他地方的动车所也查出了类似问题。据悉，中国北车召回的 54 列动车组，有 20 列配属上海局运营，12 列配属济南局运营，其余车辆配属北京局运营，维修检测主要在这 3 个局所属的动车所进行，厂家长期派驻技术人员。

财新记者曾分赴位于北京大兴的动车所和上海虹桥动车所调查，但相关工作人员否认发现过类似情况。动车厂家——长客股份、唐山客车归属的中国北车相关负责人也对财新记者表示，不存在这个问题。车轴供应商，位于山西太原的智奇铁路设备有限公司人事行政部杨姓部长坚称“智奇产品没有质量问题”，召回一事“与智奇无关”。

但财新记者看到了济南动车所 2011 年 7 月以来的探伤报告，至少有 2 份报告的处理方式是换轴。探伤车间工长解释说，这就是缺陷超标报废的。

关涉动车运行基本安全的车轴，为何在机车正式运行一个多月便频频发现问题？

对此，铁科院探伤专家黎连修在 2011 年 8 月 13 日接受财新记者采访时称，探伤报告一般都写作裂纹，但考虑到京沪高铁动车运行不久，出现疲劳裂纹的可能性并不大，这个裂纹很可能实际上是材质疏松。材质疏松在一定程度上是允许的，但材质疏松大小超过标准，会对动车安全造成致命威胁，铁道部定的标准是 2 毫米，超过了就必须做废品处理。在他看来，如果确实出现裂纹超标，就是产品出厂质量把关不严。他称，过去也出现过“仪器灵敏度定得高，把合格产品也报废了的情况”，因为“探伤工怕漏报，宁可说大也不说小”，至于换走的产品有没有再换到其他列车上，则很难讲。

空心轴材质疏松问题以前也探出过。2009 年 3 月，郑州车辆段动车所探伤工王晶曾在检查 CRH5039 动车组第七节车厢时，发现屏幕上出现异常红点，后确认是一处直径为 2 毫米的材质疏松缺陷。

不过，财新记者发现，几份问题报告所提及更换的轮轴都发生在动力车，而且空心轴内缺陷部位多靠近电机和齿轮的压装部位。据业内人士介绍，在高铁机车中，动力车厢的动车轴在跑动中要承受很大的压力，而电机和齿轮一直在高速运转，其压装部位更容易发生机械疲劳。

据财新记者从内部了解，智奇公司在不明裂纹报告后质疑探伤结果不准确，称新联铁提供的探伤器是德国生产的，而智奇的产品源自意大利路奇霓（Lucchini）公司的技术，出厂检测时使用的也是意大利设备，并没有发现问题，有可能是德国产的探伤设备过敏造成的误判。消息人士称，2011 年 8 月 15 日，智奇公司总经理杨怀文和总工程师带着意大利产的探伤设备赶赴北京的动车所复查车轴，并于次日赴济南动车所，对新探出问题的车轴做复查比较，铁科院探伤专家黎连修也参与检测比对。

北京铁路局北京科学技术研究所的陈虹，曾从事过探伤设备的研究。她表示，探伤器通过超声波对机器进行检测，反应非常灵敏，有严格的技术标准，轻易不会出现误判，也不会将表面划痕当作裂痕。

2011 年 8 月 15 日，智奇人事行政部部长接受财新记者采访时，仍坚称“这个（裂纹或缺陷超标）问题不存在”，并强调如果已有定论，铁道部应该会有书面报告。对于公司总经理和总工飞赴北京和济南参加空心轴裂纹争议的检测比对一事，他表示“不知情”。

不过，17 日准备在济南动车所进行的探伤比对未能如期进行，因为智奇的设备一到济南就坏了，新联铁人士和专家 18 日晚间同车返京。黎连修在接受电话采访时表示，不用比较已知济南动车所在使用新联铁设备时把灵敏度调高了，智奇产品并无问题，一根都不用换。一旁的新联铁人士颇为不服，脱口而出："(没问题)你信吗?"他告诉财新记者，有3根动力轴超标很多，他们将把详细情况单独呈报铁道部，反映建议和看法。

由于智奇的实际控制人丁书苗是卷入刘志军一案的关键人物，对于智奇产品的担心，从刘志军一下台就已经开始。据接近铁道部的权威人士透露，高层至少两次问及，轮子会不会有问题。铁道部相关部门亦曾为此将智奇产品与国内老牌轮对厂商马钢和太钢的产品进行比对，结论是智奇的产品质量更好。

这家2006年才成立的公司，其产品在高铁列车上广泛使用。"从CRH1到CRH5、380A、380B都用了智奇的轮对。"中国南车一位人士称，"南车控股的青岛四方机车车辆股份有限公司第一批从日本引进的8编组动车用了日本住友钢铁集团的轮对，后来就不用了。"

在2009年年初智奇正式投产之前，铁道部已经引进和合作生产的8编列动车组共280列，其轮对全部从国外购买——最早期4家整车厂的前5列车全部是进口的，后来就是买零部件组装。

但智奇出世后情况发生了改变，智奇迅速垄断了这一市场，从2009年开始成为高铁轮对的唯一供货商。

2006年，根据铁道部批复，山西煤炭进出口集团、博宥集团和博宥集团旗下的中昶投资共同出资组建了智波交通运输设备有限公司(下称智波)，注册资金1.5亿元，中昶占40%股份。博宥集团的实际控制人正是丁书苗。2011年1月丁书苗被查后，直接牵连到铁道部原部长刘志军下台。财新记者从多个可靠消息人士处获悉，丁书苗以中介人身份游走于中交建、中建等央企之间，帮助其承揽铁路基建合同，并因此获得高达8亿元的中介费，其中一半刘嘱丁"不要动"。丁还多次为刘介绍女演员。

2006年8月2日，中国铁道部、山煤集团、意大利路奇霓钢铁机械公司在北京签署了《铁路动车组轮对技术合作框架协议》，2006年12月15日，智波公司又与路奇霓签署合作协议。此前，中国铁道部、山煤集团与德国波鸿交通技术有限公司曾签署过《铁路动车组轮对技术合作框架协议》，但为了迅速占领高速轮对市场，智波公司选择了态度积极的路奇霓公司。随后在 2007 年 3 月 9 日，双方在北京又签订了轮对技术许可合同。

2007 年 10 月，智波公司与路奇霓组建合资企业智奇，建立了目前中国唯一一家高速动车组轮对生产和检修基地。智奇注册资金 1.5 亿元，项目总投资约 11 亿元，其中智波公司占 75%，外方占 25%。

中国南车的一位技术人员表示："当时山煤和博宥这样毫无技术背景的公司来做高铁轮对，业内都感到奇怪，这个产品很专业，我们整车厂都不做。让有轮对生产资质的企业引进技术才是合理的，之前马钢、太原重工是普列轮对的两大基地。"

据悉，生产普列轮对的马鞍山钢铁股份也与中国铁道科学研究院进行技术合作，研制国产化轮对。但一位知情人士对财新记者透露，当时马钢试制出的产品，铁道部不给认证，这对智奇无疑是有利的。

2007 年 4 月第六次大提速时，智奇才开工建设，2008 年下半年交付西门子地铁轴项目，2009 年 1 月第二批产品出厂，2 月智奇生产线正式建成投产，与青岛四方等签下了 20 亿元的轮对销售合同及意向书。

2009 年 11 月 30 日，铁道部运输局原局长张曙光再次到智奇调研，南车青岛四方、青岛四方庞巴迪、北车长客股份及唐山客车的 4 位负责人也陪同前往，随后南车青岛四方和青岛四方庞巴迪分别与智奇签订了总额 12 亿元的动车组轮对购置合同。

智奇有关人士曾表示，投产以来国内的订单就源源不断，生产线也一直处于满负荷运转状态，短短 10 个月的时间就签署了近 70 亿元的销售订单。

智奇铁路设备有限公司总经理杨怀文曾表示，智奇将原本分 4 期的建设工程合并成 2 期，2010 年智奇的产能将达到 5 万~7 万对，大概能满足 1500 列到 2000 列高速动车组的需求。

中国南车 2010 年年报披露，截至 2010 年年底，中国南车共交付高速动车组 295 列（360 标准列），占中国在线运营高速铁路动车组总量的 65%，以此推算国内在线运营的动车组约 453 列，轮对约 2 万对以上。

一位参观过智奇轮对生产线的人士向财新记者透露，智奇生产的轮对并没有自己的核心技术，“轴和轮都是从路奇霓进口的，整个生产线都仿照国外，精加工后组装。成本是高，但铁道部的定价也高”。

由于高铁腐败案的牵连，智奇的垄断地位岌岌可危，但由于铁道部过去设置的高准入门槛，这一市场缺乏足够的竞争，其他竞争者要生产高铁列车的轮对仍需要一定时间。

北车召回有头无尾

2011 年 11 月 15 日，中国北车对外公告，称已对所召回的 CRH380BL 型动车组进行整改，经实验验证、第三方评估和专家评审，确认整改合格，自 2011 年 11 月 16 日起，上述所召回的 CRH380BL 型动车组将陆续投入运营。多位铁路专家介绍，召回必须建立在一个判断前提上，即已经发现的问题不是一个偶发性障碍，而是一个批量性的问题或者设计上的缺陷，只能通过全面召回予以解决。现在，召回在多大程度上和济南车辆段探伤工发现的空心轴缺陷有关，空心轴的缺陷究竟又是什么原因造成的，尚难确定，也没有官方反馈。不过，北车 380B 的质量问题其实早已无法掩盖。

财新记者在位于北京大兴的动车所采访时，南车青岛四方驻站的一位技术人员称，经常听到长客股份的维修人员在说轴温不稳定，但具体是什么原因造成的则不知其详。

事实上，早在京沪线开通之前，北车生产的 380B 就在其他线路上试运行，当时轴温问题和自动限速、封锁问题就屡屡出现，并未得到解决。在京沪高铁正式开通后，更是故障频频，使高铁成为公众讥讽的对象。

2010 年 10 月 26 日，连接上海和杭州的沪杭城际高速铁路正式开通运营，该线路全长约 200 公里，设计时速 350 公里。根据铁道部的安排，这条新开通的线路将率先试运行 380AL 和 380BL（均为 16 节车厢，L 代表长的意思）两款即将用于京沪线的车型，分别由中国南车和中国北车制造。

让 380 先在沪杭线试水，是一个有深意的安排。由于京沪线广受国内外关注，380 系列又被认为是中国高铁在自主知识产权方面的成果，380 在上京沪线之前必须完成足够的运行里程，以便有问题能提前发现，避免关键时刻掉链子。当时沪杭线上用 380AL/BL 这种 16 节车厢的大编组列车跑，造成空座率很高，但为了未来京沪高铁的安全可靠，这样的代价被认为完全值得。试跑中，380BL 暴露出问题。

2011 年 2 月 6 日，时任铁道部副总工程师、运输局局长的张曙光跟随刘志军到武汉动车基地检查，并分别讲了话。在讲话中，张曙光提出 4 点要求，他在第四点中透露："对工厂而言，对高速列车检修运用的情况不断进行整改完善的力度还不够。从广州调研的情况来看，三型车故障率没有从根本上解决，必须抓紧时间。究其原因，思想上有什么问题、管理上有什么问题、技术上有什么问题？我怀疑是思想上的问题。380B 在杭州发现了故障，又是轴温报警，又是封锁，沪杭线不到 160 公里，这个状态京沪线还能开得了？一定要想办法尽快解决，不能再把这个问题带到京沪线上。三是工厂自己解决三型车的问题。要把京沪、380 做成精品，目前的工作还远远不够。"

张曙光提到的三型车，正是唐山客车引进西门子技术平台制造的动车 CRH3，380B 是在 CRH3 基础上改进而来。

唐山客车是中国北车下辖的两家整车制造厂之一，另一为长客股份，由中国北车控股。

唐山客车和长客股份原本引进的是不同的技术平台，后者最早的合作伙伴是法国阿尔斯通，生产的动车车型为五型车 CRH5，主要在京沈线上运行。

2008 年，铁道部决定将京沪线未来的运营时速从 350 公里调高到 380 公里，以创造世界第一。铁道部分别向中国南车和中国北车布置了研发 380 动车的任务，并最终确定中国南车在现有日本川崎技术平台上、中国北车在西门子技术平台上进一步改进研发。中国北车旗下的长客股份和唐山客车联合研发，双方共同组建了设计团队和采购团队。

日本和德国的技术平台各有千秋。一位专业人士向财新记者解释说，从故障保护角度看，中国南车用的日本平台如果出了故障，系统并不通过网络实行自动保护，而是靠司机人工操作。在 2011 年 8 月 15 日的一个科技成果展上，株洲南车时代电气股份有限公司的一位售后服务人员告诉财新记者，中国南车的动车每两节车厢一个单元，由一节动力车和一节非动力车组成；如果其中某一个单元出现问题，司机可以通过驾驶室的控制屏切断该单元的供电，但不影响整列列车的运行。

而西门子的控制系统设计则以安全导向为先，传感器和网络连接设计得极为灵敏，有任何故障马上就传到微机，直接进入控制保护，“有一点儿小问题就保护，就停下来”。如果是传感器出现故障，产生误报，车在无法判断是真实故障还是误报的情况下也立即实行保护。前述专业人士表示，从理念上来讲，这套系统更加安全，但它对制造环节和可靠性的要求也更高。

事实上，不止西门子，整个欧洲列车技术的保护灵敏度都很高。一位铁道部原技术研究人员透露，长客股份和阿尔斯通合作生产的五型车，刚上线时也经常发生自动保护限速、故障误报等情况，不断返工，后来由阿尔斯通的技术人员重新调试参数才解决了问题。

西门子和唐山客车合作生产的 CRH3 并不总是故障频繁，它最早用在中国第一条按 350 公里时速建造的京津城际高铁上。2006 年 11 月，铁道部就京津城际项目专门展开招标，以西门子为首的德国企业联合体以 120 亿元的价格中标。自 2008 年 8 月开通以来，京津城际鲜有晚点，故障率也低。

由于有众多第一，铁道部又准备在 2008 年北京奥运会召开之前作为献礼工程开通，故铁道部对京津城际相当重视，视为“样板线”，为以后时速 350 公里及以上的高铁线路打前站。

公开报道显示，京津城际线上最初运行的 CRH3 有 3 辆是从德国进口的整车，其余虽在国内组装完成，但绝大部分零部件都由西门子提供。唐山客车一位技术人员向财新记者表示，京津线跑得好，主要是因为“之前的 CRH3 平台完全是基于西门子的平台来做的”，国产化后有所改进，“但关键部位不会动”。到 2009 年年底武广高铁开通，中国动车组的国产化率已经大幅提升。根据铁道部的部署，2005 年通过竞争谈判采购的 120 列时速 300 公里的动车组，其中 60 列由中国南车控股的青岛四方机车车辆股份有限公司消化吸收再创新，采购合同由客运专线公司与南车青岛四方直接签订，全部在国内采购，2007 年开始交付，2009 年上半年全部完成，国产化率从 70% 起步，最终达到85%以上；另外60列就是由中国北车唐山客车引进西门子时速300公里动车组设计制造技术，除3列整车进口外，其余57列全部在国内生产，国产化率第一阶段达到30%，第二阶段59%，第三阶段70%以上，2009年年底全部交付完成。

其实，早在380下线前，运营时速300～350公里的动车组故障就在武广高铁上时有发生，并导致晚点。发生故障的车既有唐山客车生产的CRH3，也有南车青岛四方厂生产的CRH2，但CRH3更多。较为严重的一次发生在2010年6月8日上午8时许，广州南至武汉的G1022次列车运行到广州北至清远区间，因车载计算机通信故障停车，经过3小时抢修方恢复正常，车上200多名旅客被转移到一辆备用列车上。

由此来看，张曙光2011年2月6日在武汉动车基地讲话中提到的“从广州调研的情况来看，三型车故障率没有从根本上解决”，当指CRH3在武广高铁运营中出现的问题。

根据张曙光的说法，“380B在杭州发现了故障，又是轴温报警，又是封锁”，这些症状和后来在京沪高铁上发生的故障相似。不过，就在张曙光武汉讲话一个多月后，他就被免职接受调查，而他的靠山，人称“刘跨越”的刘志军早于2011年2月12日已被免职调查。随着铁道部中高层官员的纷纷落马，当年早已发现却被铁道部极力隐瞒下来的问题逐渐暴露在公众面前。等到备受瞩目的京沪线为献礼仓促开通时，最后检验的时刻到了——在这里，作为中国高铁自主知识产权象征的明星车型、国产化率高达70%以上的CRH380系列将接受市场的考验。

考验没有通过，连续发生的停车和限速，使高铁沦为笑柄。在高压之下，2011年7月23日温州动车的追尾事故最终成为致命的一击。

对于京沪高铁频发的故障，铁道部最初曾在声明中称380B是乘客吸烟引发传感器报警，进而导致限速。这看上去只是小问题。但中国北车在后来就召回发出的解释公告中，将CRH380B的故障描述为“热轴误报、自动降弓和牵引丢失”。事态已进一步扩大，但“误报”之说仍将故障定义在一个较小的范围内，即并非真的有“热轴”或“轴温不稳”的现象，而是传感器过于灵敏。

长客股份副总经理兼高速动车组项目经理赵明花在接受新华社记者采访时说，此前的动车组故障属于保护性故障，主要是传感器发生异常导致自动停车，“通过检查发现，发生故障的直接原因是传感器的绝缘程度不够，导致起防干扰作用的传感器屏蔽层被烧掉，传感器失灵发出了错误信号”。

北车并透露，长客股份传感器供应商是某跨国公司，但中国北车没有透露公司名字。

财新记者就此电话咨询了一家国际领先的传感器设计和制造厂商，该公司亦为中国北车和中国南车的传感器供应商。该公司市场部一位人士表示，目前中国市场上生产传感器的跨国公司和国内厂商非常多。一般来说，中低端产品国内厂商居多，高端产品跨国公司居多。所谓高低端的区别指的是功能和技术含量，以测轴温的传感器为例，低端产品可能只能测 50 摄氏度温差，高端产品可以测 2000 摄氏度温差。但具体使用何种产品取决于整车厂对轴温的额定范围，理论上来说列车速度越高，要求所测温差范围就越大。

对于此次中国北车指出的传感器问题，该人士称，传感器不是独立使用的，要讲匹配，即具体的使用环境，而这由整车厂家决定；另外，具体安装方式也由整车厂决定。如果使用环境不当，或者安装在不正确的位置上，质量好的传感器也会出问题。所以要具体问题具体分析，不一定是供应商的问题，也有可能是整车厂家的问题。

当然，产品质量存在问题也不排除。但他认为，如果产品质量不好，说明整车厂采购和检测有问题。“入库的时候为什么没有查出来？”他介绍说，传感器科技含量有限，绝缘问题、抗老化、抗氧化能力都可以检测出来，而且一般检测环境比应用环境更严苛，比如假设轴温应用环境是 50 摄氏度，检测环境就应设到 100 摄氏度。而如果出现问题的传感器是个别现象，则说明整车厂只做了抽查，没有全部检查。

另外，这位市场部人士也指出，传感器在整个列车里是很小的零件，不要“太高看传感器”。接到传感器的信息后，如何处理这些信息，发出什么样的指令，这是系统的问题。在他看来，如果一个零部件的问题导致整个系统不工作，这就是设计上的问题了。

正如唐山客车原总工程师孙帮成在一篇宣传唐车成就的文章《百年老企何以跑出世界最高速》中所说，“速度背后考验的是动车组牵引动力系统性能、各系统和部件的疲劳强度和列车的安全可靠性”。

实际上，这也是很多铁路系统工程师所担心的，即外方核心的东西中方并未掌握，设计思路没搞清楚，自动控制等软件没吃透，软件里各种逻辑关系也没有完全搞明白，所谓“知其然而不知其所以然”，最后车造出来了，出了问题“自己修不了，还得找老外”。

不论中国北车最终将责任归为哪家供应商，中国北车乃至整个铁路行业在管理和质量控制上的失控已昭然。关键问题在于：这些问题零部件是如何通过质量检测被采购进来的，有如此重大安全隐患的车辆是如何出厂下线的，中国北车的采购体系、质量监控体系为何环环脱节？

孙帮成在一次高速铁路动车组设备供应商供需交流大会上曾言之凿凿：“根据铁道部的要求，我们在设备采购方面将严把质量关”，“在设计控制方面，我们对供应商有完整的流程控制”。

但唐山客车厂的一位技术人员在此前接受财新记者采访时坦承，对铁道部而言，最重要的就是赶工期。为了能在规定时间内保证机车下线投入运营，很多时候机车下线时都保留了很多开口项——即在做出厂质量检测时，明明某项指标没有达标，也先放过，只要电机等关键部件达标，就先保运营，未达标部分边运营边更换。据悉，铁道部在每个厂都设有驻厂办公室，负责整车出厂前的最终检测验收。

在一位交通咨询管理人士看来，在铁路机车制造系统，中国南车的管理比中国北车略好一些，更国际化，但无论中国北车还是中国南车，其流程控制的规章制度都不尽如人意，更遑论实际执行了。他认为，交通行业的企业管理，飞机高于汽车，汽车又高于铁路，水平各差10年。无论是哪个交通行业，质量控制和管理都遵循大致相同的流程：先是接到订单，然后是招投标设计、评估、供应、采购、生产、质量检验，最后是售后服务。这个流程当中的每一个环节都不能出问题，一个环节出问题，就无法完成任务，因为最终是要根据客户的要求来做的。

第一步是标书设计。但在铁路行业，由于铁道部控制着所有资源，特别是行政资源，企业并无独立的话语权和对价格、供应商的实际选择机制，管理流程形同虚设。以标书为例，有时在不同区段，中国北车和中国南车的标书完全是一样的，“都是抄的”，没人去管标书的内容与实际是不是符合。投标过程也完全是走形式，因为中标结果大家早已心知肚明，因此质量监控有等于没有。

而在整个流程中，水最深也最敏感的是采购环节。业内人士有铁道部“点装”之说，即铁道部决定谁能获得重要部件招投标资格，谁能最后中标。首先，整车厂只能在铁道部确定的高铁供应商名录里选，进入名录的通常都是铁路业内企业或有特殊关系和背景的新兴企业，路外企业很难获得准入资格。一位业内人士透露，整车厂所有东西都要报部里批准。无论是开发了一个新的供应商，还是选了一个新的部件、新的结构，都要报铁道部审批。如果整车厂家对某一供应商的质量不满，想换供应商，而铁道部不同意，也只能作罢。整车厂的订单几乎全都来自铁道部，在这种情况下，整车厂很大程度上相当于铁道部的一个装配车间。

这是一个有着巨大寻租空间的过程，也为无数具有特殊关系和背景的掮客创造了生意，智奇前控制人丁书苗即为代表。在中国高铁一路高歌猛进的过程中，除了中铁、中铁建、中国南车、中国北车这些老牌铁路业内企业，还有类似丁书苗旗下金汉德或智奇这样的新兴企业分食各个细分产业链，在张曙光“照顾”下发展起来的常州今创集团也是一例。

上述交通咨询管理人士指出，目前铁路行业企业订单很多，大家都忙于生产，交付订单，但是随之而来的是质量稳定度不够、产能不够、资源不够等诸多问题。企业没有时间去深度挖掘企业的潜能，如降低成本、精益生产、流程改造等，也没有时间改善管理。

对几家整车制造企业来说，他们是“皇帝女儿不愁嫁”，需要考虑的不是如何降低成本，严格控制质量，提升管理水平，而是如何能在最短的时间之内完成一个看起来“几乎是不可能完成”的订单任务。此前有媒体报道，唐山客车在国内率先形成了月产 6 列时速 350 公里动车组的能力，已快速向月产8列迈进！这种赶工期、抢任务的工作流程，无疑对质量控制提出了严峻挑战。很多曾近距离观察过高铁的业内人士早已断言：中国高铁不出问题是偶然，出问题才是必然！

与2010年9月20日CRH380B型高速动车刚下线就组织媒体采访宣传不同，自中国北车2011年8月11日宣布召回54列CRH 380BL型动车后，中国北车旗下的长客股份和唐山客车就对媒体关上了大门。

“这事不能说，就算是朋友间私底下闲聊也不行。”长客股份一名不愿透露姓名的人士对财新记者表示。财新记者在长春采访期间，“不能说”几乎是长客股份相关人士对外的统一态度。

“现在没什么好说的，公告里该说的都说了。”长客股份高速动车组总工程师、技术总负责人牛得田对财新记者称。

这是中国铁路历史上第一次机车召回事件。“这是为了安全考虑。”赵明花对财新记者说。但召回前后中国北车和铁道部的一系列表态和大事化小的处理方式却令人对“如此安全”更生疑虑。

2011年8月12日，就召回事件，中国北车宣传部长谭晓峰对《新京报》称，CRH380BL型动车组出现故障，70%归因于零配件供应商的不合格产品，30%归因于工作人员现场处理故障不力。

在召回事件发生前，对于京沪线上CRH380BL列车频发故障，中国北车曾发布消息称，大多为“分供方”所提供的传感器、电路板、通信模块等“小部件”质量所引发的“偶发性电子器件质量问题”。

相比之下，在济南动车所探伤工发现的“空心轴裂纹”显然不是“小部件”问题，而属重大安全隐患，但中国北车相关人员在接受采访时均对此事矢口否认。赵明花对财新记者称：“你说的故障从未有过。”对此，财新记者致电中国北车相关高层及董事会秘书等多人，均未获任何回应。

对于这起危及公众安全的召回事件，中国北车上下显然始料未及，因而采取了铁路系统的惯用方法——回避和封锁，来对付蜂拥而至的媒体。赵明花一再强调：“我们是国有企业，要对国家和人民负责。”她甚至表示：“如果你们（的报道）对北车声誉不利，我们将到法院起诉！”

在中国北车的多份公告中，除了前述“偶发性电子器件质量问题”，对召回列车的详细原因也避而不谈，只宣称，“对故障原因系统分析，全面整改，确保源头质量，确保安全运营，整改合格后再交回用户使用”。

同在2011年8月12日，中国北车董事长崔殿国在接受新华社采访时称，已正式约见中外分供方主要负责人，抓紧研究动车组在线运营的相关故障，排查故障产生的原因，制订切实有效的整改方案。

话虽如此，从财新记者在上海和北京动车所调查的情况看，截至2011年8月17日，那些召回的列车仍然闲置在北京和上海的动车所里，所谓围绕着召回的安全大排查并没有展开。而且，据财新记者了解，除中国北车以及CRH380BL的零部件供货商外，对于召回列车的故障分析和检修，并无其他方面介入。

如果排查并未真的大规模展开，且有济南动车所的空心轴缺陷报告在前，中国北车是如何认定之前故障是“传感器误报”而非车轴的确存在普遍性质量问题，或者轴温确实存在不稳定现象导致限速呢？

即使真如中国北车所宣称的问题在于“传感器误报”及分供商部分零部件问题，那将更换的零部件来自哪些供货商？出现问题的机车何时能检修完毕并重新交付使用？谁来对这些问题车辆进行质量检测？

按照国际惯例，召回行动必须在信息公开透明的前提下进行，而对危及公众安全的高铁机车召回，信息公开透明及引入第三方监督又尤为重要。据财新记者了解，在济南，2011年8月17日，就动力轴缺陷这样的严重质量争议，中国北车及供货方智奇仍在进行内部检测比对，只是一切都在保密中进行。

2011年11月15日，中国北车宣布之前召回的CRH380B1型动车将从11月16日起陆续投入运营。在公告中，中国北车未说明最终确认的召回原因是什么，只表示“已进行整改，经实验验证、第三方评估和专家评审，确认整改合格”。

中国铁路历史上第一次召回事件就此草草收场。

偶然与必然

黄 湘

“7·23”动车事故是高铁神话走向崩溃的转折点。此前尽管广深、武广、京沪高铁开通后都频出故障，但舆论依然普遍沉浸在被铺天盖地的宣传带动起来的乐观情绪中。直到那个雷雨交加的夜晚两辆动车在温州南站附近的高架桥上匪夷所思地猝然追尾，高铁的安全隐患才终于得到媒体和公众冷静的审视。

也许有人会说，此次追尾事件乃是源自一系列“偶然”的重合：如果不是红光带故障，如果不是调度失误，如果不是信号设备出错，如果不是防追尾自动保护失效，如果不是司机未能及时准确分析信号……似乎只要减去一个“如果”，灾难也许就可以避免。然而，正如墨菲定律（Murphy's Law）所言，如果一件事情有可能朝坏的方向发展，就一定会朝最坏的方向发展。高铁的安全链条隐藏了如此之多的隐患，必然会酿成大祸，只是我们不能确定这可怕的“必然”会在何时、以何种方式降临。

高铁的高速度、高科技，意味着行车安全在很大程度上依托于环环相扣的设备系统，但最终也有赖于司机、调度等相关人员对设备系统提供的各种信号、指标做出正确的解读，尤其是在这些信号、指标具有歧义的情况下。设备因素和人的因素缺一不可，技术水平和管理水平同等重要，而高铁在这两方面都存在致命缺陷。

高铁使用了中国最好的技术吗？与公众的直觉相悖，答案竟然是否定的。华为作为技术领先的龙头企业，一直想进入动车组的列车控制系统开发，却屡屡铩羽而归，原因在于政企不分的铁道部不愿意让铁道系统外的企业“分羹”。

“集中资源办大事”是国家资本主义的诱人口号，但是这所谓的“集中资源”，仅指金融、财政、土地等可以给利益集团带来寻租机会的要素资源，并不包含最先进的技术。垄断资本往往抑制新技术的应用，进而成为技术进步的障碍，这是不争的事实。因为只有自由竞争才能推动技术创新，而政府主导下的市场垄断总是意味着技术锁闭，肥水不流外人田，将“外人”的好技术弃而不用。

由于政企不分，铁道部可以不承担经济盈亏责任，不优先考虑旅客承受能力，无视市场前景和经济效益，更不考虑大规模负债对国家金融体系和宏观金融链条的威胁，仅仅以高速度为目标，一意孤行。而供应商则在“跨越式发展”的鞭影之下，与时间赛跑，其产品只能以边运营边解决问题的方式仓促上马。这些企业本身也是受害者，因为它们只相当于铁道部这个“公司”管理下的“车间”，不具备作为经营主体的自我意志。

在政企不分的体制下，政府的短期目标，尤其是政治挂帅的“大干快上”，每每有违企业的长期利益。疲于奔命的企业，以执行政治任务取代追求经济效益，无法形成稳定的长期利益机制。这在高铁建设中表现为不顾经济合理性与建设常识，拼命建，建得太快，几乎每个环节都出问题，最终走向了像“7·23”动车事故这样匪夷所思的灾难。

就管理水平而言，铁道部不仅在“7·23”动车事故之前疏于防范，对于事故的善后工作也是反应迟钝，进退失据。事实上，这起事故只是暴露了冰山一角，还有大量安全问题隐藏在公众的视线之外，诸多事故的真正原因和深层次问题没有充分暴露，更没能得到应有的反省。

有业内人士指出，在“7·23”动车事故中，倘若人员培训到位，处理故障经验丰富，则事故并非不可避免。但问题是高铁发展速度太快，人员培训就像设备质量一样难以跟上。当然，这在某种意义上只是遁词，人员培训并不是一件很难的事，教会一个人操作软件远比设计软件容易得多。人员培训不到位，根源在于铁道部仅以“高速度、高技术”作为高铁的金字招牌，从一开始就漠视人的因素，例如首批高铁司机仅仅培训10天即速成上岗，而按照正常标准理应培训数月之久。

系统外企业无法参与竞争；系统内企业只相当于铁道部的车间；铁道部把自己当成超级企业，放弃了政府本应不可推卸的监管职能；而这家超级企业又不必考虑盈亏，可以要求国家兜底。如此可谓环环出错，乱象纷呈。“7·23”动车事故中的红光带故障、调度失误、信号设备出错、防追尾自动保护失效、司机未能及时分析准确信号……说到底只是体制层面的乱象在设备层面的呈现而已。

问题早已埋下，风险不断累积。国家资本主义这种模式本身，不利于及时发现失误，而总是会等到错到不可挽救的时候才一次性爆发。最后一根链条的崩断，一点也不“偶然”，而是“必然”。

第三章
调查刘志军

在出事之前的一个月，铁道部原党组书记、部长刘志军对于自己的处境似已有所察觉，他在会上和私下，多次反复提到“安全”“不能出事”。

但该来的还是来了。

刘志军是一个很难定义的官员。很多人相信，没有刘志军就不可能有今日的高铁。不论刘志军最初为什么选择高铁——钱？权？事业心？还是控制更大的资源，罗织更大的关系网？——在后期，这已经变成了他的执念、抱负和人生最重要的事，甚至感染了一批原本对刘不屑一顾，也反对中国发展高铁的人。

刘一步步接近目标，但终究功亏一篑。

“铁道部部长为什么出轨？”2011 年 2 月 12 日刘志军被调查的消息公布后，类似的帖子在网上不计其数。新华社在当日傍晚 6 时报道称，刘志军涉嫌严重违纪，正接受组织调查，海关总署原署长盛光祖接任铁道部党组书记。消息当天中午已在铁路系统传开。在下午召开的铁道部干部大会上，中央纪委副书记干以胜通报了刘志军涉嫌严重违纪的情况。2011 年 2 月 25 日全国人大常委会宣布免去刘志军的铁道部部长职务，任命盛光祖为铁道部部长。

刘志军突然被查，直接原因来自丁书苗。

2011年1月上旬，山西晋城女商人丁书苗被查之后，有关部门已找刘志军谈话。多位消息人士告诉财新记者，丁书苗案牵连多位铁路系统中高层人士，相关案情报至最高决策层。

2011年春节前，一个一年一度的春运内部动员会上，刘军见地没有出席，已属凶兆，但此时铁路业内人士多认为刘志军根基深厚，仍可能像此前2008年胶济铁路事故及其弟刘志祥买凶杀人案一样，逢凶化吉，刘志军也的确在春节期间一度公开露面检查春运部署。但最终，经过一个春节假期的权衡与斟酌，决策层采取了断然措施。

财新记者从铁路系统内部获悉，有关方面通报刘志军的问题时，不仅指其生活糜烂，还涉嫌受贿及帮助周围亲属从高铁相关工程中牟利。其弟刘志祥在担任武汉铁路分局副局长时因买凶杀人被判死缓，后改判16年有期徒刑，但在狱中仍通过电话帮人安排铁路生意。

丁书苗是刘志军腐败案的关键人物。接近调查的人士称，丁书苗通过安排项目获得的中介费高达数亿元，资金走向成谜。消息人士还称，丁书苗给刘志军介绍了多位年轻女子，其中包括由她投资拍摄的电视剧剧组演员。

2013年春节前夕，被关押在秦城监狱的铁道部原部长刘志军向前来探望的人推荐了一部书《南渡北归》，这部书讲的是抗战时期知识分子迁移到西南，又回归中原的故事。自从2011年2月刘志军涉嫌违纪被调查后，他已丧失人身自由近两年。在狱中的两年，他阅读了大量的人物传记和历史书。探望者称，刘志军看起来心情平静。

两个多月后的4月10日，刘志军被北京市人民检察院第二分院提起公诉。两项罪名为涉嫌受贿罪、滥用职权罪，受贿金额约6000万元。北京市第二中级人民法院已依法受理此案。约一周后，丁书苗之女侯军霞案正式开审。主要罪名是非法经营罪，涉嫌非法在铁路工程项目中收取"好处费"，获利30亿元。针对丁书苗的调查也随之接近尾声。

丁书苗问题只是急剧膨胀的高铁利益链中的一个缩影。在刘志军事发之后，有关部门曾组织各路专家讨论高铁以后怎么办，与会专家均一筹莫展。近年来对外封闭得有如铁桶一般的铁道部究竟还深藏多少蚁穴？每年数千亿元的高铁投资造就了多少灰色利益链，这些利益链的背后又隐藏着多少安全隐患？刘志军所代表的“铁路大跃进”时代或许即将过去，但刘身后留下的这个每年仅负债利息即过千亿元的巨大摊子、铁路系统这个中国最大的垄断堡垒能不能翻开改革的新篇章？随着刘的离开，所有问题都到了必须回答的时候。

刘代表的是一个体制，这个体制有高效得令人称奇的一面，但打开光鲜表面，内里却藏污纳垢。在财新高铁系列报道刊发之后，有匿名铁路业内人士 A 打来电话，就文章反映的问题一吐为快。A 本人在铁路人脉甚广，他和妻子近年来借高铁发展之机为企业和官员牵线搭桥，算是高铁的受益者。

A 问：“知不知道这个圈（铁路）内的领导们怎么捞钱？”

A 列举了几种常见方法：一是入股。铁路市场相对封闭，能否进入并拿到订单，取决于企业背后的领导关系。凭借在铁路招标上的话语权，很多领导会主动或被动地要求入股业内民营企业，象征性投资，坐地分红。领导的股份一般由亲戚或朋友代持，不好查。二是“借钱”。企业“主动”借钱给领导，数额从几百万元到上千万元。如果来查，这钱是领导“借的”，借钱有错吗？三是“做保姆”，或支付领导老婆孩子出国游玩求学的各种花销，或给领导的“二奶”“N 奶”提供花销，满足领导一家的一切需要。

A 还讲了很多领导的各种八卦。他说：“我在这行待了一辈子，就是吃这碗饭（即当中间人）的。”

“那你为什么愿意和记者聊这些呢？”记者问。

“太黑了，这行太黑了，我早就看不惯了，不能这么搞下去了！”他说。

丁书苗的秘书大会

2011 年 1 月上旬，山西晋城女企业家丁书苗（后更名丁羽心）被调查的消息在山西和北京传开，并在铁路和煤炭行业引起震动。丁在北京被有关部门调查，牵动了一个大人物——时任铁道部部长刘志军。丁书苗的被调查无疑让他感到了惶恐，他在春节前后安排了非常密集的行程，从南到北，然而行程未及结束，便在南京被捕，并被连夜送回北京。

以煤炭运输起家的丁书苗2000年后转战北京，成立了博宥集团，涉及高铁设备、影视广告、酒店等诸多投资。

她的经历堪称传奇。丁书苗识字不多，其貌不扬，身高超过1.7米，长相憨厚，说话粗豪，在山西生意人圈子里有“傻娘”之称。博宥集团一位高管称，丁书苗以前识字不超过100个，但做生意有直觉——博宥集团准备投资伯豪瑞廷酒店时，公司很多人反对，认为做酒店外行，但丁书苗认准一条：紧挨着央视新址的酒店肯定有钱赚。这位高管跟了丁书苗多年，认为丁最大的长处在于胆识过人，善于和人打交道，“人缘很好”。

20世纪50年代，丁书苗出生于山西省晋城市沁水县端氏镇古堆村，幼年丧母，由父亲抚养长大。她小学没毕业就辍学了，文化不高，但胆子很大，70年代到各家各户收鸡蛋，拿到县城卖。没钱买车票，有时就拿鸡蛋和司机换，和司机的关系搞得很熟络。丁书苗发迹之后，一位当年这样认识的司机被她带到北京做随身司机。后来这位司机回家养病，丁书苗还给他买了辆出租车开。

20世纪80年代，丁书苗到晋城开了家小吃摊，卖面条和凉菜。小吃摊上来往的铁路工人和运煤司机很多，丁书苗常常额外送些凉菜。“一个凉菜虽然不起眼，但吃饭的人心里暖洋洋的。”跟随丁书苗多年的博宥集团高管描述说。

不算小账算大账，丁书苗有意无意经营的关系，带来了一个真正的大机会。靠着朋友帮忙，丁书苗做起了煤炭运输生意。山西煤外运量大，但运力不足，拿到车皮资源就有大钱赚。“丁书苗不看重眼前的钱，更重视人情，赚了钱后大部分都分给关系，自己剩下三成就不错了。”前述跟随丁多年的人士介绍说。

车皮计划是计划经济产物，一般是由当地的煤炭产销大户或矿务局根据需要向铁路局提出申请，铁路局再统一上报铁道部，最后铁道部批下指标，铁路局再向下分解。铁路运力紧张，计划内车皮紧俏。铁道部、地方铁路局都有分配车皮资源的极大权力。

丁书苗能拿到车皮，主要是因为搞定了山西铁路的大人物罗金保。她与刘志军也结识于这一时期，但据接近丁的人士透露，“当时只是认识而已”。双方建立互信，刘志军成为丁书苗身后庞大关系网中的一个重要后台，还需要更多的机缘。

丁书苗凭借煤炭运输发了家，但生意真正做大主要是在2006年的高铁投资热之后。丁书苗将重心逐步转移到北京，先租了东城区苍南胡同14号院的天荣宾馆，早期几家公司便注册于此。2003年10月丁书苗成立了中企煤电工业有限公司，年经销电煤400万吨，铁路运力500大列以上，公司称截至2010年12月利润5000万元。2006年1月丁书苗成立了北京博宥投资有限公司，注册资金3000万元，中企煤电出资2980万元，侯军霞、王惠萍分别出资10万元。侯军霞也是山西晋城人，为丁书苗之女，后为博宥集团副总。

丁发家后大做慈善。2006年出资50万元帮助湖北罗田县平湖乡胡家河村修建乡村公路。2008年汶川地震后，博宥集团先后捐资1.14亿元。2009年5月，在人民大会堂举行1.5亿元的中国妇女发展基金会“博宥基金”成立仪式。2010年5月，在福布斯中国慈善榜上，丁书苗以9000万元捐款（2009年）名列第六。她也常和文艺界名人一起出席慈善活动。网上既有对其善举的赞叹，亦有对其盈利来源的质疑，尤其是对其旗下公司金汉德在高铁声屏障招标中的优势地位颇多质疑。

博宥投资成立后股权几经转让。2006年8月，中企煤电将股权转让给侯军霞。2007年7月，侯军霞把51%的股权转让给中阊宏泰能源投资有限公司。中阊宏泰的法人代表李利通与丁书苗同属山西晋城人，李利通在晋城投资煤矿。

2007年9月，中阊宏泰更名为奥立投资管理集团，12月又更名为博宥投资管理集团有限公司，法人变更为丁书苗，注册资金由5000万元增加到1.2亿元，随后便入驻北京新建的高档写字楼——新保利大厦，占了22层整层。

其时，该集团资产迅速膨胀，旗下企业包括北京博宥投资、中直能源投资有限公司和北京冠瑀投资、中昶国际投资、大宥方圆国际影视文化传媒（北京）有限公司、北京世纪同程投资有限公司等。

这是丁书苗事业的一个新起点。2008 年 4 月博宥集团与当代英才（北京）国际广告有限公司合资成立英才会所股份有限公司，丁书苗任法人，目标是世界顶级俱乐部，真实的作用是为丁书苗广结政商关系。公开资料显示，迄今已有法国、匈牙利、哥斯达黎加、印度尼西亚、俄罗斯、越南、奥地利、蒙古等多国政要和前政要应邀担任会所高级别咨询理事。

2008 年 7 月 26 日，博宥集团持股 45% 的伯豪瑞廷酒店开业，该五星级酒店紧邻 CBD。同样为了扩大关系网，2010 年年初，博宥集团在此协办了首都秘书界新春联谊会，因有中央领导的大秘出面撑场，400 多名中央及地方秘书界领导及部长等出席。

丁书苗深谙领导秘书及外国政要的重要，这两个方面的关系帮助丁书苗办成了很多大事，在政商之间游走自如。据前述接近刘志军的消息人士透露，丁书苗后来就是借助关系让刘志军的弟弟免了死刑，送了刘一个大人情。而丁书苗旗下的智奇成立时，还专门请来了德国前总理施罗德参加剪彩仪式。

2009 年，丁书苗在老家沁水夺得嘉南铁路投资权。嘉南铁路连接太焦、侯月两大晋煤铁路外运大动脉，全长 64.92 公里，总投资 23 亿元。同年，博宥集团还为新版电视剧《红楼梦》出资 5000 万元。据香港媒体报道，2010 年年初，博宥集团还以 3.5 亿元的价格在香港买进了恒基地产超级豪宅“天汇”的 3 个单位。

“傻娘”进军高铁

2005 年 6 月石太高铁全线开工建设，中国由此拉开高铁建设序幕，年投资数千亿元，这也为博宥进入高铁带来契机。利用自己庞大的关系网，丁书苗一边做中间人，帮助大型企业获得总包订单赚取佣金，同时也自己承揽项目，挤入高铁供应商行列。山西金汉德环保设备有限公司与智奇铁路设备有限公司，就是她为自己准备的两块自留地。

高铁物资招标分为部管物资和部控物资，前者如水泥、粉煤灰、机车等大型重要装备，由铁道部统一招标；后者则由铁道部监控质量，由总包商来控制质量，再报批部里，招标由总包商来负责。丁书苗旗下公司金汉德曾中标的声屏障即属于后者。

声屏障是一种设置于高铁路轨上的辅助挡板，主要用于降低高铁周边噪音。按照业内技术人员的说法，工艺和技术都很简单，算不上什么高科技产品，主要难点在于如何在高速冲击下保持弹性和防止风吹日晒的腐蚀。

2006 年 9 月，金汉德成立，并迅速崛起为高铁声屏障技术主要的设计和设备供应商，丁书苗旗下的博宥集团正是其实际控制者。

2007 年金汉德引进德国旭普林工程公司的透明材料、混凝土、铝合金三大声屏障系统集成技术并加以改进，就此申请专利，而山西晋中市质监局则引导企业制定标准。

一位多年研究高速铁路声屏障技术的技术人士表示，高铁项目上马前，铁道部曾赴德国考察，丁书苗得知消息后抢先引进德国产品，获得先发优势。

2008 年金汉德在中国第一条时速 350 公里高铁——京津城际高铁的竞标中中标。据中铁电气化局公开资料，中铁电气化局和金汉德联合中标合武项目和京津声屏障，新签合同额 8.36 亿元。根据中铁网站上公开消息，京津城际声屏障项目采用的就是德国旭普林工程公司声屏障技术，为插板式安装方式。当时铁道部科技司也在研究干涉型声屏障。

中标者之一中铁电气化局设备采购部一位人士告诉财新记者："我们只是负责安装，中标了也要采购声屏障设备，金汉德在高铁市场的占有率较高。"

2009 年，武广高铁、郑西高铁、广深港高铁开工，金汉德均从中分到了一杯羹。这 3 个招标项目原本声屏障投资总额为 5.3 亿元，后来增加到 6.1 亿元，金汉德独揽标权。

多位在国内从事声屏障业务的企业负责人表示，直到京沪高铁建设启动之前，中国高速铁路的声屏障市场几乎是由金汉德垄断。"丁书苗给人的印象是一家独大，因为拿不到单，我们甚至考虑过投靠丁书苗。"一位想参与声屏障投标的人士坦言。

或许是因为树大招风，2010 年 9 月，博宥集团将 35% 的北京金汉德股权转让给中铁电气化局，但仍为其主要股东和实际控制人，公司更名中铁泰可特环保工程有限公司。

在京沪线招标时，网上出现举报金汉德被内定为中标公司的帖子，铁道部最终修改了京沪高铁声屏障项目的招标结果。根据财新记者获得的一份京沪高铁声（风）屏障项目的招标文件，除中铁泰可特外，还有 7 家公司参与了投标。

“我们从京沪高铁开始才参与声屏障项目的投标。”一位投标企业的相关负责人告诉记者，在京沪之前，他们连投标机会都没有。据他介绍，铁道部信息一直不透明，即使能看到标书，要进入投标也很难，“虽然铁道部规定项目招标中，至少要有 3 个企业来投标，但他们往往就只让 3 家企业去投标。其中一家是真正中标的，另外两家陪标”。

京沪高铁声（风）屏障项目分 6 个标段、17 个包，招标总额预计约 50 亿元。2010 年 11 月 10 日和 11 月 12 日，京沪高铁 FP01-FP04 包原本已公布由中铁泰可特参与的竞标团中标，但 2010 年 12 月 10 日和 12 月 17 日被其他公司取代。截至 2011 年年初公布的 15 个包中，中铁泰可特不在其中。

一位熟知声屏障招标结果的业内人士透露说，由于利益相关方极力争取，铁道部早期宣布的、中铁泰可特参与竞标的 FP01-FP04 包“已经作废”。

“京沪高铁声屏障招标之所以有所改进，是金汉德垄断声屏障市场目标太大了。”一位技术人员表示。这位技术人员还质疑金汉德声屏障所使用的铝合金材料不稳定，“从目前安装情况看，只要火车带动的气流速度超过了 70 米 / 秒，中间填充的纤维就被吹散了”。高铁声屏障要求使用寿命为 25 年，但他拍下的武广高铁佛山段声屏障图片显示，使用不到半年的声屏障被高速列车行驶风撕开了大裂口；声屏障密封橡胶条被挤出，工作部位多处被高速列车行驶风撕裂；表面出现锈蚀、被锈水污染以及肮脏开裂等问题。

“按照中国铁道科学研究院的要求，插板式声屏障单元板与立柱之间要进行弹性连接。”上述资深技术人士表示，金汉德在京津城际还采用了弹性连接，但武广高铁没有。他曾将有关报告寄往铁道部，但没有收到回音。

一位在国家审计局任职的官员在接受财新记者采访时表示，在做铁路审计时，很多地方感觉有问题但很难查实，有时明明看到有问题，但对方能提出一套自圆其说的逻辑。他举例说，有家企业做电气铁路的电气片，技术很简单，成本极低。这家企业成立时间不长，也没什么名气，但找了国外具有知名品牌、百年历史的大公司合资，电气片售价是成本的几十倍，说要给技术转让费，而采购方则称技术可靠所以采购，“你说不出有什么问题，但为什么把订单给这个企业呢？像这样的事情就很难查。”

智奇的故事与这位审计官员描述的情况如出一辙。

如前所述，2006 年，根据铁道部批复，山西煤炭进出口集团、博宥集团和博宥集团旗下的中昶投资共同出资组建了智波公司，注册资金 1.5 亿元，中昶占 40% 股份。

山煤集团参与高铁领域，在山西省内也有人质疑：一个煤炭企业有没有能力做高铁设备？“但是考虑到山煤做进出口前途不好，最后也就同意了。”山西省国资委一位高层人士向财新记者透露。不仅合资成立智波公司，山煤集团在北京的分公司——山煤集团北京世纪同程投资有限公司也曾与丁书苗的公司合资，和博宥集团同在新保利大厦办公。

2007 年 10 月，智波公司与意大利路奇霓公司组建合资企业智奇，建立了目前中国唯一一家高速动车组轮对生产和检修基地。

在动车组中，9 个精度最高的部件中最主要的就是轮对（车轮、车轴）。轮对技术含量高，加工精度高，制造工艺复杂，既是确保动车组安全、可靠运行的核心装备之一，也是高速列车自主创新的重要组成部分。

智奇对外宣称“高速动车组轮对生产线开工投产，不仅填补了国内在该领域的空白，而且使中国高速铁路建设技术进入国际先进行列”。

2007 年 3 月 13 日，在铁道部的支持下，中国决定将西门子动车组的轮对加工和组装交由合资企业完成，使这个正在建设中的企业有了独家获取订单的可能。

2009 年 2 月 28 日，号称“具有世界先进水平的中国第一条高速动车组轮对生产线”正式建成投产，青岛四方机车车辆股份有限公司等签下了 20 亿元的轮对销售合同及意向书。山西省国资委网站上的消息称，智奇签下了 36 亿元的订单，预计2009年销售收入可达60亿~70亿元。

更早些时候，丁书苗还与高铁座椅的供应发生了关系。2004年，铁道部组织时速200公里的动车组项目采购招标，川崎重工、阿尔斯通和庞巴迪等中标。当年年底，上海坦达轨道车辆座椅系统有限公司注册成立。

这是一家专门为生产高铁座椅成立的公司，注册资本1000万元，由2004年8月刚成立的北京坦达交通轨道设备发展有限公司控股90%，上海交运集团公司占股10%。北京坦达并无座椅生产经验，上海交运用了3年时间帮北京坦达建厂。上海交运曾打算提高持股比例，但北京坦达极其强势。“要得到这块市场必须接受北京坦达的要求，否则他们换其他的厂家合作。上海交运想进入这块市场，只好接受了这个条件。”上海坦达的一位高管回忆说。

上海坦达与丁书苗渊源甚深，其控股股东北京坦达的大股东就是山西人侯晋亮，他2009年曾担任博宥旗下北京伯豪瑞廷酒店有限公司的法定代表人，是丁书苗的近亲。2004年，侯晋亮在北京坦达投资440万元，当时持股44%，后增持至100%。强势的上海坦达果然拿到了订单。2005年，上海坦达参加了铁道部在青岛进行的技术引进谈判，在铁道部安排下，与日本川崎的座椅供应商日本小糸达成技术合作，并成功垄断了CRH系列的普通座椅。需要说明的是，据工商资料，侯晋亮于2010年8月办理变更，退出了公司。

据接近丁书苗的博宥高管透露，丁书苗并未真正染指座椅生意，真正垄断高铁座椅的另有幕后人物，其亦是丁书苗极力拉拢的对象。北京坦达成立之初的法人代表与后来的上海坦达董事长，均是高官秘书出身，大有来头。

此外，丁书苗还涉足了与铁路有关的广告业务，北京南站的大型LED显示屏即由博宥集团全资持有的高铁传媒广告公司运营，2010年年初博宥将该公司注册资金增至1亿元。

博宥旗下的高铁传媒广告有限公司成立于2008年，逐渐垄断了高铁车站的广告权。该公司投入巨大，仅北京南站的LED屏就花了9000万元采购，但广告业内人士认为，高铁开始运营后，人流密集，回报可期。

在高铁传媒拿到高铁车站的广告权之前，有部分车站已经将广告承包出去了，高铁传媒又一家家谈判收回来。比如，2008年，在铁道部一位时任副司长的陪同下，高铁传媒派专人来到青岛，带着已经拟好的合同让青岛站签字，以每年 100 万元的价格拿走青岛站全部广告代理权，一签 20 年。因青岛站已与其他广告公司签订合同，与高铁传媒的合同计划从 2011 年 8 月开始履行。可资佐证的数字是，从 2008 年到 2011 年的 3 年间，青岛站仅平面媒体每年的广告收入已达 500 万元。

类似的故事，2009 年在济南西站又发生了一次。

2010 年，第七届世界高铁大会在北京举行。铁道部争得举办权的主要目的，是向世界展示中国的高铁技术。“第一次开会说是铁科院信息所具体承办，但第二次开会就没他们了，后来是高铁传媒做的。”一位知情人士称，会议所需经费由铁道部出资，但“铁道部又让每家参会企业出 500 万元的广告宣传费，总共将近 2 亿元，高铁传媒拿走了 1.2 亿元”。接近调查的人士亦证实了这一数字。不过，2012 年 8 月 3 日铁道部在内部通报中称，刘志军仅对高铁传媒收取 1.25 亿元赞助费知情。

丁书苗案发后，铁道部将高铁传媒的经营权收回。

罗金保、丁书苗和刘志军

卖鸡蛋起家的丁书苗能够在高铁领域呼风唤雨，概因她深谙商场关系学之道：以关系做生意，以生意做关系，互为杠杆。在她苦心经营的庞大关系网中，不只刘志军一人，但刘志军是其中的关键人物。

据财新记者从多位铁路系统内部人士处获悉，2012 后 8 月 3 日内部通报的刘志军的六大问题，既包括涉嫌收受贿赂等经济问题，也包括政治问题和个人道德品德问题，其中多项问题与山西女商人丁书苗有关。

通报中最严厉的一项称，刘志军涉嫌为丁书苗谋取中标高铁轮对约 32 亿元的项目，对中间人在工程投标活动中收取咨询费知情，对丁书苗控制的高铁传媒在第七届世界高铁大会上收取施工单位 1.25 亿元赞助费知情，1.25 亿元的赞助费并未专款专用，直接打入丁书苗名下的广告公司账户。

刘志军的问题还涉及涉嫌收取铁路局 4 名干部的贿赂，以及收藏一定数量的现代名人字画。

此外，内部通报称刘志军道德败坏，玩弄多名女性，有3名即为丁书苗介绍。刘志军还曾委托丁书苗为铁道部政治部前主任何洪达的案件活动关系，并为自己转任地方官员活动。其中，丁书苗为打捞何洪达花费的4000多万元，被检方后来认定为是刘志军受贿金额中最大的一笔。个中原因，政治上颇有抱负的刘志军在处理与丁书苗的关系上相当小心。

据知情者透露，刘志军与丁书苗关系密切，他帮助丁书苗牟利，但本人很少直接拿钱。丁书苗从京沪高铁项目上拿到的1亿元中介费及其他高铁工程中介费亦是如此，只是刘志军曾嘱咐她“一半不要动”。所以，铁道部在内部通报中只称他对丁书苗的中介人角色“知情”，并未指证刘志军本人接受丁书苗的贿赂，而最终检方亦只认定了上述4000多万元为刘志军从丁书苗处获得的贿赂。此外，还有700余万元是一位商人送给刘志军的黄花梨家具折价所得，加上收受的其他字画等，最终检方起诉刘志军涉嫌受贿罪、滥用职权罪，受贿金额约6000万元。

除在高铁工程招标中通过左右招标结果获取中介费之外，丁书苗另通过安排煤炭运输非法获利上亿元。相比刘志军案，数额之大令人震惊。

如前所述，2013年4月丁书苗的女儿侯军霞在北京市第二中级人民法院出庭受审，对其罪名的司法认定，坐实了丁书苗凭借关系获取利益的事实。

在刘、侯等案相继进入司法程序后，同样被羁押的高铁供应商丁书苗、铁道部运输局原局长张曙光、铁道部运输局原副局长苏顺虎等人的案件进展也将加快。始自2011年年初的铁道部窝案，正接近尾声。

2010年10月左右，有一个与丁书苗和刘志军均关系密切的人也被免职，后来几乎与丁书苗同时被调查。他是时任中铁集装箱运输有限公司董事长罗金保。2011年3月4日罗金保被黑龙江省检察院刑事拘留。

2012年12月24日，黑龙江齐齐哈尔市中级法院一审开庭审理罗金保案。被告席上的罗金保神情落寞，很少发言。接近罗金保的人士透露，在狱中两年，罗金保已罹患重度抑郁症，正接受治疗。

外界一直盛传罗金保因铁道部原部长刘志军、山西女商人丁书苗涉案，但三人的交往在起诉书上并未提及。

罗金保，山西人，1956年出生，门中长辈曾在山西出任显官。罗曾任大同铁路分局局长、太原铁路局党委书记。2005年，罗受命筹备首条开工建设的高铁客运专线——石太线，转至2006年2月，又调任铁道部运输指挥中心（运输局）副主任（副局长）兼装备部主任（正局级），专管车皮调度等。2006年8月罗担任呼和浩特铁路局局长，2007年5月任北京铁路局党委书记，2008年3月至2010年4月任乌鲁木齐铁路局局长、党委副书记。刘志军2003年出任铁道部部长之前曾任总调度长和分管运输的副部长，是罗金保的直系领导。

罗金保堪称刘志军的嫡系。2010年春节后，号称"大同第一温州煤商"的李克伟自首，牵出数位官员，其中就包括罗金保。出事前，铁道部已安排罗金保担任太原铁路局局长，组织程序已走完，任命也已下达。但是，这一安排遭到山西省纪委反对。山西省纪委称，正在调查罗金保的问题。无奈之下，铁道部临时换人。2010年4月，时任铁道部运输局副局长兼装备部主任的杨绍清受命出任太原铁路局局长。而罗金保则被调任中铁集装箱公司董事长、总经理。在知情者看来，这一安排有保护罗金保、让他避避风头之意。

罗金保与李克伟的纠葛源于2006年罗金保任呼和浩特铁路局局长期间，当时呼铁局计划修建一条从包头到陕西神木的运煤铁路，罗金保将此消息告诉了大同市公安局原局长申公元。后来，申家与大同温州籍煤商李克伟达成协议，由李克伟出资，申家负责摆平关系，在新包神铁路罕台川北站筹建一座煤炭集运站。李克伟支付给申家3300万元用于此事，在罗金保的帮助下煤炭集运站事成。2006年12月，申公元和儿子申征在罗金保的住处送给罗金保400万元。2007年年初，新包神公司与申公元等人成立的内蒙古宏伟煤炭运销公司签订筹建煤运站的意向性协议。2008年春节前，为感谢罗金保在任呼铁局局长期间的照顾，申公元又指示申征给了罗金保200万元。

2010年4月，得知申公元被纪委调查，罗金保将从其得到的600万元退还给申公元的次子申健。此后，罗金保还曾主动向铁道部纪委写信，交代了自己的部分问题。此时仍在任的刘志军仍有意保护罗金保，但一切为时已晚。2010 年 10 月罗金保被免职，并于 2011 年 1 月与丁书苗一起被立案调查。

丁、罗的被抓，令刘志军预感到大难临头。

刘志军与丁书苗也相识于 20 世纪 90 年代期间。当时，侯月铁路和太焦铁路是晋煤外运的主要通道。侯月铁路于 1990 年 6 月开工，由郑州铁路局负责修建，而刘志军自 1991 年起任郑州铁路局副局长、党委常委。“当时两人只是认识而已。”一位早年跟随丁书苗的人士说，要发展到彼此信任，还需要更多的机缘。丁书苗与罗金保也多有来往，据其下属透露，她早年能从山西铁路系统拿到车皮，后来在呼和浩特也倒车皮，为掩人耳目注册了十几家公司，都与罗金保的关照有关。罗金保后来也深知丁书苗和刘志军的关系非同一般，对丁的生意更加关照。

丁书苗深通关系的延伸与杠杆之道，进京后，关系网络的广度与深度发生了质的变化。据一位早年就认识丁书苗的山西商人介绍，丁书苗做关系，初期从领导家人入手，帮助安排保姆照顾妥帖；后深知秘书之重，曾专门在北京召开全国秘书界联谊会，参加者都是省部级以上官员的秘书或前秘书。借助这些关系互相打招呼办事，丁书苗进一步夯实了这张关系网的价值。

据一位接近刘志军的人士透露，2003 年刘志军任铁道部部长后，要起用自己的班底，将在前任傅志寰任上被外放到沈阳的张曙光调回北京铁路局任副局长，罗金保当时曾提醒丁书苗，“如果想在铁路上做得更大，走得更远，一定要靠这个人”。在罗金保的穿针引线下，丁书苗认识了张曙光，并很快熟络起来。张曙光后来火速升迁，当上了铁道部副总工程师，成了主管高铁技术引进谈判和机车制造的第一人。在张曙光的引荐下，丁书苗与刘志军的关系又近了一层，但她能博得刘志军信任，还有更深的背景。

2005 年 1 月 6 日，刘志军胞弟、时任武汉铁路分局副局长的刘志祥被湖北省纪委“双规”，随后以雇凶杀人罪及贪污受贿罪等起诉，非法所得财物折合人民币高达 4000 多万元。

一位接近刘志军的人士告诉财新记者，丁书苗得了张曙光的指点，运作刘志祥一案平事捞人。在运作此事过程中，丁书苗来京后精心布置的关系网发挥了很大作用。2006 年 4 月，刘志祥因雇凶杀人及贪污受贿等罪名被判死刑，缓期两年执行，剥夺政治权利终身。服刑期间，刘志祥又被改判有期徒刑 16 年，从关押重犯的襄北监狱调至武汉近郊的新生少管所，并以治病为由，长期待在洪山监狱医院和地方医院。

罗金保引见，张曙光深化，再凭刘志祥事，丁书苗彻底获得刘志军的信任。从这之后，见不得光的私事，刘大都交给丁办：捞人，活动官位，还有介绍女人。丁书苗长袖善舞，关系网互为杠杆，既受益于与刘志军的关系资源的哺育，又远超出刘志军的影响力范围。其关系网越铺越大，又反过来进一步密切了她与刘志军的关系，而其性格中慷慨朴实的一面，更加赢得了刘的信任。“刘志军不需要从丁书苗那儿拿钱，他可以指挥丁做事情，就不需要把钱放在自己这儿。”一位熟悉铁道部的官员称。

“外面都知道她和刘志军关系好，她也爱揽事，爱包办事。”一位接近调查的知情人士称。在高铁建设大规模展开后，这种危险的关系给她带来了巨大的财富，也招致了最后的灭顶之灾。

国企也行贿

中国在 2006 年前后大规模启动高铁建设，铁路建设资金年年加码。2006 年是 2088 亿元，2007 年为 2520 亿元，2008 年为 3000 多亿元，2009 年 6000 多亿元，2010 年已增至 7000 多亿元。新项目几乎每个月都在上马，从京津、京沪、武广到郑西、沪杭、沪宁，各地纷纷上马的高铁项目引来了众多分食者，有外资，有国资，也有民企。有的公司技术实力雄厚，有的公司声势浩大，也有的公司背景神秘、来头不小。各种方向，从中央到地方，都有人从不同渠道打招呼要项目，项目分配成了一道难题，既是丰收田，也是地雷阵。

在铁路上一路摸爬滚打，刘志军深知其中深浅。刘出身寒微，19 岁进入武汉铁路分局当养路工，后娶武汉铁路分局原局长侄女为妻。多名与刘志军当年共过事的武汉铁路分局退休干部职工告诉财新记者，刘志军在武汉铁路分局从一名养路工逐级爬升至“一把手”，与婚姻有很大关系。

之后，刘辗转至郑州、广州、沈阳铁路局任职，1994 年调任铁道部总调度长，1996 年即当上铁道部副部长，2003 年 3 月接替傅志寰成为铁道部部长。

熟悉刘志军的人称他“胆子大，能力强，有魄力”，但也“非常圆滑，很懂得照顾人，谁都给面子”。“中央领导坐火车，刘一定全程陪同；地方大员来京开‘两会’，刘大多亲自接站。”铁路业内资深人士介绍说。刘志军一方面是要干出政绩，巩固部门利益；另一方面则信奉“谁都不得罪”的原则，为自己编织保护伞。这种为官之道曾帮助刘屡屡涉险过关，但在利益错综复杂的高铁问题上却遇到巨大挑战。

刘志军 2003 年上台后，立刻搁置了原本铁道部正在推进的网运分离改革，拒绝打破铁路垄断，拒绝开放，转而大谈铁路要跨越式发展，由此得名“刘跨越”。刘对内对外一律强势，对系统内反对意见坚决打击，在其任上，地方铁路局局长纷纷易人，对外则封杀呼吁铁路改革的媒体和专家。作为铁道部部长，刘志军亲上火线，安排和指挥项目的分配，在保守、封闭和专制的道路上越走越远，与掌管每年数千亿元新上马项目的需求，形成了制度性错配。

据很多铁路业内人士介绍，虽然大型铁路项目的大总包理论上都要通过铁道部的铁路工程交易中心相应程序，2002 年以来铁道部也出台了一些招投标的管理办法，但最初京津高铁项目的很多采购和工程发包，招标变成走过场，就是内定。铁道部原意是将项目都交给原属铁路系统的中铁集团和中铁建集团总承包，但其他系统和地方国企也眼红这些大项目。

2009 年的公开资料显示，中铁建、中铁当年新签铁路项目合同 3000 多亿元，中国交通建设股份有限公司亦中标 21 个项目，新签 480 亿元铁路合同，中国水利集团、中国建筑集团、中冶集团以及地方的铁路建设公司也加入竞争。

最终形成的格局是，中铁、中铁建大约拿走了高铁项目的 70%～80%，而中交建、中建及其他地方建设公司则拿走了 20%～30%。

发标与承标者都是国企，为什么需要通过丁书苗这样的人来当中间人？

丁前后拿到的 8 亿元中介费又是如何到手的?

对铁道部而言，中铁集团和中铁建集团虽然从 2003 年就脱离铁道部独立，但铁路系统仍习惯上将这两家视为铁路内公司，而中建、中交建等则为系统外公司。铁路系统外的建设公司要拿到铁路项目并不容易，两家高铁供货商负责人介绍说，2011 年 1 月 1 日之前，铁道部只有专家评审会打分一种评标方式，“就是内定，有些专家因此不愿蹚这个浑水”。

一家中标国企的董秘透露，丁书苗在业内很有名，做铁路项目的几家建设公司都知道她。即使是国企，也要有人打招呼，有中间人介绍，上下打点，才可能拿到总包权，丁的中介费出处即在此。这是行业内不成文的规矩，且号称能搞到项目的中间人很多，有真有假。

高铁项目太大，刘志军虽然作风独断，但在大型铁路项目的总包问题上注重平衡利益，无意吃独食，谁都不得罪，“打招呼是很普遍的事，有明有暗。”前述供货商介绍说。

在一位业内观察家看来，铁道部通过高铁项目控制的每年数千亿元资金使刘志军深深卷入了“关系的旋涡”和“利益的旋涡”，成败均在旋涡里。

2010 年下半年，高铁投资不断升温，刘志军却岌岌可危。从罗金保、丁书苗到铁路审计，多条线索都开始指向这位高铁强人。

2010 年七八月间，有关部门了解到，某大型国有企业在中标铁路项目后，从账外划给了丁书苗约 1 亿元。获知有关部门调查后，刘志军和丁书苗通过各种关系疏通。当时，国家审计署正在对京沪高铁进行例行跟踪审计，该被查企业也参与了京沪高铁项目，相关部门因此将线索提供给审计人员，审计署后来对该企业展开延展审计。这家企业很快承认钱打给了丁书苗，并表示这是招标潜规则。

京沪高铁审计报告最后公布时未披露此事，但相关线索已再转至有关调查部门。偌大一个国企要通过一个私企老板去夺标，显然是极不正常的现象，这引起了有关部门的密切关注，并在内部立案继续调查。

这种招标潜规则在铁路系统内已运行多年，不仅体现在铁路轨道机车工程上，也包括火车站新站建设及旧站改造等方方面面。一位铁路业内知情人士称，中间人不止丁书苗一个，总包金额较大，中间人的回扣一般在工程款的2%以下。在竞争更激烈的细分领域，回扣占整个工程款的8%～20%。

“潜规则很巧妙，国企有的不敢直接给回扣，他们拿到总包后要分包，有些就分包给私营公司，通过私营公司给中间人回扣，有的是个人对个人走账。也有私营分包商自己有关系，能分段或在子项目下拿到订单，再找国企合作。”上述人士称。

2010年2月审计署公告的京沪高速铁路建设项目跟踪审计也暴露出一些问题。审计人员发现：“在京沪高铁正线、上海虹桥站、南京南站和大胜关长江大桥等工程的招投标过程中，京沪公司、上海铁路局等建设单位存在标书审核不严、未按规定招标等问题，个别施工单位违反招投标相关规定，将工程分包给无相应资质的单位。”

审计抽查中国水利水电建设集团公司投标书中的118名专业技术人员发现，有54人的专业技术职称和职业资格与实际不符。审计结果还称，上海铁路局在上海虹桥站建设中，将应招标的工程咨询和桩基第三方检测项目化整为零，规避招投标；中国交通建设股份有限公司、中铁六局等9家单位未经建设单位批准，违规分包工程合计3.12亿元，部分工程被分包给不具备相应资质的单位。

2011年10月，铁道部出台了《铁路建设工程施工招标投标实施细则》，确定高铁的站前工程标段招标额为50亿元左右，12月又出台了标段抽签的细则，但直至刘下台前，都没有形成一整套清晰明确、公开透明的招投标规则，也一直没有摆脱暗流汹涌的潜规则运作。

根据有关部门最后调查的结果，因丁书苗而被卷入回扣风波的有5家央企：中国铁路工程总公司、中国铁道建筑总公司、中国交通建设集团有限公司、中国电力建设集团有限公司和中国能源建设集团有限公司。根据中央纪委要求，2012年7月17日，国资委部署5家央企开展“整改工作”，试图规范铁路工程招标。据《新京报》报道，此次整改涉及三方面问题：一是以串通投标、围标、提供回扣或给予其他好处等不正当方式承揽工程项目；二是违规转包、分包工程项目；三是违规转让、出借资质证书或以其他方式允许他人以本企业名义承揽工程。5家央企先自查，再上报整改方案。

在刘志军被调查之前，盛行于铁路的各种利益交换并没有爆出大案。而在刘志军被调查之后，随着更多铁路官员的落网及相关案件开庭，越来越多的交易细节被曝光。铁路系统从上到下贪腐行为之普遍令人震惊。

2012年12月24日，黑龙江齐齐哈尔市中级法院一审开庭审理罗金保涉嫌受贿、非法持有枪支弹药案。罗金保成为铁道部贪腐窝案中被调查的第一人，也是第一个开庭受审的。

检方指控，2005年5月至2010年6月期间，罗金保在任石太客运专线筹备组组长以及呼和浩特、乌鲁木齐铁路局局长等职务时，在铁路建设招投标过程中，先后多次非法收受中国中铁股份有限公司、中国铁建股份有限公司所属10个单位和个人的贿赂款物，共折合人民币4700余万元。令人唏嘘的是，其中近一半的行贿数额，竟来自铁路系统内的国企。

中国中铁股份有限公司、中铁建股份有限公司下属10个单位都曾在参加铁路项目招投标时对罗金保行贿。中铁和中铁建之前都是铁道部管辖下的负责铁路设计和施工的机构。2000年前后完成资产重组与铁道部脱钩，2003年国资委成立后即划归国资委管理，后来又陆续上市。但是，时至今日，其主要订单仍主要来自铁道部。脱钩之后，一局到十局属于中铁集团，十一局到二十五局属于中铁建集团。中铁和中铁建下属各局相对独立，自收自支，竞争激烈。

企业行贿是为了中标，获得工程。很多国企中标后会将项目再分包出去，同样能获得好处。一位铁路业内资深人士介绍："一般首先中标的都是国企，一手标要给业主2个点的回扣（整个项目工程款的2%）；如果中标国企把项目分包给民营企业，会要求5个点的回扣，这样国企能从中白赚3个点。"

铁路项目的分标段招投标，本意是防止一个项目被少数几家企业独揽，但在实际招标时，各铁路局局长成为最有权力决定中标者的人。与罗金保有关的非常交易大多发在2005年5月至2010年6月，罗金保任石太客运专线筹备组组长、呼和浩特铁路局局长、乌鲁木齐铁路局局长期间。为了不留下痕迹，回扣多以现金方式给，也有越野车、手表、房产等。据前述铁路业内人士介绍："有的企业还会选择在国外转账至与受贿人有关的海外公司，这样更隐蔽。"

罗金保案显示，共有 3 家企业的行贿金额过百万元，有的甚至达到 500 万元之巨。

2008 年 10 月，中铁建十一局总经理赵晋华为了拿到喀和铁路工程，在北京裕龙大酒店给时任乌铁局局长的罗金保 10 万欧元（约合人民币 92 万元）。此后，罗金保授意乌铁局主管工程建设的副局长吴建在招标过程中对中铁建十一局予以关照。同年年底，在吴建的具体经办下，中铁建十一局中标喀和铁路工程 S1 标段。同年 12 月底，为表示对罗金保的感谢，赵晋华又给了罗金保 400 万元。第二年，赵晋华又为了中标哈罗铁路工程，送给罗金保 50 余万元。

2005 年 6 月，在罗金保任中国第一条高铁石太客运专线项目负责人时，为取得石太客运专线站前工程，原中铁建二十局路桥工程公司总经理卢继明先后给罗金保行贿 280 万元。

从 2008 年 8 月到 2010 年 10 月，中铁建二十一局时任副总经理孟广顺分 6 次向罗金保行贿，拿到喀什铁路等项目，行贿总额达 330 万元。

在这个长长的行贿名单中，还包括：中铁一局 73 万元，中铁十局 44 万元，中铁电气化局 20 万元，中铁建十二局 94 万元，中铁建二十二局 70 万元，中铁建电气化局 79 万元——罗金保经手项目的招标几乎都有企业为中标行贿。

中标之后，为避免处罚或获得信誉评级，也会行贿。2005 年 5 月，中铁隧道局在石太专线重点控制工程 Z5 标段施工期间因违规施工被责令整改，为避免进一步惩罚，中铁隧道局原总经理郭大焕送给罗金保 10 万美元。在罗金保授意下，石太专线客运组未对中铁隧道局做进一步的惩罚。

和刘志军与丁书苗的关系类似，在罗金保一案中，也出现了一个中间人的身影，这是一个名叫王浩生的私营业主。王浩生对罗金保行贿达 1650 万元之巨，此外还送给罗金保价值 100 余万元的宝马车一辆。

2008年6月，王浩生请托时任乌铁局局长的罗金保帮忙承揽新疆铁路隧道工程，罗金保先表示可以，但又谎称相关领导已将工程包给别人，王浩生需支付转让费。同年9月，罗金保指派原临汾铁路局同事收取王浩生150万元“转让费”。随后，罗金保与参与投标的隧道局董事长郭大焕商定，罗金保协助中铁隧道局在库俄工程中中标，中铁隧道局分出部分工程让王浩生施工。

在罗金保的授意下，2008年10月，中铁隧道局顺利中标库俄工程SK标段。中标后，中铁隧道局和王浩生协商，给予王浩生664万元，王浩生不再参与具体施工。2009年年初，为感谢罗金保，王浩生又给予罗金保100万元。整桩交易，王浩生付出250万元，赚了400余万元。

出手大方的王浩生就此和罗金保搭上关系，从此做起了中间人的营生。

2008年年底，王浩生与时任中铁七局副总经理刘林山商定，王浩生为中铁七局承揽工程，中铁七局给王浩生好处费。2009年2月，王浩生请托罗金保帮助中铁七局承揽五彩湾－将军庙段铁路工程，罗金保谎称通过“北京王总”运作此事。王浩生在天津购买一辆奔驰越野车，罗金保以“北京王总”名义收下。中铁七局顺利拿到上述工程的S4标段，事后中铁七局给予王浩生800多万元好处费。后因奔驰越野车在北京维修不便，王浩生将车置换给中铁七局，中铁七局于2010年出资100余万元购买宝马X6型车，王浩生按照罗金保的要求将该车交给了罗金保的同乡。王浩生这一次“赚”了700余万元。

2009年8月，王浩生又为中铁七局做了一次掮客。罗金保又谎称找“北京王总”运作此事，分别指派自己的五弟和同事两次接受王浩生700万元。随后，中铁七局中标轮库铁路一个标段的工程，事成后给王浩生1000万元好处费。2010年2月，罗金保再以送给“北京王总”为名，收取王浩生200万元。在这次1000万元的行贿中，罗金保拿了900万元。

2010年3月，中铁一局时任副总经理郭秀春为取得哈密铁路货车南环线站前工程，在罗金保办公室给其约合9万元人民币的欧元。同年4月，罗金保调到中铁集装箱运输有限责任公司任职，中铁一局担心自己不能中标，又联络和罗金保关系不错的王浩生，承诺中标后将一些工程分给王浩生施工。

王浩生随后与罗金保通电话谈及此事。同年6月，中铁一局中标上述工程的一个标段。在招标过程中，因中铁一局主要竞争者后来出现工程事故被停标，中铁一局否认王浩生为自己提供帮助而拒绝履行承诺。王浩生又找到了中铁七局，向中铁七局时任总经理刘永红承诺让中铁一局分出部分工程给中铁七局，刘永红让下属的郑州公司付给王700万元运作此事。王浩生此后又去找罗金保，罗金保以给“北京王总”的名义两次取走500万元。

受贿者虽然得益，却并不心安。2009年3月，罗金保曾向呼铁局廉政账户以“樊华”的名字存入30万元。李克伟案发后，罗金保亦曾退回贿金并主动向铁道部纪委写信坦白部分罪行，可见其心理压力之重。受审当天，被告席上的罗金保神情落寞，很少发言。接近罗金保的人士透露，在狱中的两年，罗金保已罹患重度抑郁症，正接受治疗。

担任过刘志军多年直系下属的罗金保升迁顺利，在业界看来多因刘志军提携。在罗金保被抓之初，外界也猜测罗案涉刘志军。但从罗案起诉书看，罗金保并未与丁书苗、刘志军发生经济上的瓜葛。据财新记者后来了解，罗金保与丁书苗关系密切，两人时常通电话，罗亦给过丁书苗指点和实质的帮助，但后来丁书苗夯实与刘志军的关系后，反而是罗金保更希望丁书苗在刘志军面前美言，以便升迁，因此给丁办事也没有敛财的打算。

刘的软肋与“红楼十八钗”

说到刘志军，不能不提及其名震武汉乃至全国铁路系统的弟弟刘志祥。刘志祥当年如何当上武汉铁路分局副局长，如何买凶杀人后被改判并在外就医的详细过程，也在刘志军案发后被重新调查。

刘志祥比刘志军小3岁，好讲江湖义气，在朋友圈里人称“爽哥”。他从轧土工、火车司机干起，一路升至汉口火车站副站长。1997年4月，年仅41岁的刘志祥升任汉口火车站站长（当时刘志军已是铁道部副部长），5年后又晋升为武汉铁路分局副局长。

任汉口站站长的一年四个月后，有党报用《刘志祥，百年老站新站长》为题，称刘志祥治下的汉口车站经济效益创百年之最。报道称，“职工们说：‘刘志祥是用他一身正气为人、两袖清风处事的人格魅力感染我们，激励我们的。’”

然而，这个官方媒体笔下一身正气两袖清风的刘志祥，在任上犯下了震惊全国铁路系统的雇凶杀人案。

湖北高级法院核准裁定书显示，1997 年 1 月，时年 37 岁的高铁柱从湖北仙桃市衬衫厂处转包了武汉铁路汉口火车站鑫磊服务公司的招待所。高铁柱承包后，签下 8 年合约，并从银行贷款 28 万元将招待所重新装修，生意红火。然而，9 个月后，鑫磊公司提出终止合同，并强行将高铁柱一家赶了出来，查封了招待所。

高铁柱无奈与汉口火车站打起官司，法院判汉口火车站赔偿其 20 万元。之后 4 年，高铁柱多次找时任汉口站站长的刘志祥索要赔款未果。后来刘志祥得知高铁柱与他人准备到有关部门举报其违法犯罪问题，非常恼怒。

湖北高院裁定书披露，2002 年 11 月中旬，刘志祥指使在汉口火车站承包工程的彭支红（已判刑）报复高铁柱。案卷材料显示，当年 12 月 6 日，彭支红约高铁柱吃饭，给了高铁柱 500 元，让他们赶快搬走，否则高铁柱可能被搞残。

两天后，高铁柱在家中遇害。裁定书称，经刘志祥多次催促，12 月 8 日上午，彭支红将无业人员冯立海（已判刑）带到高铁柱居住处指认。当日下午 5 时许，冯立海邀约“长毛”（姓名不详，在逃）等人携带弹簧刀等闯入高铁柱家中。殴打中，冯立海持弹簧刀刺破高铁柱右股动、静脉致其急性失血休克死亡。案发当晚约 7 时，彭支红即打手机给刘志祥，告知高铁柱被捅伤。

不久，彭支红等人落网。汉口火车站新欣招待所负责人王进生做证称，案发后，刘志祥让他想办法去见羁押中的彭支红，要彭支红把事情担了，不要说出刘志祥。之后，刘志祥给了王进生 15 万元，让王以自己的名义借给彭支红的哥哥彭支林，还让王进生支付彭支红的妻子生活费 4000 元。

尽管高铁柱遇害案在武汉传得沸沸扬扬，尽管警方曾在高铁柱的公文包中发现一份高写给妻子的信，信中称“我若遇害，就是贪官刘志祥指使人干的”，让妻子去找有关单位举报，但由于彭支红落网后，一直相信刘志祥会将其捞出，没有供述幕后主使刘志祥。直到 2005 年 1 月 6 日，刘志祥才被湖北省纪委“双规”。一个月后，刘志祥被刑事拘留，同年 3 月 8 日被逮捕，被控贪污罪、受贿罪、故意伤害罪、巨额财产来源不明罪。

刘志祥贪污、受贿等非法所得财物折合人民币高达 4000 多万元，包括现金、5 处房产、珠宝首饰、字画等。案卷披露，这些非法所得大多是刘志祥在担任汉口火车站站长和武汉铁路分局副局长期间侵吞汉口火车站小金库中公款；伙同他人倒卖紧俏火车票，利用汉口站及铁路工程承包、投标以及安排车皮和职务晋升上为他人牟取利益所得。

刘志祥案中出现了一个细节：刘能控制汉口火车站绝大部分卧铺车票和俏销的座位票——刘志祥合作方的电脑直接与汉口站配票室电脑相连，且从配票室、票务中心、计划室一条龙直通这一电脑销售窗口，在这里可以买到最难买的火车票，但加收数十元手续费。

2006 年 4 月 28 日，宜昌中级法院称刘志祥有自首和检举他人违法犯罪的立功等法定、酌定从轻处罚的情节，故予以从轻判决，一审判处刘志祥死刑，缓期二年执行，剥夺政治权利终身。

该案一审宣判后，刘志祥没有上诉。据接近刘志军的人士透露，刘志祥保下一命与丁书苗的幕后运作有关，由此丁绑定了与刘志军的关系。

2006 年 6 月 16 日，湖北省高级法院下达核准裁定书。刘志祥原在位于襄樊的襄北监狱（亦称第五监狱）服刑，该监狱专门用于关押 10 年以上的重刑犯。没多久，刘志祥被改判有期徒刑 16 年。此后，刘志祥被转押至武汉近郊的新生少管所。监狱中的刘志祥余威犹在，仍然不断有人辗转找他，要其介绍铁路工程项目。

财新记者获悉，刘志军事发前，刘志祥被安排在洪山监狱医院住院，但实际上待在地方医院。刘志军案发第二天，刘志祥才被重新送回洪山监狱医院。

除了提拔和袒护亲属，刘志军的个人生活问题是他的最大软肋。刘志军第一任妻子是武汉铁路分局原局长的侄女黄立平，系武汉分局会计，二人婚后育有一女。但刘志军当了武汉铁路分局党委书记后不久，就与黄离婚。

据武汉铁路分局一位退休职工回忆，离婚前夕，其妻曾在单位贴出小字报，称“刘志军忘恩负义”。刘志军抛妻之举亦引起一些老干部的反感，1988年，刘志军被“贬”到广州铁路局出任政治部副主任。其间，他娶了比自己小十几岁的武汉客运段列车长洪金凤，但刘志军进京后又与之离婚，娶了一位年轻的护士。

接近调查的消息人士称，刘志军的情妇多达两位数，包括某古装电视连续剧中的女演员，坊间因此传出“红楼十八钗”之说，丁书苗是主要介绍人，正是这一点最终导致刘的落马。

对刘志军的最终结果，铁路人士并不意外。他们对刘志军的态度很复杂：一方面，对其贪污受贿事实深信不疑；另一方面，对其才干深为惋惜。

不论私德，刘志军称得上敬业。一位接近刘志军的人士透露，当了部长之后，刘志军还喜欢偶尔一个人去火车站查看。他是公认的工作狂，“家就在铁道部附近，每天早上 6 点多从家里出来，上午开会，接待来访，在调度台盯着，听各个局局长汇报，下午就研究事，经常工作至深夜”。

刘志军春节很少能休息，高铁试车也站在最前面。铁道部有一条硬性规定，要求各路局领导每月到下辖线路直达车上至少添乘一次，即全程坐在火车头副驾驶的位置上，两眼紧盯前方轨道信号，检查车况、线路、供电以及沿线职工工作情况，非常辛苦。中国南车一位技术人员说，刘志军担任部长的时候，中国南车每个月都要派人来北京，因为刘志军总是添乘，不会事先通知，出其不意。

刘志军上台之初，因其叫停改革执意发展高铁，加之作风强势，遇事不达目的不罢休，在铁道部和业内都有很多批评者。他以“疯子”一般的速度发展高铁，使基层职工怨声载道。他们形容自己的工作状态是“白加黑”（白天和晚上）、“5 加 2”（5 天工作日加周六周日）。他在任时铁路职工待遇很低——2005 年全路员工年人均工资 2.55 万元，2010 年年人均收入才提高到四五万元。刘下台后，一些地方的员工甚至放鞭炮庆祝。

但是，刘志军数年内推动起来一场投资超过 2 万亿元的高铁“大跃进”，这种坚持和效率令他赢得很多铁路业内外人士的另类尊敬。即使批评者，也不得不承认，没有刘志军就没有中国的高铁。

高铁以疯狂的速度发展起来，甚至部分地牺牲了安全，至今仍是一个有着极大争议的话题。这个话题之沉重，并非刘志军一个人可以承担。

铁道部是国家公益性和商业性铁路的唯一筹资主体、唯一投资主体、唯一决策主体和唯一偿债主体，正是这四个“唯一”，使得刘志军拥有超强的话语权。而中国大规模上马高铁，是建立在2008年国际金融危机中国推出4万亿元经济刺激计划的基础上，刘志军借了时势。

国家发改委一位官员的看法，代表了官员群体对刘志军的认知：“刘志军把高铁需求挖掘出来，令人敬佩。刘志军后来做错了，有个人利益（的因素），也有后面集团的利益（的因素），他屈从于这种利益集团，屈从于私利，还是为了自己能当更大的官。再有，铁道部一定要把技术引进、所有的订单都拢在自己手里，把资源的分配作为一种权力，这为腐败创造了土壤。”

铁道部通报还称，刘志军为自己转任地方官员活动关系。一位接近刘志军的人透露，2008年京津城际铁路开通时，曾有领导提议让他去地方工作。刘志军当时还表示过，高铁建设刚刚起步，不宜离开这个岗位，等高铁发展起来后，会非常高兴地服从领导和中央的安排。

或许，刘志军后来已经后悔没有从高铁全身而退。

一个人的高铁?

刘志军下台的消息甫一传出，高铁的未来就成为铁路业内和各界关注的焦点话题。

多名铁道部官员在接受媒体采访时称，中国高铁发展战略不会因此而发生改变。但在很多熟悉中国高铁上马和建设过程的人看来，高铁的发展确实面临重新评估，建设步伐很可能要重新调整，而铁路负债率过高，也是重大挑战。国务院有关部门在刘志军事发后，召集很多专家讨论高铁的问题，对于高铁的负债累累和大干快上带来的安全隐患，专家们均一筹莫展。

过去几年，中国铁路投资发展迅速。2006年全年，铁路总投资为2088亿元左右，而经历了 2008 年国际金融危机和 4 万亿元经济投资拉动之后，铁路投资逐年递增。到 2010 年，铁路年投资额已达到了 7091 亿元。全国铁路营业里程达到 9.1 万公里，其中高铁营业里程达到 8358 公里，在建里程 1.7 万公里。在刘志军看来，2010 年，中国高铁建设“成绩斐然”，“无论是路网规模还是速度等级，都跃居世界第一”。

整个“十一五”期间，全国铁路基本建设投资完成 1.98 万亿元，是“十五”投资的 6.3 倍；而按照 2010 年每年 7000 亿元的投资规模，整个“十二五”期间，铁路总投资额将超过 3 万亿元，是“十一五”的近 2 倍。

与巨额投资相对应的，则是高铁项目的普遍超标，“几乎每个项目都超出预算。京津高铁最初预算 123.4 亿元，最后花了 215 亿元，广州南站预算从十几亿元到最后发展到 148 亿元。高铁工程为什么个个超标，因为每个项目都在层层转包，要从中获益，必须不断修改设计。”一位铁路工程承包商表示。

高铁正在成为中国铁路的重负。根据 2010 年国家审计署国外贷援款项目审计服务中心出具的关于铁道部 2009 会计年度的审计报告，2009 年年末，铁道部负债总额已达到 1.3 万亿元。在这 1.3 万亿元负债中，长期负债（银行贷款和债券融资）约 8548 亿元，流动负债为 4486 亿元（短期负债约 882 亿元，应付款约 3604 亿元），铁路每年仅还本付息就要支出 733 亿元。

比债务更危险的是安全问题。建设周期太快，尽管铁道部边干边制定一系列高铁施工规范，但质量监控挑战很大，许多从事高铁工程建设的业内人士都公开表示担心。

一家外资高铁物资供应商在接受财新记者采访时称，国外 300 公里高铁往往要修 10 年，现在国内 2 年就要完成，抢工问题非常严重，“紧张的时候能把人逼急。供货商在质量上力不从心，连检样的时间都没有。基建也是这样，为了抢工期，没有培训，沿线农民拉过来就干”。

一位在武汉铁路系统工作多年的人士告诉财新记者，他注意到，刘志军下台后，在任命新的铁道部党组书记的会议上，安全问题被中央提到了首要位置。“这是一个信号，意味着未来的铁道部将更加重视安全问题，而非速度问题。”该人士表示。

事实上，在很多业内观察家看来，中国铁路系统的真正症结在于垄断和封闭。铁道部在这个垄断封闭的体系之下，在高铁建设过程中与地方和权贵不断建立资本联姻，进行利益交换，随之而来的安全隐患，是导致刘志军下台的深层次原因。

刘的继任者面临一个复杂的局面：一是高铁何去何从，如何解决刘志军留下的这笔高负债、高风险的高铁遗产；二是铁路改革问题，在内忧外困之下，已经停滞8年的铁路改革议题是否会重提。

有识之士早已建议，铁路改革首先应政企分开，启动铁路投融资体制改革，并从货运开放起步，逐步将铁路这个中国所剩的最大的垄断堡垒向业外资本开放。或许这才是中国铁路逐步走出高铁旋涡的出路。

而一个更需要引人深思的问题是：如何不让高铁的悲剧重演？就在京沪高铁连续中断的时候，铁道部科技司原司长周翊民在接受《21世纪经济报道》采访时指责铁道部所谓高铁国产化是吹泡沫。"到海关总署去了解就知道了，核心部件都是西门子等国外公司的……铁路工业的制造技术水平确实有了大幅度提高，但是核心研发能力还没有。"他还直言，"(刘)让我们从外方买的每小时300公里的车，跑350公里每小时的速度，吃掉了安全余量。"

高铁一直被称为中国自主创新的奇迹，就在周翊民接受采访前，《人民日报》还有述评对中国"高铁模式"大加褒扬，认为其"全方位消化吸收发达国家的技术营养，在最先进的资源平台上自主创新，确保了关键技术不受制于人，并拉动整个产业链升级"。

就在2011年6月10日，科技部网站还刊发消息称，"科技部、铁道部中国高速列车自主创新联合行动计划实施以来，取得了重大进展，研制开发的具有完全自主知识产权的时速380公里新一代高速动车组达到世界领先水平"。

如果周翊民说的是真的，中国高铁的速度泡沫，绝非刘志军一人之过，而是一种系统造假行为。不仅铁道部要承担责任，那些参与拨付项目和科研经费的部门在审查过程中为何丝毫没有察觉？在高铁建设过程中不断给出专业意见的专家和官员为何大开绿灯？过去为什么没有人站出来？

政绩与腐败

黄 湘

因生活糜烂、涉嫌受贿及帮助周围亲属从高铁相关工程中牟利而被撤职查办的刘志军，似乎并非一般意义上的以权谋私。高铁已经成为他的执念，他对兴建高铁的热衷似乎胜过了对金钱的亲近，在工作中也以“拼命三郎”著称。正是这一点使得他在下台之后，甚至是在“7·23”动车事故发生之后，依然得到部分舆论的同情。

追根溯源，刘志军对于修建高铁的执念，不过是在国家资本主义的升迁模式下，一位官员对政绩的追求而已。为了政绩，可以置市场前景、经济效益、还本付息等问题于不顾，因为那是下一任官员、下一届政府的事情；为了政绩，可以中止铁道部此前酝酿多年的体制改革，大搞一言堂，压制各种异议；为了政绩，可以不顾质量，不顾造价，更不顾安全，只有在短暂的限定时间内按期完工是硬约束，其他都是软约束。说到底，追求政绩不过是为了谋求部门利益，而“部门利益集团化，集团利益个人化”，最终还是为了谋求一己之私。

更重要的是，“高铁大跃进”带动了巨大的高铁产业链，从基建、装备，再到上游产业链，催生了无数规模庞大的细分市场。在国家资本主义缺乏自由竞争的垄断体制下，意味着设置了巨额租金。由于制度和人性的互动机制，作为巨额租金设置者的刘志军，势必成为各类寻租者的同谋，进而导致制度性腐败。腐败是追求政绩的必然归宿。

问题在于，是什么样的制度因素，使得身为铁道部部长的刘志军可以凭一己之力推动“高铁大跃进”，并成为巨额租金的设置者？根本原因在于铁道部政企不分的特殊身份。

长期以来，由于政企不分，铁道部既有铁路行业管理职能，又有生产经营职能；既代表国家行使国有资产的监督管理权，又有资产管理权；既是行业法规、条例的制定者，又是这些法规和条例的执行者。铁道部以统一指挥的行政命令，控制了铁路的运输能力分配权、生产要素的购买、供应和价格制定权，以及铁路运输价格制定权。换言之，铁道部是国家公益性和商业性铁路的唯一筹资主体、唯一投资主体、唯一决策主体和唯一偿债主体。

正是上述四个“唯一”，使得身为铁道部部长的“强人”刘志军拥有超强的话语权。“高铁大跃进”之所以能够上马，盖因铁道部包揽了从引进技术、融资到建设的所有环节，包括统一谈判引进国外高铁技术，统一从银行贷款统贷统支，统一圈定主要供应商。在这种大一统的高铁建设模式下，银行对铁路大客户不敢怠慢，供应商更是唯铁道部马首是瞻。

另一方面，2008 年以后国家拉动内需、信贷宽松的金融环境，也为兴建高铁的“政绩工程”创造了条件。4 万亿元扩内需资金有 1.5 万亿元流入高铁建设，扩张性经济政策为国家资本主义提供了强劲的兴奋剂。

铁道部之所以一身兼具前述四个“唯一”，其来有自。

1961 年，中共中央指示：“铁路是国民经济的大动脉，是高度集中的企业，带有半军事性，必须把一切权利集中在铁道部。”在计划经济的制度安排下，铁路系统成为垂直一体化和水平一体化的封闭王国。垂直一体化是指铁道部包揽了与铁路系统有关的所有生产性和非生产性环节，水平一体化是指保持路网整体性，全国一盘棋，由铁道部统一管理。

改革开放以后，随着公路、水运、航空、管道等其他运输方式不断发展，铁路系统日益难以适应外部竞争日趋激烈的竞争环境，客货运输量在总运输量中的比重不断下降。为此，从 1998 年开始，以“政企分开”为目标的铁路改革提上了议事日程。2003 下半年的“主辅分离”，将非运输单位分别移交给国资委、纳入社会服务体系或剥离改制，对铁路系统的垂直一体化特征有所改变，但是这离真正的体制改革还差得太远。

就体制改革而言，2001 年和 2003 年，铁道部曾经先后出台两个改革方案，但都未获决策者采用。

2001 年方案的主旨是网运分离，主要内容是以现有的 14 个铁路局为基础组建几家大的铁路客运和货运公司，拥有现有的机车车辆等运输设备和货场等国有资产，直接面向市场承揽运输业务。同时，铁路路网剥离出来成立一家全国性的路网公司，负责路网建设、保养和铁路调度。这一方案一方面考虑了铁路运输网路建设自然垄断的技术特征，又同时兼顾了市场机制的竞争活力，被理论界认为代表了世界主流的改革方向，但由于颠覆了原有的利益格局，再加上具体执行时在清算问题上遇到难题，在确保正常运营的压力下被搁置。

2003 年方案的主旨是“网运合一，区域竞争”，主要内容是由铁道部相关部门组建国家铁路总公司，接受管理部门授权，代表国家行使铁路经营职能。同时，在其下组建多个铁路运输集团公司及铁路建设投资公司开展区域竞争。这一方案对原有利益格局改变较小，改革成本较小，但是并不符合实现充分而公平的竞争性市场的原则，并未解决在各区域市场内“路网合一”的垄断问题，最终也没有被国务院批准。

刘志军 2003 年就任铁道部部长之后，中止了铁路体制改革，转而大谈铁路要“跨越式发展”。在系统内打压反对意见，各地铁路局局长纷纷易人，在系统外则采用各种手段，封杀呼吁铁路改革的媒体和专家。确实，维持一个封闭的体制，有利于令行禁止、统一指挥，有利于在任期内做出貌似耀眼的政绩。而在追求政绩的过程中，铁道部也通过高铁项目每年控制了数千亿元资金，大权独揽的刘志军对这些钱拥有最终的支配权。

正应了那句老话，“权力导致腐败，绝对的权力导致绝对的腐败”。

第四章
张曙光的分裂人生

在出事之前，刘志军反复强调安全。作为主管铁路运输装备部门的一把手，时任铁道部运输局局长的张曙光在各种大大小小的会议上也反复强调质量与安全。

一位接近张曙光的人士透露，张事发之前私下对身边人士表示“最担心的就是高铁安全，安全出了事，什么都完了”。刘张二人均非等闲，深知命运所系，但一切都敌不过利益。

在张曙光的主导下，以金汉德、青岛威奥为代表的一批名不见经传的企业，在没有铁路装备制造经验的情况下，却凭借和张的个人关系在高铁装备市场异军突起。张曙光个人也获益匪浅。张曙光女儿曾对身边的人说：“我家什么都缺，就是不缺钱。”

张的位置相当特殊。以职位论，张曙光虽然不是副部长，但作为刘志军的亲信，主抓高铁引进谈判和建设，运输局本身又是铁道部最核心的职权部门，主管铁路运行计划及发展规划，几重因素相加，张一时风头无两，成为铁路系统炙手可热的实权人物。此后的2007年和2009年，张挟高铁如火如荼的发展势头参选院士，虽有各方鼎力相助，又有铁路企业组建的助选团上下打点，终因有人执意反对而落选。

时至2011年，借4万亿元经济刺激计划之机，高铁建设已经全面铺开，成为令世界震惊的“奇迹”。一时间，连英国《金融时报》中文网都在讨论中国什么时候会把高铁从北京修到伦敦。但在烈火烹油的繁荣景象之下，张曙光已有骑虎难下之感。

2011年1月中旬，丁书苗被抓不久，张曙光嗅到了危险，开始切割相关财产关系。2月28日，张曙光被停职审查。一位接近张曙光的人士透露，张被带走调查后不久，“头发就全白了，背也驼了，还患了严重的糖尿病，整个人今非昔比”。

在他停职期间，有关他的贪腐传言沸沸扬扬，传闻中的涉案金额高达20多亿美元。不过，这都是未经证实的传言，从财新记者初步了解的情况来看，目前能确认张曙光在美国的房产，及其妻王兴对列车集便器市场的操纵。据铁道部内部人士透露，张被捕后关押在济南。2012年8月，随着铁路系统内部通报了刘志军的违法违纪情况，张曙光案也即将进入司法程序。据财新记者了解，张曙光已确定的涉嫌受贿金额是3000万元左右，并不包含其妻子王兴获取的中介费，这些被指认的受贿金额很少涉及高铁项目，多为陈年旧事，未提及外资。另据知情人士透露，在案发前，张曙光已与王兴离婚，具体时间不详。

财新记者在采访过程中感到，在张的同情者和反对者眼中，张的形象两极分裂。反对者将他描述为不学无术却热衷于溜须拍马、沽名钓誉的投机分子，但在铁路机车建设领域，很多人对张的遭遇不无惋惜。他们一方面佩服其工作能力，肯定其在高铁建设中的贡献；另一方面，亦对他及其家人操纵招标颇有微词。

或许，这两面都是真实的张曙光。

688号豪宅的男主人

对周围的邻居来说，位于美国加州沃尔纳特市（Walnut）皮埃尔路688号的中国房主非常神秘。

从洛杉矶市出发，沿 60 号高速路行驶 35 英里左右，便是中产阶级和富人阶层聚集的沃尔纳特市。这座城市的 3 万多人中，60% 以上是亚裔，张曙光和其妻王兴在洛杉矶购置的豪宅便在其间。

这套别墅占地近 3 万平方英尺（约合 2793 平方米），住房面积为 4100 平方英尺（约合 381 平方米），拥有 5 间卧室。和皮埃尔街区其他房屋一样，这套别墅有围墙将房子与马路隔开，院内绿树环绕，草坪打理得整整齐齐。一切都显示，房屋有人打理。附近除草的墨西哥工人称，这里有人居住，是中国人，多为开车进出。

但财新记者 2011 年 12 月间数次探访该处，门铃均无人应答，门口的信箱内也空无一物，挂在该户名下的电话提示已经停机。

旁边的邻居——一位美国女士告诉财新记者，自己在此地居住多年，但"几乎不知道隔壁还住着人"。男主人仅见过一次，女主人见过三四次，从不参加社区活动。她猜测都是中国人，40 多岁，没见过孩子。

688 号的神秘房主，正是有"中国高铁总设计师"之称的张曙光及其妻子（或前妻）王兴。

2011 年 1 月中旬，山西晋城女商人丁书苗被抓不久，张曙光便赶至美国，将这栋原本由他和王兴共有的别墅全部转入王兴个人名下。王兴则在同一时间关闭了她在工业市（City of Industry）的一幢高档写字楼的办公室。这间办公室位于该楼 308 室，王兴已租用了至少 10 年之久。

一个月之后，2 月 28 日，张曙光被停职审查的消息公布。

据财新记者调查，张王夫妇在美还有其他房产。

王兴曾于 1999 年 10 月在沃尔纳特市以个人名义斥资 34.65 万美元买了另一套房屋，2001 年 11 月，张、王将房子卖给了一对香港夫妇。

2002 年 11 月，张曙光和王兴二人以全款购得沃尔纳特市皮埃尔路 688 号别墅，当时，仅转移税就交了 946 美元。以此推算，张王二人买下这套别墅大概花了 86 万美元（洛杉矶郡转移税税率为每 1000 美元交 1.1 美元）。

别墅所在学区，拥有沃尔纳特市高级中学等多家教学质量颇佳的中学，附近还有著名大学波莫纳学院（Pomona College），因而备受华人青睐。附近执业 20 多年的地产中介罗莎称，这个街区少有房屋出售，现在的市价“100 万美元肯定逃不掉”。

2002 年的 86 万美元不是小数目，按照当年汇率（1∶8.28），相当于人民币 712 万元。很难想象，一个其时每个月挣 2200 多元工资的铁道部客车处处长，怎能在美国买得起这样的豪宅。在美国置业多半可归功于其妻王兴生财有道。

火速升迁路

2002 年的张曙光，正处在人生低谷之中。他在 1998 年当上铁道部客车处处长，负责审批地方铁路局的客车更新计划和进京、进沪的列车时刻。因为各方面对他“反映”不好，2001 年被外放到沈阳铁路局任局长助理，平级调动，职权缩水。

不过，这是一个短暂的蛰伏期。2003 年 3 月，随着刘志军接任铁道部部长，张曙光开始了火速升迁路。2003 年 4 月，张曙光调任北京铁路局副局长，升了半级。不到半年，被调回部里，出任铁道部装备部副部长兼高速办副主任，负责高铁技术引进。2004 年，张曙光又被提拔为铁道部运输局局长兼副总工程师，后被称为“高铁设计第一人”。

张能升至高位，前半段得益于其岳父不遗余力的举荐提拔，后半段则因为刘志军的重用。

张曙光祖籍江苏溧阳，父亲是参加过长征的老红军。幼年时因父亲工作调动，随家人迁至新疆生活。1982 年从兰州铁道学院（现兰州交通大学）车辆专业毕业后，张被分配至上海铁路局蚌埠分局蚌埠车辆段工作。

据一位张曙光的同事透露，张“从基层干起，用了近 10 年时间升至蚌埠车辆段副段长”。1991 年年底，张被调至铁道部机车车辆局验收室任管理工程师。这次调动，两个职位虽然同为科级，但从基层到部里，鱼跃龙门。

张曙光身高近一米八，相貌堂堂，他和妻子王兴都曾就读于兰州铁道学院。王兴 1960 年出生，比张曙光小 4 岁。“王兴父亲当时是铁道部里的‘老人’，资历很深，和部里很多人都很熟悉。”前述张曙光同事称。

王兴的父亲王亚良，20 世纪 80 年代初曾在国际铁路联盟中国驻波兰办事处任职，80 年代中期任铁道部外事局副局长一职。当时铁道部经常去波兰开会，王亚良负责接待。这个波兰办事处是局级单位，没有什么实权，但经常接待铁道部高级领导。

据另一位铁道部内部人士透露，张曙光初到铁道部之时，没有地方安置，直到 1992 年年初车辆局成立验收室。张曙光很快熟悉了部里的工作，下一个目标是客车处。20 世纪 90 年代初期，客车处是车辆局的实权部门，以“接触面广和水深”而著名，其职能一是编制每年的新造客车计划，在铁道部下属机车制造厂间分配各厂的制造指标；二是负责审批地方铁路局的客车更新计划，这对地方局非常重要，就连刘志军在沈阳局当局长时也要“跑部”多要指标。

前述铁道部内部人士回忆说：“下面铁路局需要新客车，但分配权在客车处处长手里，所以路局都要和客车处拉关系。有次客车处处长去沈阳出差，刘志军亲自接送，吃饭时敬酒。刘志军酒量不大，非得和他喝 6 杯酒，希望客车处能给沈阳局 60 辆客车，但当时的客车处处长最终敷衍了事。”此外，客车处还负责确定各地方铁路局每年开往北京、上海的列车时刻、次数，同时审核批准科研项目和分配科研经费。

在验收室工作两年之后，1994 年年初，张曙光私下透露希望调往客车处，当时客车处的领导同意“让张曙光过来先待 3 个月试试”。其时，客车处连处长共 5 个人，副处长一职一直空缺。1994 年，张曙光填补了这一空缺，从此展现出出众的沟通能力。

在 2001 年铁道部部属机构改革之前，客车处位置很关键，是机车制造厂和地方铁路局的主管单位之一，对各机车制造厂和铁路局的设备物资招标拥有很大话语权。因此，对国内大量中小机车配件制造商来说，直接获得铁道部客车处的首肯，是进入铁路市场的捷径。

“铁道部下属的客车厂只负责系统集成，很多零部件由供应商提供。如果供应商和客车处的人关系好，就能成为铁道部指定的零件供应商，业内叫点装，产品就能卖出高价。”一位铁道部退休人士称。

张在客车处任职时的一位同事称，“张曙光擅长交际，很会来事”，很多对外的交际应酬都由张出面。

在张曙光调任客车处之前，已有多人因招标受贿出事。上述接近张曙光的人士透露，张刚到客车处时，时任处长亦曾告诫他要洁身自好，“张当时也说下面因为招标找他的人很多，家门被堵着一天到晚回不了家，承诺以后要公事公办”。

但张到客车处不久，就有各地的厂长私下里反映对张的感觉“不太好”，“要条件，给好处”，但都不明说具体事情。其间，铁道部内部还曾传闻，有人举报广州一家机车冷冻机厂想进入铁路市场，给张曙光送了 30 万元。

财新记者从权威渠道获悉，对于张的批评，当时并无真凭实据，部领导和党组决定将张曙光以“下去锻炼锻炼”的名义暂时调离，以“离招投标远点”。2001 年，张曙光被调至沈阳铁路局任局长助理。对这个决定，时任副部长的刘志军还颇有意见。

张曙光当年是否已有问题？至少从财新记者的调查来看，张曙光当时就已家产可观，超出了他正常收入。而张曙光的妻子王兴已经赴美，成为一家名为马克夫（Micropher）的集便器厂商在中国的独家代理。在她的帮助下，马克夫很快打入中国市场，2003 年前一度是铁路集便器的主导品牌。

早在 1999 年 10 月，王兴就以个人名义贷款购买了洛杉矶一套 34.6 万美元的独栋住宅，并于次年将房屋转为和张曙光以夫妇名义共有。2002 年年底，王兴以 61.5 万美元的价格将此房屋出售，随即又和张曙光联名，以约 86 万美元的价格买下本章开头提到的 688 号豪宅。

曾与张曙光共事的多位铁路人士证实，张曙光和刘志军“关系非同一般，是刘的铁杆亲信”。铁道部一位退休人士透露，张曙光和刘志军 1997 年已经认识；1998 年张曙光调到客车处后，两个人关系更加密切起来，“当时刘志军任铁道部主管运输的副部长，负责提速试验，需要客车处的人现场配合”。

刘志军以“工作拼命”著称，“经常晚上 12 点还叫人去开会，开到凌晨 3 点。”前述消息人士回忆说，当时的客车处处长年近退休，扛不住频频半夜开会，“几番折腾之后，客车处处长就派张曙光去应付刘志军。”张曙光由此进入刘志军的视野。

据一位接近张曙光的人士透露，有一次刘志军半夜打电话给张曙光，问他在干什么，张说在处理一个电务故障，这给刘志军留下了深刻的印象。

1998 年 10 月，原客车处处长退休，张曙光官升一级，正式出任车辆局客车处处长。从多位接近张曙光的人士描述中可以看出，张曙光之所以能够成为刘志军的铁杆亲信，关键在于他能很好地贯彻执行刘的想法和命令，“刘志军爱熬夜，张曙光夜里就陪着刘志军；刘提出什么问题，张曙光都能想出些办法；刘志军爱好女色，张曙光就给安排。加上张曙光和刘志军一样，在人际交往方面会来事，两人很对脾气”。

2003 年 3 月，刘志军出任新一届铁道部部长后，张曙光的升迁之路就此打开。铁道部很多人都知道，刘和前任部长傅志寰的关系并不融洽。傅志寰在提候选人名单时没有提刘志军，中央考核组下来考核时也提了不同意见。

“刘志军一上来，就取消了刚成立不久的客运公司，这是网运分离改革的试验田，又把傅志寰提拔的多名局级干部进行了岗位调整。”一位铁道部“老人”告诉财新记者。

刘志军烧的第三把火，是建立自己的人马。据上述铁道部退休人士透露，刘志军上台后，直接从铁道部此前不得志人员名单中选人，张曙光即在此列。按照惯例，铁路系统内人员至少应在原岗位干满一年才能升职，但在刘志军的重用下，张曙光突破了惯例，一年多时间三易其职，一路高升，2004 年即出任铁道部运输局局长兼副总工程师，号称“中国高铁技术第一人”。

高铁能人

从 2004 年开始，张曙光的主要工作都围绕着高铁展开。刘志军上台之后，搁置前任已经铺开的网运分离改革，并提出先发展再改革，铁路现阶段的主要任务是引进国外高铁技术，实现铁路“跨越式”发展，以解决铁路运力不足的难题。张曙光是刘志军这一战略的第一执行人，中国近年的高铁发展历程，深深地打上了张曙光的烙印。

早在20世纪90年代末期，时任客车处处长的张曙光就曾参与铁路技术引进谈判。据一位接近张曙光的铁道部内部人士介绍："铁道部当时设了一个高速办，下面有一个谈判小组负责技术谈判，时任铁道部副部长的刘志军是组长，张曙光是副组长。2003年刘志军当部长后就把他调了回来，毕竟谈判这块张比较熟悉。"

一位接近刘志军的消息人士称，刘志军器重张曙光还有一层因素。中央领导2003年去法国访问时，张曙光随行，因谈判中表现突出得到中央领导赏识，称没想到铁道部还有这样的人才。在这位人士看来，中央领导对张谈判能力的认可对张仕途上升产生了不可估量的影响。

很多铁路系统人士在接受财新记者采访时，对张的工作精神和能力都赞赏有加，他被形容为"很有能力，思维敏捷，开会讲话很有感染力，听下面的人汇报工作也能很快抓住重点和问题"，而且工作非常卖力，"经常和下面通宵开会研究问题"。唐山客车一位销售经理说，领导下来检查工作验收时，他们最怕的不是刘志军，而是张曙光，因为张懂行，一眼就能看出问题，"他眼光一扫过来，我们马上低头"。

在刘志军主导下，2004年至2006年间，铁道部先后进行了3次重要的高铁招标，即两次动车合资招标和京津城际招标。3次招标，铁道部的操盘手正是时任运输局局长的张曙光。"当年谈判，张曙光背后有中国市场为他撑腰，显得非常专业，也很强势。在引进技术谈判开始之前，做了大量市场调研，对外资公司产品价格非常熟悉，只要是想进入中国的，首先价格在市场价的基础上砍掉三成，否则免谈。"中国南车一位工程师称。

而在一位参与当年技术谈判的人士看来，直到今天，铁道部当时采取的谈判策略仍值得赞赏，"铁道部在谈判中占据了主导，所有外商都要直接和铁道部谈。中国企业和市场被整合到一起，如果中方不让步，对方一点儿办法都没有。我们让4家外商来竞争，这家不行就找那家。在市场换技术的情况下，当时铁道部已经做到了最好。"而在铁道部出台的一本宣传手册中，一夜之间砍掉西门子90亿元竞标价格的故事，更成为张曙光在谈判中的得意之作。

"张也是工作狂，开会讲话从不拿稿子，经常是几个人开会向他汇报，他就戴个眼镜，拿铅笔划拉一下。非常专业的东西，他用简单的几句话总结得头头是道，点拨也很到位。"中国北车一位经理告诉财新记者。

"他说话分量很重，他很少当众表扬厂商，一旦当众表扬某个厂商，那么北车和南车在招标采购中就不敢忽略这个厂。后来他位高权重，成为运输局局长之后，很难有厂商直接接触到他。"一家供货商称。

在铁路内部人士看来，以最快的速度发展高铁客运专线网，是刘志军的战略，刘从中央要来了政策和钱，执行者则是张曙光，二人的胆量和魄力确非常人能及，"在短短5年里实现了铁路运营里程翻一番，最高时速350公里，这在国内国外都没有先例"。

这种赶时间、拼速度式的"大跃进"，给张曙光也带来了巨大压力，"私下里张也表示压力很大，整夜睡不着觉，感叹自己陷入太深，已难以回头。"一位熟悉他的人士称。

在很多业内观察家看来，铁道部之所以现在腐败缠身，安全问题频发，症结并不在高铁本身，而在于体制。高铁该不该建，该建多少，以什么方式和速度来建，本身是技术性问题；但铁道部政企不分，在刘的力推之下，高铁成为滋生腐败的肥沃土壤，也埋藏了巨大的安全隐患，"根子在铁道部政企不分，既是政府，也管企业，规章它制定，文件它来发，甚至制定规章时就想好了一旦出了事怎么解释。这个权力铁道部很难放弃，因此缺乏改革的动力。"北京交通大学教授赵坚说。

张曙光从2007年开始申报院士，但终以一票之差落选。铁道部运输局局长为何要申报院士？据铁道部内部一位知情人士透露，除了院士所带来的名利，也和刘志军有很大关系，"前任铁道部部长傅志寰是院士，刘有心争一口气，但刘本人是工人出身，所以让他的部下去当院士"。

刘志军上任之后，为了尽快实现"跨越式"发展，他终止了国内进行了近10年之久的高铁技术自主研发，包括当时中国南车研发成功并已投入试验性载客运营的中华之星，转而引进国外高铁技术，此举令负责高铁技术引进的张曙光在业内树敌颇多。上述知情人士称："原本张曙光应该申请工程院院士，但之前南车国产动车组研制项目的带头人刚好在工程院，张担心他们从中作梗，在院士评选投票时带头反对他，就申报了科学院院士。”

但张本人并不做学术研究，为了申报院士，2007 年 3 月，张在北京香山一家五星级酒店，组织中国铁道科学研究院、南车青岛四方机车车辆股份有限公司、西南交通大学、北京交通大学等一批国内科研机构的专家为其写书和申报资料，“吃住都是国内一家为铁道部做进出口代理商的国企买单，从 3 月开始写，花了两个月的时间写了 3 本书，5 月才完稿。”上述知情人士称，“出版时把出版日期改成了 2007 年 1 月，之所以出版日期提前，是为了避免外人以为这 3 本书是因为申请院士才写的。”

“当时他风光的时候，一堆人围着。南车青岛四方的几个工程师是他兰州交通大学的同学，也曾帮他写论文，出专著。”南车青岛四方的人士亦称。

根据《中国科学院院士增选工作实施细则》规定，院士候选人由本学部院士投票产生，其中“获得赞成票不少于投票人数 2/3 的候选人，按照本学部的增选名额，根据获得赞同票数依次入选，满额为止”。而据上述人士透露，2007 年张曙光第一次参选时所获赞同票数“寥寥无几”。

2009 年，张曙光卷土重来，这次张又重新组织人出版了 3 本著作，申报当年的院士评选。据多位铁路业内人士证实，当时有企业专门组织了一个团队为张曙光拉票，挨个儿跑评委，包括组织评选专家去各地出差，参观动车基地的生产活动，并介绍高铁技术消化吸收成果，“来回都是公费，每人还送了礼品”。而张手中掌握的科研项目经费，也成为其拉票的利器。

但这没能搞定所有人，据一位张曙光的前同事透露：“他担心南车的院士作梗，就由刘志军出面，南车的几位领导作陪，请南车的院士吃饭，希望不要反对。”

张曙光的造假行为还是遭到举报。当时南车株洲电力机车公司的工程师及铁科院的专家都曾向中科院举报张曙光造假，院士评委会启动调查。上述知情人士透露，当时被询问的有铁科院的机车制造专家，铁道部向铁科院施压，希望铁科院车辆所的人向调查组说明张的申报材料属实，最终敷衍了事。

结果，在中科院 2009 年度院士增选评选时，张以一票之差未能获得 2/3

以上的赞成票数，再次“饮恨”。

他没有机会再来一次了。

集便器中间人王兴

因为妻子很早就带着孩子移居美国，张曙光在铁道部素有“裸官”之称。即使在铁路系统，亦少有人能叫出张妻的真名，只有在她涉足的铁路集便器市场，才有人确知她现名“王兴”。

王兴早在20世纪末就在美国买房、开公司，10年前在美国就曾有2处房产。

王兴到美国后还用过英文名Julia Wang。她的生意在国内。有接近张曙光的人士说，张被抓之时，王兴还在深圳。她很少以本名示人，多顶着“张曙光老婆”的头衔在中国北车、中国南车的采购圈里活动。

所谓铁路集便器，即在列车上收集厕所排泄物的全套设备，在整个铁路建设和采购的大盘子里只是一个很小的部件，但王兴看上这个领域自有道理。在一位机车生产厂商的内部人士看来，这个领域不涉及行车安全，不引人注目，市场却不小（数十亿元规模），对于身份特殊的王兴来说，可谓是一条相对安全的赚钱大道。

王兴行事非常谨慎。在表面上，这个市场由蒙诺格、EVAC（宜为）和马克夫等外资垄断，王兴多以这些外资品牌的代理和中介身份出现。但在中国南车、中国北车以及集便器市场的主要竞争者看来，她对这个市场的影响无处不在。哪家外资能够胜出，谁能获得订单，背后都有王兴的身影。有时，她是其中某家品牌在中国的独家代理，有时则根本看不到她在其中的直接利益，但是这些外资品牌与谁合资，由谁代理，则有王兴从旁牵线搭桥。从20世纪90年代末代理美国马克夫集便器开始，到2003年美国蒙诺格品牌大举进入中国，都可以感受到王兴的影响力。

仅仅集便器，已足以让她致富。

王兴涉入集便器市场是从20世纪90年代末代理马克夫开始的。

马克夫是 Motive Power Industries（动力工业）的一家子公司，1999 年该公司与西屋空气制动公司合并成立了 Wabtec（美国西屋制动），马克夫成为美国西屋制动旗下的一家公司。

马克夫的品牌如今在中国已不够响亮，但 2003 年之前曾是铁路集便器的主导品牌。

早先，中国列车采用的是直通式厕所，旅客的排泄物直接散在铁路上，不仅污染环境，也腐蚀铁路的零部件。世界其他国家，如美国和英国，分别于 20 个世纪 70 年代和 80 年代中期，即开发研制了新型铁路集便器装置。

马克夫的产品比较低端，不是目前广泛使用的真空集便器，而是气水联动的产品。

据铁科院当年进行集便器市场调研的人介绍，马克夫是翻板式集便器。此种集便装置在便器底部由一块翻板封闭，冲水时这块翻板打开，便器内粪便被冲进一个接便的容器内；然后，翻板关闭，同时接便容器内一个连接集便箱的阀打开，由压缩空气向接便容器加压，迫使粪便进入集便箱。

从 20 世纪 90 年代末开始，中国铁路系统开始在客车上推广电控气水联动集便器。这一时期，张曙光进入客车处工作，并在 1998 年当上了客车处处长。

马克夫的产品究竟是如何打入中国市场的，目前已难知其详，但王兴对其帮助不小。业内人士称，该产品在 1998 年到 2003 年是普通列车上的主导产品，1998 年最早在广州铁路局使用，1999 年开始在成都、昆明铁路局使用，当时长客股份的车上就配置了这一产品。

在马克夫的网站上，现在已经查不到王兴及其公司的名字，但网页历史记录显示了他们之间的关联：

至迟从 2001 年 10 月开始，马克夫的中国业务代理即为美国三尼库国际贸易公司（U.S.Sanliku Int. Trading Co.），“Ms. Xing Wang”是这家公司的联系人。

王兴 1995 年 9 月便成立了三尼库国际贸易公司，地点在离洛杉矶市 20 多分钟车程的 Hacienda Heights（哈仙达岗）。公司位于一栋两层写字楼内，内庭中还布置了假山和池塘，租户多是私人诊所、小型会计师事务所或律师事务所以及语言学校。

物业公司的工作人员对王兴这一名字并不熟悉，只知道一位名为Julia Wang的中国女士已在这里租了快15年的房子。包括物业公司在内的邻居，都以为这家公司从事房地产业务，邻居们则说该公司的工作人员“很少来办公室”。

1998年到2003年间，中国新造客车数量与今天相比要少得多，2002年、2003年分别只新增了728列、970列。以一列客车20节车厢计，每年集便器用量大约为3万套，整个市场规模超过10亿元。青岛的一家代理商称，当时马克夫垄断了“大列”（普通列车）的集便器市场。

据前述当年参与调研的业内专家介绍，铁道部引进马克夫是想省钱，一套造价不到5万元，不足真空集便器价格的1/3，但翻板“经常翻不起来”，排泄阀容易被污物阻卡失灵，故障率高，隔臭效果差，经常需要更换。

济南铁路局青岛客运公司的工程师2003年8月在《铁道车辆》上曾发表文章，称青岛—北京的T25/26次特快列车编挂的25K型客车，其冲便系统是从马克夫进口的，使用中发现部分配件故障率很高。以青岛客运分公司为例，在2002年1—9月，A2、A3级检修的90辆车中，先后更换了10个冲便按钮组成（冲洗激励器）、30个罩杯转轴、50个连杆水封桶汽缸、70个罩杯和50套便器总成，其更换率都超过了检修量的50%，有的甚至高达80%。

到了2003年，几重不利来袭，马克夫市场地位岌岌可危。一方面，列车提速后用水要减重，耗水量小的蒙诺格后来居上。据悉，马克夫的集便器每次冲刷耗水1.6～3升，而蒙诺格、EVAC的真空产品每次耗水只有0.5升。另一方面，2003年“非典”肆虐，而粪便是病毒重要的传播载体，火车是最容易传播病菌的地方，由此各方面都对列车集便器的环保和卫生提出了更高要求。时任中国林业科学研究院研究员王博英就呼吁，“火车开放式厕所应立即改造”。铁道部则就此提出“污染零排放”的方针，在新生产列车上，真空集便器成为首选，此前仅于20世纪90年代末在高包车（专列车）上加装的蒙诺格、EVAC真空集便器有了扩大市场的机会。

2004年，中国第五次铁路大提速，提速后的25T型客车都要安装真空集便器，王兴很快搭上了这班提速快车。而这一年的张曙光，也被火速提拔，成了执掌铁道部运输局的局长。

蒙诺格迅速成为中国大铁路市场集便器的垄断者，业内普遍认为，与张曙光之妻王兴有直接关系。

在西方国家，列车真空集便器早已广泛使用。美国蒙诺格和欧洲的EVAC是真空集便器领域市场份额较大的两家公司。蒙诺格的主要市场在美国，1970年至2000年间，美国20%的新型列车使用蒙诺格集便器，德国EVAC的市场主要在欧洲。

此时，中国的铁路供应市场也发生着一场变革。此前几年，为准备铁路提速，铁道部给各路段列车运行统一标准，将招标权力由各路局统一上收，这给铁路相关供应商及外资品牌提供了巨大商机。多位经历此轮改革过程的供应商认为，铁道部统一招标有利于铁路的标准化，“此前路局招标，每个路段的车以及配套装置都不一样，五花八门。统一招标后，车型、车的配套措施都指定一或两个品牌，对标准化和降低成本都有好处”。

这一转向，也增加了铁道部运输局的权力。统一招标后，铁道部运输局大权独揽，一方面分管铁路装备购买和招投标，另一方面负责高铁技术引进。

张曙光的位置令人瞩目。当时中国要为提速后的25T型客车选装真空集便器，最初外资与中国厂商合作的方式定为技术转让，其具体操作方式是：铁道部指定国内几家生产厂商与外资谈判，外资可从中选择一两家进行合作，成为铁道部指定供应商。

最早和中国展开技术合作的公司是德国EVAC。1998年，铁科院率先和EVAC进行技术合作，成为其在中国的首家代理。

1998年，济南机车车辆厂打算拓展铁路业务，希望寻求外资合作，当时铁道部客车处推荐了EVAC。据铁道部当时参与调研的专家表示，推荐EVAC是因其技术成熟，在全球市场的列车占有率是60%。经铁科院牵线，EVAC和济南机车厂合作，铁科院随后退出。2001年，济南机车厂与EVAC签署真空式集便器技术许可，主要生产制造EVAC2000E、EVAC2000P，双方合作期限为10年，技术转让费用约1500万元。这笔费用由铁道部出，此外建厂房等固定资产投资的2000万元也由铁道部出资，济南机车厂同时开始集便器自主技术的研发。

EVAC似乎已将成为中国集便器市场的赢家，但戏剧性的变化发生了：自2004年起生产的国产化25T客车，最终装上的是蒙诺格集便器。据2004年的一份统计，动车已装的163套封闭型厕所中，EVAC仅占31套，份额不足20%，而济南机车厂与EVAC合作的型号仅有一套，其余80%以上装的都是蒙诺格。

2003年左右，铁道部组织专家对几个外资品牌集便器做了调研，结论倾向于EVAC的产品，对蒙诺格并不看好，明确指出蒙诺格的诸多缺点："隔离槽从负压状态变为正压状态，对零部件的可靠性要求比较高；较真空保持式增加了控制环节，控制系统较复杂，维修技术要求高，较易产生故障。"

为何国际市场占有率高、率先跟中国进行技术合作的EVAC落了下风？在一位业内资深人士看来，EVAC走错了路线，"EVAC由下到上，和机车厂谈技术合作，再由机车厂推荐给铁道部，这不适合中国市场推广的要求。"

当时集便器的招标方针是"原厂原配"，即机车制造借鉴了外国技术，配件也要用外资产品。

一位经历过当时集便器自主研发的专家对财新记者说："到底是学习外国技术，过渡到自主开发，还是直接引进外资品牌，当时意见不一致。"尽管自主品牌的产品价格比国外原装产品要便宜1/3以上，零部件价格也低，但在"原产原配"的方针下，率先与EVAC进行技术合作的济南机车厂生产的产品便不具备优势。最终，铁道部派人考察了济南机电厂和EVAC的合作产品，称其产品质量不合格，济南机车厂就此出局。

据知情人士称，济南机车厂为此曾向铁道部写检举信举报张曙光，"结果是10年中济南机车厂的产品都被排除在外"。

蒙诺格和EVAC也经历了一轮投标，据当时参与招标的人士介绍，"当时张曙光调查了几个重要外资品牌在国外的平均售价，在国内招标中一刀切地砍30%，让它们接受这个价格，接受得了就做"。砍掉30%后，一套集便器的价格是17.6万元，当时蒙诺格和EVAC都接受了这个价格，但蒙诺格报价较 EVAC 高。

最终，普通铁路机车 80％选择了美国蒙诺格。斥巨资进行技术引进的 EVAC 和其余几个品牌，只占据了剩余 20%的份额。

蒙诺格的强势进入，被多位业内人士指为张曙光在幕后操作——在王兴的介入下，蒙诺格将中国市场的代理权交给了福建海鹏经贸有限公司。

业内对于福建海鹏和王兴的关系有各种猜测，甚至有机车厂工作人员直接称海鹏为“张曙光媳妇”的公司。这种说法过于夸张，不过，济南一家供应商的总经理说：“海鹏就是一家皮包公司，根本没有生产能力。圈里都知道它和王兴有关系，不然外资为什么要让它代理，让它赚取差价。”

不过，这种关系并不体现在股权上。工商资料显示，福建海鹏成立于 1999 年，股东为林刚（90％）和黄振芳（10％），公司注册时，经营范围和铁路产品无关。至 2000 年、2001 年，经营范围发生变更，添加了机车车辆配件的销售代理。

即使在代理马克夫时期，王兴也非常谨慎，2003 年 2 月，她将三尼库国际贸易公司负责人的名字换成了 Julia Wang，公司地址也更换至附近的工业市卡索腾街的一栋高档写字楼。王兴 1999 年购置物业时，在文件上留下的通信地址即是此处。

在张曙光当上铁道部运输局局长之后，王兴的角色就更为隐蔽。从工商资料看，福建海鹏与王兴并无直接的股权关系，但二者关系之紧密在业内不是新闻。王兴行事低调，集便器市场的人很多曾与她的手下打过交道，但极少见到她本人。有人曾在 2004 年前后的一次铁路设备展览会上，看见她与张曙光一同出席展会。

2004 年，马克夫与三尼库国际贸易公司结束了代理关系，开始直接做中国市场。三尼库国际贸易也已解散，就在张曙光被抓之前，王兴关闭了其在工业市的办公室。

张曙光落马后，蒙诺格在中国相对垄断的市场份额有所下降。南车青岛四方一位员工称，几年前福建海鹏“很牛气”，大铁路的订单多得接不完。

王兴在集便器市场，更多是以中间人的身份出现，她对集便器市场的影响往往通过代理、招标和技术合作等环节来渗透。而且，按照业内人士的说法，她在不同时期根据形势的不同游走于不同品牌之间，而几大外资品牌在中国的势力消长，或多或少都有她暗中介入或推波助澜。

2003 年前后，在中国铁路广泛使用的是马克夫和蒙诺格，代理公司均为福建海鹏。福建海鹏负责人否认王兴在公司持股，但并没有否认认识王兴。

马克夫和蒙诺格在国外是两家不同的公司，到了国内，却被很多业内人士误以为是一家。一位集便器经销商告诉财新记者，在铁路集便器招标过程中，马克夫和蒙诺格给人的感觉像是一家公司，两者的配件都是相同厂家生产的，在招标过程中，常常出现两家“围标”的局面。所谓围标，即串通招标投标，几个投标人之间相互约定，一致抬高或压低投标报价投标，通过限制竞争，排挤其他投标人。

“每年集便器的招标，都是按照这一年的新增列车数量来招，装真空的还是气水联动的集便器要看资金情况。虽然铁道部在招标前会向几家外资公司同时发函，但最终马克夫和蒙诺格总是同时中标，并占有最大的市场份额。”上述人士说。

根据铁道部组织专家撰写的调研报告，2004 年蒙诺格在中国占据了 80% 的市场份额，不过，蒙诺格的影响力主要体现在普通列车上。从 2006 年中国大力发展高铁开始，此前在竞争中失意的 EVAC 卷土重来，成为铁道部指定动车使用的集便器品牌。此时，动车集便器市场远比大列市场更为诱人。按照 2010 年年底已经交付的 453 辆动车计算，动车集便器的市场规模就超过 25 亿元，而 2010 年新造车又有上千辆，集便器市场规模又新增 50 亿元。

据多位业内人士介绍，这里有两个大背景，一是曾经是竞争对手的蒙诺格和 EVAC 在 2004 年合并成了一家；另外，高铁要求使用最好的产品，而 EVAC 的技术业内公认是最先进的。

王兴也早已认识到 EVAC 的实力。据前述知情人士称，早在 2004 年，因 EVAC 的技术过硬，王兴曾找过 EVAC，但因 EVAC 已与济南机车厂签订合同，有专利保护，王兴即从中牵线，让 EVAC 与无锡万里实业发展有限公司合作，在动车集便器领域签订了合作协议。其时，王兴亦曾找过济南机车厂谈合作，却因技术方向和利益分配的分歧未果。

EVAC也在寻找新的机会。2004年，无锡万里董事长谈国良在公开访谈中提到，因美国蒙诺格不愿转让核心技术，无锡万里转而与德国EVAC进行了长达两年的谈判，“最终，我们以5000万元的价格买断了EVAC核心技术的转让。现在无锡万里在动车集便器市场的占有率接近70%”。

其中，谈国良谈到无锡万里最吸引EVAC的是“强大的拿单能力”——2003年和蒙诺格合作时，无锡万里曾一举拿下了铁道部“和谐号”5000套系统的订单。

另一家当年也为蒙诺格生产污物箱的企业青岛亚通达铁路设备有限公司，后来也开始与EVAC合作，并成为京沪高铁部分列车的供货商。

近年来，在动车内装领域异军突起的青岛威奥轨道集团有限公司，在没有内装生产经验时垄断中国北车动车内装市场，2009年也成为EVAC新的合作对象。

这些厂商当年都曾是蒙诺格的合作方，由此，虽然从普通列车到动车，蒙诺格和EVAC分别主导市场，但国内的合作方却都是老面孔。

在财新记者拿到的一份国内和EVAC合作的厂商的竞标材料中，招标主体是主机生产厂家长客股份，参与的商家有无锡金鑫、无锡万里和青岛威奥。前期，长客股份邀请EVAC进行交流，其余商家随后同EVAC交流方案。其中一家商家曾在与EVAC的交流会上拿出自己设计的系统，被主机厂家明确拒绝，要求必须采用EVAC真空保持式。最后，和EVAC合作良好的厂商拿到了订单，厂商负责设计，EVAC负责配套。

2011年以来，福建海鹏的新增订单受到了很大的冲击，但靠着销售蒙诺格的零配件，日子还算过得去。现在，国内其他经销商仍然得从福建海鹏购买蒙诺格的零部件，福建海鹏赚取进销差价。

一位与其有业务往来的人士说：“和福建海鹏还在合作，因为以前蒙诺格的产品还在普通列车上用，如果坏了，还需要找他们买零配件。车要跑30年，还得合作。”

而在竞争中败北的济南机车厂至今未恢复元气，只是境况有所改善。

张曙光落马后，中国北车一位工作人员告诉财新记者，当时济南机车厂的员工们高兴地放起了鞭炮。第二天，济南机车厂就有员工去中国北车谈判，商谈引进其自主研发的集便器事宜，济南机车厂与 EVAC 的 10 年合同已于 2010 年到期。

2011 年春天，刘志军、张曙光落马后，高铁项目紧急刹车，一些当年风光拿单的企业现在面临双重挑战：一方面欠款导致企业资金链断裂，另一方面因张曙光的关系而被调查。据财新记者获悉，在集便器的国内合作厂商中，已有 3 位老总接受过调查，有的在国外数月未回。

小处长的大生意

自 2011 年 2 月铁道部原部长刘志军、铁道部运输局原局长张曙光案发被查以来，至少有 15 名铁路系统副局级以上官员应声而倒，此级别以下的涉案官员也不在少数，震惊世人的铁路系统腐败窝案就此曝光。而张曙光主管的铁道部运输局更成为反腐重灾区，副局长苏顺虎、车辆部副主任刘瑞扬及装备部客车处处长刘作琪等被捕。

2012 年 11 月底，刘作琪被北京市东城区法院判决受贿罪成立，判处有期徒刑 13 年，收缴赃款并处没收财产 60 万元。根据法院的判决，刘作琪的受贿行为主要集中在中国高铁“大跃进”的几年间。2006 年至 2011 年间，他在担任铁道部运输局装备部客车处工作人员、副处长、处长期间，一度参与主管动车组项目，为一些动车组供货厂商中标提供帮助，先后收受无锡市万里轨道交通设备有限公司总经理谈国良、北京中铁长龙新型复合材料有限公司董事长陈跃等 7 人贿赂款物共 290 余万元。

刘作琪曾经的上司，铁道部运输局原局长张曙光，在此案中以证人身份出现。张曙光指证了运输局装备部客车处和刘作琪的基本职权情况。刘作琪是客车处处长，亦是铁道部动车组项目联合办公室成员之一。2004 年，由张曙光领衔，铁道部运输局成立了动车组项目联合办公室，负责动车的技术引进、订单分配等。原本已有的审批、认证流程，随之几近废弃。在高铁建设中，动联办虽是装备部下属的临时机构，但权力不小，在质量监督之外还一手插入市场——有签合同的权力。刘作琪案仅是铁道部反腐窝案之微小一角，但同样显示了权力的能量。

刘作琪是张曙光嫡系，在铁路领域无人不知。供货商们私下曾戏称，张曙光是刘作琪的“干爹”。在铁道部运输局客车处任职之前，刘作琪曾任中国北车长春轨道客车股份有限公司设计处副处长。

据刘作琪在长客股份的旧识透露，刘作琪一直敛财有道。十几年前，刘担任长客股份培训小组组长时，就购买了长春最繁华地段数百平方米的房子。

张曙光下去视察各厂技术情况时，结识了刘作琪，对其颇为赏识。张曙光先是以“驻勤”（相当于借调）的方式，将刘作琪调至铁道部运输局，后将其破格提拔为运输局客车处副处长。“长客股份设计处副处长只相当于科级。”一位铁道部工作人员认为，这显示了张曙光对刘作琪的厚爱。

从长客股份到铁道部的调动，可见的好处，不仅仅是体制内破格提拔那么简单。2004 年至 2006 年间正是中国高铁大发展之时，动车技术大举引进，数百亿元金额的动车项目市场使得铁道部运输局成为炙手可热的权力部门。

据相关司法材料，2006 年，刘作琪收到了有据可查的第一笔贿赂。无锡万里总经理谈国良于 2006 年至 2011 年间，一共给予刘作琪房款等贿赂款 192 万元。

司法认定的刘作琪案 7 家行贿的厂商，在供词中都有颇多无奈之语，大意是说，刘作琪掌握权力，和他搞好关系有助于维持市场份额。

在这 7 家厂商中，有铁路系统老牌的供货厂商，比如今创集团，该公司总裁戈建鸣曾行贿刘作琪 22 万元。他在证词中说，因为刘对零部件供应商有审批权力，对公司技术也给予过指导。

行贿者中也有真空集便器供货商。行贿金额最多的无锡万里公司，即在此列。另一行贿者青岛亚通达铁路设备有限公司，也是真空集便器的供货商之一。

在刘作琪案的司法证据中，有中技国际招标公司函件、铁路传真电报、铁道部铁路运输局关于铁路客车和动车零部件的生产资质管理说明、检查认证通知、产品认证书、供货合同、合同清单、技术协议、铁道部动车组项目联合办公室的意见回复、供货商目录、推荐供货商的请示文件、供货情况调查等。这些证据都证实铁道部对零部件供应商有选择、管理的权力以及上述涉案公司对客车零部件的供货情况。

在法庭辩论过程中，刘作琪的辩护律师认为，即使不向刘作琪行贿，这些厂家也能进入动车供货领域。这种说法有一定道理，不少供货商常年都会向相关官员送礼，以维持关系，刘作琪只是其中一个受贿者，而且是层级较低的受贿者。

不过，事实证明贿赂并非全是为了上述的“维持关系”。司法判决显示，在刘作琪案的 7 个行贿商中，有 2 家公司即是通过贿赂手段，以不合理的方式攫取市场份额。

其中一家为北京中铁长龙新型复合材料有限公司，这家企业生产整体卫生间，在 2008 年至 2010 年间，其法定代表人陈跃向刘作琪贿赂 20 万元和价值 2.4 万余元的金鸟巢一个。陈跃在证言中称，给刘作琪送钱是因为刘有主管的权力，和他维持好关系对企业订单能起到维持和促进作用。

据业内人士透露，陈跃数年前曾因北亚腐败窝案被认定犯行贿罪，被判入狱一年半。北亚实业 (集团) 股份有限公司曾被称为中国铁路第一股，于 1992 年 7 月创立，发起人及大股东为哈尔滨铁路局。2006 年 4 月，北亚股份原董事长刘贵亭涉嫌腐败被查，北亚腐败窝案就此曝光，最终牵出多名铁路系统官员及若干行贿商人。

知情人称，陈跃在出狱后成立了中铁长龙公司，他在铁路系统宣称自己和当时的铁道部部长刘志军、运输局局长张曙光关系匪浅。在具体事情的操作上，陈跃找上了刘作琪。

按当时动联办的规定，像整体卫生间这类动车关键零部件的国内供应商，必须引进国外先进技术，才有进入铁路领域的资质。但据相关供应商透露，当时中铁长龙公司并未引进任何国外技术。自 2008 年始，在刘作琪帮助下，中铁长龙公司一步步取得了动车组整体卫生间的供货资质。

2009 年左右，刘作琪为了让中铁长龙公司进入市场，先对原来的供货商进行“清场”。

青岛康平铁路玻璃钢有限公司是铁路领域老牌供应商，曾为青岛四方－庞巴迪－鲍尔铁路运输设备有限公司生产的 CRH1 型列车供应整体卫生间。这家公司率先引进法国、日本的先进技术，且在国外为美国铁路供货，不管是资质还是实际货品质量，在业内皆有口碑。

2009 年，青岛康平公司在购买动车组包间间壁膜板填充料时，因国外的原料供货周期的问题，未能及时收到原料，因此擅自采用了国产质量最好也符合质量要求的聚氨酯材料。随后国外的材料到达，后续又全部使用国外材料。康平公司这一违规行为后来被发现，虽然对其供的货进行质量检查未发现问题，但刘作琪还是决定，将青岛康平公司剔出供货商行列，而把中铁长龙公司定为 CRH1 型列车整体卫生间的供货商。

但当时未进行技术引进亦无生产经验的中铁长龙公司，并没有相关产品的生产能力。在刘作琪的斡旋下，青岛四方－庞巴迪－鲍尔公司提供产品图纸给中铁长龙公司，并由庞巴迪公司派工程师到北京指导中铁长龙公司的工人生产整体卫生间。一位工程师曾对庞巴迪总经理发牢骚说：“这些中国的官员烂透了，那些工人什么都不会，为何让这样的企业进来呢？”

2009 年以后，中铁长龙公司不仅垄断了 CRH1 型列车的整体卫生间生产，而且占据了 CRH2 型列车整体卫生间市场 40% 的份额。凭借在 CRH1、CRH2 型列车上的供货资质，在 CRH3 型列车生产时，中铁长龙公司亦进入供货商行列。

另一个行贿者，河北株丕特玻璃钢制品有限公司的陈炳玉，2011 年向刘作琪行贿 15 万元。据业内人士透露，陈炳玉和刘作琪颇有渊源，早在刘作琪任长客股份设计师时，两人就打过交道。

在刘作琪的帮助下，陈炳玉的公司占据了 CRH2 车型列车墙板近 50% 的市场。青岛一位当地供货商说，株丕特公司是先通过关系进入市场的，“开始他们不会做，从同类厂家买产品，照着做”。

一审判决之后，刘作琪没有上诉。法院最终认定 290 万余元的涉案金额，在业内人士看来，在他这个位置上，这个金额极少。行贿的铁路供货商们大多没有被司法追诉。在这些厂家看来，刘作琪只是他们需要打点的官员中的一个而已，“公事公办的氛围已荡然无存，有时送礼只求一个心安。”一位铁路领域供货商说。

如果机制和体制不能做到真正的公开透明，在此番铁路系统腐败窝案之后，厂家们下一步要做的，很可能是寻找新的靠山。

垄断与腐败

黄 湘

“高铁战略第一执行人”张曙光落马以后，尚有不少人对其际遇表示同情，对其工作能力和在高铁建设中的贡献表示肯定，但是，对他及其家人在高铁建设中操纵招标的做法则普遍颇有微词。

从 2003 年开始，作为刘志军亲信的张曙光进入了事业的辉煌期，官拜铁道部副总工程师、铁道部运输局局长，但他最重要的职权来自实质上掌控动车组项目联合办公室，这是负责高铁技术引进和招投标的实权部门，张曙光正是通过这个部门操纵招标，牟取私利。

在一个正常的体制下，铁道部作为政府部门，在招投标中应该行使行政监督职能和行政管理职能，主要职责是对招投标活动进行监督，制定采购政策及管理办法等，由企业作为购置主体负责招标和采购。然而，在政企不分的情况下，铁道部以政府和企业双重身份组织、参与、决策与监管各项招投标活动，集运动员、裁判员和规则制定者三重身份于一身，自然无法保证招投标过程的公正性。中国南车、中国北车名为上市公司，但因为只有铁道部一家业主，在供应商选择上话语权很小，从机车的采购零部件，到制造，再到使用，基本上是铁道部一家说了算。

在这种情况下，即使有些系统外企业想要进入高铁设备采购市场，也必然会遭遇铁道部设置的壁垒，“技术”恰恰成为名正言顺构建壁垒的法宝。例如，铁道部于 2003 年推出产品强制认证制度，表面上是为了控制产品质量，确保运输安全，但实际上由于第三方认证作用有限，这一认证制度的效果是提高了市场准入门槛，成为一道坚硬的壁垒。

凡是竞争中出现壁垒的地方，就必然存在利益相关者的方便之门。铁道部有所谓“点装”规则，即指定某家企业为特定产品指定供应商。张曙光利用职权，指定毫无座椅生产经验的上海坦达为高铁座椅的独家供应商，指定毫无技术背景和生产资质的山煤和博宥来做机车关键部件轮对，这几家公司的后盾都是与刘志军关系深厚的山西女商人丁书苗，而且这些产品都卖出了具有超额利润的高价，其实正是壁垒所保护的核心利益。

铁道部的这种行为模式，无疑属于行政垄断，亦即运用行政权力构筑政策壁垒形成的排他性控制。张曙光在高铁产业链中操纵招标、上下其手的行为，充分暴露了行政垄断的沉疴痼疾。然而，现在国内仍然有一种声音认为，行政垄断对于铁路产业来说是必须的，因为铁路具有自然垄断特征。

所谓自然垄断，是指某一产业具有产业网络性、规模经济性、范围经济性、资产专用性等特征而不适合竞争，或者说竞争的结果将最终导致市场上只有一个或少数几个卖家。值得注意的是，自然垄断并不是固定不变的特征，在技术进步、市场规模扩大的情况下，自然垄断产业并不意味着全封闭式垄断产业，也不意味着可以否认和拒绝市场竞争的经济效率。

不可否认，铁路路网具有自然垄断特征，但是，铁路上的移动设备的资本沉淀要小很多，而且随着公路、水运、航空、管道等运输方式迅速发展，和铁路运输形成替代关系，铁路运输在相当程度上具有竞争性的市场结构，只是在某些其他运输方式不易替代的特定运输服务（例如长路段、大宗货物）中具有有限的自然垄断特征。航空、水运等行业近几年的快速发展，也证明了网运分离、场运分离等改革模式在自然垄断行业内部引进竞争机制的可行性。

在市场经济发达的国家，不乏对于自然垄断产业实行政府规制而形成行政垄断的例子。但这样做的原因是自然垄断产业在由单独一家或少数几家企业垄断市场的情况下，比自由竞争条件下众多企业的生产成本更低、效率更高，为了避免“市场失灵”而被赋予了垄断权力。但为了防止其制定垄断价格，政府亦对其实行价格规制，保证公共福利不受损害。

相反，当今中国的行政垄断，并非为了应对“市场失灵”而设，而是高度集中的计划经济的产物。例如铁道部是国家公益性和商业性铁路的唯一筹资主体、唯一投资主体、唯一决策主体和唯一偿债主体，铁路系统内的所有企业，乃至中国南车、中国北车这样的供应商，其投资、采购、产量、价格等完全受制于铁道部，其所制造的产品和所提供的服务，主要是听命于铁道部少数领导人的偏好和意志，而非适应经济规律和满足市场需求。在这样的环境中，想要不受制约的少数领导人及其亲信、裙带、其他利益相关者不腐败，诚属缘木求鱼。

事实上，即使按照市场经济发达国家的路径，由于铁路产业的某些自然垄断特征而对其实行政府规制，也只适用于铁路路网，而不适用于具有竞争性的铁路运输。也就是说，在动车的采购、制造、使用等环节中，根本不应该有任何形式的行政垄断，应该由企业自主决策。而在现实中，这些环节正是张曙光等人借助行政权力上下其手、牟取利益的场所。

维持重要产业的行政垄断不肯松手，是国家资本主义的必然表现。因为国家资本主义的实质就是由官僚集团掌控经济命脉，对民营企业和私人资本构筑重重政策壁垒。张曙光落马了，但在每一个存在行政垄断的产业中，都还有数不清的像他一样的技术“能人”，在产业链中一边构筑壁垒，一边大开方便之门。他们的行为构成了国家资本主义在技术领域的风景线，不，是国家资本主义在技术领域的日常生活。

第五章
奢侈动车

一个自动洗面器 7.2395 万元（含税销售单价，下同），一个色理石洗面台 2.6 万元，一个感应水阀 1.28 万元，一个卫生间纸巾盒 1125 元，最后组合成总价高达三四十万元的整体卫生间；上万元的 15 英寸液晶显示器，2.2 万元一张的单人座椅，6.8 万元的冷藏展示柜……

这些令人咋舌的价格，不是来自北京、上海的某个高档别墅，而是我们乘坐的动车。

从 2011 年因丁书苗案启动高铁调查至今，财新记者陆续听到过很多有关高铁列车高额采购的案例，与之相伴的是一些高铁供应商非同寻常背景的传闻。丁书苗为高铁供应商的代表人物，她与刘志军的关系现在广为人知。她旗下的企业包括垄断高铁轮对市场的智奇铁路设备有限公司，以及垄断高铁声屏障市场的山西金汉德环保设备有限公司。

高铁采购到底有多贵？丁书苗式的通天供应商是否普遍？这一切疑问，在财新记者辗转获得了一份中国南车配件维修采购目录《CRH2 型动车组配件供应商名录》后，都找到了一个明确的答案。

《目录》包括 3000 多种动车所需物料的编号、名称、图号、规格、销售价、含税销售价及供应商名称。其中的含税销售价，就是中国南车的实际采购价。

这些物料，小到几分钱一个的螺栓，大到78万元的半自动控制箱。抛开与高铁技术直接相关的关键零配件不提，很多日常用品的采购价与同类产品的市场价相差悬殊，令人瞠目。比如，色理石洗面台，财新记者在北京居然之家看到的市场零售价为每延米3000元，如果量大，最低还可打折到每延米2000元；动车上2延米左右的洗面台一个购买价为2.6096万元，几乎是市场价的4倍以上。数倍的溢价，最终付给了谁？

获得这份《目录》后，财新记者对照市场价，重点解读了动车两大类产品的采购价格：座椅、卫生间，并试图追溯出高价背后的受益人。不过，由于《目录》产品包罗万象，部分产品涉及最初采购价与维修价不尽相同的情况，亦涉及是否要根据高铁的高速要求特制的技术问题，截至目前，我们对这份《目录》的解读仍远未完善。

可以肯定的是，CRH2型动车的维修采购价很有代表性。CRH2是中国最早采购的动车，由南车青岛四方公司与日本川崎重工合作生产，2004年川崎将在日本新干线上使用的E2-1000系车辆及技术出售给中国后，2007年11月CRH2A首批60列下线，最高时速250公里，最初在胶济、武广、沪宁等线路上运行，目前仅在沪宁线上运行较多。据财新记者从主机厂商和供应商处了解的情况，中国北车生产的高铁列车成本比中国南车还高。而中国南车2011年正式投入运营的CRH380时速高达350公里，大部分零部件采购价较CRH2的最初采购价有所降低。不过，这个《目录》已经是两次降价后的价格，仍具参照性。

这些离奇的价格，比其他调查更有力地揭示了高铁列车高额采购的秘密。更令人吃惊的是，操纵这些价格的并非主机厂商，而多为铁道部高官。很多主机厂商的内部人士抱怨，由官员们钦定的供应商提供的产品质次价高，号称要用20年的产品刚下线就状况频发。他们指责有官员通过制定供应商名录以及招标前打招呼等方式，将很多成立不久、名不见经传的小厂商，变成了垄断高铁某个零部件供应的供货商。

多位高铁供应链上的受访者，将这些垄断供货商归总为三类：一是技术型垄断，以外资企业为主；二是亲属“近水楼台”型垄断，即供应商老板是某部委官员、主机厂领导的亲属；第三类是关系营销者，通过与铁道部高官搭上关系取得信任后成为高铁供应商，很多从未有过相关经验。山西女商人丁书苗即属第三类，她并无高铁轮对和声屏障从业经验，但神奇地垄断了这一市场。

此次财新记者从《目录》中获悉，丁书苗还间接垄断了高铁供应链上的另一个分支——座椅。根据档次不同，这些座椅售价为 1.4 万元至 2.2 万元不等。

一些垄断，像高达 30 万元以上的整体卫生间、上万元的座椅，被一些主机厂内部人士称为“掠夺性垄断”。最终能进入高铁供应链体系的厂商均非等闲之辈，但背景深度大有不同，主机厂负责接洽维修的工作人员自有区分办法：“那些产品需要维修时，连领导都找不着、对主机厂爱答不理的，都是背景最牛的关系户。”

这些昂贵的零部件，最终汇成了一列奢侈动车——CRH2（4 动 4 拖）的最初进口价为 1.5 亿元，国产化后近年成本有所降低，但仍高达 1.2 亿～1.3 亿元。由于加装了 VIP 座椅，加上牵引、制动等速度等级的提升，即使在大多数 CRH 系列通用零配件价格逐渐下降的情况下，中国自主研发的 CRH380 的成本也不降反升（中国南车 1.82 亿元，中国北车 1.96 亿元）。

京沪高铁 CRH380 列车，二等座票价为 555 元，一等软座 935 元，商务座高达 1750 元，而当天即可买到的京沪打折机票 6 折不足 700 元，T 字头的 13 小时火车票价不足 200 元。

在这高昂的票价背后，有多少付给了背后利益人？谁才是最大的受益人？

虽然获得了机会，很多高铁供应商却未必能够获得垄断利润。

首先是政治风险，依附于某个人的关系网危险系数很高。如丁书苗先于刘志军被调查，而在张曙光被查之后，数名企业老总被问询，之后出国避风头，无暇顾及国内的企业，威奥人员流失严重，丁书苗的企业也一直在寻找新的买家。而且，这类企业往往白手起家，没有技术和经验积累，从头开始投入，成本很高。一旦靠山倒塌，之前的投入都付诸东流。

其二是政策风险，尤其是像高铁这样主要靠政府投资拉动的行业，投资急涨急退对企业来讲不可预测性太高。且铁道部的承诺常常说变就变，比如上海元通垄断了动车 VIP 座椅，预期是数千亿元的大市场，原本与铁道部签了 3 年 1 万个座椅的合同，实际只交了 4200 余个。

此外，由于技术从国外引进，费用很高，加之采购由铁道部说了算，也常常遇到点装的问题。更重要的是为了维系垄断地位及订单，打点费用不低，一层层盘剥下来，利润也不像想象中那般诱人。

尽管仍有人前赴后继希望拿到像高铁这样的垄断机会，但另一些企业已萌生退意。一位最近将企业总部搬到新加坡的企业家感慨说："10 年前做个项目，你还能有点利润，现在哪个项目还有利润？你看看那些高铁供应商，利润都到一层层的权力掮客手里了。原来只有太子党，现在县太爷的子弟也学会了。我们的重心转移不是因为消极，而是利润。在新加坡，我拿下一单的利润比在国内拿下 5 倍金额的单子都高。既然这样，还在国内浪费时间干什么？你知道在国内做生意要受多大的屈辱吗？我们这样正正经经的企业还是在法治国家里发展比较舒服。"

"倾斜"的座椅

在 CRH2 动车上，座椅主要分为两类。一个一等座的单人座椅为 22013.99 元，配件价格亦不菲，仅座椅背后网兜售价就高达 90 元，加上脚踏 2294 元、扶手 3425 元、桌板 2496 元等，一个单人座椅的总价达 3 万余元，双人座椅加配件价格则高达 4 万多元。仅在 CRH380 系列中出现的 VIP 座椅，售价则在 16 万元左右。高铁座椅的垄断供货商为上海坦达和上海元通。

据财新记者了解，业内其他座椅厂商生产的同类产品，报价比上海坦达和上海元通低 1/3 左右。而标价 1.4 万元的二人餐椅，一家动车内装生产企业称，9000 元即可生产同样的产品。

在中国南车和中国北车两家高铁主机生产厂商的内部人士看来，上海坦达和上海元通这两家高铁座椅供货商是冲入高铁领域的两匹黑马，即便在生产座椅的同行中，这两家上海企业的背景也无人知晓，但铁路圈子里很多业内人士共同的感受是“关系很硬，背景很深”。这种猜测来源于2008年张曙光主持的高铁技术研发会，会上，铁道部副总工程师张曙光宣布“榜单”，上海坦达垄断了CRH系列一、二等车厢的全部座椅。一年后，名不见经传的新公司上海元通则成为CRH380系列VIP座椅的唯一指定供货商。

这一倾斜政策是非常少见的，“每个领域如牵引、制动、内装等都有至少两家公司入围，但只有座椅是这两家公司分头垄断，连跟铁路圈子打交道极深的企业都没有进去，这两家公司肯定有背景。”一位内装领域的供货商说出了自己的疑惑和猜测。

2006年，在铁道部最初的动车发展远景规划中，动车座椅是一块巨大的诱惑，“他们告诉我们，未来会有1000列高铁运行，而由此带来的高铁座椅市场规模将达到上千亿元。”一位当初曾提交座椅设计方案的供货商回忆说。

之前从未涉足铁路座椅生产的上海坦达和上海元通，何以能垄断这块份额巨大的市场？他们和铁道部究竟有何关系？2010年铁道部开始人事与投资调整后，这两家企业又经历了何种沉浮？

上海坦达全称为上海坦达轨道车辆座椅系统有限公司，2004年年底成立，注册资本1000万元，由2004年8月刚成立的北京坦达交通轨道设备发展有限公司控股90%，上海交运集团公司占股10%。北京坦达法定代表人是张晓齐，上海坦达的董事长兼总经理为丁宁新。

工商资料显示，北京坦达成立后不久发现北京不具备加工生产的条件，转而在上海投资了900万元，成立了上海坦达。

“上海坦达就是为高铁座椅的生产而设立的公司。”上海交运一位参与当时谈判的人士说。2004年北京坦达成立后，原本在国家经委工作的丁宁新找到上海市经贸委，寻找汽车座椅行业的合作伙伴，上海经委推荐了做汽车座椅的国有企业上海交运，“那时，他们已经拿到了铁路项目，拿到了项目才成立公司，找合作伙伴。”上述人士回忆。

上海交运控股10%，用3年时间帮北京坦达建厂。当时上海交运觉得这个股份太低了，为争取更高股份，曾多次找上海市经贸委，但北京坦达非常强势，“要得到这块市场必须接受北京坦达的要求，否则就换其他厂家合作。上海交运只好接受。”上述人士称。

北京坦达为何如此强势？表面上，北京坦达的法人代表是张晓齐，但张晓齐仅占 44% 股份，另一名股东侯晋亮与他所持股份相同。2006 年之后，侯晋亮更成为唯一股东，直到 2010 年才办理变更退出公司，但接盘者不详。

侯晋亮是山西人，2009 年曾担任北京伯豪瑞廷酒店有限公司的法定代表人，这家酒店即由丁书苗控制的博宥投资管理集团有限公司控股。上海坦达一位高层透露，2006 年，丁书苗曾被张晓齐作为大股东引荐给上海坦达的几位管理层人员，“丁书苗高高的，胖胖的，话不多。”见过丁书苗的人士透露。

一位与张晓齐交往较多的人士透露：“张晓齐本人与刘志军并没有太多交集，感觉上丁书苗是刘志军和张曙光硬塞进来的，他们不愿意给上海交运更多股份。”

2004 年，上海坦达成立后，CRH 系列的一、二等座椅的设计就提上了日程，那时，CRH380 尚未开始设计，380 系列 VIP 座椅的生产厂家上海元通也尚未成立。

CRH 系列的研发和生产由张曙光一手主导，在座椅领域采取的策略是引进国外技术，逐步国产化。2005 年，上海坦达和铁道部在青岛进行技术引进的谈判。铁道部选择了日本川崎的座椅供应商日本小糸，日本小糸是川崎三大座椅生产商的最大供货商。

谈判由张曙光主持，供货给主机厂的价格、技术引进价格是一揽子工程，当时参与谈判的还有常州今创集团。

参与谈判的人士回忆，日本小糸在技术转让费之外，还提出了 10% 以上的提成费及一部分零配件必须原装进口的条件。“当时日本人看不起我们，也很强势。我们刚买地建厂房，就只好让日本人看上海交运的厂房。日本人思维很固执，他们按照高铁座椅在日本的价格谈判，认为要这些提成费，我们还是赚的。”

据上述人士透露，尽管座椅售价很高，但扩建初期的大量投入，加上技术引进费用、提成费用等，压低了座椅利润，上海坦达在 2004 年至 2006 年都处于亏损状态，2005 年，上海坦达亏损 89 万元，2006 年亏损 317 万元，座椅的利润只有 7%～8%，“在轿车领域，7% 左右的利润还算不错，因为量大。如果这个利润做动车，量又上不来，那肯定亏损”。

2005 年，CRH 系列车开始生产，起初量很少，“一个月生产 7 列车，100 多人的工厂总是没活儿干。”一位当时在厂里工作的工人回忆说，“那时铁道部的人经常来检查，不断给压力，说利润不可能那么少。常州今创有一段时间也想进入高铁座椅生产，张曙光没有批。”

从 2007 年开始，随着高铁开始放量，上海坦达的日子逐渐好过起来，月装车量从 2005 年的 7 列升至最多 40 列。2007 年利润 838 万元，2008 年、2009 年，利润分别达到 2000 万元和 3000 余万元。

上海坦达在整体座椅上相当于总承包商的角色。一位曾在上海坦达工作过的销售人员表示，由于铁道部有过动车每年降价 10% 的要求，座椅的价格即使不降，也不会提高，因此上海坦达可以挤压的主要是自己的供货成本。

2008 年，已经在座椅上赚到钱的坦达，准备进入利润更高的 CRH380 的 VIP 座椅市场。

按照铁道部的规定，高铁 VIP 座椅还是通过技术引进方式进行，铁道部指定了世界三大航空座椅生产企业之一的美国一家航空座椅公司与国内公司合作。上海坦达当时花了 30 万元购买了航空座椅并买好了去美国的机票，但情况陡变，一家新成立的公司上海元通座椅系统有限公司杀了进来。

上海元通注册资金 2.1 亿元，在上海闵行区七宝镇投资建厂，法定代表人刘文琪持股 99%，陆静持股 1%。上海坦达和上海元通在高铁 VIP 市场一度争得不可开交。据说，张曙光曾将两家企业叫到一起，让双方不要涉入彼此的领域。

上海元通进入高铁领域的方式与上海坦达如出一辙，也是先拿单，再成立公司。有趣的是，双方都曾找过有座椅生产技术的上海交运合作。

据上海元通一位人士透露：“元通的前身是上海国利汽车真皮饰件有限公司，当时美国座椅企业不愿意跟国企进行技术合作，国利就成立了民企元通，让元通跟美国企业谈。”现在，上海元通与上海国利还在一个大院内办公，上海元通法定代表人刘文琪即来自上海国利。

上海元通与铁道部签订了 1 万个 VIP 座椅的生产订单，但与美国公司的合作并不顺利。2010 年 3 月，在支付了一部分技术转让费用后，双方的合作彻底破裂，这时距离交第一列样车的时间只有短短 7 个月。

铁道部对此始料未及，在 VIP 座椅的企业选择上也没有备份。铁道部斡旋未果，因高铁上马时间倒逼，来不及再选择其他外商谈技术合作，最后 VIP 座椅不得不交由上海元通自主研发。

2010 年，上海元通开始交货时，32 个座椅的车型交了近 40 列。2011 年 6 月开始运行的车型 VIP 座椅减为 28 个，上海元通供 40 列，还有 60 列供给第三阶段的车型（每列 20 个）。当初合同签订 3 年 1 万个座椅，但 3 年后只交了 4200 余个座椅。一个 VIP 座椅的售价为 16 万元，等于一个高铁餐厅全部座椅的价格。

即便如此，上海元通 2009 年成立当年亏损 119 万元，第二年就盈利 295 万元，收入过亿元。上海坦达从 2007 年开始收入上亿元，盈利数千万元。最好的时光是在 2009 年，“高铁大跃进”之下，上海坦达 2009 年收入 1.57 亿元，净利 3831 万元，而且 2009 年上海交运将 10% 的股权也转让给北京坦达，北京坦达独享利润。

主机厂和设计部门视上海元通为最难交涉的供货商之一。最初与上海元通就高铁 VIP 座椅设计方案磋商时，中国南车工作人员就觉得较难合作：“他们的方案按照自己的来，不听我们的意见。”到了售后服务期，摩擦就更多了，“元通和坦达在售后上都比较强硬。”中国南车质量管理部门的一位人士说。

从主机厂的角度来看，不希望供货由一家垄断，以免受制于人。而在上海坦达和上海元通看来，座椅的订单未达预期，也影响了售后服务态度。

这种局面的始作俑者是铁道部。铁道部当初指定座椅生产厂家时，并未在已有座椅生产资质和经验的成熟厂家中选择，而是安插有关系的人新成立了公司，从技术引进开始白手起家。2004 年，CRH 型动车招标时，有 3 家参与竞争，包括上海坦达、青岛欧特美交通设备有限公司和一家济南的厂商。其中，上海坦达成立最晚，此前没有铁路供货业绩和资质，主要倚仗的还是占股10%的合作方上海交运。

这种运作方式本身就可能带来成本的提高，高额的技术转让费用进一步推高了成本，降低了厂家利润。据上海坦达的内部人士透露："18000元（不含税）的高铁座椅，加上日本企业近20%的提成费用，还有必须从日本进口的零配件费用，成本占售价的85%。"不过，当时参与竞争的座椅生产厂家的人士称，他们做能比上海坦达便宜1/3。

据当年参与招标的人士透露，铁道部要求高铁座椅的使用寿命是20年，很多阻燃面料需要进口。但财新记者在沪宁线的CRH2型动车上观察到，一些座椅的面料已经破旧磨损。

卫生间里藏着大买卖

高铁列车整体卫生间，中国南车采购价30万元，中国北车采购价120万元。小小动车卫生间为何如此昂贵？仅仅抗震能否全部解释价格上的巨额落差？财新记者在北京居然之家了解了相关产品的市场零售价，动车采购价与之相比，价差少则两三倍，多则十几倍。一家开发商负责采购的人士告诉财新记者，一般而言，如果集团采购的量比较大，价格还会有折扣，大约为市面报价的6折。

在业内人士看来，卫生间是整个动车中最奢华的部分之一。一个自动洗面器要7万多元，尽管中国南车后来否认相关报道时称洗面器已降至1.75万～2万元，但与数千元的市面价相比仍有不小的差距；而市面上几百上千块钱就可以买到的自动感应水阀，动车上花了1万元，其奢华程度堪与精装别墅媲美。整体卫生间也是动车配件中利润率非常高的一块，不仅集成商利润高于平均水平，那些指定采购的洗面盆、集便器利润更高。

早期CRH2选用的是纯进口的日本TOTO（东陶）生产的TYL系列产品，即使在民用市场也销量很小。2007年以来这种产品在建材市场已经很少见了，市面上最高档的是3.24万元的LW991B全自动洗面器。

宁波南车时代传感技术有限公司的一位技术人士称，该进口产品虽然档次高，但存在混水阀冻裂、溢水造成控制部件损坏、干手器没有调整功能等问题。当时，南车时代还自行研制了 ASR8-1 自动洗面器以解决上述问题，但采购两批之后全自动洗面器就撤出了动车。

从 2006 年开始，动车卫生间洗面台和洗面池相关设备的主要供应商就是北京先河交通设备技术有限公司，它代理了法国杜拉比、瑞士吉博力以及宁波凯马等品牌。

法国杜拉比的代理商上海荔日贸易有限公司有关人士称，先河曾到法国总部商谈生产专供动车使用的产品。不过，他们给先河提供的只是手拧水龙头，不是自动感应的，价位并不太高。

吉博力的销售代表称，其感应水龙头最贵为 7000 多元（包括感应阀），中档的 4000 多元。宁波凯马的感应龙头价格为 2000 ~ 3000 元（含约 200 元的阀芯）。财新记者在沪宁高铁的 CRH2 动车上看到，水龙头已变成普通手拧的，并非自动感应，价格应更便宜。而在北京居然之家，感应水龙头——包括龙头和机能部（即阀芯）两部分——龙头 DLE113A 是 1150 元，配套的阀芯 DLE114DSK 是 3560 元，与之相匹配的比较大、深的面盆只有 980 元（LW51CFB），整套价格是 5690 元，以上产品均可 7 折，即整套不到 4000 元。

一家进入动车市场的国内供应商称，代理公司向主机厂的报价“水分比较高”。

先河代理的美国杜邦可丽耐台面（用于卫生间洗漱台面）价格也不低，在动车上用的是花色为“南极”的一款，市场零售价为一延米 3100 元，在居然之家能找到 2900 元的报价，打折后低至 2000 元（包括加工、安装），而先河报价 8800 元，还不包括安装费。先河的一位销售代表称，每款车的设计不太一样，盥洗间台面一般是 1 延米至 2 延米。

据悉，先河是杜邦在中国的铁路产品的特约经销商，其他几家大的区域代理商都不进铁路，同时先河还是德国 NORA（诺拉）地板布、意大利 MONDO（蒙多）地板布在铁路市场的代理商。

中国南车和中国北车的人对先河不陌生，先河独揽了多个外资品牌的铁路代理，“早在大列时期，先河就进入了列车内装市场”。模式和现在如出一辙，也是低价买进品牌产品，高价卖出，维修和开会都是品牌公司的人代替先河参加。

先河注册资金200万元，由杨京、李久敏分别出资160万元和40万元。2008年5月先河注册资金增至500万元，杨京160万元，现任董事长方正出资340万元。工商资料显示，2009年公司收入5232万元，净利却只有41万元。

做整体卫生间的一位供货商说，整体卫生间的一些零配件是由铁道部指定的，台面、水龙头、真空集便器、卫生间外防火的康维特板都是如此。整体卫生间的各个零配件价格也不同，中国南车CRH2车型的整体卫生间总价约30万元，其中最外面一层玻璃钢罩的价格为2万余元（加上安装成本），玻璃钢罩的价格和利润率远远低于放在钢罩内的卫生间零配件的价格。“零配件的厂商很多都是直接指定的，交货慢。”一位玻璃钢企业供货商说。

中国北车CRH3的整体卫生间价格更为离谱，高达120万元。“当时说要用最好的件，外面的康维特板指定用威盛亚（上海）有限公司的防火板，先河的台面、水龙头等，真空集便器则用德国EVAC的。”一位中国北车的供货商说。

主机厂每年都有降价压力，但有关系的零配件供货商的价格很难压下去，因此压价时也要比拼关系，谁的关系弱就倒霉。一位有欧洲供货资质、产品在地铁广泛使用的供货商称，自己经常成为压价对象，“不敢动那些关系硬的。供货期、材料和技术等规则对某些厂商是硬指标，对铁道部指定的供货商就失效。”他说。更有甚者，有一家靠关系进来的玻璃钢生产企业，居然要求主机厂的技术人员教自己厂的工人怎么做。

集便器的售价更是居高不下，而中国北车从CRH3车型、中国南车从CRH380车型都开始采用德国EVAC的真空保持型集便器，一套集便器售价为20余万元。

市面上，以奥迪4S店使用的斯达克3（重庆生产）为例，集便器的价格是3216元，配备的吉博力的水箱是2800元，墙上的按钮和面板价格约千元，总计约7000元，这是一款常用配置。一家普通大列集便器供货商称，列车集便器主要贵在真空系统与控制系统，有一定技术含量，与民用产品不同。至于洗面设备为什么也这么贵，他很不理解。

集便器市场因技术性较强，主要由外资品牌控制，而卫生间的其他设备主要由国内厂商把控。张曙光被调查后，“出国”避风头的企业老总集中在真空集便器领域。目前已引进 EVAC 技术的包括无锡金鑫、青岛威奥和长春嘉陵集团，它们也承接卫生间项目。刘志军、张曙光事发后，青岛威奥老板孙汉本已与妻子远赴德国，承接整体卫生间项目的青岛亚通达公司老板汤美坤也长期出国。

恒之源探源

恒之源是 CRH2 照明设备的主要供货商之一，2009 年 11 月 25 日获得平面光源顶灯相关专利。据业内资深技术人员了解，此专利为实用新型专利，不涉及技术创新。CRH2 采购单上，恒之源公司这款 LED 平面光源顶灯售价 6669.99 元，灯长约 1.4 米，同一类产品恒之源给地铁客户的价格为 1200 元。

据主机厂一位质量控制部门人士介绍，因高铁速度快，且涉及复杂的线路，对灯管的抗震性等技术要求比较高，售价会较普通民用灯管为高，与地铁上使用的灯管也不一样。

不过，同样为高铁供货的另一家厂商则报价为半米 1000～2000 元，据此计算，该厂对 1.4 米长灯管的报价为 2800～5600 元，较恒之源的报价 6669.99 元仍便宜很多。

一个 12 瓦的阅读灯恒之源提供给 CRH2 的售价是 1416 元，市面上同类产品最高不过五六百元。恒之源解释称，阅读灯中嵌入了电视调频的集成控制、阅读灯专用节能控制板，南车青岛四方指定供应商必须集中采购易程科技股份有限公司的产品，仅此成本就高达 700～800 元。

恒之源 20 瓦单管顶灯在 CRH2 上税前销售单价 2039.01 元，德国欧司朗 20 瓦单管顶灯最高规格的价位约 1400 元。

灯箱用 LED 灯在轨道车厢和动车车厢中多用于指示照明，如厕所指示、方向指示等，因其有控制系统，市场价在 600 元左右，同样产品用在 CRH2 上则达到了 5784 元 / 个。

深圳市恒之源电器有限公司坐落在深圳市南山西丽官龙第一工业区中一栋3层的楼房中，略显破旧的外观很难将之和中国高铁项目车厢照明主要供应商的身份联系起来。

一位恒之源高管告诉财新记者，目前在生产的100列高铁CRH380照明设备订单中，小糸今创拿到80列，恒之源10列，浙江兰普10列。此外，深圳市地铁2号、3号线大部分照明产品由恒之源提供。

前述接受采访的恒之源高管表示，已交付的50多列车厢照明产品，虽然小糸今创占了绝大份额，但辅助照明产品这块，基本上都是由恒之源提供给小糸今创，再卖给南车青岛四方，小糸今创从中"赚取一定差价"。

"小糸今创在市场方面做得比较好，但技术方面还是依靠我们。"他透露，恒之源目前占有全国铁路轨道车厢照明65%的份额，同时给中国南车、中国北车供货，"我们主要做电源和光源，灯罩、管芯这一块我们汇集了行业领域的精英来为我们服务。"

财新记者在恒之源公司看到，约3000平方米的3层厂房中，除去1层仓储、3层办公用地区，用于生产和研发的空间有限。一家为高铁提供车厢照明的公司部门负责人称和小糸今创一样，恒之源产品生产也依靠"外包"。前述恒之源高管称恒之源外包比例约占15%，但恒之源产品研发部门的一位工作人员则称有70%的产品外包，公司主要是组装。

成立12年来，恒之源从最初的5个人增加到今天的135人。公司总经理及法人代表李明奎为山西侯马人，此前在一家山西省属企业任总工，主要搞汽车无线电。公司之前的董事长李恒芳亦来自山西，20世纪90年代初就职于军工研究所70所。

一位内部人士透露，恒之源成立前，几位创始人已在交通和铁路行业积累了一些人脉，为恒之源后来进入铁路照明领域打下基础。

此外，恒之源董事中还包括山西人解素跃，其1999年发明的一种自动排臭式坐便器获得专利。2005年解素跃一跃成为公司董事，并拥有10%股权。

恒之源真正切入铁路照明领域，是从做铁路床头阅读灯开始的，后来逐渐拓展到地灯、筒灯等。据恒之源称，公司2002年将LED灯具引进铁路，

2005年恒之源生产的LED射灯开始在青藏列车上使用，2007年青藏商务列车全车采用LED灯具高达51种，地铁车辆司机室也开始使用。

接受财新记者采访的多位LED业内资深人士表示，2003年清华研究院在中国第一次将LED变成产品，到2005年中国还没有生产出真正的LED灯具产品，“包括2004年第五次大提速，25T照明系统国产化改造，也只是节能照明替代传统灯具”。LED真正市场化是在2007年。

和小糸今创一起，恒之源公司成为中国高铁车厢照明灯具的主要分食者，在CRH1、CRH2、CRH3、CRH5动车组均有广泛使用和安装，同时部分产品随整车出口国外。

从2005年到2010年，恒之源连续6年实现年均近50%的销售额净增长，2005年销售额1199万元，2006年1627万元，2007年2440万元，2008年4169万元，2009年5097万元，2010年达到7800万元，2011年超过8000万元。

“100号人，8000万元，估计中国能完成这个目标的LED应用类企业，不到10家。”一位LED公司负责人对此颇为感慨。深圳市现有1000多家LED相关企业，占全国1/3，绝大多数为中小型企业，产品附加值偏低。

由于竞争激烈，“2010年到2011年一年时间，LED商用照明市场价格下跌幅度达到了50%。”高工LED CEO张小飞博士说。一位LED资深顾问举例，2008年市场上200瓦的LED路灯12000元/盏，现在“四五千元就可以买到”。

而作为铁道部定点民营企业的恒之源则超脱于激烈的市场竞争之外。据一位多年从事体系认证的人士透露，要成为铁道部的定点配件供应商，首先要通过包括铁路行业的各种标准认定，有“几十种”，一个标准认定从辅导到通过，花费几十万元。

据悉，截至2011年年底，铁道部向恒之源的未付款还有7000万~8000万元，而公司在2011年高铁项目的销售额近3000万元。此外，据恒之源高管称：“公司与南车已签订CRH6前期7列意向订单，和25T车型的合作还在继续。”

谁在操纵动车价格

2012 年 2 月，财新《奢侈动车》报道发表之后，中国南车领导曾因此专程赴中南海解释，随后在铁道部要求下发出了否认财新相关报道的声明，称财新报道的部分价格与实际不符，但未做详细说明。中国南车亦派专人与财新沟通，称经过调查，财新获得的价格目录是一份维修采购目录，也包括最新的 CRH380 的配件，有的维修产品采购价与整车制造时的采购价一致，有的则不一致，通常维修产品的报价会更高。

无论是整车采购价还是维修采购价，根据财新的调查，这些产品的价格相对市价均有不小差距。更重要的是，自 2005 年以来，在北京、青岛、常州、无锡、上海等地涌现了一批像丁书苗一样的高铁供货商，他们很多并无相关从业资历，却通过与外资合资的方式一举踏入了诸如座椅、卫生间、冷柜、空调、集便器等领域，成为高铁供应链上的垄断者，将其他老牌供应商挤在门外。

这些企业的崛起，来自铁道部的点装，首先是指定其与外商合资，其次是指定主机厂装配。其营销依赖于关系，技术与品牌依赖于外资的背书，由此产生了一些高得离谱的动车采购价，比如高达几十万元、上百万元的整体卫生间，十几万元的 VIP 座椅，被业内人士形容为“掠夺性垄断”。

这些公司中，有些是因老板或股东与铁路系统或其他领域的高官有亲属关系，还有些则经过努力成为铁道部高官的代理人。这其中不乏努力做实业、经过几年努力而有小成的企业，但也有相当部分完全凭关系进入，没有研发生产实力，仅仅通过倒卖产品和技术获利，但由于有高层关系撑腰，主机厂没办法换掉它们，真正有技术的企业也要依附这些公司才能进入高铁。

这一切源自铁道部高深莫测的招投标体制，原本制定的审批、认证流程因铁道部动车组项目联合办公室权力过大而几近废弃，铁道部装备部门或下电文或口头通知指定装配。负债累累的铁道部虽然也有降低成本的压力，比如提出国产化率 75%、每年成本降低 10% 的目标，但由于整个高铁供应链充斥着关系型垄断的企业，要把价格砍下来并不容易。中国从 2006 年开始生产动车，至今

CRH2 型动车总造价只降低了 10%～20%，而 CRH380 因为进一步提高了速度，造价更高。中国南车后来回应称，该公司时速 250 公里的动车组标准列的含税单价已从 1.5 亿元降为不到 1.3 亿元，比中国北车同速度的动车组便宜 1700 万元；时速 380 公里的动车组价格从最初的 1.92 亿元降至 1.82 亿元，而中国北车同速度的车型约为 1.96 亿元，是国际上原型车价格的 36%。

相比之下，地铁造价的降幅更大。目前一节地铁列车的价格为 600 万～800 万元，与 10 年前的 130 万美元（合 1076 万元人民币）相比降价明显。这得益于竞争。一方面业主是各地地铁公司，且公开竞标；另一方面中国南车、中国北车的 6 家主机厂（每家各有 3 家在做地铁列车）之间的竞争甚至内部竞争就很激烈，主机厂有足够的动力降低成本。

而在铁路系统，虽然中国南车、中国北车早已是上市公司，但只有铁道部一家业主，唯铁道部马首是瞻，也因此形成了价格高昂、利益关系盘根错节的高铁供应链。

作为上市公司的中国南车和中国北车，2010 年综合毛利率只有 17% 和 13%，真正获利的是那些有关系的供应商和背后的利益相关者。

“一个刮雨器就相当于一辆宝马车。”财新记者在采访中，不止一次听到业内人士发出类似的感叹。

这个报价 33 万元的刮雨器是德国克诺尔的产品，与西门子配套供给中国北车。长春龙泰机电设备有限公司代理的另一款进口电动刮雨器售价仅五六万元，主要供应给中国南车。因为气动与电动的系统不同，接口不同，西门子的动车不得不配套昂贵的气动刮雨器。

龙泰有关人士称，2010 年中国南车生产的 8 列短编组动车用的也是克诺尔，后来 16 列的长编组就主要采用龙泰的产品了。

一位主机厂的内部人士说，铁道部指定的产品往往高价。这些产品可分为两类，一类是正式发文件的，这主要是一些技术含量高的产品，例如九大关键技术和十大配套技术，其高价相对合理；另一类是口头指定的产品，这些企业多是关系户，产品没有技术含量，价格也高得离谱。这种两分法得到唐山客车、长客股份、南车青岛四方等多家主机厂人士的认同。

外资捆绑竞标的情况也很普遍，例如西门子带进来了一些在国外的供应商，甚至西门子在技术转让时就规定必须使用某一品牌的零部件。一位熟悉主机厂质量控制的人士举京津城际为例，比如长客股份中标了，几百页的标书里有很多关于零部件的点装，例如车是用西门子的技术，可能制动、集便器、刮雨器等很多零部件供应商都是指定的，这些供应商从设计时就参与，主机厂动不了。

而铁道部在客车购置招标时，标书里有时也会直接指定某些零部件的供应商，并注明理由，这些理由通常是技术性的。

国内企业引进国外技术，会因为高额的技术引进费而拉高成本。这种技术引进有一次性买断的，也有按照销售提取技术使用费的，此外定制产品还包括模具开发、技术培训等费用，总体算下来可能超过售价的10%。

除了核心技术，动车的很多零部件乃至材料仍需采购国外产品，国内材料难以满足技术要求，有些必须使用进口原材料。例如，内装领域中的日本贴膜，一平方米要400元，因为只有它能达到动车阻燃性标准。CRH2型车司机室门的充气胶条，主要是起封闭作用，有技术含量，从日本进口价格上万。国产的几千元，成本也能降下来，但质量不如进口产品。

而另一类型的垄断则不仅让主机厂商不满，也让其他供货商怨声载道，“企业需要合理利润，但一些完全靠关系的企业赚取高额利润，这是掠夺性垄断。”一位高铁供货商表示。

除“技术垄断型”的高价外，还有很多零配件则属于不合理的“人为的高价”。

一位主机厂人士称：“按照常规，如不是专利产品，一般会有两到三家进入，但像广播信息显示、座椅系统都是一家，就有问题。行也得行，不行也得行，主机厂价格砍不下来。”

在不大的铁路圈子里，很多业内人士对几家“掠夺性垄断”的公司心照不宣。

一位主机厂维修部门人士称：“那些没有背景的厂家，产品出了问题见领导谈技术问题很容易。要是老板比较神秘，见不到人的，这些公司进入就容易，一般价格也高得离谱。”

在他看来，青岛晨光投资集团有限公司、北京先河交通设备技术有限公司、常州小糸今创交通设备有限公司都属于这类神秘的公司。

青岛晨光垄断了 CRH2 液晶电视的供货，由其供货的 15 寸液晶电视、固定式液晶电视含税售价均为 13472.99 元。对此高价，显示器生产领域的厂家纷纷咋舌：“利润率得有 100%。”即便在青岛本地供货商口中，青岛晨光也是一个神秘的公司，其网页上除了老板张晨光做慈善的信息，并没有任何产品信息。“晨光是一个贸易公司，自己不生产。”一位见过青岛晨光老板的高铁供货商称。

青岛晨光的经营模式，是从液晶显示器生产厂家低价购入，然后高价卖给主机厂。青岛晨光公司的一位供货商深圳市航盛电子股份有限公司称，因不具备铁路资质只能给晨光供货：“动车上的显示器报价相对一般市场上较高，要五六千元一块，因为地铁对屏幕亮点的要求没有动车上那么严，我们给动车提供的显示器要求全屏无亮点。15 寸的报价现在约为五六千元，最高不到 7000 元。”即使有中间商，航盛以这个价位做铁路产品的利润率也高于汽车电子产品。

主机厂之所以允许一些贸易厂商进入，原因在于通过贸易公司采购，可以延期付款，贸易公司则因此赚取一些差价。在一位主机厂人士看来，这种模式是合理的，但是“青岛晨光加价率一倍有余，利润太高了”。类似这种皮包公司的关系户企业并不鲜见，北京先河也是其中之一。

一位整体卫生间承包商分析，一些零配件供应商的利润高达 100%，远高于整包商 20% 左右的利润。

常州小糸今创交通设备有限公司是今创集团与日本小糸成立的合资企业。日本小糸是日本川崎的供货商，在几家川崎供货商中，被张曙光选中与中国企业进行技术合作，经其牵线，和今创集团成立了合资公司，制造供应高速列车电气配件。一个 40 瓦的逆变器，售价为 2448 元，一位业内人士说“成本仅为几百元”。配线用的断路器，价格近万元。其母公司今创过去从未涉足铁路内部装饰，现在却垄断了中国南车内装领域。“今创比较聪明，在成本一目了然的内装领域价格比较合理，利润率在 20%～30% 之间，而在成本比较隐蔽的电子等领域赚取高额利润。”

财新记者在对制冷、照明、电子产品等诸多领域进行调查时，供应商往往将高价解释为动车对抗震性、电源稳定性、密闭性的要求更高，与大列、地铁不可同比。这可能是原因之一，但如果将这些产品的价格与其他也能供应高铁相应产品的供应商报价相比，价差仍然很大，有的多达一倍以上，其合理性仍然令人置疑。此外，像卫生间面盆、洗面台等产品则要求与民品差不多，很难用动车标准高来解释。

这些人为的高价遗患无穷，不仅造成资金的浪费，也给后期维修带来麻烦。

一位主机厂的技术人员透露：“一些能力不强的企业垄断性地进入，产品出了质量问题，主机厂要担责任，这些企业却根本不配合，不搭理你。但是，主机厂要更换供应商需要得到铁道部报批，这几乎不可能。”

供货商的垄断也使得主机厂非常被动，长客股份一位质量部门负责人说：“对方供货拖延，主机厂商可以要求罚款，但很多供货商看准了铁道部赶工期的心理，要挟主机厂说如果罚钱就再拖一个月，主机厂只能忍气吞声。”

按照高铁装备制造圈内一位资深人士的说法：“能在这个行业混的公司都不是省油的灯！从国外引进动车技术一两年内，这个市场的座次就已经排定了。”

2008 年，铁道部在青岛召开了动车技术研讨会，主持者是时任运输局局长张曙光，与会者包括几百家高铁供应商。

一位供应商回忆：“会议主要是宣布各个领域有资格进行技术研发的企业名单。2004 年开始，铁道部已指定一些企业和国外进行技术合作，该做的工作早已做完了，那次会议只是‘发榜’。”

能进入这个榜单的企业是少数，对于更多的未进入高铁市场的企业，铁道部曾承诺，因这些上榜企业早期进行了技术投入，要给他们两年的市场保护，两年后再放开这个市场。

“这是画饼充饥。按照承诺，2009 年就应该放开市场了，但现在还是那几家企业垄断。内装的维修没那么多技术含量，现在连维修的市场也被垄断了。”一位内装企业负责人抱怨说。

早在动车技术引进的“圈地运动”之前，刘志军上台后，铁道部在铁路零配件的资质认定上，就设置了重重关卡，目前国内铁路客车重要产品实行强制性产品认证制度。

根据铁道部2003年4月24日下发的《关于执行强制性产品认证管理规定等有关文件的通知》，凡在铁道部强制认证范围内的铁路产品，必须获得中铁铁路产品认证中心颁发的强制性产品认证证书，方可出厂销售；自当年5月31日起，尚未获得认证证书的铁路产品，一律不得在铁路客车上安装使用。

随后，铁道部下属的铁路产品认证管理委员会先后对外公布了7批强制性产品认证目录，对包括高铁在内的铁路客车产品实行市场准入制度，但涉及动车产品很少，第三方认证作用有限。

一位接近铁道部科技司的人士表示，刘志军上台之后，虽然制定了产品强制许可制度，但“并不太用，个人决定的东西较多”，真正发挥作用的是与动联办一套人马的铁道部运输局。2008年年底至2009年，铁道部对CRH380统型，主机厂和主要企业都派人参加了，但是话语权在动联办，参与设计和统型的企业早被内定。

在前述高铁装备制造业人士看来，铁道部推出产品强制认证制度的初衷是控制产品质量，确保运输安全，这本来是好事。但在实际运作中，强制认证制度却提高了市场的准入门槛，为垄断的高铁供应链打造了一个“坚硬的壁垒”。

铁道部把火车主要部件分为几个层次：A类件，在厂家审批资质之外，还需要铁道部批复，牵引、制动、空调、整体卫生间等稍微大些的部件都属于A类件。B类和C类为小零件和辅件，主机厂自己有权力确定。

A类件的资质认定申请让企业望而却步，一家企业要想打破现有垄断，进入铁路市场，必须获得铁道部的资质认证。第一步它得找中国南车、中国北车去试用自己的产品，主机厂同意试用后，提供质量担保。获得供货经验之后，新入的铁路产品生产商才能向中铁产品认证中心提交认证申请。如果难以获得中国南车、中国北车主机厂认可，部分铁路供应商选择地方铁路局作为“曲线救国”的突破口，“有路局维修时也拥有一定的自主采购权，可以更换其他品牌的同类产品，以此获得产品供货经历证明。”一位熟悉审批操作流程的人士称。

实际操作中，除非主机厂和厂家有特别“密切的”关系，否则很难承担背书责任。

上海一家地铁空调的供应商说，地铁空调的毛利约40%，净利约25%，所以许多做大巴空调的企业挤不进普通列车就进入地铁，因为地铁不需要有关部门的资质认定。

一位主机厂内部人士在接受财新记者采访时也很无奈：“我们也想降低成本，没有哪个主机厂喜欢一家进入，制约性太大。”中国北车建立了物资采购价格动态对标管理平台，通过与市场对标来降低采购成本，但只实现了40%的物料的对标，而剩下的60%要么是只有一家子公司采购的，要么是有的子公司还没有输入相同物料的信息。

在一位主机厂的技术人员看来，“现在铁道部的技术部门话语权太大。其实主机厂了解很多情况，每一个部件出问题，都是主机厂负责任，我们做技术认定会更细致，部里的人少，流于形式。”

在这种情形下，以技术门槛为初衷的铁道部资质认定，逐渐丧失安全防护网的作用，反而逐渐沦为关系保护墙。一位给青岛晨光投资集团供应液晶电视的厂家就迟迟没有通过鉴定，“根据程序我们向铁道部科技司提出鉴定申请，然后铁道部组织技术人员进行技术测试，整个过程拖一两年都正常，我们后来就放弃了。”

在业内人士看来，获得产品认证只是进入铁路行业的前提，要想“做得更棒就只能靠部里点装，成为铁道部某一产品的定点供应商”。

“点装一般都是企业在部里有关系，国内有市场，和国外公司有技术合作。”一位业内人士总结说。

今创集团也是一例。动车餐车制冷设备主要是广州广冷华旭制冷空调实业有限公司与今创分食。广冷在制冷领域有20多年的生产经验，据广冷一位销售人员称，2006—2007年庞巴迪的CRH1招标，今创拿到订单，但当时并未拿到资质，也没有产品，所以1040-1060（车号）是买广冷的设备。后来广冷垄断了 CRH2 的餐车制冷电器，而今创与威奥则分享了餐车不锈钢柜等内装产品，北车的 CRH3 的餐车已全部由今创包揽。

动车空调也是利润较高的业务，根据《目录》，在 CRH2 动车上，一台空调机组的维修采购价约 50 万元，而地铁一节车厢的空调（两台）报价在 24 万 ~ 30 万元之间。虽然动车空调在气密性、压力保护、安装方面要求更高，但业内人士依然认为动车空调整体价格虚高。目前动车空调只有 4 家企业进入，而地铁则有近 10 家，竞争程度完全不一样。不过，中国南车后来回应称，空调 2011 年的采购价只有 50 万元的 1/3，即 17 万元左右。

石家庄国祥运输设备有限公司、法维莱是从大列即开始做机车空调的，进入动车无可厚非，而无锡金鑫、江苏新誉均是没有做过空调的后来者。金鑫美莱克空调系统（无锡）有限公司由无锡金鑫集团与德国克诺尔收购的美莱克于 2007 年合资组建，因为克诺尔是西门子的重要供货商，该企业便跟随进入中国北车。另一家江苏新誉空调系统有限公司也是中国北车供应商，由新誉集团有限公司与香港新誉集团有限公司于 2005 年 5 月组建，新誉集团副总戈亚琴、董事长周立成是常州今创集团创始人俞金坤的女儿和女婿。此外，金鑫集团还进入了利润率很高的整体卫生间领域。

这些并无技术优势的新兴企业，为何受到铁道部的青睐，成为铁道部选定的外资的国内合作伙伴，继而垄断某个高铁供应分支体系？

在这份 CRH2 的采购目录前，这个问题的答案昭然若揭。所有的利益，都通过这些高额的采购得到了满足。而随着高铁负债的一步步滚大，这个游戏也终于到了举步维艰的时候。

最牛高铁供货商威奥浮沉记

在青岛威奥轨道集团有限公司的会议室里，至今仍挂着孙汉本与张曙光的合影。但如今，合影中的两名主角，一个远避海外，一个则身陷囹圄。

在过去的三四年间，威奥在高铁内装市场异军突起，在铁道部点装订单的支持下，威奥一度风光无两：地方政府支持，银行支持，甚至中国北车集团下属的北车租赁也为其提供了数亿元融资款。在最辉煌的 2009 年，威奥在唐山盖了近 10 万平方米的厂房。

2011 年 2 月 28 日，铁道部运输局原局长张曙光被停职审查之后，数家与其关系密切的民营高铁供应商负责人相继被调查。据财新记者了解，有 3 人仍在国外。“在国外”是公司对外的说辞，实际是个众人皆知的敏感暗语。

孙汉本即是其中之一。张曙光案发后，孙汉本曾经被调查一个月之久，调查结束之后，孙汉本即和妻子远避德国。

孙汉本，最初是中国南车在青岛下属机构的一名工人，与妻子宿青燕同在南车青岛四方工作。20 世纪 90 年代末，二人下海，成立了一家进出口铁道零配件的贸易公司。

2002 年，孙汉本夫妇成立了威奥装饰，由贸易领域开始步入实业，注册资本 120 万元，主要制造加工铁路配件及办公家具，靠着夫妻二人在南车青岛四方的关系，做一些小额的订单。

在创业初期，孙汉本为人豪爽，出手大方，在铁路系统网织了良好的人脉关系。只要有铁道部的人到山东，孙汉本就会交给自己的司机 5000 元接待费，并让司机一定把接待费花完。“不管对大领导还是小领导，孙汉本都会帮人家提包，姿态很低。”一位和孙汉本相熟的人士对财新记者说。

2004 年，孙汉本迎来了事业的转机。这一年，铁道部开始实施装备现代化项目，成立了动车组项目联合办公室，通过招标的方式，引进和消化吸收国际铁路设备制造商的技术。威奥装饰相机而动，与瑞士罗美公司成立了合资公司青岛罗美威奥新材料制造有限公司。

瑞士罗美公司在国外是西门子的配件生产公司，生产玻璃钢。从 2005 年开始，唐山客车在铁道部的组织安排下，实施国外先进技术的引进消化吸收再创新战略，与德国西门子合作，研制时速 300 公里以上的 CRH3 型“和谐号”高速动车组。2006 年年底，罗美威奥以国外西门子配件公司的身份顺利拿到了唐山客车的订单，合同额 1.47 亿元，成为孙汉本的第一桶金。

伴随着 2008 年国际金融危机的到来，中国 4 万亿元投资的出笼，给中国铁路带来了大发展时机。此时，孙汉本前期积累的铁路人脉关系开始派上大用场。“孙汉本以前从未做过相应的产品，但一进入即能拿到订单。”一位在20世纪90年代即参与铁路内装市场的人对财新记者说。

2008年，在铁路内装市场积累不多的孙汉本，大举拿下高铁内装件订单，一度成为中国北车内装配件的垄断供应商，惊煞业内同行。

按照招标程序，十几家符合资质的厂家入围，中国南车、中国北车等主机厂选择几家上报，最终由动联办拍板。“虽然是主机厂选择往上报，但主机厂并没有什么选择权，都是看上面的意思。”一位内装市场人士说道。

动联办是负责技术引进和招投标的实权部门，张曙光更是主要的实权掌握者。孙汉本在内装市场凌厉的拿单能力，让“孙汉本有张曙光等人在背后撑腰，被铁道部点装”的消息在业内流传开来。

而张曙光和孙汉本之间的亲密关系，似乎也印证了传闻的真实性。一位高铁供货商回忆称，当时张曙光主持厂家会议，开会时上百人，众多厂家参加。在中国南车、中国北车等主机厂发言后，张曙光就点了两个人的名字，一个是今创集团老总戈建鸣，另一个就是孙汉本，吩咐他们两个“做好配套”。2007年，张曙光甚至当众表扬孙汉本“配套做得好”，他这句话的影响力可想而知——“张曙光的话在铁路领域分量很重，他表扬一个厂家，主机厂就不能随便换这个供应商。”一位供货商说。

除了被广为猜测的孙汉本跟张曙光的关系外，孙汉本跟整车厂及铁道部其他部门的关系，在业内也不是秘密。

一位南车青岛四方人士对财新记者透露：“有人打麻将常直接给孙汉本打电话，说‘三缺一，你过来吧’，孙汉本就用大包提着20万元的现金过去。”在打点关系上，孙汉本舍得投入，一位威奥内部人士透露，孙汉本有时一次提现金四五百万元，“有一年，这种情况出现了四五次”。

在供应商大会上，张曙光魄力非凡，一句话常挂在口头：“你们好好开发技术，只要工厂生产出来，我就用。”孙汉本显然受了这句话的影响，近3年来，他大举扩张，频建厂房，上马各种项目。

2006年，在铁道部牵线谈判之下，威奥和德国克诺尔集团远东公司旗下的一家跨国公司成立了合资企业IFE威奥轨道车辆门系统公司，生产产品为高速列车塞拉门系统及其配件，产品专门用于铁道部 EMU200 公里 / 小时高速列车项目。

塞拉门是高铁内装配件中利润率较高的配件，一个塞拉门的中标价约 6 万元，利润率约 30%，2010 年轨道交通领域的塞拉门市场规模超过 10 亿元。

为了挤进高铁塞拉门市场，孙汉本几乎全盘接受了克诺尔提出的苛刻条件，包括高价从国外进口指定的零配件，甚至承诺免费向 IFE 威奥提供厂房、水电等资源，并承诺"只要合作，everything is free（什么都免费）"。

财新记者获得的一份资料显示，2010 年 IFE 威奥轨道车辆门公司收入 5.9 亿元，主营业务利润 2.84 亿元，净利 7766 万元；2011 年 1—9 月收入 5.89 亿元，主营业务利润 2.86 亿元，净利 9180 万元。净利润率如此之高，严苛的条约却让孙汉本"没赚到什么钱"。据悉，2011 年年底威奥刚获得了 1700 万元的分红，这是合作 5 年来其第一次得到分红。

2007 年，威奥装饰改名为青岛威奥轨道集团，孙汉本大肆投入建设厂房，一时成本失控，令威奥濒临破产，当时一年营业额 3000 多万元，但亏损却高达 2000 多万元。其间，威奥不得已进行了两次股权质押，甚至连孙汉本自己的房子都押进了银行。

2008 年，除了威奥集团、罗美威奥和 IFE 威奥外，孙汉本又成立了威奥涂装有限公司。2008 年年末，孙汉本又在青岛兴建了 4.5 万平方米的厂房。此后又跟唐山客车合作，在唐山投资近 4 亿元建厂，设计为 18 万平方米，最后建成了 10 万平方米。在跟唐山客车合作之前，孙汉本还曾经和长客股份合作，投建内装工厂。

"如果没有拿单的底气，他不敢那么扩张。"一位内装市场供应商回忆称。拿单能力是孙汉本大举贷款的底气，他从当地银行贷款约 7 亿元；因为和中国北车的关系不错，在中国北车上市资金充裕的情况下，北车租赁以回购设备的名义和抵押订单的名义，又给了孙汉本约 3 亿元融资，合同上约定每个季度归还 9%。

2009 年，威奥又与德国 EVAC 进行合作，从而闯入高铁集便器市场。此前，铁道部已指定高速动车上的真空集便器系统使用德国 EVAC 品牌的产品，国内厂家若想进入高铁整体卫生间市场，必须跟 EVAC 进行技术合作。威奥通过这一合作获得了中国北车约 15 亿元的合同，是其所获的最大订单。但威奥只是整体卫生间的设备集成商，所使用的材料必须由铁道部指定。威奥与 EVAC 的协议中规定，6 个模块 32 个零配件必须从德国 EVAC 原装进口，这一项即把整体卫生间的利润拖了下来。据整体卫生间行业人士透露："一个整体卫生间的销售价格是 22 万元，成本接近 21 万元，仅从 EVAC 进口的配件成本即高达 5 万元，拖低了利润水平。"

一位威奥内部人士透露，几年扩张下来，虽然订单很多，但真正给孙汉本赚钱的还是罗美威奥的玻璃钢产品。孙汉本在强大的拿单能力支撑下大举扩张，但内部成本管理失控，为后来的失败埋下了伏笔。

随着 2011 年刘志军和张曙光案发，高铁建设紧急刹车。对高铁孤注一掷的孙汉本，蒙受了巨大损失。据知情人士透露，孙汉本在张曙光接受调查后，也被调查过一个月，结束调查之后，孙汉本即和妻子远避德国。

曾经辉煌的威奥再也不复过往，不仅应收货款拿不回来，2011 年年初即不再有新订单，工人从鼎盛时期的 3000 多名裁至 1000 名左右，多位人才流至原本为其竞争对手的厂家，而当年斥巨资建的唐山厂房，目前因无订单而闲置，仅以每年 100 万元的租金租给唐山客车做仓库。

威奥的资金现状也堪忧，据悉，威奥欠银行和北车租赁、北车物流的贷款总计约 9 亿元，而威奥的整个资产值和应收账款也仅为 9 亿元。

威奥命运的曲折跌宕，是中国高铁市场浮沉的一个缩影；而孙汉本与外资合作的委曲求全，与官员打交道的鞍前马后，却是一个典型的民营企业主的形象素描。

利润去哪儿了之中电

由于前任董事长裴志鹏长达 5 年的举报，中国电气进出口有限公司近年来铁路生意大幅萎缩。但这家在北京市属外贸系统排名第三的公司，一度在京九线、青藏线等多个铁路项目中中标，至 2005 年累计获得了超过 20 亿元的铁路订单。

2011 年 6 月 21 日上午，在北京王府井举办的三级检察长公开办公会上，裴志鹏又向最高检的有关领导递交了举报信。举报信不仅直指青藏铁路相关项目中原铁道部官员涉嫌受贿，也质疑公司数桩铁路订单的大部分利润以咨询费名义转出的背后存在非法交易。

尽管中电纪委书记蒋苗伟强调咨询费均是公对公，不存在个人商业贿赂问题，但由此暴露出的铁路竞标中的潜规则仍引人深思。

中电名头颇响，注册资金才 1000 万元，1981 年由机械部下属企业出资联营。原本主要从事机电进出口，在壁垒森严的铁路行业并无优势，但自 1999 年武广铁路的 2000 多万美元订单开始，至 2005 年中电共获得超过 20 亿元订单，在京九线、哈大线、秦沈线、贵娄东西线、朔黄线、宝兰线、宁西线、青藏线等项目的设备采购中屡屡中标。

当时裴志鹏正任中电董事长。铁路项目由业务二部统管，令他不解的是，每年年初业务二部汇报铁路项目时总是成果喜人，年终算账却并不赚钱，利润流向何处?

2001 年，中电的香港公司——新讯（香港）有限公司中标了秦沈客专无线集群通信设备项目，该项目总合同款约 371 万欧元，于 2002 年 2 月执行完毕，公司估算这笔交易可带来 70 万欧元（约合 600 万元人民币）利润。

裴志鹏称，到 2002 年 6 月合同执行完 4 个多月后，中电又与北京世纪瑞尔技术股份有限公司补签一份技术服务协议，将 70 万欧元利润中的 67 万欧元转到世纪瑞尔。从财新记者得到的协议复印件看，双方约定，合同采购总额为 371 万欧元，其中给外资供货商马可尼的货款 285 万欧元，甲方（中电）代理费 3.7 万欧元，新讯（香港）有限公司的商务费用 14.8 万欧元，世纪瑞尔销售费用 67 万欧元。

由此来看，中电在这桩铁路采购中似乎只是一个通道，交易的真正运作者和获益者是世纪瑞尔。

裴志鹏称，这等于公司帮别人洗钱。公司有关人员当时向检察机关解释，其中 40 万欧元通过香港新讯打到国外账户，另 27 万欧元在国内兑换成人民币支付。2007 年调查时，世纪瑞尔副董事长王铁在国外，调查没有进行下去。

中电纪委书记蒋茁伟则称，检察机关的调查结果是，这是一份公对公的合同，钱也到了世纪瑞尔的账户。主管铁路项目的公司副总黄静称，当时他们找过准备参与投标的摩托罗拉、诺基亚、马可尼 3 家公司，希望做他们的代理，都没有结果，后来“世纪瑞尔找到我们，因为他们与马可尼有技术合作，报价和标书都是‘世纪瑞尔制作的’”。

常年参与铁路项目的黄静深感铁路竞标之难，“我们是小公司，路外企业，找项目辛苦得不得了。我曾经遇到 20 多家企业抢一个代理权的情况，中标率不到 1/10，收 1%的代理费都中不了标。这个项目给了我们 5%，很高了。”黄否认公司铁路订单有 20 亿元。

而世纪瑞尔当时也必须依靠中电的名头及进出口资质才能完成这笔交易，因为采购涉及外汇结转。世纪瑞尔那时还是小公司，1999 年由毕业于北方交大的牛俊杰、王铁两位自然人出资 300 万元创立，如今在铁路安全监控系统市场以 20%的市场占有率排名第一，累计做过 400 多个铁路安全监控项目，2010 年年底上市募资 11 亿元，当年收入 2.34 亿元。

裴志鹏提供的情况显示，秦沈项目中新讯还中标了另外两个项目——通信仪表、航测影像，合同金额 168 万欧元，但他称，签约后中电公司同样没有看到执行情况，也没有获得收益。

另一单咨询费则流向招标设计单位。2000 年 8 月，中电全资子公司上海电气进出口公司中标了贵阳 – 娄底西线的自动闭塞系统。

裴志鹏称：“这是典型的围标。参加投标的只有中电和其全资子公司上海电气进出口公司，结果后者中标，具体执行仍是中电。”

据裴称，其中外贸合同让中电六部的唐陆先印制了假名片，冒充上海中电签字。而与供货厂家——上海铁路通信工厂所签合同也是由别人替唐陆签的名，误将“唐陆”写成了“唐路”。

中电的业务二部负责铁路业务，六部的唐陆只是帮忙。一位参与其事的中电人士称：“当时有两个包，准备中电总公司和上海中电分，结果二部在报价时出了问题，都让上海中电中标了。”

但中电副总黄静坚决否认这是围标，称招标必须超过3家，当时还有其他投标者，而且中电公司是代理其他客户投标，并非代理北京全路通信信号研究设计院。

2000年12月，也是在合同开始执行后，上海中电与通号院签订协议，将该项目产生的977万元利润中的921万元，以咨询投标文件编制费、外贸合同及内贸合同技术条款编制及审定费、所供产品的技术服务费、技术转让费等名义转至通号院，中电仅获利56万元，中电知情人士称“仅够支付成本”。

裴志鹏称，该项目的招标实际上是由通号院先行设计方案，包括设备选型、确定厂家等，他们又帮助中电制作投标文件，再向中电“推荐”供货商，也就是说，整个过程设计单位一手操办。其“推荐”的厂家即为北京与上海的铁路信号工厂。而黄静则解释称转出的这笔费用是支付货款，因为通号院掌握技术并委托两家工厂生产。

裴志鹏认为，中电公司主要以机电产品进出口为主，有成套出口输变电设备的资质，又有单机出口优势，但在众多铁路系统公司中并无优势，所以只能沦为代理角色，订单虽大并不获利，且交易中问题重重。黄静则认为这恰是外贸公司的生存现状，其他行业的代理费也不高，平均为2%左右。

中电在铁路项目中最赚钱的可能要数青藏线。2001年6月青藏铁路二期工程格尔木至拉萨段开工，2006年7月全线运营，总投资超过330亿元。

裴志鹏举报称，2003年，在青藏铁路招标过程中，中电有关人员通过向铁道部掌握实权的官员行贿，拿到7000多万美元（约合4.3亿元人民币）的巨额采购合同，用于采购一家美国公司（GE，美国通用电气公司）的通信信号设备，资金一次性到账。

他在举报信中指称，有两位官员拿到现金，其中之一是由公司一部门经理将5万美元送给他的妻子，又用10万美元给他儿子在美国注册公司；一位官员获得一辆高级轿车，还有一位官员退休后被安排到公司工作。但是，中电纪委书记蒋茁伟称，检察机关以及铁道部纪委已经反复调查，并未查实上述情况。财新记者采访了裴志鹏提出的“送钱者”，她亦否认上述事实，称只参与了前期谈判。

不过，合同签署后，青藏指挥部很快将上述4.3亿元全额打到中电账户上，“这严重违反常规，按常规应先支付部分预付款，再根据项目执行进度分期付款。”裴志鹏称。

他的举报材料称，第一笔款2亿元付到了中电在中国银行总行营业部的账户。时任中国银行营业部总经理的李氓及孔杰处长意识到，这是一起严重违规事件。为了对国家重点项目负责，他们决定对这笔款开立专户严格监管，严格限制款项支出，禁止挪用。中电有关人员马上又找到工行北京分行正阳门分理处，把另外2.3亿元开户进账。

对此，中电副总黄静的解释是：“供货商GE要求我们开100%的信用证，不同意分期付款，但公司账上没那么多资金（银行授信也需要交30%的保证金），而我们又了解到青藏线是国家资金必保项目，指挥部有钱，所以要求一次性支付。”

2006年7月青藏线全线运营，“但直到2008年7月公司账上还趴着9400万元预收款没有用，2009年账上还有4000万元。当时采购的是美国的设备，不可能欠外资的货款，实际上就是项目未用资金，或者是汇兑收益时间差所形成的利润。”裴志鹏称，“中电支付给供应商的是外币，而一次性获得的是全额人民币，仅汇差收益就有几千万元。”

黄静强调，青藏线项目是专户管理，只能专款专用，汇兑收益也是归属青藏公司，而且公司现在还在继续进口GE的产品，或是用于维护返修。

裴志鹏1985年任中电总经理，1996年任董事长，2005年1月离任后由王劲松接任。2006年裴志鹏开始举报后，中电的铁路生意就越来越少。中电纪委书记蒋茁伟的解释是：“铁路生意太难做了，利润太低。这么个小项目，检察院还去铁道部查，惹来这么多麻烦，谁还做呀？”

PE高铁梦断

高铁的蓬勃发展还吸引了一批PE（私募基金）进入，瞄准那些垄断了某个产品的高铁供应商，昆吾九鼎投资管理有限公司就是其中之一。

就差一步，九鼎投资就投资了中铁泰可特环保工程有限公司。现在，九鼎投资合伙人蔡蕾有理由为此感到庆幸，“2010 年底、2011 年初，我们正要和泰可特签协议，还没签对方就出事了”。当时，博宥集团正准备转让泰可特部分股权，同时泰可特也要增发新股，预计融资数亿元。多家 PE 对泰可特做了尽职调查，估值约 16 亿元，九鼎预计投资 2 亿多元。正当签约关键时刻，丁书苗因刘志军一案被查，消息传来，投资者作鸟兽散。

短短半年时间，丁书苗花了 10 年功夫苦心打造的博宥王国，土崩瓦解。

除泰可特外，受丁书苗“调查门”影响，曾经垄断高铁轮对市场的智奇，其市场垄断地位也被打破，一夜之间从 PE 追逐的焦点，变成了前途未卜的问号公司。智奇与泰可特仍在努力“去丁书苗化”，寻找可能的接盘者。但在市场人士看来，泰可特所在的声屏障市场门槛太低，经丁书苗案已风雨飘摇；智奇虽然技术实力较强，但靠关系建立的垄断地位被打破后，市场估值也可能大为缩水。消息人士透露，丁书苗实际控制的另一家企业高铁传媒，也一度传出可能转手的消息。

这并非丁书苗一个人的命运，整个高铁产业链上的许多公司也都在煎熬之中。铁路反腐飓风以及随之而来的高铁政策重调，正在惊醒 PE 投资者们的高铁梦。在过去数年中，它们和九鼎投资一样被这片垄断沃土所吸引，纷纷追逐高铁产业链上细分市场的垄断者们，不惜以十几倍市盈率甚至更高的估值进入，只为未来的上市机会。如今，一些人正在逃离陷阱，另一些人仍在低谷中寻找机会。

刘志军案发前，高铁领域企业估值已令投资人头疼。深创投一人士称：“2010 年投资估值一般是 8 倍至 12 倍，2011 年初是 12 倍至 15 倍。”

对跻身于高铁产业链的企业，近几年是它们最好的时候，收入几乎超过过去 10 年总和。自 2008 年高铁“大跃进”以来，中国每年新增铁路投资 3000 亿元到 7000 亿元。更有投资者推算，未来 10 年中国铁路投资规模将达到甚至超过 11 万亿元。巨大的投资拉动，意味着从基建、装备到上游零部件，整个高铁产业链会步入超长高景气周期。

普通人难以想象，高铁相关的零部件有四五万个，每个车门、轮轴、连接器甚至道钉、餐车用具都会催生出一个细分市场，诞生出一家家名字陌生却规模上亿元的企业。高铁的蛋糕就是如此庞大而诱人！

逐利的资金蜂拥而至，各种PE掺杂其中，出价也随着投资热而水涨船高。

成都普罗米新科技有限责任公司是一家刚成立3年多、注册资金100万元的小公司。2010年它获得5000多万元的收入，净资产500多万元。2011年2月，长园集团子公司长园盈佳投资公司以1500万元的价格获得普罗米新30%股权，对价约为5倍市盈率。

这是长园盈佳第二笔高铁投资。2009年7月，长园盈佳以3500万元的价格收购北京中昊创业30%股权，后者设计、生产、销售铁路工程材料产品。凭借这两桩投资，长园集团打入了高铁领域。

普罗米新公司高管对财新记者称，公司原来的主业是测量设备和精密定位系统，后来自主研发高铁测量仪器打入铁路市场。“我们赶上了机会，谁也没料到发展这么快。尤其2010年是爆发式增长，我们参与了10余个高铁项目，仅京沪高铁就实现销售2000万元。”但他亦表示，“受宏观因素影响，2011年销售收入会有所波动。”

像普罗米新这样的公司，近些年在铁路产业链上如雨后春笋般涌现，投资人热烈追捧。比较起来，普罗米新规模尚小，业绩波动较大，长园盈佳5倍市盈率的入股价格不算高。在刘志军案发前，高铁领域企业估值迅速提高已令投资人头疼。因为资金泛滥，PE竞争激烈，整个市场估值都很高，不止高铁。

高铁相关企业奇迹般的增长，吸引了众多投资者，但真正了解这个行业的不多。2009年以来，武汉格瑞林、今创集团、湖北黄石邦柯、浙江天台永贵电器、常州长青埃潍交通设备有限公司等先后完成了引资，其中企业规模最大的是今创集团。在2009年轨道交通行业，今创集团年收入超过30亿元，净利润2.78亿元，排名第12位，是仅次于中国南车和中国北车的核心企业。

今创是江苏常州的一家民营企业，做五金塑料起家，其铁路相关产品包括动车内饰等。2003年成立时，注册资金2000万元，股东为俞金坤和其子戈建鸣。2009 年 6 月今创增资扩股，香港挚信通过专门成立的中国轨道交通有限公司出资 4.5 亿元，以每股 11.25 元的价格获得今创 3998 万股，占 24.99% 的股份。

挚信是进入高铁投资较早的一家 PE。2008 年 10 月中国新的高铁规划出笼后，在很多资本还在犹豫和观望“高铁能搞多大”时，挚信已经找到今创。挚信资本的主要合伙人为盛大网络原 CFO 李曙君，他在 2006 年离职后转做 PE，现在是今创集团的董事。

2009 年另一个高铁产业投资案例，是武汉格瑞林建材科技股份有限公司。这是一家做水泥外加剂的民企，创始人为张绪建。公司于 2009 年至 2010 年间引资，投资者包括深圳加利利投资、深圳创新投、天堂硅谷、湖北高投，以及湖北高投与深圳创新投合资的红土创投等多家 PE。2010 年 3 月，深圳创新投等签约投资 6000 万元，其中深创投与红土创投共投资 3000 万元，湖北高投投资 600 万元，估值是 2009 年业绩的 8 倍左右。

一家对格瑞林做过尽职调查的 PE 对财新记者称：“这个项目还是偏早期。2009 年春节后我们也去看过，当时净利只有 1000 多万元。”据他透露，当时深圳某创投公司听说湖北高投、深圳创新投要联合投资格瑞林，怕失去机会，就提前以每股 5 元左右的价格进去了，但湖北高投当时嫌贵。2009 年格瑞林业绩大幅上升，在深创投的领投下，湖北高投等才正式投入。

从上述案例中，PE 之间以及 PE 和目标公司之间的博弈之激烈可见一斑。另一家在 2010 年 9 月完成引资的是湖北黄石的邦柯科技股份有限公司，公司所有者为柯智强、张慧凌夫妇。

两人均为 1965 年生人，1991 年夫妇二人创业，2004 年以实物出资成立邦柯，注册资本 500 万元。2010 年 9 月和 10 月，邦柯两次引资，当时以净资产 1.17 亿元折合 4500 万股，引资后夫妇二人各占 30% 多股份，4 家投资机构——武汉中金万信创业投资有限公司、浙江宏扬控股集团有限公司、湖北九派创业投资有限公司、中金创新（北京）国际投资管理顾问有限公司总计占 20%，此外还有近 30 名自然人持股。2011 年 3 月，邦柯已进入上市辅导。

邦柯 2010 年收入过亿元，利润超过 3000 万元，正处于业绩爆发期。中金创新的刘珂对财新记者称，他非常看好邦柯的成长性与创新能力，“此次引资约7000万元，每股约15元，市盈率约10倍”。

2008年一家PE在湖北科技厅安排下去过邦柯，他印象中邦柯当时做货柜为主，技术含量并不高。但随着高铁发展，邦柯主要利润已来自车检和物流自动化，在轮对检修检测方面也有一定市场份额。一位对邦柯做过尽职调查的人士持保留态度：“很多铁路设备的设计标准是统一的，很难说谁有核心竞争力。邦柯很会捕捉市场机会，但我们对企业未来发展的持续性、主业清晰度没看清楚，所以没有投资。”

不过，在所有这些公司高速成长甚至独霸某一细分领域的光环背后，真正的危险在于：由中国铁路垄断体制之下形成的这条产业链，竞争规则不透明，普遍靠关系开道，很难让投资人高枕无忧。风险或来自贪腐案，或来自政策变动，或来自灰色的招投标与投资变更过程。一旦靠山倒塌，企业在技术上又没有核心竞争力，订单会很快失去，先期投入的巨额成本以及未来的高增长梦想，也会迅速化为幻影。

PE并非不知其中深浅，但没有人想到梦醒得如此之快。

2011年年初，博宥集团实际控制人丁书苗被有关部门正式调查。有关部门对丁书苗的调查始自2010年夏天，当时审计部门查账后发现有国企从账外给她中介费。一位国企人士对财新记者坦言：“这是行业潜规则。我们是通过咨询费给的，但有关部门叫她来核查，她什么都不懂，怎么得的咨询费？一下就看出破绽了。”

丁书苗被查之时，九鼎投资对泰可特的投资已过了内部二审，只剩下最终价格尚未商定。泰可特大股东——博宥集团有关人士则对财新记者称：“我们要15倍以上的市盈率，他们接受不了，最后一家PE都没有投。”

泰可特原名山西金汉德环保设备有限公司。2010年中期，风头正盛的金汉德与中铁电气化局签订股权转让框架协议。按协议，中铁电气化局将在依据有关规定对金汉德进行财务审计和资产评估后，再协商确定转让价格。由于资产评估未如期进行，后续的审批、付款等程序至今没有实质性进展。

投资者看好泰可特是因其垄断地位，而垄断的建立与丁书苗的关系网息息相关。但这一垄断，在 2010 年年底京沪高铁约 50 亿元的竞标中被打破，在内定泰可特的说法被捅到网上之后，第一次招标结果被废，最终金汉德没有一个标段中标，另有 5 家企业中标。业内观察家认为，丁书苗出事是个中主因。

博宥集团的一位内部人士则指责其他公司“抄袭设计”，“螃蟹养肥了，大家都来了”。据他介绍，当初金汉德进入声屏障领域，大家还觉得是小市场，没有国企愿意进。他否认声屏障是“简单产品”，称公司委托德国旭普林按照时速 350 公里设计，不仅一次性支付技术款，每年还要从销售收入中给德国公司提成。公司也进行了二次改进，“产品成本比行业平均水平高 10%～15%。京津线前包括技术、设备、厂房在内的投入达上亿元，我们是世界上最大的 350 公里时速的声屏障企业”。

金汉德的一家竞争对手则说法不同。这位业内人士称，声屏障行业发展已有一二十年，企业众多，产品并没有太多技术含量，差别主要在于细部结构的处理，“京沪之前的投标，不是我们没技术，而是没有资质，必须和别人联合才能进去”。

金汉德的另一家竞争对手新筑股份则后来居上，在 2010 年年底中标了京沪高铁二、三标段，总计 8.46 亿元，加上其他高铁项目合同超过 10 亿元。新筑股份 2010 年声屏障销售收入 4.6 亿元，是上年的 66 倍。

智奇铁路设备有限公司是丁书苗控制下的另一家高铁零配件企业，是目前中国唯一一家高速动车组轮对生产和检修基地。在动车组中，9 个精度最高的部件中与安全性最相关的就是轮对。轮对技术含量高，加工精度高，制造工艺复杂。普通机车车轮的售价在 9000 元 / 吨左右，动车（指 D 字头车）车轮的售价约为 2 万元 / 吨，而高铁（指 G 字头车和 C 字头车）车轮按标准可卖至 6 万元 / 吨，但目前进口高铁车轮的售价在 10 万元 / 吨左右。而且高铁车轮是易耗品，平均寿命仅 2.5 年，后续检修维护费用也很高昂。

目前国内动车组的高铁轮对全部出自智奇。数家 PE 向财新记者表示，它们曾参观过智奇，大部分是引进的生产线，国产化程度很低，管理非常现代化，年收入数十亿元。对于这样具有垄断地位的企业，PE 们当时“垂涎欲滴”，但智奇表示并不需要引资。

随着高铁腐败案的牵连，智奇的垄断也将被打破。马鞍山钢铁股份有限公司有关人士对媒体表示，以前90%的客车车轮、60%的货车车轮都出自马钢，“年内必须争取完成并开始生产250公里时速的动车车轮，350公里时速的高铁车轮也要进入研发阶段”。而太原重工的高速列车轮轴国产化项目也在2010年年底正式开工，其募集资金的16亿元将投入该项目，超过了智奇11亿元的投资额。

如今陷入尴尬的智奇将何去何从？这取决于博宥集团是否以及如何处置这一资产，“去丁书苗化”是第一步。据财新记者了解，博宥集团旗下的高铁传媒在丁书苗事发后一直在洽商引入新的投资者，但一年多没有下文；智奇也和一些潜在意向方展开交流，其中包括金融背景的PE以及类似南车投资的产业资本。

铁路生意白皮书

当智奇独揽高铁轮对市场之时，生产普列轮对的马钢也与中国铁道科学研究院进行技术合作，研制国产化轮对。但一位知情人士对财新记者透露，当时马钢试制出的产品，铁道部不给认证，这无异于增加了轮对市场的进入壁垒，保护了智奇的垄断性，而有类似遭遇的企业远不止马钢一家。

中国南车技术人员介绍，在高铁领域，主机车是国字号的，九大关键技术（包括总成、转向架、车体、牵引传动系统、网络控制系统、制动系统等）均引进了国外技术，以合资为主，“目前还不敢做纯国产的产品”。

2004年年底，位于四川资阳的南车资阳机车有限公司想率先开发大功率内燃机，与全球最大建筑设备制造商卡特彼勒签订了合同，2005年1月底引入一台6500马力的整机CAT3616，代价是300多万美元技术转让费及一定比例的技术使用费；此后，资阳还引进了一些散件。卡特彼勒的这台柴油机以往多用于船舶，资阳引进后装载于机车上，但这个机车至今拿不到“出生证”。资阳机车公司曾考虑拉到欧洲去做试验，也被有关部门给压了下来。

“2004 年企业开发产品还有自主权，但能否认证铁道部说了算，带有指定性；2005 年以后，铁道部确定了两家高铁内燃机车重点企业，其他企业就更做不了了。”一位知情人士称。

北京有家企业也和资阳机车公司一样拿不到认证资格，最终与中国北车合作才进入市场。资阳机车公司的研发则到此为止，生产了一台机车租赁给西延铁路，“跑得非常好，比现在市场上的还好。”上述知情人士称。不过，后来未能继续采购的散件还躺在卡特彼勒的库房里。

直到 2009 年 11 月，中国南车旗下的戚墅堰机车有限公司才与 GE 旗下 GE 运输系统集团签署合资协议，合资企业总投资额为 9000 万美元，各占 50%的股份。“这个代价比当时资阳只引进技术的成本高得多，资阳只是支付较低的技术费，合资则是让外方拿走利润。”上述知情人士称。

多位铁路业内人士称，类似资阳机车公司的事例很多，不仅铁路系统内部缺乏市场化竞争，外部人进入的门槛则更高。例如，列车自动控制系统在高铁建设的总投资中约占 10%的比例，而其中采购量较高的是通信信号系统，但这一领域长期被像中国铁路通信信号集团公司等路内企业所垄断，而像华为、中兴通讯这样的通信企业，虽然在高铁客专数据网项目中屡屡中标，但其通信信号系统至今未能获得准入。

一位业内人士称，进入铁路行业，取得铁道部的认证至关重要。按照铁道部对联合体投标的要求（即必须与外商合资），即使一些路外企业具备相应技术，已有类似产品，如果没有业绩，也很难成为铁路合格供应商，一般只能与国外企业联合才有可能曲线入市。

而真正“入围”的未必是好企业，“铁道部有个大本，我们从里面挖项目。”一位从事 PE 投资的人士称。所谓“大本”，即铁道部的采购目录，被业界视为“投资宝典”。

“采购目录分为一级和二级，前几年刚推出的时候主要靠关系进去，很多是业内不知名的企业；后来这几年慢慢调整，现在至少都是做过项目的企业。”一位同时参与铁路和电信工程项目的人士称，“铁路和电信比差距很大，电信每年的投资也有数千亿元，拿出的采购目录就比较像样，好企业都在上面，铁路系统相比之下就鱼龙混杂。”

与机车产品的垄断不同，在高铁的工程环节，通常由中铁和中铁建等大型国企总包后再将项目拆解分包出去，竞争非常激烈，很多项目竞标都是超低价，赚钱主要靠后期变更，这就要求从路局、总包、设计到工程监理层层打点关系。

对于铁路供应商而言，订单是最重要的，但订单因盘根错节的利益网络及隐藏其间的灰色潜规则，存在很大的不确定性，执行合同和收账就更有玄机，不通晓个中路径的即使拿到订单也赚不到钱。一家高铁供货商对财新记者称：“当初我们在哈大线上技术投入最大却没有中标，但意外地又中标了京沪高铁多个标段。”

唐山客车的一位经理称，张曙光评院士时，一家国有企业组团帮他跑评委，挨个拜访，“企业也是没办法，订单是铁道部谈，然后分给我们。我们非常希望能在一个正常化、规范化的舞台上去演练中国高铁，但体制不变还得讨好领导”。

铁路招标的主体有铁道部，也有甲方（如客专公司、铁路局）或总包，铁道部有专门的《铁路建设项目甲供甲控物资设备目录》。

中铁一位人士向财新记者介绍，在铁路基建领域，有资格参与总包的企业有三四十家，中铁、中铁建的分公司都可单独参与投标，近年来中交建集团、中国水利集团、中国建筑、中冶等大型国企也纷纷进入。

但大国企之间的“游戏”亦非市场化竞争，最后的砝码往往是比谁的关系硬。2010 年某市新建站房工程的招标竞争颇为激烈：一家国企在凌晨三四点钟买通了竞争对手的预算员，探听到底价，在 20 亿元的标的中以高出 400 万元中标，但庆功之时接到电话要重新竞标。最终北京一企业中标，“原因是北京一位高层领导打了电话”。

一家被卷入丁书苗案的国有大型建筑公司董秘透露说，丁书苗曾同时替两家企业投标，拿出的标书都一样，但“企业没办法，给中介费才能在铁路上拿到项目”。

“铁道部在招标上已经失控了，进展太快、项目太多管不过来，中间商、掮客太多了，真的假的都有，在其他行业没有这么严重。”一位多年从事站房工程的人士称。

一位做过铁路审计的人士对财新记者透露，没有资质的企业经常通过关系得到转包业务，以前还有转包合同，现在学“聪明”了，连合同也没有了，查账时就说是下属项目部的，而工程回款则通过集团在下属多家子公司之间转移，根本查不清是谁在分包，谁是幕后操盘者。在一个南方高铁火车站的招标中，幕后操盘者影响甚大，供货商都知道要入围得去高尔夫球场找他谈，连地方路局都没有话语权。

铁道部也意识到招投标问题，虽有查办，但涉及复杂的人事与利益关系，难以下手。铁道部分管工程的副部长卢春房 2010 年 10 月在铁路工程建设领域专项治理工作会上表示，要深入排查工程与物资招投标资格审查不严、违反招标程序、排斥投标人、干预或插手招标、规避招标、围标串标以及投标人中标后违法分包、转包等突出问题。

刘志军被查后，有关部门对铁路系统深入调查，有些供货商被要求填写调查表，调查内容包括“怎么拿的项目？谁拿的？招标程序是怎样的？你认识谁”。“这个表很难填，填少了，说不认识人，一看就是假的；或者你没写，但别人写到了你，把戏也穿了。而写多了，万一相关人等出事，就得受牵连。”一位高铁建筑商说。

不正常的招投标流程，扭曲了价格杠杆。“赚钱主要靠后期变更。”一位参与铁路工程的人士说，“而变更要从路局、项目指挥部、设计到工程监理层层盖章，每个环节都得有关系，都得打点。”很多铁路项目的最终投资额与预算差距很大，如广州新站的实际投资额竟超出预算约一倍。

按照决策程序，预可行性研究是“估算”，可研报告做出来的是“概算”，初步设计、施工图出来后是“预算”。一位业内人士介绍说，概算相对准确，但到了做预算时，因为有财政部、国家发改委监督，铁道部自己会先卡一道，压低预算。资金盘子一紧，后期就要通过不同路径来消化——一是找自己信得过的企业如中铁建、中铁来做，它们很少谈条件，肯干，不误工期；二是寅吃卯粮；三是先做再说，超标再找财政部、国家发改委批。到招标竞价就更低了，通常比预算还要低10%~20%，狠的低30%，有的还有最高限价，也因此，预算超标成为普遍现象。

一位业内人士称，“先卡后松”是中国特色，同时又缺乏后评估机制，所以会出现变更术的“游戏空间”；而国外一般承包给专业的设计单位，由专业人士去进行预算和工程管理，差别只在于你相信计划，还是相信市场。铁道部还是计划经济的思路，“你把活儿干好，钱不是问题”——这句颇为豪迈的话，是铁路行业人尽皆知的流行语。

按照规定，投资超标10%要向铁道部甚至国家发改委报批，但实际上国家发改委权限有限。以往铁路建设追求快速度，边设计边施工，2009年改为施工图招标（即设计施工方案确定后招标），铁道部还为此建立了一套审核体系。但一位从事铁路审计的人士说，国家大型项目的投资超标一般都会被批准，最终“三超”（概算超估算、预算超概算、决算超预算）现象屡禁不止。

一位从事铁路行业咨询工作的专家对财新记者表示，铁路工程项目在实施阶段对应的监督机制很缺乏，没有全过程管理，“这是机制问题，最终老百姓在为这个机制埋单”。

不过，2011年的日子已然不好过，收款难、变更难、新线路投资少，1月至4月的招标都推迟了，招标规模仅为2010年的1/3，部分项目也暂停了变更款支付。“我一算账，有8000多万元应收款。”上述从事铁路工程的人士称。

北京一家正在引入PE的铁路供应商亦抱怨，2011年以来债权融资的成本提高，现在铁路指挥部不给预付款，对企业资金链、质量是很大的考验。

铁道部很强势，在资金结算上拖欠国企，欠民企的就更多。一位银行人士称，铁道部在对中国南车、中国北车的应付款上有很大话语权，合同中没有明确结算条款，一般每季度支付一次，但支付多少由铁道部定。

据财新记者了解，2011年铁路建设资金颇为紧张，一是因为新增贷款规模下降10%左右，银行将政策向更有利可图的客户倾斜，即使同意不下浮利率也难以获得预期贷款，铁路在建工程贷款受到影响；二是地方配套资金缺口也比较大，资本金不足。铁道部财务司公布的数据显示，2011年一季度铁道部亏损37亿元。

突如其来的高铁飓风和高铁政策重调，无疑对已经和正准备进入的投资者产生了巨大的冲击。但除了部分被卷入铁路反腐案件中的公司融资受到影响，2011年上半年仍有相当多的投资者准备投身其中。他们的理由是，现在正是低谷，可以买入，即将开始的铁路改革更令不少投资者乐观描绘着未来的成长故事：一是新增投资仍可观，二是后期维护检修还可以继续带来收入，三是技术创新带来新的市场机会。

北京一家正在融资的铁路供货商称："投资者都知道这个行业不可能长期这样爆发式增长，现在一年增长两三倍，以后能稳定增长30%~40%，当然还要看政策、资金的影响。"

中国南车正在发起设立南车轨道交通产业基金，南车投资的人士称："近年来，高铁产业大发展，在技术升级、进口产品替代方面，还有很大的发展空间，我们看好行业前景。"

不过，高铁产业链上的供应商极其分散，其技术实力与可持续性不易分辨，所以对外行的投资者而言，详尽的尽职调查十分必要，否则在这个良莠不齐的市场中很可能陷入泥沼。

南车投资的人士称，从产业布局来讲，并不是铁路基地附近的产业带中就容易出现好公司，"恰恰相反，好企业与产业聚集地没有必然联系，一些产业聚集地通常系由轨道交通领域的本地大型龙头企业周边的供应商构成，存在业务客户较为单一的问题。一般来看江浙地区的相关企业市场化程度较高、机制较灵活，常通过兼并收购等方式成功切入行业市场，而东北地区有一定的工业基础，在行业内拥有先发优势。"

一位专业咨询机构的人士冷静指出："现在高铁的问题还是发展得太快了，整个供应建设体系都跟不上，且受垄断体制的钳制，竞争性与市场化程度都不够，这条产业链是扭曲的。"

唐山轨道交通装备有限责任公司的一位技术人员称："高铁搞这么快能消化吸收得了吗？这一盆饭让你3分钟之内吃完，能行吗？"

对于投资者而言，在高铁产业链上的细分垄断者们的确很诱人，但整个铁路系统从资质准入、技术路径到招投标、回款，受政策导向、商业潜规则等非市场化因素的影响很大，再加之反腐风暴未息，企业前景存在着诸多不确定性。铁道部政企不分，清算制度非常不透明，容易产生人为调控，这是令投资人最为担心的问题。

九鼎投资的蔡蕾认为，不仅是铁路，电网、电信、石油等垄断行业都存在这个问题，但从趋势上看，越来越多的业务会外包出来交给专业化、市场化的企业，这其中肯定会诞生好的公司。垄断行业中的配套企业成功有两个关键因素，一是技术基础，二是关系，这两个都形成门槛，前者决定着业务的有无，而后者决定着业务的多少，“我们看好铁路这个行业，而且现在是行业调整期，反而是投资的好时机”。

南车投资人士认为，为分散行业风险和产业周期风险，高铁企业应向多元化转型，避免单一行业、单一客户，“高铁和很多行业相关，是社会上各种产业的缩影，且高铁产品在可靠性、安全性能等方面要求严格，这些技术延伸到其他领域是具备优势条件的”。

接受财新记者采访的多位业内人士均表示，期望过去壁垒重重的“铁老大”能破除垄断体制，引入市场化的竞争机制，建立公平、高效、透明的交易规则与管理规范，唯此才能使产业链健康发展，达到多方共赢。

这会在未来的改革中实现吗？

掠夺之手

黄 湘

高铁“跨越式发展”推动了“跨越式”的铁路投资，牵扯错综复杂的政治背景和经济利益，甚至超出了始作俑者刘志军的掌控能力。政企不分的铁道部，一方面以行政权力对自由竞争构筑政策壁垒，一方面又对地方政府和权贵大开方便之门，进行资本联姻和利益交换，让一些完全靠关系的企业赚取高额利润。

在铁路行业，几乎每个项目竞标都是超低价。之所以还有利润乃至高额利润可赚，原因是可以在后期通过打点各种关系而变更实际投资额，而国家大型项目的投资超标一般都会被批准。换言之，由于存在预算软约束，项目竞标价格徒具空文，真正起作用的是可以保证增加实际投资的关系网。

预算软约束这个概念最早来自匈牙利经济学家科尔奈对1968年匈牙利“市场社会主义”改革的观察。科尔奈发现，国有企业的管理者不用担心企业亏损甚至负债累累，因为一旦企业陷入困境，政府不会坐视不理，而是会从预算中拨出紧急援助款项，或是由国有银行提供没有希望偿还的贷款，以此来挽救企业。尽管改革表面上让国有企业的管理者承受了巨大的盈利压力，但实际上，企业管理者既然知道企业不会破产，也就没有必要压缩成本或者积极创新，财务状况并不会对企业形成真正的约束力。预算软约束意味着企业的生存和发展并不取决于市场，而是取决于企业和官僚之间的协调与讨价还价。

在政治和社会层面上，国家资本主义和科尔奈当年所观察的市场社会主义或许差别甚大，但在经济层面上却具有预算软约束的共性。这也难怪，两者都旨在以国家主导经济，都将政治任务凌驾于经济活动之上，只要是与政治任务有关的项目，都可以不计成本，不讲收益，区别或许只在于，国家资本主义更多地具备了股票市场、董事制度等资本主义的光鲜外壳。

关系这个词的音译“Guanxi”也早已进入英文词汇，成为西方人心目中在中国做买卖的前提。讲关系确实是中国文化的特色，如果是在自由竞争的正常商业社会里，作为一种社会互动的方式，也未必有多少坏处。但是，行政垄断、预算软约束和关系三者合在一起，必然导致普遍的腐败。腐败成为规则，而非例外。

腐败之所以会成为规则，用博弈论的术语说，因为参与行动的各方正是在腐败中都达到了自己的最优选择，如果其中任何一方试图做出改变，就会导致博弈结构的破坏，并使自己的利益受损。行动各方在腐败中相互锁定，这使得腐败可以自我维系，而这样自我维系下去自然就成为博弈规则。

有一种观点认为，在经济转轨中，腐败在一定程度上不乏正面意义。理由是，腐败可以悄然改变政府的不良政策，可以消解由于意识形态对立而造成的无法妥协的问题，可以在公务员工资较低的情况下提升公务员的生活质量，因为他们可以预期获得来自腐败的收入，可以为那些受权力排斥的群体和个人提供发展机会。但是，所有这些正面意义，都基于一个前提，亦即存在转轨的大环境，腐败可以为僵硬的旧体制的破冰起到催化作用。如果转轨已经停滞，针对自由竞争的政策壁垒已经层层构筑，那么，腐败就只能是“掠夺之手”。

1125 元的卫生间纸巾盒、价格高达 30 万元以上的整体卫生间、上万元的 15 寸液晶显示器、2.2 万元一张的单人座椅、6.8 万元的冷藏展示柜……与市场零售价相差少则两三倍，多则十几倍，如此奢侈的动车配置最终通过高昂的票价将代价转嫁到了消费者身上，但在竞争性的运输市场结构下，高昂的票价又损害了高铁的盈利前景，令其债务负担更加沉重，最终还是要靠国家兜底，而国家兜底最终还是靠预算软约束。

在某种意义上，高铁的债务困局和亏本前景，反而让围绕它的种种腐败行为显得不甚虚伪。当前，许多缺乏核心竞争力的国有企业，正在赚取不可思议的超额利润，原因不是别的，就是垄断。高昂的垄断价格不仅对广大消费者是一种掠夺，其挤出效应也极大地提高了民营企业的成本，令其举步维艰。垄断也阻碍了技术进步，加重了资源浪费。虽然这些国有企业往往在形式上实现了政企分开，但实际上并未真正明晰产权，并未解决国家作为最大股东的所有人缺位问题，导致资产流失严重，寻租猖獗。国家资本主义的“掠夺之手”，在此更加隐蔽而高效——腐败，本来就是国家资本主义的基本规则。

第六章
神话的破灭

2004年，中国决定引进高铁技术之时，中国列车运行的最高时速约为160公里。日本川崎重工总裁大桥忠晴曾劝告中方技术人员不要操之过急，先用8年时间掌握时速200公里的技术，再用8年时间掌握时速350公里的技术。

在刘志军的铁腕下，7年之后，通过大规模的技术引进和消化吸收，中国将高铁的最高运营速度提升到了每小时380公里，并打算将这一速度在京沪高铁上实践。

这曾是一个令世界为之震惊的技术奇迹——日本人花了30年才将列车时速从210公里提升至300公里。如果没有"7·23"动车追尾事故，中国高铁最新刷新的一个世界纪录，或许是成为"首个发展中国家向发达国家输出的战略性高新技术项目"。

但奇迹终止的速度比诞生更快。

2011年6月24日，日本共同社报道称，中国南车有意在美国为其研制的"创造世界高铁最高速度"的"世界最先进高速列车"CRH380A申请高铁专利，为中国南车竞标美国高铁项目做准备。早在2010年12月7日，中国南车就与GE签署协议，双方将在美国设立各自持股50%的合资公司，共同竞标美国高速铁路和城市轨道项目。时任中国南车董事长赵小刚在接受媒体采访时表示，中国南车拟向合资公司转让的国产动车组技术已经通过美国知识产权局审查，不存在知识产权方面的争议。

但中国南车的重要合作方、日本川崎重工并不认同中国南车的上述说法，大桥忠晴2011年7月4日接受日本《朝日新闻》采访时表示，当初川崎重工和中方签署技术转让协议时有明确约定，日方转让的技术“只能在中国国内使用”，目前川崎重工还不清楚中国南车在美申请专利的具体情况，所以暂时无法应对，但会对此事继续保持关注，“如果中方违反了当初的协议，我们将提起诉讼”。

2011年7月7日，时任铁道部政治部副主任兼宣传部长、新闻发言人王勇平做客新华网，针对日本媒体说中国高铁“是在日本新干线基础上发展起来的盗版新干线”奋起反击：

“可以说，新干线与京沪高铁完全不在一个层次上，无论速度还是舒适度，无论是线上部分还是线下部分技术，差距都很大。例如，我们创新制造的CRH380A型车与过去从日本川崎重工引进技术、合作生产的CRH2型车相比，功率由原来的4800千瓦增加到9600千瓦；持续时速由200～250公里提高到380公里；脱轨系数由0.73降低为0.13；头车气动阻力降低15.4%，尾车升力接近于0，气动噪声降低了7%；转向架轮对实现了‘踏面接触应力’比欧洲标准降低10%～12%的新突破；车体的气密强度从4千帕提升至6千帕，提升了50%，保证了列车在时速350公里隧道内交会的结构安全可靠性……”

王勇平试图列举数据证明中国高速动车组和高铁安全可靠、性能优异，并拥有完整的自主知识产权，是“中国人民创造的人间奇迹”。铁道部总工程师何华武也在2011年7月中旬连续为高铁安全背书，称无论是线路、车辆，还是接触网、通信信号，任何一个环节、任何一个点上检测到问题，系统都会按照故障导向安全原则，采取自动导向安全的应对措施。

但这个技术奇迹被京沪高铁随后发生的一系列设备故障打破了——京沪高铁2011年6月底开通后，5天内发生了4次供电设备故障。2011年7月23

日，发生在温州的一场夺走40条人命的追尾事故，彻底动摇了各界对于中国高铁技术的信心。这场匪夷所思的动车追尾事故发生的主要原因，是雷击引发信号系统的程序错误，并使列车自动驾驶和防护系统失效。

日本亚特兰蒂斯投资公司研究总管埃德温·摩纳称，“7·23”事故之后，“中国高铁出口的机会为零。恐怕中国高速铁路建设者需要花至少20年时间，才能重新向国外采购者证明高速铁路技术的安全性”。

与此同时，铁道部科技司原司长周翊民也公开接受采访，称中国的高铁技术只是具备了按照图纸制造的能力，并不了解其原理，而提速也只是用光了原先设计的安全余量。这一说法揭开了蒙在高铁之上的最后一层面纱，高铁的自主知识产权神话破灭了。

高铁自主知识产权“奇迹”是这样产生的

“跨越式发展”是刘志军2003年上任伊始就提出的施政纲领，即“在一定历史条件下落后者对先行者走过的某个发展阶段的超常规赶超”。这个思路取代了网运分离等体制改革方案，成为铁路核心战略，贯穿其任期始终。

不仅要大建高铁，而且要快建。刘志军的第二把火是“用市场换技术”，引进国外高速铁路技术，终止国内进行了10年之久的高铁技术自主研发，包括当时中国南车研发成功并已投入试验性载客运营的中华之星。

刘志军的思路很清晰，就是要“系统性地引进已被验证过的发达国家机车车辆关键技术，进行消化吸收和系统合成”，快速推动国内高铁建设，在其任内实现跨越式发展，而完全自主创新需要时间。他希望以大规模建设这块市场大蛋糕迫使外方转让核心技术，实现低成本引进和本土化生产，最终打造中国品牌。

在刘志军的主导下，铁道部在2004年到2006年的3年里，先后进行了3次重要的项目招标。

2004年8月27日，法国阿尔斯通与中国北车长春轨道客车股份有限公司联合体、日本川崎重工与中国南车青岛四方机车车辆有限公司联合体、加拿大庞巴迪与南车的合资公司——青岛四方－庞巴迪－鲍尔铁路运输设备有限公司，中标了时速 200 公里动车组招标项目。

2005 年 10 月，时速 300 公里动车组的项目招标启动。2006 年年初，川崎重工、阿尔斯通、庞巴迪和西门子 4 家外国巨头通过与中国南车、中国北车下属企业合作中标。

2006 年 11 月，铁道部开始进行国内第一条新建高速铁路京津城际项目招标，最终以西门子为首的德国企业联合体以 120 亿元的价格中标。

北京交通大学电气工程学院电力系博导吴俊勇教授对财新记者介绍说："这 3 次招标的区别在于，2004 年引进的时速 200 公里动车组主要是在既有线路上使用，2005 年第二次招标引进的动车组则是在新建客运专线上使用，这前两次招标都是车辆采购＋技术引进。而 2006 年的第三次招标，针对的是一条高铁专线，竞标企业要负责包括线路建设和动车在内的整个工程，是一个总承包方。"

吴俊勇是第三次招标中铁道部技术引进谈判的技术顾问。他介绍说，京津城际是拿出来谈的第一个高铁项目，也是中国真正意义上的第一条时速 350 公里的高速铁路，"这条线才 118 公里，而我们准备在 10 年内建 5000 公里的高铁新线，后面的市场才是大头，要知道过去 50 年里所有的发达国家加起来才建了 6500 公里的高铁。这样还有一个好处，以后武广高铁招标时，前面外商转让的技术就不需要谈了，只谈那些他们还没转让的就行"。

铁道部要求外方企业分别组成联合体，即以西门子为首的德国企业联合体、以阿尔斯通为首的法国企业联合体、以庞巴迪为首的加拿大企业联合体、以日立为首的日本企业联合体。

每个联合体企业之间互有分工。日本集团并非由此前获得两次动车订单的川崎重工牵头，而是以日立为首，包括川崎重工、三菱等 6 家公司。

这一轮谈判从 2006 年 11 月开始，持续了 3 个月，铁道部包下了北京车公庄附近的新大都酒店作为谈判地点，并从北京交通大学、西南交通大学等科研院校抽调专家，和铁路系统内的谈判人员一起，分成 6 个小组与 4 个国家企业联合体进行车轮战。每个小组都有二三十人，外方人数也基本对等。

6 个小组分别针对高铁所涉及的动车组设计制造、牵引供电、基础设施、运营调度、通信信号、客运服务等 6 个子系统，吴俊勇参与的是牵引供电系统谈判组，"就是 27.5 千伏的接触网和受电弓的滑动摩擦给车提供动力，以及 10 千伏的铁路沿线供电"。

谈判围绕两个焦点进行，一是转让哪些技术，二是转让价格，"我们这些顾问主要负责谈外方要转让哪些技术的问题，张曙光本身也是铁道部高铁技术引进消化吸收办公室的主任，价格方面、最终拍板都是由铁道部领导来做。"吴俊勇回忆说，"外方都有不同的推荐方案，我们也有我们提出来的单子，一发现有些技术他们没列出来，我们就一项一项地谈，哪些可以转让，哪些不能转让。每项技术都要和对方 4 家分别谈，争得非常激烈，谈判时经常拍桌子摔板凳。"

前两轮招标的经历，让铁道部有了足够的自信，2010 年新华社记者为铁道部撰写的长篇通讯《穿越梦幻的时空——中国高速铁路发展纪实》中记录了"张曙光笑傲西门子"的故事：

2004 年的第一轮招标，"德国西门子公司兴趣浓厚，充满自信，开出了天价：每列原型车价格 3.5 亿元人民币，技术转让费 3.9 亿欧元。直到招标前一夜，西门子仍不肯让步。作为铁道部首席谈判代表，张曙光坚定地说，如果原型车价格不降到 2.5 亿元人民币以下，技术转让费不降到 1.5 亿欧元以下，肯定出局"。

结果次日开标：西门子出局，阿尔斯通、川崎、庞巴迪中标。通讯称西门子谈判团队因此被集体解雇，接近西门子谈判团队的人士告诉财新记者，当时恰逢负责谈判的人员因任期结束被调回总部。但西门子此次招标后的确调整了谈判策略。

第二年时速 300 公里动车组招标，据上述通讯描述，"西门子再次竞标时，不仅原型车每列价格降到 2.5 亿元人民币，还以 8000 万欧元价格转让了关键技术。仅此一个项目，就节省了 90 亿元人民币的采购成本"。

除了价格，据称，拒绝响应招标说明书中规定的 50 多项技术转让要求，也是西门子 2004 年第一轮出局的重要原因之一。

日本川崎重工则从一开始就“识时务”。中方最初向拥有目前日本动车组最新 700 系及 800 系技术的日本车辆制造株式会社及日立制作所洽商，但日车、日立均拒绝向中国出售车辆及技术转移。铁道部改向川崎重工招手，川崎不顾日车、日立及东日本旅客铁路公司的反对，出售 3 组 E2 系及其车辆技术给中国。

第一轮招标的最大赢家法国阿尔斯通，当时经营不善债台高筑，2003 年 8 月甚至向巴黎法院申请了破产保护，但 2004 年中国的 6.2 亿欧元大单挽救了它被肢解的命运，阿尔斯通为此将其 TVB 高速列车的 7 项关键技术转让给了中国。

“铁道部的思路很清楚，就是要引进最先进的技术，哪怕成本偏高，但是一次到位，对长期规划是有利的。”吴俊勇说，比如高铁的供电方式，4 家都提供了方案，但中方技术人员认为德国的 AG 供电方式最先进，2 个供电变压器的点段之间距离可以达到 90 公里，供电距离长，能量大。这种供电模式在 118 公里的京津城际上优势不明显，但在 1300 公里的京沪高铁上优势就很显著，1300 公里只需建 26 个变电站。

“每天从早 8 点一直谈到晚上 11 点，然后晚上整理一天的谈判进展，看有哪些问题。”吴俊勇说，“晚上一般张曙光都会跑来看看。”在他看来，张在技术上有贡献，在推进谈判上也很有组织才能，主要谈判策略都是张决定。

由于京津城际高铁按要求要在 2008 年北京奥运会之前通车，谈判时间非常紧张，谈判组连 2007 年的春节都没有休息。谈判到最后就剩下了两组，一是动车，二是牵引供电。

吴俊勇解释说，其他系统我们原有技术相对成熟，但动车组没办法，要跑 350 公里，我们过去没有；而高铁的牵引供电系统则全部采用新技术。原来的既有线路都是直接用直流电机，动力比较小；京津高铁上要跑交—直—交的动车组，采用的是交—直-—交供电系统，而且是采用分散动力，也只能由国外引进。

最终，西门子牵头的德国企业联合体以 120 亿元的价格中标京津高铁，之后，日本人拿到了武广高铁的合同。与前两次动车组招标一样，他们需要与中国企业合作，先整车引进，再零部件引进，由中国企业组装调试，然后是零部件逐步国产化。

财新记者获得的一份资料显示，在 2006 年 5 月 25 日铁道部组织的一次京沪高速铁路国产化专题论证会上，铁道部计划司已勾勒了中国高速铁路技术体系的未来。

简而言之，即线桥隧涵等基础设施是“原始创新”，全部自己来；通信信号、牵引供电系统是“系统集成创新”，即平台创新；运营调度和客运服务系统是以中方企业为主的自主创新；机车制造则完全推倒重来，以市场换技术，“引进消化吸收再创新”。

与中国汽车产业当年引进桑塔纳一样，铁道部的“以市场换技术”首先强调国产化率。

“国产化”是 20 世纪 90 年代曾统治整个中国工业体系的发展战略，即在引进国外产品设计和生产线的前提下，由中国企业按照国外的产品设计图纸和规范制造出产品，但因为只着眼于有形产品的生产，并不重视关键技术能力的获得，在中国汽车产业已被认为失败。

铁道部并不愿重蹈覆辙，它组建了南车青岛四方、长客股份、唐山客车三大整车集成总装平台，并按照动车组的车体、转向架、牵引控制、牵引变压器、牵引变流器、牵引电机、制动系统、列车网络控制系统、动车组系统集成技术等九大关键和主要配套子系统，安排各子系统的技术引进消化吸收和再创新平台。

根据财新记者所了解的不完整情况，永济电机厂、大同电力机车公司、大连内燃机车研究所、四方车辆研究所、株洲电力机车研究所、株洲电力机车公司、铁科院机辆所等负责主攻交流传动牵引系统和网络控制系统，即动车组的“心脏”和“大脑”，铁科院机辆所、浦镇车辆公司主攻制动系统，南车青岛四方主攻车体和转向架，中南大学做头型设计。

这条道路几乎真的创造了奇迹。2007 年 4 月 18 日，第六次大提速正式拉开序幕，中国铁路正式步入 200 公里时代，繁忙干线区段时速达到 200 公里至 250 公里，这是世界铁路既有线的提速最高值。140 对标识有“CRH”的动车组在这一天闪亮登场，铁道部将这些动车组统称为“和谐号”。

具体而言，CRH1 型车由青岛四方 - 庞巴迪 - 鲍尔生产，原型车是庞巴迪为瑞典国家铁路股份公司提供的 Regina；CRH2 型车由南车青岛四方联合日本川崎联合体生产，原型车是日本新干线 E2-1000；CRH3 型车是中国引进西门子的技术生产的时速 300 公里动力分散式动车组，合作厂是唐山客车，以 ICE3 为蓝本；CRH5 型车引进自法国阿尔斯通的高速列车，与长客股份联合生产。

国产化幻觉

2007 年 4 月 29 日，铁道部召开新闻发布会，张曙光宣布，中国已经掌握了世界先进成熟的铁路机车车辆制造技术，运用这些技术生产的时速 200 公里及以上动车组和大功率机车的国产化率达到 70% 以上，“跻身世界先进行列”。张还强调比原来的蓝图提前半年掌握了制造技术。

阿尔斯通、西门子等多位当年参与技术转让的技术人员在接受财新记者采访时都认为这种说法过于夸大，因为当年的技术引进合同没有转让关键零部件的设计技术，转让的只是制造工艺，即外方转让给中方安装图纸，外方派人教中方如何组装。此外，所谓的技术转让合同还包含大量原装进口配件的采购——中国南车一位副总工程师直言不讳：“实际上是核心部件采购合同。”

从 2002 年高铁技术引进开始，国产化率就成为中国高铁自我衡量的一个标准。国产化率的提高，通过与德国西门子、日本川崎等高铁巨头谈判时的技术引进环节达成，即组成高铁的九大关键技术、十项核心配套技术皆通过国内企业和外企合作，引进国外技术，逐步完成国内自主化生产。京沪高铁开通之际，铁道部相关专家声称在京沪高铁上运行的动车国产化比率已经达到了 85% 以上。

技术引进是否真能提高国产化率？国产化率的提高是否真意味着在高铁领域能提高技术、降低成本？在高铁领域，中国企业是否已掌握了核心技术？

2002 年，在高铁技术引进初期，国家发改委和铁道部共同承担此项任务，国产化率的指标制定由国家发改委担纲。国家发改委产业司相关人士告诉财新记者，当时即制定了国产化率的比例。他解释了制定国产化率的初衷来源于20世纪90年代地铁的发展："90年代初，在地铁领域完全引进西门子的技术，因为西门子技术垄断，引进资金是天价，一节车厢的造价高达2000万元。因为成本太高，高层给了一个硬指标，国产化率不达到70%的不让上项目。"在国产化率思想的指导下，地铁的发展成本降低到如今每节车厢造价600万元左右，成本仅为最初造价的30%，且牵引、制动等核心部件皆可由株洲电力、南车浦镇等国内企业自主生产。

地铁技术的引进是由国家发改委的前身原国家计委主导的。出于降低成本和利用机会发展国内的装备制造业的考虑，在高铁引进初期，也沿袭了地铁引进的思路。国家发改委负责方案设计，铁道部负责具体工作。

其时，张曙光已被刘志军调回铁道部，并负责高铁技术引进工作。张曙光最初还经常找国家发改委产业协调司的人探讨怎么跟外国人斗，怎么能够拿到技术。到了2003年下半年，铁道部逐渐摆脱国家发改委的控制。

当时国家发改委有一个优惠政策，高铁实现国产化率要求后，在财税或进口关税方面有补贴和奖励，铁道部表示不要这个奖励。"那时他们的想法是，我不要你的奖励，也不受你的控制。"一位国家发改委人士猜测说。随后，国务院下通知，明文规定由铁道部负责高铁技术引进，国家发改委配合。之后，国务院设立了技术车辆专业委员会，铁道部也成立了时任铁道部运输局局长张曙光牵头的动车组项目联合办公室。

主导权就此易位，而国家发改委的角色完全边缘化，最后，用一位国家发改委官员的话说，"连方案也不让我们审查了"——强势的铁道部摆脱了它的最后一位监督者。

随之变形的是技术引进方案。在之前的地铁技术引进中，原国家计委只负责设计和审查招标方案，并监督招标过程，招标权限下放给地铁业主。引进技术的主体是企业，企业自行寻找合作伙伴，谈合作方案，再联合投标。为实现技术引进，原国家计委在地铁招标方案中设计了项目总负责和技术总负责。如有外方参加，技术总负责开始往往由外方担任，过一段时间后，原国家计委会在招标中加入由中方担任技术总负责的条款，以此推进外方对中方的技术转让。不过地铁招标方案中没有排除纯中资企业的参与。由于地铁业主是地方政府，较为分散，从招标起就实现了充分竞争和市场选择。一位当时参与其事的官员称，地铁技术引进没有花国家财政一分钱，但经过 10 年的时间，逐渐消化吸收了 80% 左右的技术。

而在高铁技术引进过程中，中央却给铁道部拨了约 14 亿元作为技术转让专项经费，供铁道部引进车体制造、牵引、转向架和制动这 4 项核心技术。不过，据财新记者了解，铁道部在 3 次招标中共花了 23 亿元技术转让费。其中，CRH1 因为是合资厂生产，没有技术转让费；CRH2 的技术转让费约 6 亿元；CRH3 的技术转让费 8000 万欧元（约 8 亿元人民币）；CRH5 的技术转让费为 9 亿元。

和之前地铁招标不同的是，铁道部在这场招标中扮演了全能的角色，既是招标方案的设计者，也是业主，最后还是高铁技术引进的主体。“引进关键技术的竟是铁道部，铁道部引进技术后再分配给企业，而不是把这笔钱分给国内技术领先的企业，让企业作为主体自主引进技术。铁道部有消化吸收的能力吗？难道有几间屋子存放图纸就可以？”上述国家发改委人士认为，从招标开始，铁道部的角色定位就发生了偏差，其全能角色必然滋生权力寻租。而这样的引进方式以及中国向世界展示的高铁巨大市场，使得铁道部在与外方的谈判中占据了主动。但外方有自己的底线。

在铁道部大肆吹嘘张曙光在技术引进过程中强势砍价的同时，德国《商报》曾援引西门子内部人士的话说，西门子“与蒂森克虏伯、空客的态度一样”，“不会也绝不出让核心技术”。

据财新记者多方了解，所谓的“核心技术转让”只是转让“安装技术”而已，“许可中国国内厂家生产，转让给一个安装图纸，国内的企业按照图纸安装。但不转让设计理念，如果对机车要求的时速有改变，那么还是需要外资厂家重新设计。”一位西门子内部人士说道。

以高铁的制动系统为例，动车的制动技术由德国克诺尔集团垄断。2005 年开始，克诺尔向中国转让了制动盘和卡钳技术，合作方都是铁科院。其中，制动盘由铁科克诺尔干线铁路车辆制动盘制造（北京）有限公司生产。

据相关人士透露，生产制动盘的技术核心是软件系统，将列车运行数据输入此软件，软件系统会生成制动盘尺寸。但在谈判过程中，该软件系统外方没有转让，转让的是生成尺寸后的图纸。如果列车运行条件发生变化，制动盘需重新设计，那么中方无法独立完成这一操作。即便如此，中方也付出了高额的技术转让费，即销售一个制动盘需要拿出5%左右的金额给克诺尔公司。而且，制动盘并非制动系统内的核心技术，制动系统内最关键的技术（即控制系统）则由克诺尔在苏州成立的独资公司生产，中方难以获得核心技术。

令人吃惊的是，官方披露的制动盘这一产品的国产化率竟高于70%。据一外资公司内部人士告诉财新记者，国产化率的统计是自己公司统计后上报铁道部的，整个过程中并无严格的审批程序，“国产化率的唯一的硬性指标是是否以人民币结算。”上述人士宣称。

为提高这种评价机制下的国产化率，合资公司暗度陈仓的办法很多。一位生产变压器的供货商说道，有时从国外进口的机器不能直接供货给主机厂，需要国内公司先从国外购买，购买后再卖给主机厂，就完成了一次“人民币结算”的国产化过程。

财新记者获得了一份铁道部与西门子2005年年底签订的京津城际60列CRH3的采购合同，其中清晰规定了国产化率：“整车进口不能超过5%；进口大散件不能超过15%，技术转让后，国内生产和组装的零件不能低于80%。”不过，那部分金额近一半的原装进口零部件，因在国内组装，算在国产化率里。

据财新记者了解，国产化指标由厂家向铁道部自主申报，算法各异，没什么审查。前述国内牵引变压器生产企业提到，有企业以人民币结算比例来计算国产化率，国外原件进口至国内组装再销售，即完成一次国产化变身。国外独资企业如果在国内建厂生产零部件，也算国产化。

在核心技术配套厂商选择上，铁道部拥有绝对的话语权。因此，很多此前没有相关经验的新生产企业通过关系进入高铁领域，成了刘志军时代的奇景。以转向架的重要零部件枕梁为例，全世界只有一家企业能生产，价格昂贵。铁道部在安排国产化引进时，选择了此前没有相关生产经验的青岛威奥轨道集团。“为了国产化，设置了三步走：先让威奥组装，第二步国外企业交给威奥铸造技术，第三步威奥再生产。但实际上，现在这三步都还没进行，本来直接可以发到长客股份的组装好的枕梁，要先发到青岛威奥，让那里的工人看看，再发给长客股份。”一位曾在西门子 CRH3 项目组工作的技术人员戏谑说：“国产化就像把其他地方的大闸蟹放到阳澄湖的水里洗洗，就变成了阳澄湖大闸蟹。”

在十大配套技术中，因为技术含量不高，投入较少，许多民营企业都想借此挤入高铁领域。在这些领域，张曙光拥有极大的话语权，点装和伪国产化盛行。一位国家发改委的官员说，凭关系进来的民营企业不愿花大力气引进技术。真正实现技术转让，要支付技术转让费，建厂房上设备还要有足够的科研投入，需要大量投资。他们一般就是从国外买来零部件组装，不需要懂技术也能赚到钱。

在铁路这个封闭的圈子中，一旦捆绑了利益关系，外面的企业就很难进来，因此技术能力很难在竞争中提高。比如高铁轮对由此前并无经验的智奇垄断之后，就是从国外进口已经冶炼好的钢，粗加工后卖给铁道部。智奇的实际控制人是与刘志军和张曙光均关系密切的山西女商人丁书苗。而另一家国内企业山西晋西车轴公司研制出了空心车轴，有供应地铁和出口的业绩，却进入无门。

直到 2011 年的“7・23”动车事故之后，铁道部才意识到装门面式的国产化并不可取，不再盲目要求主机厂和供应商强化国产化率。

不过，国产化确实带来了成本的降低。铁道部曾要求动车造价每年降低 10%。CRH2 由中国南车从日本川崎引进，原型车购买价约为 1.78 亿元，2007 年下线。据中国南车公告的订单计算，2010 年 10 月其生产的 CRH2 造价约为 1.21 亿元，降幅约为 32%。但中国北车的造价较高，降价效果没这么明显。从零部件看，越是关键部件越难降价，降价幅度较大的是内装领域。以 CRH3 为例，青岛罗美威奥 2006 年的报价单显示，玻璃钢件单件价格在国产化第二阶段后降幅为20%。

此外，中国的制造能力确实大幅度提高。财新记者采访的多名技术专家证实，中国从技术引进中学到了不少先进的制造工艺，这意味着可以按照外方提供的图纸造出车来。

“最突出的就是焊接，我们焊接的精度有了很大提升。以前火车的速度不高，功率也小，对焊接要求不高。”一家机车制造企业的副总工程师介绍说，“制造工艺的技术是看得见、摸得着的，也容易学——外国人提供了图纸嘛。而且协议规定外方必须能让我们把车做出来，并且确保时速300公里以内是安全的。”

至于那些看不见、摸不着的设计原理和思路，就不在技术转让的范围了。

这位副总工向财新记者出示了一份与阿尔斯通签署的大功率交流传动电力机车采购和技术引进合同，厚达数百页，其中所列的技术资料被解释为“与机车的设计、组装、检验、试验、试运行、操作、维修以及部分检修配件制造等有关的技术指标、规格、图纸和文件”。

“就好像人家卖彩电给你，给了你一本有电路图和各部件尺寸的说明书，你都可以照猫画虎做出来，但他们不可能提及设计思路。实际上你并没有真正学会，一旦环境有所变化，该怎么修改，为什么要这样改，哪些东西必须要改，哪些可以不改，如果不搞清楚的话，你还是不能说你完全掌握了这项技术。”副总工表示。

作为电气专家，吴俊勇对此也深有感触。他介绍说牵引供电系统西门子转让的很多技术，比如变压器、逆变器难度不大，中国也能做，只是不太成熟，技术转让后成熟度获得了提高。

“但我们原来引进的是时速300公里的动车系统，以后你要冲刺350公里，就要调整系统和部件，局部调整后，整个系统的相互配合会不会有问题你不知道。”他说，“你必须知道为什么这样设计。不吃透它的设计原理，就没办法从总体角度来把握怎么做配套设计、怎么进行系统优化，出了什么事你还得去找外国人。”

从财新记者获得的前述铁道部与西门子采购合同可知，当时铁道部与西门子、唐山客车联合体签订的订单一共 60 列车，3 列整车进口，57 列组装，整个合同金额 120 亿元。其中，付给西门子的采购金额约 60 亿元，其余 59 亿元付给唐山客车。另有 1 亿元是唐山客车付的部分技术转让费，主要是人员培训费用和资料费用。此外，铁道部还向西门子单独支付了 8000 万欧元的技术转让费。

铁道部给西门子的 60 亿元包括 3 列 8 编组整车及进口零部件。整车合 2.5 亿元一列，共 7.5 亿元人民币。零部件合同价 5.14 亿欧元，合人民币 50 余亿元。

西门子承诺向中方合作伙伴——唐山客车、永济电机厂和铁科院提供技术转让支持。唐山客车将承担其余 57 列列车的生产，第一阶段国产率 30%，第二阶段 50%，最终达到 70%。全部列车使用中国品牌，即 CRH3。这款车的制动系统由德国克诺尔提供，牵引系统由西门子提供，只在最后一列车上装了 ABB（阿西亚－布朗－勃法瑞）大同公司的牵引变压器。制动和牵引系统是动车中最关键的三大技术之一。克诺尔仅为 CRH3 提供制动系统和车辆门系统就赚了 5 亿欧元（约合人民币 50 亿元），是其成立 100 余年来单笔最大的订单。

在一位西门子的技术人员看来，列车核心技术只有三大部分：牵引系统、转向架和制动系统。其中，最关键的是牵引系统，像“列车的心脏一样”。这些技术外方既不打算降价，也不会转让。

牵引系统中只有部分零部件，如牵引电机，技术含量相对较低，国产化时引入的厂商较多，降幅较大。CRH2 的牵引电机在国产化第二阶段降了 12.5%。

整个牵引系统中，最核心、技术含量最高的是软件系统，多位业内专家表示，西门子、川崎、阿尔斯通都没有转让这一技术。“只有掌握了列车控制系统，才能设置各个部件的参数，才有真正的设计能力。这是他们多年研发成果，不可能拱手让人。”前述西门子技术人员表示。唐山客车一位技术人员说，现在声称国内自主研发的 CRH380B 系列车型，一旦列车运行出现问题，还是要靠西门子。“软件的升级版要西门子做，试验数据也需反馈给西门子总部。修改周期很长。”

牵引系统这样的关键技术占到一列动车总价的多少呢？ 20%～30%。其中列车自动控制系统又占整个牵引系统的一半以上，利润最高。原西门子采购部人士坦言：“现在西门子采购部就是靠卖牵引系统赚钱。”阿尔斯通也是如此。

与牵引系统一样，被外方视为生存之本的制动系统也没有实行技术转让，而是由外方在中国的合资厂生产。“合资厂更不存在技术转让，中方连图纸可能都看不到。”高铁制动系统由克诺尔垄断，核心技术没有转让。

三大系统中签订了技术转让合同的是转向架制造，只卖安装图纸，不讲设计原理，中方知其然不知其所以然。一位参与引进的人士透露，长客股份曾向西门子请教转向架参数为什么这样设置，西门子专家就打马虎眼。现在转向架的构件是在长客股份焊接，其余零部件在国外买。

南车株洲电机厂的一位工程师比喻说：“通过购买几家外国公司的动车组，我们买到了 4 条鱼，但没有买到钓鱼技术和方法，自动控制系统的关键零部件还得进口，控制软件源代码从来不在转让范围。”

在高铁技术引进中，中方创造和让出了庞大的市场，但真正在金字塔顶端赚取高额利润的还是外国厂商，他们通过控制核心技术和关键零部件掌握主动权。甚至在其他一些不重要的配套领域，因中方技术实力不足，利润的大头也被外国企业拿走。以 VIP 座椅为例，2009 年成立的上海元通和铁道部签订了 1 万个 VIP 座椅的生产订单，同时与美国公司进行技术合作。上海元通的人称：“美方要求苛刻，触动器、控制器和私密罩等核心配件，前 1000 个座椅必须从美国公司购买，其中私密罩要求前 3000 个必须从美方购买。在所谓技术合作中，中方变成了总包商，赚取加工费。”

在自诩为拥有百分百自主知识产权的 CRH380 上，铁道部一直刻意淡化技术引进的色彩。2009 年 3 月 16 日，在铁道部与中国北车、铁科院签订 100 列 CRH380 BL 系列新一代高速动车组采购合同的现场，西门子没有出现。但几天后，西门子的官方网站却挂出“100 列高速列车的合同中，西门子获得价值 7.5 亿欧元份额”的消息。铁道部随后否认与西门子签订合同，西门子则坚持表示并未转让核心技术。西门子的订单来自中国北车向其采购牵引系统。在总价392亿元的合同中，西门子约占20%。这场罗生门中，采购金额揭示了牵引等核心技术并未被中方吸收。

在前述西门子的技术人员看来，CRH380B就是在CRH3的平台上制造出来的，除了车头没什么变化。

CRH380A国产化水分较CRH380B要少，牵引电机、牵引变压器由南车株洲电机有限公司、北车永济新时速电机电器有限责任公司提供，牵引变流器、电气控制、电气通信则由株洲南车时代公司和北车大同机车公司提供，但制动件仍主要由克诺尔在苏州的工厂供应，也有少部分由铁科院机车车辆研究所和南京浦镇海泰制动设备有限公司提供。据南车株洲电力机车厂专家委员会主任、中国工程院院士刘友梅介绍，在京沪高铁实际运行中，CRH380A的稳定性远比CRH380B要好，初期测算的故障率只有百万公里1.46次。

换句话说，经过数年培育，中国确实已经拥有了动车规模化生产和制造能力，但张曙光宣称的由中国企业自主生产的动车，关键零部件仍从国外进口，只是在中国完成组装，这才在短短几年中实现了几百辆动车下线——这与汽车领域如出一辙，而汽车领域的市场换技术已被普遍认为是失败的试验。刘志军时代高铁技术跨越式发展的秘密即在于此。

从CRH380问世以来，中国南车和中国北车就对出口表现出浓厚的兴趣。美国、俄罗斯、巴西准备兴建高速铁路的消息令中国人跃跃欲试。但专利和“7·23”动车事故暴露的中国高铁技术问题，是中国高铁出口海外的最大阻碍。

西门子中国的一位技术人员表示，当初与中国铁道部签订技术转让协议时，合同明文规定转让技术仅限于中国大陆生产的动车组，不能出口海外。铁科院的一位老专家臧其吉称：“中国买走的是专利，但知识产权还是外方的，一定条件允许中国生产。”他认为，CRH380唯一肯定拥有自主知识产权的是车头设计。

2010年平安证券的一份行业分析报告也指出，中国南车出口海外应是作为总包商角色，即一些关键零配件全球采购，自己难以赚取高额利润。

此外，也很难想象在海外有一个像中国这么大的高铁市场出现。世行2010年的一份报告指出，尽管巴西、印度、俄罗斯、土耳其、英国和美国等国也开始考虑投资高铁，但中国经验具有特殊性，除人口和城市间距等先天优势外，政府集中、集合资源建设的能力以及在幅员辽阔的土地上建设如此大规模项目需要的经济规模等在其他国家很难找到。像美国这样的民主国家要让公众同意进行如此大规模的基础建设更是难上加难。

截至目前，中国时速200公里以上的动车出口为零。中国南车宣传部人士证实，中国目前唯一算作高速动车出口的案例是2012年3月与香港签署的9列8编组时速350公里的动车组订单，这9列车实际用于连接香港和广东的广深铁路。

时速为160～200公里的低速动车组出口则有2012年3月交付马来西亚的列车，以及南车青岛四方出口伊朗地铁的列车（合同2006年签订）。其他出口国包括土耳其、斯里兰卡、突尼斯等。

据中国南车一位工程师介绍，中国南车、中国北车最近两三年的出口以城际轨道列车和货车为主。城轨速度一般在120公里到160公里之间。国内10年前就引进了地铁技术，平台和后来的动车不是一回事，现在地铁交流和制动已经实现自主研发。

他还透露，南车株洲电力机车厂目前正和西门子、北车长客股份竞标马来西亚捷运的另一段项目，此次竞标额30多亿元。

不过，也有些国家希望从中国获得资金修建高铁。俄罗斯运输部部长在接受采访时就曾明确表示不会从中国购买高铁机车，但希望中国公司出钱投资其高铁项目。

谈到中国高铁出口，国家发改委一位权威人士在接受财新记者采访时暗示绝无可能，原因无他，“技术引进只需要知道是什么，出口需要知道为什么”。中国现有能力达不到。

未经考验的速度

接替因腐败案下马的刘志军出任铁道部部长，盛光祖上任伊始就宣布，设计时速 350 公里的京沪高铁降速运行。听到这一消息，国内一家机车制造企业的副总工程师对财新记者说："我们每个人真的松了一口气。"这些铁路机车专家最了解中国高铁技术的现状——我们制造出了能跑出世界纪录的动车组，却还不能完全控制它的速度。

2011 年 6 月底，铁道部科技司原司长周翊民在接受媒体采访时透露，国内从日本、德国引进的动车组，外方明确要求运行速度不能超过 300 公里 / 小时，铁道部让从国外引进的动车组冲刺 300 公里以上的时速，实际上是吃掉了安全余量。

消息传出后遭到了铁道部的反驳，然而，来自铁路和机车制造系统内 3 家不同单位的专家向财新记者证实周翊民的话"符合事实"。

前述机车企业副总工程师向财新记者透露："高铁速度从 300 公里提升到 350 公里的过程中，我们是做了一些自主改进的工作，把引进电机的设计余量利用起来，增大了牵引电机的功率，自然就能把车速提上来。这个比较容易，但一下子把设计余量全部用掉，没有实践检验，会不会出问题没有人知道。"

他表示，安全设计余量并非不能利用，但提速应逐步进行，"先运行 300 公里的速度，运行几年后积累经验再逐步提速到 320 公里、350 公里，因为需要更长时间去检验我们的技术"。

缺乏机械疲劳测试是一个大问题，"动车像飞机一样，是可能存在机械疲劳的，但当时看不出问题"。

另一位原铁道部官员也对财新记者强调：高铁运营要防止机械疲劳造成的安全事故，"在这方面德国已敲过警钟"。

1998 年 6 月 13 日，德国一列高速列车途经爱舍德小镇一座桥梁时突然出轨，第三节车厢和桥梁发生猛烈撞击，造成 100 人死亡、88 人重伤。调查结果显示，列车车轮因机械疲劳而断裂脱落是主要原因。

2007 年年底，南车青岛四方在做时速 300 公里以上速度试验时，技术引进合作的外方技术人员拒绝参加冲刺试验，并明确表示若因此造成事故，外方不负任何责任。

在前述机车制造公司的副总工看来："铁道部一直在说高铁安全没有问题，外界则在质疑它有问题，以科学的态度讲，应该说我们不能证明它有问题，也不能证明它没有问题。因为我们引进的国外先进技术、成熟车型，时速最高就是300公里，而我们短短几年跨越式发展到350公里以上，只是'擅自'增大了功率、提高了速度，有一些东西我们没搞懂。"

他举例说，列车时速达到300公里以后，理论上讲，速度越高，测算出的脱轨系数应该越大，才符合常识，"但我们实际测量时发现，时速在350公里再往上，测算出来的结果却是速度越高脱轨系数越小，CRH380A的脱轨系数由0.7多降到0.1了"。他坦承这并不说明高速安全，"我怀疑速度到一定值后，计算脱轨系数的公式要变，但怎么变，我们不清楚"。

"在没有弄明白这个数学模型问题之前，不能冒险，不能拿人的生命冒险，这个原因或结果盛部长是知道的。"他说，"降速不只是响应舆论的呼吁，我觉得盛部长在这个问题上做的是一个艰难的决定，一个政治家的决定。"

西门子中国的一位内部人士以他亲历的故事讲述了其对中国高铁技术的看法：

"当时铁道部要把时速从300公里提升到380公里，一个负责380车型转向架技术的中国专家压力大得吃不下饭，拿着西门子提供的英文设计图纸来找西门子询问具体译法和修改方案。当时报纸正在宣传即将下线的380中国拥有完全的自主知识产权，西门子专家出言讥讽说，'不要问我，不是完全自主知识产权了吗？'"

在这位西门子中国的工程师看来，长客股份的CRH380就是在从西门子买进的CRH3的平台上制造出来的，仅仅改变了车头形状，将嘴拉长了一些。"一辆夏利，加油门跑出奔驰的速度，不能说夏利就变成了奔驰。"

"自主创新，关键在于那些看不见摸不着的缄默知识的积累和获得。"北京大学政府管理学院路风教授说。一位参与了动车引进工作的技术工程师对此深有体会："以转向架技术为例，比如参数和性能设计方法、参数灵敏度分析和性能的稳定性分析，结构可靠性的设计方法、检验标准和相关材料疲劳特性数据库等，这些看似最基础的东西，却是最关键的，我们都没有通过引进获得。”

结果是，中国经过几年的消化，可以按照外方图纸生产转向架、电机、变压器，用外方的核心零部件组装变流器和自动控制系统，但却不知道设计依据、原理，不知道加宽车体有没有风险，得不到车体的原始设计计算书，得不到转向架的关键参数和升级改进方法，也得不到电机和变压器的电磁场、热场、力场的计算机多维协同仿真技术。前述工程师感叹说：“我们能做的只是改变油漆方案，更换座椅板凳，搞搞室内装修。”

更难的是像自动控制系统的软件源代码这样的核心技术。

根据前述副总工程师的说法，变流器和列车自动控制系统的一些关键部件和软件仍然是原装进口，中方只能把模块买来由合资公司组装进去，调试都是外方来做，“后来通过谈判，调试工具给了我们，我们还可以改一些参数，但限制在很小的范围内，出问题调整程序的话还是需要外方技术人员”。他举例说，2006 年中国南车和西门子合作生产 DJ4 大功率电力机车时进行两节列车调试，一节列车会动，一节却动不了，中方搞不清楚问题，最后是德国技术人员对中方人员清场后进行检查，发现是软件初始参数设定有问题，“一周多后他们改完，我们再一头雾水地重新调试，嗯，两节车都能动了”。

在高铁的牵引供电系统上，铁道部也没能通过技术引进谈判拿到想要的东西。

据吴俊勇介绍，一个比较核心的技术是西门子生产的 27.5 千伏的真空断路器，能保证使用 10 万次不出故障，在全球拥有 75% 的市场份额。但西门子最终拒绝转让，称如果转让，公司股价会大降，且涉及国家经济利益，要总理默克尔签字同意才行。高铁供电是一段一段的，在动车经过段与段之间时要通过断路器来操作，以保持供电连续性。因为高铁线路上来往的车多，真空断路器的质量直接决定着高铁供电系统是否发生故障。

前述副总工程师总结说：“引进—消化—吸收—再创新这四步没有问题，但如果没有扎实地消化和吸收，你的再创新就是瞎子摸象。对于高速铁路这样一个复杂的高集成系统，这样关乎亿万民众生命财产安全的战略产业，瞎创新是很危险的。”

从 2004 年到 2011 年，中国人通过“系统性的引进和开发”获得了时速 300 公里以上列车的规模生产能力。这个速度令人吃惊，亦令合作者担心。

2004 年 8 月的动车招标，阿尔斯通是中标厂商之一，获得 60 组高速列车订单。2004 年 10 月 10 日，铁道部和阿尔斯通正式签订总值 6.2 亿欧元的合同。阿尔斯通转让了 7 项高速列车关键技术，3 组列车在意大利工厂组装；另有 6 组以散件形式付运，由中方组装；其余 51 组通过技术转移，由长客股份在国内生产。

当时阿尔斯通技术小组的人后来回忆，铁道部要求 2007 年 4 月 18 日调速时，CRH5 必须上线，时间相当紧迫。“这是不可违抗的政治命令，铁道部的人甚至说只要那天上线能跑一天，以后停也可以。但一旦京哈线运营，怎么可能停？”

当时从阿尔斯通引进的是时速 200 公里的技术，但铁道部要求运行速度必须达到每小时 250 公里。“试验速度可以达到，但这不是最佳运行速度，相当于一直将油门踩到底跑，对列车使用寿命的损害是很大的。”阿尔斯通方面的项目经理认为这是不可能完成的任务，为此辞职。在辞职邮件中，他用了 3 个“Crazy（疯狂）”来形容：“这是在一个疯狂的时代、疯狂国度里发生的疯狂的事。”

CRH5 型车下线后没有经过调试即匆匆上线，到京哈线运营。按照常规，一列车的调试时间应是生产周期的 1/3，即一列车 3 年生产完，要用一年时间调试。“第一列车在线上试验的时间最长。调试注重细节，要看车的制动距离，紧急制动的话，需要多久。”上述技术人员说。未经调试即上线运营的 CRH5，在运行几天后，因故障停在半路，乘客怨声载道，当时车上的一位阿尔斯通技术人员羞愧难当。而因制动系统、空调系统以及列车自动门故障，CRH5 的故障率高于 CRH1 和 CRH2，铁道部自此不再和阿尔斯通合作。

加快油门跑的结果导致 CRH5 型车从 2007 年开始，转向架就出现问题，长客股份要求阿尔斯通的人返修，并质问阿尔斯通使用寿命 30 年的车为何现在就出故障？“阿尔斯通只能陪笑脸返修。”上述阿尔斯通技术人员说道。不过，这个转向架问题并未得到长客股份的确认。

这并不是在中国高铁技术引进过程中最疯狂的事。在很多国外技术人员看来，研制CRH380系列列车更疯狂。“刘志军后来有点儿昏头了。”参与CRH380方案讨论的一位技术人员回忆说，2009年380项目启动前，长客股份技术人员到铁道部开会，铁道部领导在会上拍脑瓜要求京沪高铁在4小时内跑完，据此一算得到了每小时380公里这个速度——这就是CRH380的由来。

当时日本川崎的专家曾提出，不是每个路段都可按380公里的时速跑，要设计这款车，必须拿出京沪高铁的线路图，根据路况研究。但政治导向之下，这些技术问题显然只是鸡毛蒜皮。

“CRH380的技术平台还是CRH3的，速度提升在于功率加大，油门踩到底，吃掉安全冗余。”一位之前在西门子工作的员工表示。这一判断得到南车株洲电机厂副总工程师的认同，“这样做也许有问题，也许没有问题，没人知道。”

铁道部不会不明白其中利害，但对创造一个又一个速度奇迹的追求已经越来越无法遏制。2008年2月26日，铁道部和科技部签署了《中国高速列车自主创新联合行动计划》，很多业内人士批评其为“一份完全违反科研规律的行动计划”。按照多位业内专家的说法，这份计划不是沉下心来补课，将从外国师傅那里囫囵吞枣拿来的技术消化吸收，弄懂那些缄默知识，并加紧对外方没有转让但对于再创新至关重要的核心技术攻关，反而制订了更“令人振奋”的跨越新目标：研发运营时速380公里的新一代高速列车，最高运营速度将比德国、法国的高速列车快60公里，比日本新干线快80公里。

在新华社长篇通讯的开篇，写下了这样的等式：“5年=40年；3小时=11小时；1种=4种”，即5年走完国际上40年高速铁路发展历程；3小时跑完武广间曾需要11个小时的路途；集世界最先进的4种技术，中国人创造出独一无二的中国高铁品牌。

2009年9月8日，张曙光宣布这个奇迹已经诞生：“经过原始创新、集成创新、引进消化吸收再创新，我们用6年的时间完全掌握了高铁技术的九大核心技术，即高速动车组的总成、车体、转向架、牵引变流、牵引控制、牵引变压、牵引电机、列车网络控制和制动系统等核心技术，大功率电力机车的总成、车体、转向架、主变压器、网络控制、主变流器、驱动装置、牵引电机、制动系统等核心技术，大功率内燃机车的柴油机、主辅发电机、交流传动控制等核心技术，以及大量的配套技术，都已拿到中国企业的手中，实现了全面创新的目标。”

2010 年，境内外媒体密集报道中国正与越南、缅甸和印度等 17 个周边国家洽谈修建高速铁路，中国铁道部成立了中美、中俄、中巴、中沙、中委、中缅、中吉乌、中波、中印等境外合作项目协调组，组织国内有关企业开拓境外铁路工程承包和装备出口市场。英国《每日电讯报》透露，中国将实施一项宏伟的新计划，让乘客两天内从伦敦国王十字火车站抵达北京。

这些计划都没有机会展开了。2011 年 7 月 13 日，从上海虹桥开往北京的 G114 次列车行驶至镇江南站时停车。这是连续第三天发生的京沪高铁停车故障，官方说法是雷电引发供电故障，但有内部人士向财新记者透露，这辆长客股份生产的 CRH380BL 列车“部分速度感应器出现故障，列车自动控制系统不能识别运行良好的感应器与出现故障的感应器”。

8 月 9 日，中国北车发布公告称，接铁道部通知，由中国北车生产的 CRH380BL 型高铁列车暂停出厂，两天之后，公司宣布对上述车型实行召回。

但为时已晚。7 月 23 日那个雨夜发生的惨剧，已经杀死了“奇迹”。

自主研发与市场换技术大 PK

2011 年夏天，京沪高铁通车前夕，南车株洲电力机车公司高速牵引研究所所长、院士刘友梅被铁道部邀请到场。同时被邀请的，还有当年参与高铁自主研发的七八位老专家——这是 2003 年高铁自主研发方案被否定后，他们第一次重聚。

在京沪高铁通车现场看到 CRH380 列车，刘友梅心情复杂。10 年前他曾是中国高铁自主研发的关键人物。2003 年，铁道部原部长刘志军一上任，便力排众议，叫停已经进行了10年之久的高铁自主研发，转向“以市场换技术”的引进吸收方案，刘友梅及具团队研发的中华之星就此被挡在中国高铁发展的门外。他至今仍对这一决策耿耿于怀，但当“看到（CRH380）车轮在铁轨上运行平稳”时，仍难抑激动，因为当年中华之星研发时培养的人才后来在各主机厂消化引进技术的过程中发挥了重要作用。

对于中国在这次高铁的“市场换技术”中到底买到了什么，他的看法值得一听：“从知识产权上来讲都有提高，但核心技术我们没能了解。”

这在某种意义上像是一个反讽。当年停掉中华之星研发到底对不对？中国在这场长达7年的高铁技术引进之路中需要反思的不仅于此，值得进一步思考的是：自主研发与技术引进应是什么关系？什么样的产品应该自主研发，什么样的可以走技术引进道路？作为一种手段，“以市场换技术”本身并没有错，但如何换，才能以尽可能小的代价来换取最大的收益，而不至于被技术所捆绑？

中国高铁最初走的是自主研发之路。早在1990年，铁道部即就中国高铁发展模式和规划立项。傅志寰是中国高铁自主研发路线的支持者。从1998年到2002年，在傅志寰任铁道部部长时期，包括南京浦镇车辆厂、铁道部株洲电力机车研究所（即后来的南车株洲电力机车研究所有限公司）和长客股份在内的几家国内火车制造厂商都曾致力于更高速度的动车研发，但参与人员不多，规模不大，投入资金亦有限。用刘友梅的话说，“是在一穷二白的情况下坚持”。

很多人将中华之星视为中国高铁自主研发的代表，在刘友梅等老铁路人看来，这是一种误解。中国当时已研发出一系列准高速车型（即时速160～200公里），包括先锋、蓝箭、奥星和中原之星等，其中先锋、奥星和中原之星走的都是动力分散路线（动力分散在几个车厢，由驾驶员通过中央电脑控制），而蓝箭则走的是动力集中路线（动力集中在列车两端）。

先锋号电动车组2000年由南京浦镇车辆厂研制；同年，株洲所、长春客车厂等研制出了蓝箭；2001年，南车株洲所等又先后研制出奥星和中原之星电动车组。这些试验车型中，平稳性最好的是蓝箭，铁道部订购过一批，至今仍在广深线运行。奥星也曾出口至哈萨克斯坦。

2001 年 4 月，铁道部下达时速 270 公里高速列车设计任务书，刘友梅是总设计师，走动力集中路线的中华之星正式开始研发。任务书规定要生产时速 200 公里以上的列车并最终达到年产 15 列的能力。这是当时原国家计委批准的研发项目，调集了包括南车株洲所、中国北车、铁科院等 12 家企业在内的国内顶尖科研力量，总投资 1.3 亿元。

2003 年，最高运营速度为时速 270 公里的中华之星投入秦沈客运专线试运行，被誉为中国第一列拥有自主知识产权的高速动车。

但参与专家都表示，当年的自主研发并非闭门造车，也包含技术引进、吸收和消化。与刘志军后来的大规模引进主要区别在于，“这种技术引进是小批量的，以国内研发人员为主，注重的是引进后的学习和吸收，提高再创新”。以 2001 年开始研制的中华之星为例，它在动力系统、制动系统和转向架等关键领域完成了系统集成和技术自主，但很多关键零部件从国外进口。

总设计师刘友梅直言不讳：“高速受电弓、真空断路器、GTO（可关断晶闸管）器件、去离子水泵、高速轴承和螺杆空气压缩机等都是从国外进口，可以弥补国产器件工艺制造的不足。”一位当年参与先锋号和中华之星研制的铁科院老专家也坦承：“当时我们的方针是在引进的同时，自己研制。”

更重要的一点在于，当年的自主研发虽也有国家统筹规划，相关项目被列入国家“八五”“九五”计划，但总体而言，属企业行为，甚至在南京浦镇车辆厂、株洲电力机车厂、长客股份及铁科院等车辆厂商和院所间形成了科研竞赛。

不过，这种以我为主的摸索式的研发为时漫长，国内科研人员的成长亦需时日，在吸收国外技术的基础上制造出动车仅是第一步，使其成熟并投入商业运营则需更长的时间。以 2001 年 10 月出厂的中原之星为例，它曾在京广铁路的郑州站与武昌站之间运行，但运营时故障频发。一位当年曾在郑州局车辆段工作过的铁路业内人员回忆说：“当时在车上的感觉很不舒服，头晕。列车制造时没有考虑整车的震动频率跟固定频率不吻合问题，出现了高频震动。”运营期间，车经常跑半截就坏，乘客和客运段工作人员都怨声载道。运行仅半年后，中原之星即因维修成本过高停驶。蓝箭在广深线上运行时也暴露出故障率高的问题。

但如果不是刘志军坚持，这条以技术引进为基础、以国内主机厂和研究所为研发主体的自主研发之路，还会缓慢而坚定地走下去。2003 年的中国，争论了十余年的京沪高铁还没有在国家发改委正式立项，中央层面也没有下决心要大建动辄投资上百亿元、千亿元的高铁，但中国应该发展高铁技术则有共识。从当时中国的情况和高铁发展状况看，高铁研发可以慢慢来。但刘志军思路明确，就是要通过“系统性引进”发达国家成熟技术，快速推动国内高铁建设。对他来说，技术引进只是手段，快速发展高铁才是目的。他很快采取了行动。

在公开否定中华之星的研讨会之前，刘志军曾组织了一次专家评审会，据一位与会专家回忆，当时出席会议的是参与研制中原之星的中国南车、中国北车的几位总工程师。刘志军做工作，让他们以制造商的名义说中原之星存在种种问题。会上，多位工程师按指示发了言，只有南车株洲所的工程师保持沉默。不听话的株洲所后来为此付出了代价。

在 2003 年 9 月 19—20 日于吉林长春召开的“高速动车组专家研讨会”上，中华之星被评价为“与国外先进水平相比，在技术水平、产品成熟程度和可靠性等方面还存在较明显差距”。这一结论给中华之星判了死刑。就在这次会上，铁道部明确将从国外引进时速 200 公里动车组和 300 公里以上的高速动车组。在很多参与自主研发的老专家看来，这次所谓的专家论证只是一场政治秀。“他把需要的专家请过来，完全没有广泛征询意见，是政治决定路线。”之所以要全盘否定已有研发成果，大举从国外购买和引进技术，是刘志军等不及要启动高铁建设。

“动车发展是其政治生涯的跳板，他等不及漫长的自主研发。”事隔多年，一位曾参与研制先锋号的铁科院老专家回忆往事，对刘志军颇有怨言。众所周知，日本人花了 30 年才将列车时速从 210 公里提升到 300 公里。刘友梅也认为，技术差距的确存在，但高速铁路的科研创新不可能快，技术消化吸收需要时间，车辆稳定运行考核也需要时间，路基沉降更需要时间。“高铁这么猛地上，技术人员没有这个胆量，政客有。”

2004 年，在铁道部组织的时速 200 公里的动车组项目采购招标中，川崎重工、阿尔斯通和庞巴迪等中标。

而中国自主研发的中华之星一开始就被排除在招标之外，因为招标要求“拥有成熟的时速 200 公里铁路动车组设计和制造技术的或有国外合作方技术支持的中国制造企业（含中外合资企业）”，而中华之星此前已被铁道部组织的研讨会界定为不成熟技术。此外，中华之星走的是动力集中路线，最多只能 8 编组，不符合铁道部要多载人的要求，也成为其出局的原因之一。2005 年 8 月虽经 52 名院士联名给国务院上书勉强获得试运行资格，却在一年后被铁道部以发现螺栓松动为由彻底封存。

傅志寰时代自主研发的主力军南车株洲所，在技术引进谈判中也被排除在外。当时，张曙光先把国内几十家列车生产企业召集在一起，称引进动车组技术事关国家和民族利益，明确只由南车青岛四方和北车长客股份两家与国外厂商谈判，其他企业一概不准与外方接触。

此后，在铁道部分配下，国内重点机车制造企业分别受让了世界各国的先进技术：法国阿尔斯通公司的技术转让给长客股份；日本川崎重工的技术给了中国南车，加拿大庞巴迪公司的技术对应青岛的中外合资企业青岛四方－庞巴迪－鲍尔，德国西门子公司的技术受让给唐山客车等。

据当时参与铁道部谈判的人士回忆：“第一轮技术引进都是国内企业和国外企业组成的联合体，南车株洲所当时还不想放弃自主研发，没有主动参与，当发现不参与就没有订单时，才在铁道部和西门子再次谈判时积极申请，但刘志军坚决反对，以南车集团不能垄断 200 公里、300 公里以上平台为名，将西门子的 300 公里平台分配给了当时技术力量远不如南车株洲所的北车唐山客车。”

自此，在中国高铁高速发展的时代，原本整车生产技术力量最强的南车株洲所出局，只能做部分配套件，不得不拓展地铁市场求存。但具有反讽意味的是，它旗下的株洲南车时代最终成了 CRH380A 的牵引系统供应商——

牵引系统被认为是动车研发的三大关键系统之一。而唐山客车和长客股份生产的 CRH380B 对西门子技术的消化吸收不足，在京沪高铁上运营后因故障率分别高达百万公里 10.41 次和 27.36 次而被迫召回，最终还是请来西门子专家才解决难题。而当初参与中华之星等自主研发的一批人才，后来在南车青岛四方和北车长客股份中都成了消化吸收国外高铁技术的骨干。

2006 年 11 月，铁道部开始进行国内第一条新建高速铁路京津城际项目招标，最终以西门子为首的德国企业联合体以 120 亿元的价格中标。在日后铁道部的对上汇报和对外宣传中，这场斥巨资的技术引进被描述为只花了 17 亿元就买到了世界最先进的高铁技术，再然后中国高铁便被贴上了自主研发和国产化的标签，到 2010 年 CRH380 下线时，铁道部即宣称中国已拥有了百分百的高铁列车自主知识产权。

这是一种刻意包装的说法，隐患在后面。“刘志军的成功之处在于发掘了时速 200 公里以上高铁的市场需求，并加快速度提供这种产品的供给。但铁道部不能既控制供给也控制需求，这把高铁变成了一个人为操纵的市场，没有利用市场竞争机制去做事，而人的欲望必然膨胀。”一位国家发改委人士评价说。

中国为了这种“系统性引进”到底花了多少钱？原国家科委科技干部局局长、科技部研究中心研究员金履忠提供了另一种算法：截至 2006 年年底，铁道部通过 3 次动车大招标，共购买了法国、德国、日本的高速列车 280 列（其中 160 列为时速 200 公里，120 列为时速 300 公里），共计人民币 553 亿元。加上购买 1098 台机车（电力机车 420 台和内燃机车 678 台）的人民币 305 亿元和技术转让费 5 亿美元，铁道部总共花了 900 亿元（折合 110 亿美元）。相比之下，韩国花的钱要少得多。金履忠撰文介绍，同样是后来者的韩国用 21 亿美元购买了法国的时速 300 公里高速列车 46 列，不但得到了包括核心技术在内的全部技术，还直接参与法国下一代高速列车开发，取得出口高速列车的权利。

中国的潜在代价还不止于此。铁道部在技术引进谈判中的强势源于刘志军在中国强行启动了一个前所未有的高铁大市场。中国在 2006 年前后大规模启动高铁建设，铁路建设资金年年加码。2006 年是 2088 亿元，2007 年为 2520 亿元，2008 年为 3000 多亿元，2009 年 6000 多亿元，2010 年已增至 7000 多亿元。这些资金主要来自国内借款，而银行愿意借钱亦是看中了政府发展高铁的决心。在很多专家看来，大部分高铁线路特别是经济不发达地区的高铁线路缺乏经济合理性，不可能盈利。世行 2010 年 7 月的报告即称中国大规模发展高铁的经验很难为别国效仿。

铁道部财报显示，2006 年到 2012 年一季度，铁道部的净资产从 8623 亿元增至 15786 亿元，增长了 0.8 倍，而同期负债则从 6401 亿元增加到 24298 亿元，增加了 2.8 倍。尤其是 2008 年到 2011 年大力兴建高铁期间，总负债的年复合增长率高达 41%。中国经济因此承受重荷。中国社会科学院金融重点实验室主任刘煜辉撰文称，截至 2010 年年底，铁道部负债（不包含国开行贷款 1720 亿元）1.72 万亿元，占 GDP 的 4.3%。

令包括刘友梅、金履忠、臧其吉在内的很多老一代铁路专家扼腕叹息的是，自主创新与技术引进并不矛盾，并非非此即彼，而中国也并非没有自主研发实力，原本不必启动一个如此庞大的计划来“市场换技术”。

金履忠举例说，中国在 20 年前曾花 3 亿美元从欧洲五十赫兹集团引进 150 台 8K 机车及全套技术，经过消化吸收再创新，中国的“韶山”系列机车质量达到世界先进水平，中国铁路因此在几年内实现了 5 次大提速。这些国产机车及“韶山”机车的硅元件至今仍大量出口，在国际高端市场与 ABB 等跨国公司竞争。

假以时日，蓝箭、中华之星等未必不能成功投入商业化运营，但刘志军们却相信，中国可以以更快的速度创造奇迹。

最具反讽意味的是，因坚持自主研发路线被刘志军排挤的南车株洲所出现在了中国南车制造的 CRH380 AL 系列的供货商名单中，且供应的是最关键的牵引系统。刘友梅称，南车株洲所提供了包括网络控制系统在内的完整的 CRH380AL 牵引系统。

虽然中华之星被尘封，技术和人才积累还在，这些遗产在技术引进阶段派上了用场。南车株洲所 2007 年时与西门子成立合资公司 STEZ（株洲西门子牵引设备有限公司）做 DJ4 机车，南车株洲所按照 DJ4 机车的尺寸和功能尝试做对等开发（在没有外方提供图纸的情况下模仿设计，可实现完全替换）。这种做法被西门子的技术人员贬为："株洲所偷偷摸摸地学我们的技术。"

南车株洲所做出来的牵引系统和大功率电机最初没有进入动车，但在地铁上等来了机会。上海地铁一号线的车辆原来引进自西门子，2006 年使用寿命到期后要改造，西门子要价很高。2007 年他们找到南车株洲所，南车株洲所的电机和驱动系统就此装到了上海地铁机车上，运转良好。从此，南车株洲所在城市轨道交通上打开局面，近年其牵引系统在国内地铁市场频频中标。

在动车 CRH380A 上，最初有一个核心部件 IGBT（绝缘栅双极型晶体管）芯片必须从国外购买。据国家发改委一位官员透露，这个问题后来也通过收购解决。2008 年 10 月，南车株洲所下属的企业株洲南车时代收购全球知名半导体器件独立供应商、加拿大上市公司 Dynex Power Inc（丹尼克斯电力公司）75% 的股权，获取了 IGBT 的研发及制造技术。

与此同时，铁道部对南车株洲所的态度也变了。因为应用环境改变，线路、供电环境、信号环境、气候环境和国外有很大的不同，2006 年到 2007 年动车组组装完投入运营之初产生了很多问题。掌握技术的外方在解决问题的过程中并不合作。以 CRH5 为例，调试阶段经常莫名其妙停车，后来发现自动网络控制程序有漏洞，需要阿尔斯通的人来解决，但阿尔斯通员工不像国内铁路员工，铁道部一声令下就没日没夜加班，解决一个问题周期特别长。同样的问题也出现在引进的西门子的 CRH3 型车上。

急于让高铁投入运营的铁道部为此非常头疼，于是把铁科院等各大研究所都找去解决问题。铁道部意识到只有国内企业技术能力上来后，在外国公司面前才能真正有话语权。

一位南车株洲所工程师说："后来铁道部领导私下也都知道株洲所还在做自主研发，但会上不再提，不反对。有这样一个转变过程，从完全不信任国内企业到不反对国内企业搞自主研发，再到 2008 年年底铁道部领导开始集体支持国内企业搞自主研发。"

停工开始了

高铁的建设是在政府部门的强力推动以及自主知识产权神话的铺垫下，得到了各界特别是银行的大力支持才得以大规模展开的。在刘志军下台、京沪高铁故障和“7·23”大事故的连番冲击下，神话破灭了，各方面对高铁的信心也崩溃了。到了2011年年底，停工潮开始席卷全国的铁路工地。

福建平潭号称“中国隧道之乡”。往年，除春节和清明外，平潭的男人们基本都外出在工地。但2011年由于高铁项目纷纷停工，平潭的隧道人只有打道回府，县城茶楼会所提前火爆起来。

这不是好兆头。据多名平潭隧道从业人员估算，平潭人中，隧道从业人员高达数万，失业问题不容忽视，他们甚至把现在的情况称为“洞灾”，是继“会灾”（民间会标）、“船灾”（2008年国际金融危机中的船运危机）之后的又一场大危机。

一年前，他们对投资高铁非常乐观，孰料风云突变，“情况都不好，钱不到位，到2011年五六月境况越发艰难。我们欠农民工的，项目部欠我们的。”一位投资者称。因资金不到位，不少隧道施工队停工退产。“做了自己要垫钱。不做，民间借贷利息贵，放在那里一年就亏死了。退出来好一些。”

中国的铁路工程采取分包制，比如中铁将项目总承包后，再将隧道分包出去。这种操作方式，总承包商项目部实际投资不大，但隧道分包商前期需上千万元的设备投资。如果退产，分包商往往会与项目部协调，将设备转让给项目部。据了解，现在很多施工队在和项目部打官司，设备估值或材料费用的计算是主要分歧。铁路施工隧道先行，隧道停工意味着后续施工难以展开。

在一家大企业销售旋挖钻机（用于打桩）的人员称，现在一台旋挖钻机回收价格低至200万~500万元不等。“目前六成企业日子不好过，三成企业面临设备回收风险，我认识的好几个老板裁员一半，有的外面飘着三四千万元的欠款，我们200万元的设备款都拿不到。”他说，“现在不只是旋挖钻机设备卖不出去，混凝土设备、吊车都不好卖，大企业资金链都非常紧张。”

据消息人士透露，中铁下属10多家公司的老总已齐聚北京总部等着要钱。他们的后面，是等着还钱的分包商和供货商，“一个做粉煤灰的公司，项目部就欠了他800万元”。

另一位多年从事铁路生意的老总从年初就开始讨债，到2011年11月还有6000多万元没拿回来；项目部出具的承诺函只是空头支票，2011年一个项目都没接。

他判断，说90%项目停工或许夸张，但70%是可能的，停工受损失最大的就是架桥企业，“它们需要从国外进口设备，研发就要几亿元，投资额大，风险大，有的在里面砸了10亿、8亿元”。

中铁的一位人士亦称，正常、半停工、停工的项目约各占1/3，正式员工也有歇工回家的，有的每月只拿几百元，“目前正在对受影响大的公司调研业务状况，以估算成本，但是没订单怎么维持人员稳定呢？”

在过去，铁道部手握大把工程订单，承建商和供应商在谈判中处于弱势地位，垫资和被拖欠款项都是经常的事，轻易不敢与甲方（铁路系统）撕破脸。这一方面是企业从长远考虑，另一方面也认定这是政府工程，相信铁道部的偿债能力。但现在因铁道部欠款而引起的诉讼已经开始出现，业界资深人士认为，如果未来有供应商破产，可能会出现从甲方账户强制划转资金的情况。

这次停工涉及面之广超乎想象，既有很多2010年刚上马的项目，也有接近完工的项目。财新记者了解到，原本2011年9月1日进入联调联试的哈大线因声屏障企业停止供货而停滞；广深港专线的广深路段早已开始联调联试，但何时开通迟迟未有定论，余下路段又因隧道施工调试难度大而进展缓慢。加上这轮高铁建设步伐调整的影响，中铁十五局的一位人士担心“赶不上香港那边的工期”。

正在收尾的京石客专，因几十米的拆迁问题未解决要到2012年3月再开工，与之相连的石武线虽已建成却不能单独联调联试，这一拖就要到9月。

一家大型国有银行的人士称，目前在建项目约300个，铁道部发债只能投入到几十个项目中，而且有的只有一两亿元，相对于几十亿元、几百亿元的投资来讲就是撒胡椒面，“这2000亿元就是给大家过年的，别出事”。

更困难的是西部。据媒体报道，开工4个月的兰渝高铁已停工90%，因为欠款严重，2011年8月底就曾出现过数百名农民工围攻中铁八局指挥部的事件。

2011年是“十二五”开局之年，很多省份都提出了高铁投资“十二五”规划，这些在两年高铁投资热下制定的规划已很难兑现。按照规划，2011年哈尔滨在建铁路项目有11个，涉153亿元投资；新疆有13个项目，涉193亿元投资。2009年河北省提出要成为“全国首个市市通高铁的省份”，但资金瓶颈难以解决。“2010年9月1日开工的津保客专项目进展一直不顺，开工不久就陆续停工，2011年5月大面积停工。据说天津、保定的出资难以到位，铁道部资金也不再划拨了。这次拿到几亿元发债资金后正让大家报复工方案，但没有后续建设资金的话很难。”一位熟悉该项目的设备供应商称。

云南则计划在沪昆客专云南段和云桂铁路投资124亿元，因资金紧张，到10月中旬，沪昆客专云南段已开工的123个工点，除保留壁板坡隧道等10个重点外，其他113个一般性工程均阶段性停工，仅曲靖段就停了91个工点。

停工之后，结算问题就开始了。往年，很多工程11月就开始结算。入不敷出的铁路，能否年底前让农民工安心回家过年？2011年9月传开的一起京福客专农民工讨薪事件，加剧了上层的担心。

据当事人宋先生称，京福铁路闽赣段2011年8月后因资金问题基本停工，工资从2011年1月就停发，人均欠薪4万~5万元。双方多次协商未果，到孩子开学时，冲突激化。2011年9月6日，5名员工再赴现场讨薪，发生了身体冲撞。事件在网上传开后引起施工方高度关注。中铁一局的一位人士表示，他们专门成立了维稳会，安抚农民工的情绪，他们担心年底可能大量出现拖发工资的情况。

另外，一些心急如焚的供货商表示，如果年底还拿不到钱，就要组织工人到北京上访。2011年4月，已有几家京沪高铁的声屏障供货商带着20多名工人在京沪高铁公司门口静坐。

资金并非导致停工的唯一原因，在各方严厉检查下，高铁建设中的诸多问题逐渐暴露。比如，京秦线是因更改车站未经环保部批准停工。吉林省靖宇县和抚松县境内一段总投资 23 亿元的铁路工程被查，该工程被违规分包给一家“冒牌”公司，包工头原来是厨师出身，在本应浇筑混凝土的桥墩偷工减料加石块，形成巨大的安全隐患。

在 2011 年 11 月 4 日中铁十五局沪昆项目部的质量反思会上，通报的事故还包括漳泉铁路列车脱线事故、新建哈尔滨站何家沟特大桥简支梁架设坠落事故、中铁十九局集团某公司在兰渝铁路隧道斜井施工中发生翻车事故等。

从财新记者调查的各地停工情况看，欠款和讨薪从 2011 年年初已经开始，“7·23”事件后情况更加恶化。铁路高层人事变动和高铁事故频发对高铁建设乃至产业链影响甚巨，本就在政治高压下构建的铁路与银行、铁路上下游产业链的关系正在重构。当高铁的政治光环褪色，各方面对高铁的信心也在动摇。

从高铁“狂人”到四处求救的“穷人”，铁道部的角色转变看起来令人吃惊，细究起来，却并不意外。

中国铁路原本盈利很少，每年征收的铁路建设基金亦不过五六百亿元，仅够路网维护。从 2006 年开始的短短几年间，却发展了规模庞大的高铁投资，年投资额甚至高达六七千亿元，资金从何而来？

与地方融资平台一样，铁道部资金主要来自发债和借贷。在 2009 年信贷宽松时铁道部曾是银行竞相追逐的大客户，但由于银行体系铁路贷款单一集中度过高，信贷紧缩后，银行对铁路贷款趋于谨慎，铁路系统信贷总量过大、结构错配的短期流动性风险骤显。

银行对铁路贷款的态度转变始自 2011 年 2 月刘志军下台，当时政策面出现了微调，银监会加强了贷款集中度管理。首当其冲的就是铁路，当时国有大银行对铁路的贷款集中度已超出 15% 的标准（单一集团客户贷款不能超出资本净额的 15%）。2010 年年末，四大行资本净额为 3 万亿元，而整个银行系统的铁路贷款余额为 1.45 万亿元。其中，工行与国开行是高铁贷款的鼎力支持者，介入早，贷款规模大，2010 年年底国开行的铁路贷款余额为 1700 亿元，工行则超过 2000 亿元，铁路贷款集中度约 25%。

同时，由于2011年新增信贷资源紧张，连央企贷款利率都从基准利率下浮10%调整到上浮10%以上，铁路贷款仍大多维持基准利率，银行测算其综合回报率非常低，铁路变成优先放弃的项目。“2010年授信时调控还没这么严格，2011年信贷规模紧张，客专项目公司往往等好几个月才排上队，拿到一两亿元就不错了。”一位国有银行人士称。

2011年5月铁道部将2011年投资目标下调至6000亿元，并提出“保在建”，但业内人士心知肚明，2011年的信贷规模根本无法满足这一目标。“7·23”事故更是给了铁道部沉重一击，连工行这样的鼎力支持者都变得非常谨慎，2011年新增铁路贷款仅300多亿元。2011年八九月以来，铁路新增投资只有300多亿元，而其中每个月的银行贷款也就100多亿元。

到2011年9月，铁道部及铁路大企业的资金已经非常吃紧，7家铁路施工企业联名上书国务院，“这种情况在刘志军时代是不可能发生的，谁敢越过铁道部直接上书国务院？”一位铁路系统老人说。

虽然国务院要求国家发改委协调解决铁路贷款问题，但四大行并不积极。第二次协调会上，铁道部将维稳贷款的需求从1400亿元降至500亿元，应急贷款总额也从3000多亿元降低到2000亿元。

据悉，工行和建行最终从以前审批的授信额度中挤出100亿~150亿元的额度，而最大支持者是政策性较强的国开行与邮储银行，二者分别提供了1000亿元与500亿元的贷款。财新记者获悉，这个新增额度来自央行特批——国开行资金来源于在银行间债券市场发行中长期金融债，每年发债额度和信贷额度由央行批准，2011年国开行的信贷额度原为5600亿元。

2011年，国开行已向铁道部发放贷款七八百亿元。如果此次特批的这1000亿元专项贷款到位，国开行铁路贷款余额约为3400亿元，是国内银行中铁路贷款余额最大的，“相比追求短期收益、短借长贷的传统商业银行，铁路行业建设周期长的特点恰恰符合国开行中长期资金来源的特点，也符合国开行支持国家战略产业的定位。”一位国开行人士称。据其测算，中国目前远远不能满足对大宗商品的运力需求。

铁道部拿着项目名单和各家银行谈，银行考虑经济效益的同时也考虑与铁道部的长期合作，所以都会象征性地支持，“铁路毕竟是国家经济命脉，在资产组合中不可或缺，从战略角度看要做。但比例过高也有行业风险，铁路贷款太长期，我们的考核是短期的，所以要权衡占比。”一家国有银行人士称。

2010 年宁杭线希望从建行获得上百亿元贷款，建行测算其归还贷款需要 22 年，扣除内部资金成本后的存贷款收益近 3 亿元，但综合利润贡献度亏损约 7000 万元。而且铁道部的存款、结算业务主要在总行，浙江一家国有银行分行人士表示，分行原就是执行总行任务，对铁路贷款没有兴趣，因为不能给分行带来存款和中间业务收入。如果由地方上报项目，铁路贷款肯定会往后排。

铁道部三季报显示，2011 年前三季度铁道部新增国内银行贷款 1900 亿元，而 2010 年是 2600 亿元，但如果加上特批的 2000 亿元应急贷款，全年新增贷款约 3900 亿元，高于 2010 年的 3000 亿元。

三季报还显示，铁道部还本付息的增速较快，2009 年是 732 亿元，2010 年是 1501 亿元，2011 年前三季度是 1691 亿元，预计全年达到 2000 亿元以上。

铁路项目建设周期较长，贷款期限一般为 10 年以上，而铁道部 2011 年已发行的 2150 亿元债券中有 650 亿元 3 个月期限的超短融、550 亿元一年期的短融，显然与其长期投资难以匹配。铁道部目前 1.5 万亿元的股东权益计其铁道债发行上限为 6000 亿元，目前已发行尚未到期的铁道债已达 4230 亿元，继续发债空间有限。

一位银监会人士指出，监管因为一些部门的制约进退两难，铁道部是典型，“拼命上项目，停工发不了工资，就推给监管部门和银行；而银行一看有机会就拼命投，一出事就全停，监管部门又得出来协调。相当于绑架了政府，最后以维稳要挟，政府不得不妥协。‘会哭的孩子有奶吃’，计划经济的这套到市场经济还管用。”在他看来，一些不讲规则的部门理应受到惩罚，否则后果就是劣币驱逐良币。

在债市，从 2011 年 7 月铁道部短期融资券流标，到 10 月之后三期铁道债均获 10 多倍的投标认购，仅仅 3 个月，债券市场对铁道部的风险评估完成了 180 度的大转折。背后原因并不复杂，也是来自财政部、国税总局及国家发改委的政策扶持。一位银行业人士称，政府兜底的市场预期亦推动铁道债收益率进一步下行，这意味着铁道部的融资成本降低了至少 10 多亿元。

2000 亿元救急款撒胡椒面

2011 年 10 月 25 日下午，一场高规格的协调会在国家发改委召开，央行分管信贷的副行长胡晓炼、铁道部副部长陆东福和一位国家发改委副主任，以及银监会、四大行、国开行的相关人士坐到了一起，讨论是否要放松银行对铁路贷款的信贷额度，放松多少。

铁道部的目标是 1500 亿元项目贷款和 500 亿元维稳贷款。在 10 月 21 日召开的上一次协调会上，铁道部由一位主管财务的司长出面，要求 1400 亿元维稳贷款，银行不置可否。

知情人士透露，央行领导在 10 月 25 日没有表态，但协调还是很快有了结果——2011 年 11 月 1 日，新华社报道“铁道部近期将获得超过 2000 亿元融资支持”，而后又有 2500 亿元融资的说法，加上 10 月 12 日、26 日及 11 月 8 日 3 次密集发债 700 亿元，铁道部资金面骤然宽松。

据业内知情人士透露，在国家发改委协调会之前，7 家主要铁路企业联名给国务院写信反映资金紧张问题，铁道部亦发文告急，2011 年 9 月底国务院会议决定由国家发改委牵头落实。

铁道部同时也在谋求国家财政的支持，希望财政部对铁道债进行担保，但财政担保就要上人大讨论，财政部不愿意，提出可以适当减免税收，将利息所得税减半。2011 年 10 月 18 日，铁道部即宣布，根据国家发改委 10 月 12 日下发的文件，中国铁路建设债券正式成为“政府支持债券”，这种别出心裁的叫法以前从未出现过。

各种支持政策的出台，主要压力还是来自社会稳定。2011 年年初刘志军落马后，随着央行收紧信贷额度，铁路从银行贷款日渐艰难，“7·23”甬温线特大事故后，渐至大面积停工，拖欠工资。时近 11 月，年底结算在即，对讨薪潮的担心日渐升温。

按照国家发改委批复的2011年1000亿元铁路债发债规模，加上2000亿元信贷支持，可解燃眉之急。对资金用途，据悉铁道部提出“保三”：一是保证清欠农民工工资；二是保证质量，施工难度大的项目要保证；三是保证尽快能完工的项目。

但是，2000亿元能在多大程度解决问题？从铁道部3次共700亿元发债覆盖的项目来看，最多的沪昆线获得156亿元，少的只有一两亿元，但整个铁路系统截至2011年年底，在建工程达1.27万亿元，涉及项目300个，其中约七成在“7·23”甬温线特大事故之后处于停工或半停工状态，高铁供货商普遍资金饥渴。

铁道部三季报披露，企业应付款达2500亿元。据悉欠中铁、中铁建就近2000亿元，欠中国南车和中国北车400多亿元。高铁产业链上的很多公司已无米下锅、无工可开，而2011年已完工的京沪线尚有60亿元欠款未付。供货商反映，有的货款已拖欠两三年，这次能还多少不得而知，现在连中铁下属10多家公司的老总都等在北京要钱。

从财新记者在北京、石家庄、浙江、上海、广东等地采访的情况看，2000亿元“胡椒面”撒下去之后，只能还清部分欠款，复工进程则要看铁道部的资金投向及供货商和铁道部的博弈。

在经过刘志军下台、京沪高铁故障和甬温线特大铁路事故等一系列事件之后，铁道部过去在刘志军任上形成的以铁道部为核心的高铁建设模式正在瓦解，铁道部信用出现重大危机，铁道部与银行、上下游供货商、承建商之间的关系也在重构。年底供货商讨债意愿强烈，虽然大家都很期待复工，但如果铁道部不拨付建设资金，企业已不愿再垫资复工，进程堪忧。

救急款无法帮助铁路彻底解困。铁路资金问题的根源，在于近年来铁路投资规模大大超出了铁道部的承受能力，2011年只是刚刚进入偿债高峰。铁道部的经营现金流已难以偿还贷款及债券本息，除了600多亿元的铁路建设基金，再投资主要靠借钱——资本金投资都要靠发债，另一半投资则完全依赖银行贷款。2011年铁道部多次发行了短融甚至3个月的超短融，这显然与铁路的长期投资是错配的。

铁路贷款现在不仅结构错配，也存在总量过大的问题，更重要的是，铁道部正面临着前所未有的信任危机——对于高铁未来盈利能力及安全性的担忧使得银行改变了看法，铁路贷款不再是“低风险的投资”，资金成本的提高已成必然。即使2011年挺过去了，2012年怎么办？这是铁路企业最为担忧的。

2011年高铁新增投资陡降，连“保在建”的任务也未完成好，市场预计2012年投资规模会下降至5000亿元甚至更低，但铁道部能确保持续融资能力吗？还能寄望中央不断协调救急吗？引入社会资本变得非常迫切，铁路地方化和公司化都是方向，但是，业外的各方看法显示，不论地方政府投资还是其他资金，加入铁路重组的前提都是铁道部必须改革现有的封闭财务系统和清算体制。

融资的压力能否倒逼铁道部改革？现在还看不出明显的迹象，得到确认的是有关部门正在研究大交通的改革方案，原计划2012年4月拿出讨论稿。

2011年11月8日，中铁的老总亲自到工行拜访总行领导，寻求支持。而在“7·23”事件前，工行一直与铁道部都是“铁哥们儿”，之后便日趋谨慎，“现在谈钱比较伤感情。”一家国有银行的人士感慨。

虽然中国南车、中国北车高调宣布铁道部偿还欠款105亿元，但中铁才是铁道部的欠款大户——有上千亿元之多！有分析师称，在铁道部2011年三季报分析会上，中铁称有70亿元欠款已经到账。

铁道部2011年三季报披露，应付款为6035亿元，同比增加1500亿元，其中企业应付账款2507亿元，可以说2011年新增的3700亿元基建投资主要来自发债、贷款和企业垫资。中铁建2011年中报披露其应收款为543亿元，业内人士分析，很多项目2010年才开工，结算要到年底，所以年末应付款会更高，中铁与中铁建加起来可能要到2000亿元，此外中国南车、北车还有400多亿元。而中铁、中铁建作为众多项目的承包方，涉及的供应商不计其数，受影响较大的是土建、隧道供货商。

2011年10月以来，铁道部一举融资2700亿元（2000亿元贷款+700亿元铁道债），其中700亿元的发债资金将投入到数十个项目当中。供货商们正眼巴巴地等着拨款，“我们现在像狼一样。”一家国企施工单位的人士如此表示。

10 月底以来，很多客专公司就召开了复工动员会，但是不少供货商还在观望，农民工也大多没有回来。加之进入冬季后天气寒冷不利于施工，即使 2700 亿元撒下去，复工效果也有待观察，“不是企业不想复工，铁道部不拨款的话他们也没钱垫资，大家都很吃紧。”一位项目公司经理称。

一家国有施工企业人士认为，基建行业具有周期性，以往也出现过波动，但这次急刹车来得太突然，投资陡降，企业承受不住。一是摊子铺得太大，造成大量欠款；二是铁路基建的招标价压得很低，利润薄，很多施工单位只能靠规模生存，一旦项目停下来就完蛋。

“现在最可怕的不是支付农民工工资，工资只占成本的 20%，设备、材料采购是最主要的，如果没项目接着做，设备才用了一两年，就得折旧摊销，会导致企业亏损，尤其是那些这两年才闯入高铁的企业。”上述人士称。

据悉，2008 年从京沪高铁闯入高铁市场的中国水利水电建设集团，先后承揽了宁杭、贵广、南广、沪昆、大西等 6 条高铁线路的施工，合同总额 308.4 亿元，在 2011 年调整中人员流失严重。

“多元化是必然的选择，比如中铁的很多公司都从单一业务发展为综合局，土建、电气化、隧道甚至房地产、运管维护都可以做。”一位经历过行业调整的人士称。一家成都的企业高管称：“我们从铁路系统了解的信息是，可能得两三年才能调整过来。”很多路内企业已被迫将地铁作为未来业务调整的主要方向。据中铁和中铁建披露，2011 年新签铁路订单下降九成，总计约 400 亿元。绝大多数公司都没有完成预期订单，而业内认为最困难的还是 2012 年，“2011 年停工是 7 月开始的，2012 年在建订单少了，新订单也没有，没业务怎么维持员工稳定？有些小公司可能就得出局了”。

11 月 8 日《中国证券报》报道称，“十二五”期间，铁路每年投资规模或调降至 5000 亿元左右。铁道部按照国务院要求调整《中长期铁路网规划》，调整与目前投融资环境有一定关系，小线路将是主要调整对象。

中国铁路建设目前面临的资金困境，虽然受到宏观调控政策的影响，但究其根本，仍是过去 8 年铁路“大跃进”发展造成的后遗症。中国原计划到 2020 年新建客运专线 1.2 万公里，现在提前 10 年完成了当年规划的九成以上。

“从这个意义上来讲，似乎是造成现在问题的一个方面。”中国银行首席经济学家曹远征说。但他认为，中国铁路仍然需要大发展，铁路从长期看是中国主要运输方式，从长期看也是盈利的；现在的主要矛盾是所有投资同时开工，短期无法盈利，而且铁路建设是以借债为主要资金来源，因此债务可持续问题明显。铁道部的资本金严重不足，负债期限过短，和长期收入不匹配。

曹远征认为，有两个方式可以缓解，一是补充资本金，二是把短期债务拉长。近期 2000 亿元的贷款，暂时缓解了铁道部资本金的压力；而债务期限拉长、债务重组则需要借助市场和金融工具的力量，如资产证券化，“可以对单条铁路或者整个铁路的债务结构进行重组。通过金融工具重新疏理，通过各种手段使它的债务期限更加合理，更加匹配，使铁路资产负债表健康化”。不过，此前房地产证券化上报了多年也未出台，铁路资产证券化能破冰吗?

使铁路资产负债表健康化只是治标，治本仍须寻求铁路改革。就像 2004 年启动的银行改革，清理银行资产负债表只是第一步，在此基础上进行股份制改造、上市，使银行变成真正的商业机构，才是最终目的。在曹远征看来，铁路也面临着同样的任务，一方面通过债务重组、注资等使资产负债表健康化，在此基础上，通过推进改革来保障。

投资者目前对铁路投资仍持谨慎态度，一家大型金融投资机构的人士称，大家都在观望改革方向。

而最早试水铁路产业投资基金的浙江省铁路投资集团的一位人士称，浙江省政府没有通过铁投或者以别的方式控股铁路的打算。2010 年，浙商产业投资基金成立，由浙江省铁路投资集团和中银集团出资，至今已募集 40 多亿元，也在洽谈一些铁路项目，但未达成投资意向。

这位人士称：“下一步投资意向要看铁路清算机制是否改变，现在铁道投资大环境不明朗。”

他说，目前全国共有 18 个铁路局和 2 个铁路公司，一直以来，地方铁路局属铁道部垂直管理，没有自主经营权，路局所有收入全部上缴，铁道部再通过其清算系统对各路局的运营经费、收入利润指标重新分配。

在很多分析人士看来，2011 年发生的一系列铁路危机事件，应成为被停滞8年之久的铁路改革重启的契机。铁道部新领导班子，也确实在刘志军下台后一直在酝酿改革，并于2011年6月拟订了一份内部方案，但这一方案被普遍认为不尽如人意。而温州动车“7·23”追尾事故的发生，再次变更了改革方案出台的时间表和轨迹。

在维稳的压力下，2000多亿元帮助铁道部渡过了2011年年底的难关，却无法挽救铁道部面临的信用危机，中国政府是继续以紧急输血的方式给铁路打强心针，还是以债务重组为契机，全面启动铁路的管理体制改革，现在已到了选择的重要关口。

供应商：不给钱就上访

在财新记者一个多小时的采访中，江苏一位做声屏障的老板两次拿起电话，打给高铁工程项目承包商追索欠款。他是两条国家重点工程铁路的声屏障供货商，即2011年6月已通车的京沪高铁，以及原定2011年年底通车但通车时间延迟一年的石武客专。

两条铁路共欠其工程款近2亿元，京沪高铁尤甚，“一年前从供货开始就未付款，现在欠我近1.2亿元。”他说。一年中，他多次给京沪高铁工程承包商中铁三局物资部长打电话要钱，对方现在已不愿再接他的电话。

这次电话终于通了，从对话看对方也在诉苦。放下电话，他对财新记者说：“京沪公司没有给中铁三局钱，中铁三局因此更没钱给我们，他们自己也亏了。”在电话中，他温和的语气中包含威胁：“要是年底不给钱，我们要带几百个人去北京上访，让京沪公司给你们（中铁三局）钱。放心，对你们没坏处。”项目承包商中铁三局俨然也是要账战略联盟中的“苦主”。

和很多老板一样，2011年11月20日前铁道部将划拨2000亿元给工程单位的消息传开后，他紧急展开新一轮要账行动。

今天的局面在一年前很难想象，当时，京沪高铁项目还是国内声屏障供货商积极争抢的对象。

这家公司过去主要为高速公路供货，京沪高铁项目中标者中铁泰可特和成都新筑股份因生产能力不足，从他的公司进货。后来承包单位中铁三局和中交建集团主动找上门签订了供货合同，当时令他喜出望外。2010 年春节，“中铁三局整天催货，说在春节间一定要供完”，为此，工人们春节都在加班加点，他在两个月内紧急贷款 4 亿元，加大投入。

但声屏障刚生产出来，刘志军就落马了，因刘案牵涉声屏障供应商中铁泰可特的丁书苗，“做好的声屏障，施工单位不接收了。”他说。

2011 年 3 月 2 日，几家京沪高铁声屏障供应商收到了一份《关于声（风）屏障加工安装的紧急通知》。《通知》称，京沪高铁部分管段 1.93 米声屏障全部取消，已安装的声屏障拆下，尚未安装的风屏障停止供应。加班加点赶工的声屏障因此被存放在库房，“直到 6 月才供完货，但并没有给钱”。

这场停止安装风波曾引发厂家上访事件。2011 年 4 月 12 日上午 9 点半，北京北蜂窝路 5 号院附近的京沪高铁公司前，曾聚集 20 多个人，衣服上写着“讨还公道，还我血汗钱”，手中持有“祈求京沪高铁支付声屏障货款”的横幅。

这些人是来自江苏远兴等 5 家高铁声屏障生产企业的工人，目的是向京沪高铁讨要总额近 30 亿元的工程欠款。

京沪高铁也是“苦主”，高铁建设由铁道部统收统支，下面的项目公司并无决定权，京沪付不出钱是因为变更的钱铁道部没有拨下来。为安抚讨要欠款的供货商，京沪高铁曾让与其合作的中铁物资代付物资款（主要是银行承兑汇票），中铁物资从中收取厂家 3 个点的中间费用。当时供货商还不满意，但 2011 年 6 月后，这种方式也难以为继。

京沪高铁截至 2011 年年底欠款总额有 60 亿元，主要为变更增补款项，要起来难上加难。这次铁道部到位的资金中有 17 亿元拨给京沪公司，主要是维稳资金，用于发放工人工资和部分欠款，这直接影响到作为收尾工程的声屏障欠款发放。

京沪项目分 7 个标段，由中交建、中铁、中水等集团公司总包，一家做 200～300 公里，总包金额分为合同金额和增补金额，“因为铁路建设费预算价格一致，京沪高铁对质量要求较高，在施工过程中有许多变更需要审批。”有知情人士说。现在合同金额已经给付完毕，就是增补的钱拿到也亏得厉害。

据前述供货商介绍，2011 年 4 月上访的同行拿到的钱最多，如果再拿不到钱，他也打算效仿，“没办法，现在资金成本大。找关系从银行贷款，利息要 1 分，民间融资的钱，现在是 2 分到 3 分，短期的甚至高到了 4 分。一年下来，光利息就要付五六千万元。”

正是出于对上访的担心，中央才在 2011 年年底紧急启动了 2000 亿元救急计划，救急计划的重中之重，就是偿还对工人的欠薪。

杭长线炎凉

杭州市南郊，离杭州南站不远处，有一片铺满碎石的铁路施工基地。每隔一米插着一幅红旗，上书“中铁三局集团”，一路绵延至几百米开外。2011 年 11 月 8 日，财新记者在现场看到，偌大基地内只有零星几个工人在忙碌。

这是中铁三局一公司杭长铁路客运专线项目经理部的路基工程，工人告诉财新记者，两个月前工程已经“停工”，工人大部分遣散。

2010 年 6 月 18 日开工时，这里曾一片热火朝天，运货车络绎不绝，工人是现在的十几倍，“现在，连桥梁都停了。”他所指之处，一辆孤零零的运梁车停在两头建好、等待连接的桥梁处。

两个月前，杭长线即因资金短缺忽然冰封。和杭长线一并停工的还有相隔几十米的杭甬客专，本来预计 2011 年年底通车的杭甬线，推迟至 2012 年 6 月。同在浙江的宁杭铁路，更早前已停工。

兴也政策，衰也政策。政策支持时不计成本投入，政策转向了投资便竞相出逃。政策的大冷大热，让高铁项目各方很受伤。

2010 年 6 月 18 日开工的杭长客运专线，是国家铁路“四纵四横”快速客运通道主骨架沪昆客运专线的东段，属于国家重点项目，计划于 2013 年 7 月 1 日建成。

位于杭州西湖大道的沪昆铁路专线浙江公司是这个项目、同时也是另一个国家重点项目杭甬客专的指挥部，上海铁路局是项目承包商口中的“业主”，公司总经理由上海铁路局副局长担任。

杭长线浙江段的投资总额为100亿元，因是国家重点项目，其资金来源与一般城际铁路不同。据沪昆铁路浙江公司负责人介绍：“杭长线浙江段是铁道部和地方政府出70%的资本金，另30%是银行贷款。其中资本金部分国家80%，地方20%，铁道部出资比例高于一般城际铁路的五五对开。”

这个项目对承包商极具吸引力，中铁四局一位项目负责人说：“国家重点项目资金来源有保障，地方政府配合，各方面重视，是施工单位的首选。”

总长度为295公里的杭长线浙江段分为7个标段，分别由中铁三局、四局、十一局等国企竞标承包，大国企再对材料、设备供应商招标。同样，这也是供应商争夺的对象。一位国家重点工程杭甬线的设备供应商说：“中铁各局是国企，承包重点项目的机会多，回款及时，我们都愿意跟他们合作。”抢标时什么手段都用。2011年8月，杭甬客专指挥部就接到过声屏障供货商对于中标结果的投诉，引来铁道部调查。

从2010年3月进场到2011年8月之前，对各个路局来说，“工期”曾是最重要的关键词。多位路局项目负责人反复强调国家重点项目对工期的要求，“业主单位每个月都催得很紧”。施工期为3年的杭长铁路，以2013年7月1日通车的倒计时紧卡工期。

“施工单位每月投资额大约要完成1亿元。”中铁十一局的项目负责人告诉财新记者。如不按照业主要求完成每月施工任务，会影响信誉考核结果，并直接影响下次工程招标结果。

为赶工期，各个路局不断增加成本投入。以桥梁钻孔桩为例，普通钻半个月打一根桩，换成旋转钻一天就可完成，但成本增加一倍；一座桥梁施工为赶工期，派两队人马、两套模板加班加点。由于有拆迁等不可预估的因素，唯有加大投入才能为如期完工加保险。

工期压力对材料供应商同样存在，一位声屏障供应商对财新记者说：“加班加点赶工是家常便饭，自己做不完，会把材料供应分包给别的同行。”

就连铁路施工人员，也会因人手不足而去“分包”：项目管理人员是各路局集团，施工人员则是各个路局自己找“架子队”，即包工头。

据施工人员回忆，从2010年开工到2011年6月，整个工地上到处都是身穿橘红色施工服的工人，货车来回穿梭，起重机、塔吊机整日忙碌，宣传声势浩大。2010年下半年开始，各路局就大搞劳动竞赛，争创“第一”和“先锋”。

至2011年春节，杭长线各个路局依旧热火朝天，春节期间，中铁四局共有1352名建设者坚守工地。

谁也没想到，大变局即将来临：春节刚过，铁道部部长刘志军落马，震动铁路系统。但当时，各施工单位并未想到此事会对在建项目产生影响。

直接与资金划拨打交道的项目最先感受到异样，“春节过后，明显感到资金收紧。”沪昆客专的一位项目负责人对财新记者回忆。

上层对高铁建设的态度，也在产生微妙的变化。2011年5月2日，上午9点半，铁道部全国电视电话会议召开，一位与会者回忆说：“新任铁道部部长盛光祖在这次会议上提出，保在建、上必须、重配套。也就是说，不要跟刘志军一样大面积地上。当然还是要上项目，但要科学地上。”

此时，“国家投资为主”从当初的利好变成了坏事，资金划拨明显延搁。从2011年春节到10月，铁道部对浙江省内的几个重点项目几乎未划拨过一分钱，银行贷款也变得艰难。

铁道部占一半投资的国家项目，率先感受到资金紧张带来的压力。为了保证在建项目不受影响，项目部开始寻求保理、银行贷款等其他融资途径，以缓解资金紧张。

“浙江省政府对杭长线比较支持，省里投资一直未变，且帮助杭长线做银行工作。”沪昆客专浙江段一位负责人告诉财新记者。与宁杭线等2011年四五月即停工的线路来说，沪昆线算是幸运的。但他们感受到了银行态度的变化，“贷款难度增加了。以前都是银行追着贷，2011年下半年为了完成贷款计划额度，反倒要去说服银行。”上述负责人说。

资金紧张，但尚能勉力维持，一直到2011年7月23日温州动车追尾事件，本来已脆弱的资金链彻底断裂。“7·23”事故后，铁道部将安全放到铁路施工的第一位，“工期”一词不再被提起。

与此同时，银行态度大变。2011年7月26日，浙江一家国有银行紧急发文，要求全面排查辖内高铁行业相关客户，对路轨基建、机车装备、电气装备、高铁运营、调度信号五大体系重点监控，有针对性地防范授信风险。

资金断裂不仅给项目部带来压力，压力也传导到施工单位和设备材料供应商身上，“从 2011 年 8 月份开始，业主就不给我们这些施工单位拨钱了。”杭长线的几位项目承包商称。除了卡控工程（例如长大隧道等决定工期的工程）必须保证，以及连续梁等一旦开工就不能停止的工程，别的都停了，连续梁等原来两套人马一起上的工程也纷纷撤人，“原来 100 多人，现在只剩二三十人。”

施工单位纷纷陷入“停也不是，不停也不是”的困境。在桥梁较多的杭长线浙江段，一位总工程师告诉财新记者：“桥梁施工中，混凝土的性能会随着时间产生变化，停工或进度变慢，都会影响桥梁的质量，而隧道停工不仅直接拖延工期，还会带来坍塌的风险。”

为保证某些重点项目不停工，项目承包单位将有限的资金主要用于项目运作，至于人员和材料供应商的工资则无力发放。多个路局工人表示，工资仅发到 2011 年四五月份。杭长线的材料供应商纷纷抱怨，从 7 月起货款即已拖欠。

2011 年年初由沪昆客专浙江段公司制定的各路局施工进度也成了一纸空文。中铁四局一位项目经理告诉财新记者，2011 年 7 月，沪昆公司曾通知调整施工进度，“工作量约为资金充足时期的一半”。即使这样的工作量也难以为继，各路局开始遣散工人，供货商停止供货。

2011 年 11 月初，财新记者在沪昆客专某公司物资部长的桌子上，看到厚厚一堆“货到未付款单位情况说明书”，材料供应商名单和欠款额清晰可见。欠款情况在沪昆线各段都存在。“别的国家换首相都不会对铁路建设带来影响，我们国家换个部长就这样。”一位货款收不上来的杭长线供应商抱怨道。

另一位提供塔吊的设备租赁商与杭甬线的承包商中铁十七局签订了 3 个月的合同。此前他与中铁十七局合作数次，一直顺利，中铁十七局回款很及时。2011 年 4 月第一台机器进场，本应 5 月付第一笔款项，其间供应商数次要账，但到 7 月份才拿到合同额的 1/3。为讨要欠款，供应商把机器停在场内，不工作，但这对业主也起不到丝毫威胁作用。

对于杭长线和杭甬线来说，保证原定工期已不可能，而全线复工需要大量资金注入。2011 年 10 月下旬，铁道部融资 200 亿元，杭长线为全线获得资金最多的单项项目，全线拨款 30 亿元。

但这笔钱对于数额巨大的工人工资欠款和供货商欠款，实为杯水车薪。杭长线江西路段的供货商告诉财新记者，30 亿元除还融资，拨到江西段项目上的钱只有 2 亿元，大部分用于还农民工工资，他的近亿元欠款仅还了 100 万元，“这笔钱连利息都不够”。

杭长线浙江段在 30 亿元中分得 4.2 亿元，还完融资后，每个路局分了 3000 万元，“这笔钱完全不够付供应商货款。”一位项目经理说道。

2011 年 11 月初，铁道部融资 2500 亿元的消息传遍了杭长段各路局。11 月 2 日，沪昆专线指挥部给各路局开了复工动员会，要求各家两个月内完成 1 亿元的投资额。这个相比资金充裕时期已经减少一半的计划书，仍让各路局为难。

“还是要看资金下拨的情况，给多少钱干多少活，给多少钱供多少货。”多数承包商和供货商如是表示。在杭长线施工现场的墙壁上，写满了吊车租赁的联系方式，按号码拨过去，接电话的商人说：“高铁项目我们不做，国家的钱不好赚。”

而墙壁内仍停着几辆中联重科生产的起重机，租一天近千元。

京石武客运专线的情况比杭长线也好不了多少，原计划的 2011 年年底开通已经无望，据多位参与人士估计，最快要 2012 年年底才能通车。

2011 年年初，51 岁的老何和几位驻马店老乡一起来到京石客专项目某分部打工，京石客专原本已到收尾阶段，但项目进展远远落后于预期。

而据中铁十四局一位人士透露，京石武客专收尾不顺，一是“北京段拆迁难度大”，二是资金短缺。

京石武客运专线北起北京，南至武汉，根据铁道部《国家中长期铁路网》调整方案，它和武广高铁一起构成“四纵”客运专线之一。

京石武客运专线本应于 2009 年年底完成桥梁、路基等下部建筑，2011 年 4 月完成轨道铺设，然后用 4 个月进行轨道精调和联调联试，2011 年 10 月起试运营，2011 年年底之前通车。京石武客运专线在项目招标时分为京石客专（北京至石家庄）和石武客专（石家庄至武汉）两部分，其中京石客专于 2008 年 8 月开工，比石武客专早 3 个月，但其工程进展反而远远落后。石武客专 2011 年的主要工作只剩下轨道调试，而京石线直到目前整个线路尚未贯通。

京石客专分为 4 个标段，其中由中铁电气化局承包的 JS1 标段以北京西站为起点，往西南依次跨越北京四环和五环路，在丰台区卢沟桥乡桥西街村附近，连绵不绝的高架桥被几所低矮的平房突然截断。

卢沟桥乡负责桥西街村拆迁的张主任告诉财新记者，桥西街村原本住着大约 320 户人家。地方政府负责拆迁，补偿价格为每平方米 1 万元左右，拆迁从 2009 年开始，目前只剩 10 户。

据上述京石客专项目分部负责人士透露："这 10 户都是北京市公安局一个处级单位的退休职工，他们提出要两套丰台区的房子来置换，但政府不同意。"

"现在只要我们一到他们房子附近施工，对方就出来挡。其中有一个坐着轮椅，据说一礼拜要去医院做两次透析，这种人我们不敢惹，惹上了可能两个桥墩的钱都不够赔的。"上述项目负责人称。这几所房子产权属于市公安局，乡镇政府没有权拆，"现在整个京石武客专高架桥就剩下这四五个桥墩空着，不到 40 米，连不起来。"

资金不足是困扰京石武客专的另一大难题。

参与修建京石武客专的多位业内人士也反映，2011 年 2 月刘志军倒台和"7·23"温州动车事故是铁路在建项目资金变化的两个节点。

"刘志军倒台后，铁道部拨款速度明显变化，感觉一下子就没钱了，原来一月一次的汇款也难保证……温州事故后，很多银行提高贷款利息，取消了原来给铁道部贷款利息下浮 10 %的优惠，也不给新贷款，资金一下子断了。"

据中铁十四局的一位工程师透露，因铁道部回款困难，整个石武客专的调试费用均由各标段承包商自己垫付。而石家庄新站因为资金问题施工滞后，造成原先准备的石武客专线路联调联试计划搁浅。

"石家庄新站作为北京和武汉之间的大站，如果不与京石和石武一起调试，从线路安全角度来讲不合适；而如果先开通石武，只能从武汉开到石家庄南的一个小站，不但会给旅客造成很多麻烦，也会让小站不堪重负。”

京石客专线的调试预计最快也得推至2012年。中铁电气化局京石客专项目部第二分部一位工程师表示，铺轨工作得2012年3月后才能重新开始，“高架桥建完后，还得先铺无砟轨道，铺完之后估计得2012年6月了，再进行静态验收和联调联试，最后还得至少两个月试运行，算下来就2012年年底了”。

对高铁基建项目承包商来说，延期竣工意味着成本大幅增长，额外的后期维护费用是其一，“一段68公里的标段需要80人来维护，工程没有竣工，项目管理部门也不能解散，一月下来一个标段需要100多万元，整条线路的维护费每月1000万元左右。”上述中铁十四局工程师介绍。

原材料价格也在上涨。京石客专一项目分部工程师称，早就向业主京石客专项目公司打了申请变更报告。

工期的延误并非全因宏观调控所致。据上述中铁十四局工程师介绍，国外高铁建设施工之前，拆迁和图纸设计工作都已完毕；而在国内，拆迁和图纸设计时间最难保证。

以石武客专为例，2008年10月份项目举行开工典礼，但2008年年底承包商才拿到图纸，因为国内大量高铁项目同时上马，设计人手严重不足，负责的中铁三院要同时设计7个标段。但刘志军下台前，铁道部要求提前完工，施工单位为缩短工期，只能在短期内增加设备和人员，“造成目前已经完工的施工单位难以退场”。

重压之下，施工单位纷纷采取各种措施削减开支，“中铁电气化局部分职工已被暂时安排休假，有些项目从2011年年初就没有发过工资”。

鼎盛时期，位于丰台区永定河西岸的施工现场有700多名工人，但从2011年9月底起，大部分民工已被遣散回家，“现在就剩八十来人了”。

过去供应商千方百计挤入高铁建设行业，都愿意先提供材料后收钱，“现在施工单位没钱，在费用控制的前提下，材料费和工资排在最后”。

而且，越是正规渠道进来的供应商越拿不到钱。据前述内部人士介绍，“高铁招标工作一直不太规范，很多供应商都是领导打过招呼的，现在资金紧张之后，有钱结算的话要先确保那些领导打过招呼的”。

慢下来已成定局，据悉，过去几年国内高铁每年都有五六条新建项目招标，而2011年前三季度只有新建兰新线一个项目招标，原定2011年开始的石家庄至济南、济南至青岛的项目招标均已取消。

铁路投资回归常态

2011年12月中旬的一个下午，北方某省铁路建设办公室主任按照惯例，陪同省委书记前往北京复兴门10号拜会铁道部有关领导，商定2012年的省部合作事宜。但在入门登记时，他发现，当日已有来自其他省市的3位同行捷足先登。

负责地方铁路建设与规划的各省铁路办，常年和铁道部打交道。在每年全国铁路工作会议之前拜会铁道部领导，更是行业惯例。对他们来说，打探各种铁路内部消息也是“分内”责任，“铁道部在12月下旬召开年度工作会议，敲定2012年的基建投资规模。大家猜测2012年投资数额会有所下降，各省都想事先和铁道部打个招呼，希望确保自己省内的铁路项目不受影响。”上述铁路办主任对财新记者说。

几天后，关于2012年铁路基建投资规模下调的猜测得到证实。在2011年12月23日举行的全国铁路工作会议上，铁道部部长盛光祖表示，根据“十二五”规划和资金情况，2012年铁道部将安排固定资产投资5000亿元，其中基本建设投资4000亿元，新线投产6366公里。

盛光祖同时透露，2011年全国铁路完成基建投资4690亿元，新线铺轨3176公里，复线铺轨2468公里，投产新线2022公里、复线1752公里、电气化铁路2647公里，2011年实际完成的基建投资比年初规划的6000亿元减少了近22%。

铁路基本建设投资，被视为铁路建设规模变化的风向标。2003年前任铁道部部长刘志军上台之初，铁路基本投资保持在每年500亿元的水平；刘志军时代铁路投资不断加码，基建投资规模从2003年的533.47亿元，迅速增至 2007 年的 1772.1 亿元；从 2007 年开始，铁路基建投资呈现爆发式增长，2010 年达到创纪录的 7091 亿元。

随着刘志军时代的结束，跨越式超常规发展带来的债务问题逐步浮出水面。“7 · 23”温州动车事故发生之后，铁道部遭遇各个渠道的融资收紧，资金链日益紧绷，国内多个铁路在建项目因资金拨付不到位而影响施工进度。临近年关，铁道部才得到 2000 亿元的融资支持，暂缓资金短缺危机。

盛光祖在全国铁路工作会议上的讲话表明，在走过那段超出实际承受力和需求的“大跃进”之后，国内铁路建设步伐将进行调整，铁路投资有望重返常态。在许多铁路项目中，铁道部正在尝试放弃过去“绝对控股”的强势法则，允许地方政府甚至企业提高投资比例。但若铁道部不能在体制改革上做出实质性改变，投融资瓶颈仍难突破。

国内一位铁路设备供应商对财新记者表示，2000 亿元救急资金下发之后，“之前受影响的项目仍很少开工。和往年年底相比，供应商拿到的工程款结款率还是要少 20%～30%”，而年后项目继续施工，仍然需要资金。

2000 亿元信贷资金尚不足以弥补紧急的欠款窟窿，2012 年的 4000 亿元基本建设投资又能来自何方？

一位国有商业银行人士对财新记者表示，2011 年 12 月下旬，铁道部曾专门拿出未来一年的投资计划主动和各家银行沟通，希望来年银行继续向铁路投资。他透露，4000 亿元基建资金主要包括银行贷款、铁路建设债券、财政拨款、铁路建设基金、中票和短融 5 个渠道，其中全年银行贷款为 1010 亿元，“四大行每家 200 亿元左右，剩下的国开行兜底。全年发行铁路建设债券 1000 亿元，例行财政拨款 300 亿元，铁路部门自行征收的建设基金 600 亿元，其余的 1000 亿元将通过发行中票和短融募集”。

“铁道部和银行谈的只是大概的信贷规模，等具体投资项目计划公布之后，银行贷款就会投放。”上述银行人士表示，“这一规模是适中的，目前并没有向铁路定向宽松的信贷政策。”

表面上看，2012 年 4000 亿元的基建投资，和 2011 年的 4690 亿元相比只是略有下降，但和 2010 年的 7091 亿元相比却是大幅下滑，这不可避免地给铁路建设行业带来冲击。

基建投资下降，铁路建设单位首当其冲。中铁的一位人士对财新记者说："主要影响的是在建项目，现在我们有六七个在建项目都暂缓建设。"在他看来，2012年在建项目投资建设速度会降下来，现在施工单位都在等每个项目的具体投资信息，"运气好的话我们承建的在建项目都有投资，运气不好的话可能一个都没有"。

一家铁路施工单位的项目经理告诉财新记者："2012年投资规模压缩之后，受影响最大的是城际铁路，有的地方项目已经上马，但铁道部不再投资之后，地方政府骑虎难下，都在跑部委。"

国内一位高铁供应商透露，在资金压力之下，一些铁路在建项目以审计为名砍价，"项目变更超过200万元的都要上报铁道部审批，而铁道部基本上按成本价来砍，至少砍掉20%，供应商很难赚到钱"。

部分铁路设备供应商对2012年预期悲观。一位高铁声屏障供应商告诉财新记者，随着铁路基本建设投资的下调，预计2012年声屏障行业将缩水1/3，"一些人已经打算转行，来年不做铁路了，不敢做了"。

在北京交通大学经济管理学院副教授李红昌看来，2012年铁路投资只是重回常态，是一个必然的趋势。他对财新记者表示，过去几年铁路建设规模扩张过快，没有经过科学论证和严格的审批，出现"边规划、边设计、边施工"的现象，现在投资放缓是对铁路建设自身规律的尊重和回归。

李红昌认为，铁路建设具有公益性和盈利性双重属性，公益性属性明显的项目应该由政府投资，而盈利性项目应通过市场化的方式筹资建设，政府投资规模也应据此做出相应的调整。他认为，盛光祖上任后提出的"保在建、上必须、重配套"的铁路建设原则，反映了未来几年的铁路建设方向。

截至2011年第三季度，铁道部负债总额为20907亿元，负债率为58.53%。而由于铁路运价受到管制以及原材料价格上涨，2011年上半年铁路盈利只有42.9亿元，难以满足大规模建设投资的需要。在筹资压力之下，刘志军任内进展不大的铁路投融资体制改革有望重启。

盛光祖在年度工作会议上表示，铁道部将加大铁路建设资金的筹措和管理力度，积极争取国家有关部门的支持，扩大铁路建设规模，加大贷款力度，同时“积极争取地方政府投资，吸引民间资本，为铁路建设提供持续的资金支持”。

铁道部已在内部机构改革方面展开行动，2011 年 11 月 22 日铁道部下发 2011 第 167 号文件，将原本负责铁路建设资金筹措的资金处和税务处从铁道部资金清算中心划归财务司，由财务司专门负责筹资。

事实上，盛光祖的上述提法并不新鲜，其前任刘志军同样面临筹措巨额投资资金的难题，只不过此时不如彼时，彼时高铁概念正如火如荼，铁道部还是众家银行争抢的大客户。

2006 年 8 月，铁道部正式出台“十一五”铁路投融资体制改革方案，提出扩大合资建路规模、积极推进铁路企业股改上市、扩大铁路建设债券发行规模、研究设立铁路产业投资基金、合理使用银行贷款等 7 个改革重点，基本改革思路是“政府主导、多元化投资、市场运作”。到 2008 年国际金融危机爆发之后，铁路建设却搭上了货币放松的顺风车，投融资体制改革丧失动力。一位接近国家发改委的人士对财新记者称，4 万亿元政策出台之后，国内各大银行竞相给铁路贷款，低成本的银行贷款成为铁路建设资金的主要来源。

但在当前货币政策趋紧的重压之下，铁道部在合资铁路上的态度开始软化，预示着新一轮铁路投融资改革正在启动。据财新记者了解，蒙西至华中地区铁路煤运通道建设，有望成为新一轮铁路融资模式改革的试验田。

蒙西至华中铁路起于内蒙古浩勒报吉，经山西省运城进入河南三门峡等市，并经过湖北襄阳市、湖南省岳阳市后止于江西省吉安市，共经过内蒙古、陕西、山西、河南、湖北、湖南、江西 7 个省区，线路全长 1859.5 公里，投资预估算 1598.2 亿元。该条线路将可解决内蒙古、陕西等地有煤运不出，而湖南、湖北等华中地区极度缺煤的问题。

“重要的一点是，这个项目采取多元化投资，由国家和地方政府共同出资，积极吸引社会资金特别是能源企业参与建设和运营，铁道部也参与其中。目前项目建议书还没有批，还有许多地方没有定，比如各地政府的一些线路具体走向，各方投资比例等。”国家发改委基础产业司一位人士对财新记者说。

在过去诸多合资铁路项目中，铁道部往往要求获得绝对控股权，以便统一调控运营，使得其他资本在铁路项目中处于绝对劣势地位。像在建的晋中南煤炭出海通道，全长约1200公里，北起山西省吕梁市，经河南省至山东省出海口，投资约700亿元，旨在解决山西省中南部地区煤炭铁路运输问题。在与地方政府博弈经年之后，2008年铁道部最终获得了晋中南煤炭出海通道的控股权，其中山西、河南、山东段分别获得70%、50%、70%的股权。

但在2011年年中，铁道部提出将退出部分区域铁路的投资建设，即便参与投资也不再要求做大股东。据北方某省铁路办主任透露："铁道部现在态度松动，以前蒙西至华中铁路铁道部要求绝对控股，现在只要求相对控股，占股30%～35%，不过最后是否能相对控股也不一定。"

从绝对控股到相对控股，甚至只是参与性地投资，铁道部在铁路项目投融资上正在发生原则性的改变，这也使得一些企业开始对铁路项目表现出兴趣。

中煤集团一位高管对财新记者明确表示："中煤希望借此加大持股比例，我们的观点是持股总比没持股好。"中煤现已拥有大秦铁路0.94%的股份，而现在内蒙古、陕西已成为中煤集团煤炭开采资源的第二个根据地，其目前承诺的煤炭开发项目大部分分布在这两个省份。

淮南矿业（集团）公司董事长王源也向财新记者表示，将要参股建设蒙西至华中铁路。

但上述国家发改委人士指出，各地还需要控制投资成本。

湖南铁路投资集团工程部的一位人士对财新记者称："由于此前对征地拆迁费用预估算严重不足，我们现在对蒙西至华中铁路湖南段进行优化线路，降低成本，比如尽可能远离市区，优先考虑直跨等。"

尽管铁道部在项目控制权上的态度有所松动，但一些地方政府和企业还是对铁路投资有所顾虑。上述北方某省铁路办主任对财新记者表示，该省政府现在肯定没有财力来投资蒙西至华中铁路，但会拉企业来投资。

山西省发改委一位人士也对财新记者说，政府投资主要以土地拆迁等费用来入股，而真金白银的投资还是靠企业，"但目前看来，山西省还没有企业愿意参与。”他认为，铁道部只要控股，哪怕是相对控股，都会把这条线路纳入统一核算，利润不是由市场说了算，“如果企业在煤炭运输上得不到真正的利益，投资意愿会大大降低。”

李红昌指出，铁路行业投资具有“国进民进、国退民退”的特点，“政府必须有大量无偿资金投入才可能撬动民间资本，如果政府都不愿意投资，私人企业进来的积极性就会受到抑制”。

目前国内铁路在资金清算上实行“收支两条线、统收统支”，同时运输调度由铁道部实行统一集中管理。在这种政企不分的格局下，铁道部既是市场规则、行业政策的制定者，同时又是铁路企业的投资者和经营者。如果合资铁路缺乏独立的运输调度权，无法自主经营，就难以保证稳定的投资回报，这是民间资本对铁路投资最大的顾虑所在。

除吸引多元化投资，蒙西至华中铁路还将采用市场化方式运作，而所谓市场化运作目前并无确切内容，有地方政府人士对此解读为“自负盈亏”。但他们认为，如果铁路没有自主运营权和调度权，市场化运作还是一句空话。

在李红昌看来，化解铁路融资难题，其根本还是实行政企分开的铁路体制改革。

神话与黑洞

黄 湘

如果没有“7·23”动车事故，中国高铁或许将成为“首个发展中国家向发达国家输出的战略性高新技术项目”。“7·23”动车事故之后，高铁出口的可能性大大降低，其“国产化创新”亦遭到严重质疑。造成事故的信号设备，正是铁道部下属科研机构的研发成果。

更有多名技术专家披露，虽然中方确实从外方的技术转让中受益匪浅，但设计原理和思路并不在转让范围内，知其然而不知其所以然。本来引进的是时速300公里的动车系统，刘志军却要求冲刺时速350公里，这意味着要在尚未吃透设计原理和思路的情况下，贸然调整系统和零部件，擅自提高功率，后果不堪设想。

就是这样盲人瞎马的冲刺，却一度被铁道部当成重大自主创新大肆宣传，成为高铁神话的核心。这与计划经济时代的“大跃进”、“放卫星”何其相似，都是用自我欺骗、自我催眠的方式将落后者的自卑焦虑转化成自大狂妄。只不过，在意识形态光环业已消逝的时代背景下，制造自主创新的神话，更多是出于功利考虑而非政治目的，旨在渲染技术出口前景，吸引更多投资，营造权力与资本共享的盛宴。

自主创新的神话，一时间确实起到了可观的“吸金”效果。中国铁路原本少有盈利，每年五六百亿元的铁路建设基金仅够支持路网维护。但从2006年开始，在高铁神话的光芒笼罩下，铁道部通过发债和借贷，发展出了规模庞大的高铁投资。2008年国际金融危机引发国内信贷宽松，在此后数年时间里，铁道部更是成为银行竞相追逐的大客户，每年投资额高达六七千亿元。

好景不长。进入2011年以后，随着刘志军下台和信贷政策微调，贷款集中度很高而综合回报率很低的铁路成为银行优先放弃的项目。而在“7·23”动车事故击碎高铁神话之后，连曾经鼎力支持铁道部的工行都改变了态度。

银行态度由热转冷的更重要原因，是铁道部盲目扩大高铁建设规模所引发的债务黑洞。有评估机构估算，2011 年铁道部资产负债率已经超过 60% 的警戒线。更何况，铁路规模庞大的固定资产无法变现，只能从现金流角度反映其偿债能力和融资能力。而铁路的现金流状况很不乐观，由于运输市场的竞争性，不可能指望通过高铁票价上涨来平衡收支。

往者不可谏，来者犹可追。事实上，大量业外资本对中国铁路建设很有兴趣，但很多企业由于铁路系统的垄断封闭而不敢涉足。这也导致铁道部融资渠道单一狭窄，除了依靠银行贷款和债市发债之外，就是与地方政府合资。在信贷收紧、债市看淡、地方政府融资平台危机迭起的当前形势下，铁道部实在难以再通过这些惯性渠道融资。

为何民营资本不敢投资修铁路？因为铁道部拥有超乎市场之上的行政垄断权力，投资者的所有权和经营权得不到保障。虽然铁道部在 2011 年年中表示，对合资铁路项目可以从绝对控股转变为相对控股，甚至只是参与性地投资，较之先前坚持绝对控股的立场发生了根本性改变，但是，只要合资铁路依然需要服从铁道部统一指挥调度，外部投资者的产权就依然没有得到充分界定和有效保护。

这是因为，车辆的运行指挥权是铁路最重要的核心控制权力，不但对运行安全和效率至关重要，也对铁路路网、机车车辆和其他主要资产的分配和利用具有决定性影响。迄今为止，铁路全部运输能力的配置权力基本上由铁道部一手包揽，参与铁路建设和经营的外部投资者并不具有对铁路运输资源配置的决策参与权。外部投资者修建的铁路很可能并不具有与国家铁路平等使用路网的权利，一旦铁道部不允许该线路的车流进入路网，或是路网不能对其给予正常空车配置，这条铁路就失去了存在价值，外部投资者的唯一选择就是退出经营，将铁路折价转让给铁道部。这方面不乏前车之鉴。

另一方面，铁道部实行财务统一清算，运输企业不能从市场直接获得收入，无法确立独立核算机制，其经营绩效并非取决于自身，而是取决于铁道部统一清算的调节。而铁道部又始终未能形成合理的清算规则，事实上它也没有动机建立这样的规则，外部投资者在清算环节很难得到合理的对待。

不解决统一指挥调度和统一清算的弊端，就不可能真正打消民营资本投资铁路的顾虑，也就不可能解决铁路融资渠道单一狭窄的问题，不可能有效化解债务黑洞。但是，统一指挥调度和统一清算，根植于铁路系统的深层次体制，是铁道部行政垄断的基本支柱，除非从产权入手，推动铁路系统深层次改革，否则很难有所触动。

广而言之，统一指挥调度和统一清算，其实正是国家资本主义最喜欢使用的两只抓手。但凡在“集中资源办大事”之时，在政治权力操控经济活动之处，就不难发现这两只抓手频繁挥舞，对民间资源巧取豪夺。在抓手攫取过的地方，债务黑洞是免不了的。

第七章
铁路改革的起点

2012 年全国“两会”召开前夕，铁道部领导私下透露的一条消息让部里上上下下松了口气，“领导没有直接说，就是说铁路没有走到尽头，让大家安心工作，排除流言杂念的影响。”一位接近铁道部运输局的人士告诉财新记者。

据上述人士透露，从 2010 年 11 月起，铁道部就从各部门抽调人员，研究铁路体制改革方案，“原本大家预计 2011 年全国‘两会’后方案就会公布，但 3 月初领导表示铁路改革要等到 2012 年，2010 年研究的铁道部并入交通部的大部制改革方案已搁浅，暂时不会有大动作”。

一位 2011 年参与铁路改革方案研究的人士也向财新记者确认了方案搁浅的消息，关于搁浅原因，他解释说：“2011 年不会有大动作，因为铁道部很难，安全事故的阴影还在，铁路目前负债较多，困难很大。”在他看来，“铁道部目前像病人在调理当中，肌体非常虚弱，大的手术受不了，必须非常小心翼翼”。

中国在 2000 年前后曾在时任国务院总理朱镕基的力主下，启动一轮针对垄断行业的改革，电信、电力、石油等领域均完成了政企分开，并不同程度地引入了竞争，铁路 2001 年也在时任铁道部部长傅志寰的支持下提出了网运分离方案，但因政府换届和傅志寰退休未能即时实施。随后刘志军便改弦更张，将中国铁路引向了“跨越式发展”的轨道。

10年过去，当年引入竞争最充分的电信行业目前效率最高、资费最低，而连政企分开都没有完成的铁路则成为公众抱怨最多的行业，被称为中国最后的垄断堡垒。随着高铁的不断提速加码，甚至开始走出国门，铁路改革的呼声越来越微弱，几成绝响，改革应让位于发展成了主流的声音。当年参与制订网运分离方案的国务院研究中心企业研究所副所长张文魁曾私下坦言：“改革改革，什么时候走不下去了才能改。”

现在，中国铁路终于到了走不下去的时候，但要让这列过去几年一直在高速运行的列车减慢速度并转换轨道并非易事，这当中，不仅有铁道部旧体制形成的惯性，也有来自伴随高铁而生的新兴利益集团的阻力，更有高铁“大跃进”遗留下来的庞大债务和安全隐患，以及与未来大交通格局的衔接，这些问题盘根错节，都将影响未来铁路竞争的格局和决策者对于具体方案的考量。

针对铁路的这场大手术已经延宕10余年，没有理由再拖下去。在2013年全国“两会”期间，针对中国唯一一个政企合一的部门，中央政府终于明确要进行改革。

这次迈出的仅仅是第一步：政企分开。根据安排，2013年全国“两会”之后，中国将成立中国铁路总公司，统管路网、客货运、车站和调度等资产，归属财政部管理。据财新记者了解，未来在中国铁路总公司之下，高铁客运专线可能会单独组建公司，既有线的普客、货运部分成立运输公司，工建、信号、装备等也将成立独立公司。铁道部的相关行政职能将并入交通运输部，其中权力集中的运输局将部分并入交通运输部，部分划归公司。

这些只是过渡性安排。未来铁路的具体拆分重组，有待中国铁路总公司成立之后再行确定。目前18个地方局的设置被普遍认为不合理，分割了干线运输，未来将逐步实行区域整合。比如，北京局、太原局和呼和浩特局合并的呼声就很高。

铁路改革方案出台艰难的原因之一，在于铁路资产究竟是以网运分离的方式拆分还是按区域拆分，各方仍在激烈争论。铁道部与国家发改委均分别提出了具体方案。此外，两个对于拆分后的铁路总公司至为关键的问题——调度权是否下放，以及政企分开之后铁路系统2.6万亿元债务如何处理——仍未有定论，这两点将决定着铁路公司能否真正成为独立运营的市场主体。

张文魁认为，政企分开已成共识，这是中国铁路改革的关键一步，至于具体拆分方案则各有利弊，未来应允许试错。

京沪高铁投资者要退出

"2012年京沪高铁股份有限公司客票收入为173.8亿元，不包含广告收入和车站商铺收入。"一位接近京沪高铁的人士向财新记者透露，"预期到2013年2月底，京沪高铁将达到开通以来累计运送旅客1亿人次。"

京沪高铁的一位内部人士则表示，上述运营数据尚未经过审计，数字并未最后确定，也还没有提交董事会。他透露，173.8亿元的收入包括跨线收入，即其他列车使用京沪高铁支付的线路使用费等。

多位接受采访的业内人士都向财新记者表示，京沪高铁收入的确超出预期，在其开通首年收入即覆盖运营成本、折旧与贷款利息支出，现金流为正。但京沪高铁离盈利目标依然相差甚远，而且运营成本仍在变动，特别是与铁路局的委托运营成本谈判进展艰难。

尽管京沪高铁运营形势喜人，但其以市场化方式引入的两大机构投资人——平安资产管理有限责任公司和全国社保基金理事会却出人意料地提出了退股的要求。据财新记者了解，两家投资机构于2012年下半年分别提出希望大股东中国铁路建设投资公司代表铁道部回购股份。京沪高铁股东"用脚投票"，尽显了铁道部市场化融资中的种种尴尬。

中信证券行业分析师告诉财新记者，京沪高铁2012年8月、9月旅客日均发送量同比出现大幅度增长，增速可能分别达到约55%和70%，显示出客流量已经恢复到较高水平，表明舆论已经从安全事故转移到铁路建设和改革方面，"7·23"动车事故的冲击基本消退。

中信证券测算，京沪高铁目前开行对数呈上升趋势，本线G字头高铁开行列数由2012年的年平均65列增至85列，同时跨线G字头高铁也由26列增至39列。2012年4月和10月客座率均超过70%，2012年前10个月平均客座率或超过60%。另据财新记者了解，京沪高铁与沪宁、沪杭、武广等高铁线路的上座率都相当不错，基本做到现金流为正，但这并不代表铁路整体旅客运输量的增长乐观。

一位接近国家发改委的人士透露，2012年铁路投资共计6300亿元，“落实得比较好”。2013年铁路投资增加到6500亿元，其中发债规模仍为1500亿元。但他也表示，虽然铁路的客运率上升，但相较于其他交通方式，增长仍是最低的，这和高铁大量开通的现状并不对应。

据公开资料显示，2012年全国铁路旅客发送量完成18.93亿人次，同比增长4.8%；民航全年旅客运输量为3.2亿人次，同比增长9.2%。上述接近国家发改委的人士透露，铁道部此前13个局级岗位的人事大调整，主要就是为了抓运营。

2013年1月17日，铁道部部长盛光祖在全国铁路工作会议上强调，到2015年，铁路营业里程将达12万公里，其中高铁1.8万公里。铁路网规模快速扩充，高速铁路大量投产运营，铁路运输安全则面临更大的困难。“十二五”后3年，全路要完成基建投资1.33万亿元，投产新线2.07万公里，每年完成的投资规模和投入运营的新线数量都在高位运行，确保建设资金来源、工程质量安全、新线顺利投产面临不少困难。盛光祖称，在宏观经济下行压力加大、运输市场竞争激烈的情况下，大幅提高客货运输收入的压力加大，经营形势严峻。

京沪高铁目前的收入已可覆盖委托运营成本、折旧与利息支出——后两项支出比较固定：按照40年折旧计算，2200亿元总投资每年折旧55亿元；总投资的一半是贷款，按照5%的利息计算，年利息约60亿元。

但委托运营成本实难确定。京沪高铁公司需要委托北京铁路局、济南铁路局、上海铁路局来运营，比如动车是铁路局购置的，京沪高铁租用，动车的维护也由铁路局负责。委托运营费根据基础设施的使用维护成本、运营服务的性质及市场竞争等因素制定。

铁道部2002年修订发布的《路网使用费管理办法》规定，路网使用费是有关单位占用铁路资源、使用铁路基础设施、接受相关服务而支付的费用。像京沪这类线路，收取的线路使用费如果核算到人头，每人·公里（将一位旅客运送一公里）不到0.10元，而票价收入是每人·公里0.42元。这一办法虽几经修订，但收费标准大致没有变化，显然已与现实成本不符，而且高铁的服务要求高于普通列车，所以铁路局就需要和高铁客运公司重新商谈委托运营成本。

据财新记者了解，京沪高铁运行的第一季度委托运营费是9亿元，第一年约30亿元（不含电费），2012年年度约60亿元，但铁路局仍然认为真实成本要大大高于这一水平。京沪高铁的一位人士称："高铁是个新事物，所以一开始根本不知道成本有多少，他们（指接受委托运营的铁路局）觉得提高两倍都不够，铁道部决定请会计师来审计，看看成本到底有多少，现在审计结果还没出来。"

他认为，即使审计结果出来了，也只代表已发生的成本，而动车还没有到大修期，运营时间长了，设备的维修成本也将上升。配件供应商主要是赚维修部件的钱，同样的部件在维修期购买有可能比新车配件价格上涨两三倍，所以在和铁路局进行委托运营的谈判中，成本部分只能一年一谈，是个变量。

以天津某轻轨为例，运营成本约占收入的40%多。60亿元的委托运营费用，再加上20亿元的电费，80亿元的运营成本约占收入的46%。

不过，上述京沪高铁内部人士称，委托运营费用很难测算，因为大多数铁路线都有跨线服务，除了固定资产使用之外还有大量的人员服务，京沪高铁上维护安全的人员很多，但这些人属于铁路局，在车站执勤，维护整个铁路线的安全，并不只是为京沪高铁服务。"京沪的整个成本怎么算？它的成本早就被扔到大铁路里面了，很难厘清。"

在他看来，如果按照实际发生的成本定价，京沪肯定会亏损，这几乎是所有铁路线面临的问题——票价是被限制的，但包括油价、电价等在内的铁路的成本是市场化的。铁路一直承担了很多国家的政策性亏损，却没有补贴。现在要把京沪的成本完全市场化很难，但投资者要的是回报，而在铁路领域价格是失灵的。

但上述接近国家发改委的人士则表示，定价低是因为铁道部垄断，铁路并非充分竞争的市场。由此，铁道部似乎走入一个悖论：因垄断而定价不能市场化，不市场化则难以有真正的市场价格。而不市场化的铁路又要引入市场化的投资者，引发股东争议或矛盾势在必然。

2007 年 12 月，京沪高铁股份公司成立，这是高铁第一次引入市场化的机构投资者。中铁投代表铁道部投资，股权占比 56%，7 家地方政府投资公司总计占约 20%，平安资产管理有限责任公司（代表 4 家保险系投资团发起人，其余 3 家为泰康人寿、太平洋保险、太平人寿）投资 160 亿元，占比 13.9%，为单一第二大股东；社保基金出资 100 亿元，占 8.7%。

机构投资者的不满由来已久。2012 年下半年，平安与社保均提出了希望中铁投代表铁道部回购股份的要求。据财新记者了解，两家机构对京沪高铁主要的意见是：

一是投资规模超出预期。京沪高铁可研报告显示的总投资是 1600 亿元，在外部机构入股后，2008 年 1 月京沪高铁开始动工，最后总投资达到 2200 亿元，其中征地就比预期多花了 200 亿元。

二是票价调整。京沪高铁全长 1318 公里，二等座票价为 555 元，每公里为 0.42 元，而投资者按照可研报告自己建立模型测算所得票价是每公里 0.48 元。目前的高铁车票定价水平低于投资者预期。

三是公司治理不规范。京沪高铁开通后多次调整运行图，即调整行车数量，其间还减少过发车数量、降低过商务舱价格等。"铺画权（即确定列车运行图，包括安排行车路线及开行对数等）掌握在铁道部手中，但这些调整都不会告知股东，我们没有任何话语权，这些变量都影响我们的投资收益。"一位投资人称，"我们是长期投资，前 10 年不会盈利，主要靠后 10 年赚钱。但现在看到的不确定性因素过多，比如高铁降速，就势必影响到发车密度，并影响到将来的运营收入。"

四是铁路清算系统不透明，股东难以获知跨线收入是否完全并入。上述投资人强调，保险资金作为长期投资者，追求稳定回报，高铁投资类似债类的股权投资，所以希望财务模型能测算长远投资收益，如果变量太多就无法测算。

一位铁路系统人士对财新记者表示："铁道部本来就是收支两条线，收入全部进结算中心，中心分完账，再给各铁路局或公司拨款，各公司再给股东分账。各铁路局之间结算很繁杂，北京局的车跑到广铁集团，每个车站卖了多少票，车在广铁基地维护，该交多少钱，股东哪能搞得清？"

对于投资人的"牢骚"，京沪高铁一位内部人士也大吐苦水。他认为，股东在闹的原因是地方的征地拆迁费用超出预算，土地由地方按当地标准出钱征用，审计后以费用入股，费用超支所占的股份就增大，必然摊薄外部机构投资人的股份。加上京沪的股东大多是地方政府的投资公司，地方政府建铁路主要是带动本地经济发展，并不靠入股挣钱，但这和投资人的诉求相冲突。

"京沪高铁的地方拆迁费用超了 200 亿元左右，主要是可研阶段对拆迁面积测算不准，实际上还增加了一些边角地要一起征用。地方政府是这部分的实际出资人，征地工作又特别难，机构投资人只出钱不出力，站着说话不腰疼。"上述京沪高铁内部人士表示。

目前京沪高铁运营良好，从商业角度看已经超出预期，但投资人依然不满。如果再往前追溯，亦可称"强扭的瓜不甜"。据财新记者了解，当时平安保险集合 4 家保险公司共同投资，由平安负责投资管理，这是保险公司第一次集体投资铁路，此后再也没有看到保险公司集体投资的案例。

一位知情人士对财新记者称，当时京沪高铁投资规模大，资本金占比要达到 50%，铁道部急于寻找社会资金支持。最初，中国保监会希望中国人寿牵头，但中国人寿首先认为投资存在不确定因素，当时铁道部表示"可以考虑给你们董事席位"，但在投资者看来这是股东天然就应该获得的；其次，中国人寿认为京沪高铁的票款等收入确认方式并不清晰，还是在铁道部的大账中，对此铁道部最终没有给出清晰的答复。中国人寿认为，铁道部军事化管理色彩较重，离市场化还有很大距离，初期接触之后没有再跟进。

最后，京沪高铁投资项目由平安牵头投资。据财新记者了解，平安内部曾 3 次否决了这一投资，认为存在风险，并由中国保监会递信给铁道部，希望增加一些承诺，但铁道部的回复并无改进。最终国务院出面协调，要求保险公司支持京沪高铁。在这一大背景下，平安被动地投资了京沪高铁。平安当时预测，京沪高铁3年半的建设期以及5～10年的运营期都不会有回报，这样的投资项目并没有吸引力。

“我们并不追求超额回报，而是希望得到长期稳定的回报。股东之间可以不平等分红，在投资和运营不赚钱的时候能够给我们5%以上的回报，将来赚钱的时候我们也可以少拿钱，有点类似于优先股。”一位保险公司人士对财新记者说，“当时还希望铁道部能够回购股份，但是铁道部太强势，未能签署这样的协议。”

事实上，铁道部非常需要补充资本金，在京沪高铁引入投资人之后，建设中的武广高铁也开始寻找投资人，中信证券还曾经为此做了推介材料，但真正有实力的长期投资人无非就是保险公司、社保基金等几家，他们感觉在京沪高铁的投资上吃了亏，对武广的投资就非常谨慎，至今其他铁路的投资项目并无进展。

铁道部原部长刘志军下台之后，铁道部不再像过去那么强势，投资人感到有了重新谈判的可能性，遂提出回购股份的动议。“我们只是和中铁投谈，但他们也没钱。”上述投资人称。

而中铁投融资部的一位人士对财新记者称：“这个事情还得问铁道部，我们在京沪高铁只有一名董事。”京沪高铁一位人士则对投资人的做法颇为不满：“他们可不只是在找中铁投协商，还给铁道部和更高层写信。既然投资就得认账。”

“我们只是希望与铁道部重新谈判，铁道部要从社会融资就得改善公司治理与透明度。”一位投资人表示。

效率！效率！效率！

在北京，首都机场位于东北方向、五环之外的顺义区；北京西站位于西南方向的丰台区，在三环附近；新建成的高铁站北京南站位于正南方向的丰台区。从北京南站到北京西站行车距离约9.6公里，从首都机场到北京西站和北京南站，行车距离分别高达36.2公里和39公里。三大交通枢纽之间没有直通公交或地铁。如果一个旅客准备乘普列到北京，再转乘飞机或高铁，他背着大包小包跨越大半个北京城后才能成行。

这种现象，在中国的很多城市并不鲜见。

为确保安全，武广高铁每天正式发车前会空跑一趟列车。中国最大的民营快递公司顺丰有意包下这趟车，谈了很长时间，未果。广发证券的一位分析师说，企业与铁路谈判太难。招商证券分析师在调研中发现，类似这样的业务，就算铁龙物流也受很多制约。做业务要首先谈下长期合同，再找铁道部批集装箱，批集装箱还得针对相关部门公关，两头费力，做成一单业务很难。

中国铁道部前部长傅志寰 2003 年退休。他发表文章批评公路、铁路、民航各自为政带来浪费与低效。他举例说，目前长江从上海至宜宾共建了 86 座长江大桥，只有 7 座是公路铁路两用桥梁，共用率很低。其中，南京长江三桥和大胜关铁路桥相距仅 1 公里。铁路、民航、公路和城市交通的客运枢纽各自规划、分别建设，旅客换乘非常不方便。货运枢纽也普遍存在“最后一公里”衔接不畅的问题，部分重要港口没有与铁路接通，铁水联运、江海联运滞后。

在傅志寰看来，面对国家快速发展和紧迫的资源与环境约束，以及经济社会对运输能力、效率与质量的更高要求，交通基础设施建设和运营必须加强统筹规划，要力求以较少的资金、土地、能源和环境为代价，提高运输能力和运输质量，降低运输成本，建立合理分工、有机衔接、高效运行的交通运输系统。

影响合并的主要障碍，在于铁路的政企合一体制。在政企分开之后，铁道部并入交通部就是顺理成章之事。北京交通大学经管学院教授赵坚认为，至少规划和政策部门应该合并，否则怎么搞综合交通规划？

中国在 2000 年曾有意启动铁路改革，此后因人事变更延宕了 12 年。其间，时任铁道部部长刘志军的“先发展，后改革”的思路占据了主导，中国铁路也由此成为计划经济最坚硬的堡垒。

欧洲和日本的铁路与中国一样，主要由国家拥有，在改革中逐步转向民营化。在地理和经济条件上被认为与中国最相似的美国的铁路原本就是私营，后来因公司纷纷倒闭，美国才在 1970 年建立了国有客运公司 Amtrak。以 1980 年出台《斯坦格斯铁路法》为标志，美国开始放松对铁路的准入管制和价格管制，鼓励资产重组，刺激投资，之后美国铁路货运价格大幅下降，运营效率提高。

从很多国家铁路改革的情况来看，铁路客运在激烈竞争下较难实现盈利，但货运的运营效率和效益因铁路改革有了很大提升，国家因铁路而产生的财政负担也有所减轻。以美国为例，七大一级货运公司盈利很好，股本回报率超过 10%，但货运平均价格只有 2 美分（约合人民币 0.125 元）/ 吨 · 公里，中国名义价格为 0.12 元 / 吨 · 公里，但运力紧张时要获得装车计划还需支付点装费等，实际价格要高得多。

中国铁路有其高效的一面。中国铁路运营里程仅占世界的 6%，却完成了世界铁路 1/4 的工作量。中国铁路运输以不足美国 1/3 的路网密度，承担了世界第一的货运运输密度和世界第二的客运运输密度。

但铁路冗员严重，人均劳动生产率低，服务质量差，也是不争的事实。中国国有铁路员工 214.39 万人，美国仅 17 万人。7 家美国一级铁路公司 2011 年收入总计 674 亿美元、净利 110 亿美元；客运公司 Amtrak 收入 27 亿美元，亏损 13 亿美元。中国铁道部 2012 年前三季度亏损 85.41 亿元。2012 年年底传出 2012 年上海铁路局亏损 130 亿元、南昌铁路局亏损 79 亿元、广铁集团亏损 26 亿元的消息。

中国铁道部机构设置冗杂，下设 18 个铁路局（公司），另有铁道部审计中心等 22 个事业单位及中铁快运等 6 个企业，形成“大而全”的组织结构，同时通过收支两条线的统一的财务管理和统一调度，控制了全国铁路的运营。从车辆来看，客车配属路局，货车车头属于路局而车厢归铁道部。路局和包括京沪高铁在内的铁路公司都没有调度权，运价受控制。由于收支两条线，路局和公司即使亏损也不影响其正常开支，盈亏只是账面数字，基层缺乏减员增效的动力。

财新记者采访的国家发改委、国研中心和铁路业内的多位官员和专家均有共识：推进市场化、公司化改革是提升中国铁路效率和改善服务的必由之路。但是，如何才能让这个大一统的架构，通过改革和重组拆解为独立运营、自负盈亏的市场行为主体?

在中国，一提到铁路首先想到的是春运，但从运输业发展趋势看，随着民航、公路的普及，铁路客运在竞争中节节败退，亏损严重，反而是货运盈利较佳，是最有市场前景的部分。

多家证券公司出台报告认为，刘志军时代铁道部将大部分精力和资金用于发展高铁，货运的发展滞后于经济发展。纵观各国，铁路在与民航、公路的竞争中，其长途货运更有竞争优势，在铁路改革中效率和收益提升最明显的也是货运公司，因此未来铁路货运的发展更引人关注。

与美国相似，中国铁路货运也以运煤为主。2012 年中国铁路的货运发送量是 39 亿吨，货运总周转量是 29187 亿吨·公里，其中一半是煤炭，此外是冶炼物资、粮食、化肥等大宗物资。但与美国供大于求不同的是，中国的铁路货运供不应求，连煤炭需求都不能保证，致使公路运煤非常普遍。

北京交通大学经管学院教授赵坚认为，用公路运煤，是在用宝贵的汽油柴油资源换取相对廉价的煤炭资源，从宏观经济的角度看是极大的效率损失。

铁路与公路和民航相比，具有低耗能、低费率的优势——运行 700 公里以上，铁路的单位能耗不足航空的 1/26，仅为公路的 1/6；铁路的运价不足航空的 1/7，仅占公路的 1/3。但过去 30 年，铁路发展远远落后于公路、民航、水运等其他交通运输方式的发展。

从营运里程来看，截至 2011 年，公路和民航的营运里程分别达到 410.6 万公里、350 万公里，过去 20 年的年均复合增长率分别达到 7.5%、10.1%，而铁路总里程过去 20 年的年均复合增长率仅为 2.5%。从市场份额来看，铁路客运量仅占总运量的 5.13%，货运量仅占总运量的 11.24%，30 年来分别下降了 25 个百分点和 30 个百分点。

铁路在货运竞争中节节败退，原因之一是投资不足。近年来铁路的国家投资主要砸向高铁，在货运上投入不大，几条货运专线主要来自社会投资——铁道部不是不想投，而是没钱。事实上，因铁道部不愿放弃控股权，过去其他资本进入铁路很难，大大延误了货运建设进程。神华集团即因此吃尽苦头。

以朔黄铁路为例，2011 年收入 103.8 亿元，营业利润为 59 亿元，非常赚钱。这条铁路主要是神华控股的朔黄公司在运营，太原局只分享投资收益（中国神华能源股份有限公司占股 52.72%，太原铁路局占股 41.16%，河北建投交通投资有限责任公司占股 6.12%，朔黄公司负责建设和经营管理）。"朔黄项目上马时，铁道部卡他们，不让铁道部的规划设计院做规划，最后找的其他设计院。早年铁道部给的车都很破，也不让车厂卖给他们好车，还限制发车时间。"一位熟悉铁路投资的人士称，"朔黄运营得好，铁道部很没面子，打破了非得铁道部运营管理不可的局面。"

另一知情人士告诉财新记者，在刘志军时代，铁道部曾要求神华投资的朔黄铁路并入国铁，但朔黄只有少部分通过王佐联络线进入京广线，由国铁负责运输。为此刘志军非常恼火，要求中国南车、中国北车不能提供给对方重载技术。

上述人士称，刘志军曾表态，不用再投资朔黄这样的铁路线，大秦就能满足，并将大秦的运力一再提升，从 1 亿吨升到 4 亿多吨，653 公里的长度占全国运煤量的 1/5，只有这条线上使用 1 万吨和 2 万吨的重载车，日均发车近百列，2010 年突破 4 亿吨运输量，堪称世界上最繁忙的货运铁路，这与铁道部的着力扶持不无关系。"当时为了冲规模，其他线的也强制走大秦，还是计划经济的做法。"国家发改委一位人士称。据大秦铁路相关人士称，大秦铁路因运力提升过快，铁路不堪重负，"现在大秦铁路某段一周要进行三次夜间维修"。

神华投资铁路之后，很多电厂也想投资铁路，希望通过煤电联运降低成本。所以，国家发改委在西煤东运和北煤南运体系中，批了几条煤炭货运专线——蒙华线（蒙西至华中铁路）、准曹线、晋中南通道等。铁道部在上述铁路线上谋求控股，与地方政府、准备投资的电力企业都发生了很大矛盾，为此项目审批拖延了好几年，但最终铁道部因缺少资金而放弃控股权。但是，现在投资的造价已比当年的朔黄线高三四倍。

与货运投资的谨慎、拖延相反，刘志军时代铁道部在高铁上大干快上，目前已建成近 1 万公里高铁，累计投资超过 1 万亿元。

北京交通大学经管学院教授荣朝和认为，中国人口多、国土大，建设一定数量的高速铁路是有必要的，但让高速铁路全面开花，甚至“条条新线三百五”（即时速 350 公里及以上）就有问题。他认为，除了少数在人口密集、经济相对发达地区且尚未过度建设的项目，大多数高铁线路开通后将长期难以达到保本所需的运量水平，整个客运专线系统在总体上长期大幅度亏损将不可避免。随着一大批此类项目开通，亏损大幅攀升和偿债剧增的双重压力必然不断加剧铁路全行业资金链的紧张。

根据财新记者此前的调查，从已经开通的高铁来看，京沪、武广、沪宁、沪杭、京津等经济发达地区的高铁客运量超过预期，有望在未来 5 ~ 10 年盈利，但大多数客专会长期亏损，比如开通已久的郑西高铁客运量就很少。

铁路历来是以货养客，以货运的微利来弥补客运的亏损。以 2011 年为例，客运均价是 0.167 元 / 人 · 公里（高铁一般在 0.4 元以上，普客是 0.1 ~ 0.15 元），货运收入 2211 亿元（加上 683 亿元的铁路建设基金是 2894 亿元），客运收入 1607 亿元，货运只要盈利 10% 就可弥补客运近 20% 的亏损。但 2012 年中国铁路的货运周转量下降、成本提高、工资增加，自身盈利都受到挑战，而客运因高铁开通成本升高，所以就连上海这样过去效益较好的铁路局都出现巨亏。

在货运供不应求的情况下，片面地发展高铁，被一些业内人士认为是决策失误。赵坚认为，在西部地区不应建高铁，而应建客货混用、时速 200 公里以下的铁路。

按照刘志军最初的设想，高铁开通之后，原来在既有线上客货混跑的客车减少，能够释放出一部分货运能力。但财新记者调查发现，由于铁路过度依赖煤炭运输，效率低，服务意识差，未能有效组织货源充分消化这些运力，一些线路的货运周转量在 2012 年反而有所下降。

以京沪既有线为例。京沪高铁开通前，既有线北京丰台西到天津段每天各跑 70 多对客车和货车。京沪高铁开通后，对既有京沪线上原有的 47 对列车进行调整，从北京发车的23对动车转移到高铁上运行，同时北京始发的5对列车、天津始发的一对列车停驶。据机车调度人员解释，1列客车从车站通过的时间是20分钟，1列货车通过的时间仅5分钟，1列客车通过的时间至少可通过3列货车。

前述客车的调整为货车运行让出了空间，但货车运行数量不升反降，现在丰台西到天津段的货车仅有60余对，比高铁开通前降了10对。

这一方面是受宏观经济影响，煤炭运输呈下降之势，但更重要的原因在于，铁路因机制困扰，整体运行效率很低，组货能力太差。在美国货运发送量占到24%的集装箱运输，在中国只占总发送量的2.37%。

与公路相比，铁路虽然价格低，但时效性很差，平均装车时间是4天，主要运送煤炭等大宗货物。因为铁路规定必须满轴满长才能发车，装卸大宗物资更方便，而凑小批量的商品时间长，在运行过程中还经常重新解编、重排车次。从京广线下来途经7个路局，很难满足快递和快运高效准时安全甚至实行定制产品的要求。

近几年来，铁路货车的区间运行时间还在加长。

财新记者采访车站调度人员获悉，以前一列货车，从北京到大同装卸车前后要16小时，现在运营时间长达20多个小时。当年从北京丰台西站到天津南仓站4个小时左右，现在要十四五个小时；从石家庄到北京的货车，如不避让客车，运行3～4小时，但实际从发车到接车平均时长高达7个小时。因此客户在短途运输中，宁可选择只有三四个小时且可实现点对点的公路运输。

北京交通大学的一位老专家在十几年前曾专门对此做过统计，货车在路上跑的时间只占整个送达时间的1/3，其他时间都停在车站等车站作业。现在效率有所提高，但货运变化不大，送达速度低，准时性差。

货车周转率低的原因，在于各路局之间壁垒重重。货车运行时间加长与调度衔接有关，同时也体现在车辆维修方面，一辆机车如果出现故障停在另外一个站段，要由自己路局把坏了的机车拉回来修理。

铁道部2011年的统计显示：国家铁路运输业劳动生产率分别完成33.31万元／人、246.18万换算吨·公里／人，同比分别增长12.1%、7.3%。根据美国铁路运输协会的统计，美国 2009 年的货运周转量是 2.45 万亿吨·公里，合人均 1633 吨·公里，是中国的 6 倍多；2011 年收入 674 亿美元、净利 110 亿美元，股本回报率达到 11%，人均创收 45 万美元。

美国宾夕法尼亚大学沃顿商学院运输经济学教授 Gilles Duranton（吉勒斯·杜兰顿）在接受财新记者采访时称："美国的铁路里程是中国的 2 倍，客运量和货运量都远远低于中国，盈利却比中国好。"

他认为，1980 年美国出台《斯坦格斯铁路法》全面放松对铁路运输业的经济规制，是铁路运输业走向市场化的重要转折点。中国首先面对的应是过度管制的问题，然后才是如何提高效率。"美国铁路改革的例子很美，改革后整体效率、盈利上升，这是先由开放市场、放松管制开始的。但美国在改革之前早已建立了很完善的市场体系；相反，中国的铁路是计划经济的结果。这一点非常不同。"

国家发改委的一位官员在接受财新记者采访时直言："货运价格这两年一直在调高，但铁路发送量一直在下降（2012 年下降 0.7%），货运周转量一直在下降（2012 年货运周转量下降 0.9%），这是铁道部自身不懂经营导致的。中国铁路货运过于依赖煤炭，煤炭运量一下降，运量就下降，这还是因为铁道部自身经营意识不够，铁路系统内部市场观念不强，无论客运还是货运都是如此。"

早在 2003 年，铁道部就将中铁集装箱、快运等业务分拆，单独成立公司运营，也不乏铁龙物流这样的上市公司，但在铁道部的各种管制、垄断及机制弊端下，这些公司并未真正独立，发展受阻。

据一家知名电商的物流配送负责人介绍，中铁快运是根据距离、时效、中转路由等指标来收费的，对大客户实行合同价，并有项目组在库房提货，基本能满足准时到达的要求，但没什么服务意识，很难满足客户的定制化需求，且路局与路局之间的衔接不好。

"总体而言，中铁快运的价格比公路要高，1000 公里以内能走公路的我们就走公路，1500 公里以上的公路很少运，我们才走铁路。"上述人士称，"北京到上海的次日达，中铁快运是每公斤 2.31 元（相当于 1.65 元 / 吨·公里，是普货价格的 13 倍），公路是 1 元。北京到广州，公路可以两天送达，每公斤才 1.6 元；而中铁快运是 3.57 元，得 3 天。北京到石家庄，铁路 0.9 元，公路不到 0.7 元；北京到西安，铁路 1.96 元，公路 1.2 ~ 1.5 元。”

据他介绍，火车运输破损率是 6‰，比公路高，因为装卸周转多。保费 3‰，也比公路的 1‰高。

多位市场分析师称，虽然中铁快运 2011 年的收入已经超过 80 亿元（日运送行李包裹约 170 万件，全年运量超 1300 万吨），但因人员效率低，目前仍然亏损。

与中铁快运垄断铁路快运市场一样，中铁集装箱运输有限责任公司也是垄断者。2011 年，中铁集全年完成集装箱发送 489 万标箱，运输收入 124.5 亿元，利润 12.3 亿元。中铁集号称市场化运营多年，旗下的中铁联集在全国建立集装箱中心站，但运营效果仍很不理想。一位接近中铁集的知情人士向财新记者透露，由于和路局不是一个利益共同体，加上各地选址既不连接铁路，又不连接港口，目前建成的 9 个中心站，除昆明以外都运作得不好，与预期的发送量相差甚远。

中铁集旗下的铁龙物流已经上市，2011 年其特种集装箱业务实现营业收入 9.14 亿元，营业利润 1.88 亿元，但也受到很多政策管制，比如特种箱数量、品类、价格都得接受铁道部的管制和审批。

中国的铁路冷藏货运占比也极低，主要原因也是保证不了时效性。水果、蔬菜大多通过大卡车走公路，用棉被和冰袋保鲜，成本反而比铁路冷藏车低。北京到广东走公路要 3 天半，还有绿色通道，铁路要经过好几次重新编组，无法保证时间。运送对价格敏感、时效性强的产品（如水果、生鲜），铁路没有竞争力。

一方面是很多企业想通过铁路运货，但因铁路服务无法保证时效，缺乏弹性，只能改走公路；另一方面，是很多做大宗商品的企业为争夺有限的铁路运输资源，拎着皮包找相关人员获得装车计划，这导致名目繁多的各种隐性费用。在货运价格上，中国的普货运价为 0.12 元 / 吨 · 公里，但这不包括点装费。一位证券分析师介绍，现在一列车 5000 吨，按 0.12 元的运价算运费约 600 万元，点装费至少 30 万元以上，繁忙线路更高。例如大秦线运 1 吨煤大约要 78 元，点装费也得 70 ~ 80 元。

这些费用大多落入了相关环节中介、个人的腰包。2012 年开始，才逐渐进入地方铁路局多种经营公司的账户。

在多位铁路分析师看来，铁路物流在公司化之后会有很大发展潜力，但物流需要时效性、质量保证、产品差异化、服务性强，这些在现行体制下都做不到，目前铁路只是通道，不能提供服务。

从此次政企分开的方案来看，铁路业内人士普遍认为，中国的铁路改革还只是走出了一小步，中国铁路总公司及下属分公司的设立离真正的公司化运营、市场化运作还有很大距离。

在市场人士看来，目前将客专分拆只是把高铁形成的债务与其他债务剥离。中国铁路总公司成立，以及客专（包括高铁车站）、既有线分立，信号、装备乃至票务等独立，还主要是在现有格局下按业务条线分割。而改革的主体应在路局，未来如果不能通过网运分离或者区域公司的成立，将投资运营权、定价权和调度权下放，就无法形成真正独立的市场行为主体，也就无法改变目前铁路行业冗员、低效的局面。

财新记者还从接近铁道部的人士处获知，铁道部希望在中国铁路总公司之下成立独立的工管中心，统一负责未来的客专、既有线投资与改造，包括项目招投标。如果这一设想成行，意味着未来无论网运分离还是区域分割成立的公司都很难实现独立。

之所以出现国家铁路总公司的过渡性安排，关键在于在横切（区域公司）还是竖切（网运分离）问题上，各方至今争议不休。调度权能否下放，是争论的另一大焦点。

2011 年铁道部原部长刘志军下台后，铁路改革的呼声越来越高。铁道部内部也讨论过不同改革方案，比如将 18 个路局变为铁路总公司旗下的 18 个分公司，这是最简单的方案，但被业内一些专家批评，他们认为分割了干线，会导致交易成本过高，是最不合理的方案。又如，成立运营、投资、建设 3 家公司，但建设部分早已剥离出去，这个方案意味着最重要的铁路运输层面没有变化。再如，成立专门的铁路信号、招投标公司，这只是专业化分工，也对整体意义不大。

2012年3月18日，国务院批转国家发改委《关于2012年深化经济体制改革重点工作意见的通知》，明确指出“按照政企分开、政资分开的要求，研究制定铁路体制改革方案”。

按照要求，铁道部应将改革方案报给国家发改委，讨论后再上报。但财新记者从有关部门获悉，这两年来铁道部从未报过改革方案。直到2013年春节前，为全国“两会”机构改革做准备，铁道部、国家发改委才提出了各自的方案。

据财新记者了解，国家发改委不赞成网运分离，认为客货也很难分离。“成立两家以上的区域公司并没有被深入讨论过，可能‘两会’前后还是不会出来。”国家发改委一位官员称，“同时可以兼顾部分网运分离，目前的客专公司模式有点类似网运分离，但不是太规范。比如京沪高铁公司没有调度权，更像一家路网公司。”

目前地方路局合并，隐隐有与区域公司呼应的趋势。北京交通大学的赵坚是网运分离的反对者，认为交易成本高，线路使用费难以确定，如果定价低就要亏损，谁来补贴成问题。2007年，他就提出了成立北、中、南三大区域公司的设想：北方铁路公司包括北京、太原、沈阳、哈尔滨、呼和浩特5个铁路局，以及济南铁路局所属的原济南、青岛铁路分局。中部铁路公司包括上海、郑州、西安、武汉、兰州、乌鲁木齐铁路局、青藏公司等7个铁路局（公司），以及济南铁路局所属的原徐州铁路分局——将徐州局从济南局分出，主要是为了减少陇海线上的分界口数量。南方铁路公司中包括广铁集团、成都、南昌、昆明、南宁等5个铁路局。三大公司成立后，内部还可沿主干线成立分公司，可以形成内部竞争。据他测算，成立两大公司需要交易的运量是10%，分成3家是30%左右。

傅志寰在2000年曾试图在铁路系统推行网运分离的改革，他和部分学者相信，应该保留路网与调度权的统一性，只有网运分离才能达到提高效率与服务、引入竞争机制的目的。剥离出来的路网由国家承担亏损，客运、货运公司都要从路网购买线路和时间，物流公司掌握了充分的货运资源之后也可以去投标。目前客运与货运的车辆和人员都是分开的，客货分离并非难事。当时已经组建了客运公司，后被刘志军解散。

在张文魁看来，横切与竖切各有利弊，区域分离有可能导致局部垄断，难以充分竞争，比如中石油和中石化的南北分割就未能实现有效竞争；网运分离的主要难题在于如何监管路网公司，如何确定线路使用费，以及如何避免交易成本过高。

铁路不改革的成本

铁路部门本来就是计划经济体制的“极品”，不仅垄断封闭、自成系统（包括司法系统），而且颇具军事化色彩。20 世纪 80 年代以来的改革开放潮流当然对这一系统有所冲击，但其改革探索始终未能触及政企不分这一体制症结。直到今天，铁道部仍兼具政府和企业双重职能，既是行业的行政主管部门，又直接经营铁路运输企业，决策程序烦琐而又大搞一言堂，在运营上表现为预算软约束，投资风险没有明确的承担主体，其机制和中国逐步转向市场体制的整体格局极不配套。

当然，铁路改革涉及人员众多，利益格局复杂，铁路本身又有商业性、公益性、自然垄断性相纠结的行业特性，改革攻坚任务繁重，改革出现反复也在所难免。但至世纪之交，铁道部的改革已经进入试点网运分离的关键阶段。所谓“网”系指国家铁路路网基础设施，具有自然垄断属性；而“运”系指铁路客货运，具有市场竞争性。有意将二者实行分离，进而组建国家铁路路网公司和若干客、货运公司，在当时正是朝向政企分开的改革努力。

遗憾的是，2003 年 3 月刘志军接任铁道部部长后，网运分离中止，铁路改革搁置不提，政企融合更为深入。铁路系统虽有些主辅分离、撤销分局的表面动作，但始终未触及垄断根本，未能引发铁路投融资体制、运营与监管分离等制度性变革。数年来，中国经历了两次大规模政府机构改革，而铁道部避身于大部制改革之外，成为唯一未实现政企分开的部委。

改革时机一再被错过。在“强人”刘志军治下，铁道部以极具张力的政企合一模式发展垄断势力，使中国铁路的运营与发展出现畸变。一方面是大谈“跨越式发展”的部长刘志军引领高铁“大跃进”，另一方面是多年铁路运力紧张的局面无从缓解；一方面是高铁发展从战略制定到项目规划运作，决策权由极少数人掌握，缺乏监控缺乏制衡，另一方面是国家整体铁路发展战略搞一言堂，系统内外不同意见专家被迫噤声。

如此行事，其短期结果即令人惊愤：据审计署审计报告，铁道部至2009年年底的负债总额已达1.3万亿元，每年仅还本付息就要733亿元。此外，高铁建设中抢工问题严重，质量监控不到位，也让许多业内人士忧心。

更重大的恶果就是严重腐败。高铁涉及上万亿元投入，整体运作极不透明，预算超标是普遍现象却极少得到追究。铁道部少数人掌握巨额资金，酿成重大腐败案件。此次刘案发生后未几，素有“刘志军左右手”之称的铁道部运输局原局长、原副总工程师张曙光亦被停职审查。

刘志军案发生之际，痛定思痛教训沉重。当此之时，广义的反腐当与具体的铁路系统全面改革相同步，通过改革重新定位中国铁路建设战略，真正确立“建路为民”的目标。无论从哪个意义上看，改革都已拖无可拖。

改革千头万绪，既包括运营体制改革，也包括投融资体制改革，而政企分开实为改革第一步。多年来，尽管改革停滞，但相关探讨并未止步。铁路改革拟议的方案均为市场导向，具体操作方案则歧见纷呈。不同的方案可试点、可竞争，也可在情形各异的地域并存，关键在于权衡利弊，择善而从。但是，改革与开放的原则应一以贯之，政府不应再直接充当经营主体和投融资主体，必须痛下决心实现政企分开，并以放开市场准入和监管垄断企业为核心，建立一整套公平竞争的市场规则。改制后，政府的职责集中为监督垄断企业，维护市场秩序，确保普遍服务及铁路安全运营。

面对铁路供应瓶颈，则当在改革的前提下走开放之路。近年来，中国政府虽耗费巨资修建高铁，但春运难、运煤难年年依旧；同时，黄牛盛行，腐败丛生。实践证明，凡是由计划垄断的领域，就会出现供应短缺；而一旦向市场放开，供应问题就迎刃而解。铁路当改弦更张，以改革促发展，以开放促发展，向各种资本开放铁路投资和运营，让想投资铁路的资金都能投而且敢投。

铁路改革本来就是深水区，且现在欠债颇多，再启改革而且是全面改革必然艰难。然而，不改革只能是代价更大后果更可怕，改革已成唯一选择。

（本文作者系财新传媒总发行人兼总编辑胡舒立）

铁路体制改革下一步

随着刘志军因为腐败问题接受调查，关于铁路体制改革的话题再次升温。一些评论人士认为，刘志军就任部长之后搁置了铁路改革议程，刘志军的去职应该是铁路改革的新契机。不过，如果对铁路改革的复杂性缺乏应有认识，对铁路改革的思路缺乏深入讨论，对铁路改革的推进缺乏坚强魄力，铁道部的人事更迭并不一定会导致铁路体制的实质性改革。

铁路改革缘何搁置

中国是一个处于工业化和城市化进程中的大国，铁路的重要性其实并没有为很多人所认识，许多人只是看到了铁路作为可选择的多种交通运输方式之一的一面，没有看到其他方面，因而对现在发展迅速的高铁也存在过度的质疑。

英国工业革命的兴起和快速的技术进步，与铁路的发展有着极大联系；美国在南北战争之后 30 年里的铁路狂潮席卷美国大陆，铁路里程增长了二三十万公里，对美国的钢铁业和装备业以及整个制造业迅速崛起成为全球最强具有关键性作用，也有力地推动了美国迈向世界第一强国的步伐。有趣的是，中国的辛亥革命与铁路也有着直接联系，因为铁路到底应该由国家经营，还是由外资经营或者民间经营，当时引发了激烈争端。这说明，铁路不但涉及基础设施、制造业发展、技术革命等问题，还涉及经营权、投资融资、资本市场等问题。

中国铁路系统长期实行国家垄断经营、垂直领导、半军事化管理的体制，不可否认，这种体制的形成具有一定的客观基础，并不能完全理解为仅仅是有人想形成垄断、维持垄断。这个客观基础就是铁路存在一定程度的自然垄断性，之所以说是一定程度，在经济学上，就是说成本在一定条件下具有次可加性，但是，当条件改变时，自然垄断性就弱化了。随着时代的发展，完全可以说铁路的自然垄断性大大弱化了，所以，推进铁路体制改革越来越具有可行性。

传统铁路体制的好处是协调性比较强，假设计划经济的大体制真站得住脚的话，这种铁路体制还是符合大体制要求的。但是，中国实行市场经济以来，这种铁路体制的弊端尽显无遗。不说经营效率问题和内部腐败问题，仅就行业规模和发展速度来讲，铁路远远落后于公路、航空、水运等其他运输部门，更是远远不能满足中国迅速膨胀的客运和货运需求。完全可以说，铁路系统是中国计划经济的最后几个堡垒之一。

其实，这种铁路体制的弊病，早在 20 多年前就被认识到了。当时也有一些局部的改革尝试，如设立广深铁路公司等。十几年前，对铁路体制实施系统改革就纳入了高层的视野，不过，由于种种原因一再耽搁。21 世纪初，铁路体制改革一度纳入决策日程，但由于改革太复杂，对方案本身也难以形成共识，还是搁置下来了。

改革并无完美方案

下一步要启动铁路体制改革，最重要的还是明确改革方向，并在此基础上制定路线图，而不是过分纠缠于具体方案。没有瑕疵的完美方案是不存在的，即使在国际上也找不到。纠缠于具体方案，永远都能找到改革的缺陷和不改革的好处，结果只能是改革无限期拖延下去。

在全球范围内，几乎所有的铁路体制模式都遭受着严厉批评。最具有代表性的体制有 3 种：美国的平行线竞争模式，欧洲的网运分离模式，日本的分区域的一体化公司模式。平行线竞争模式的最大好处是有竞争，竞争能促进铁路大发展，促进铁路运输供给的快速增长，并且有利于提高效率和降低运价。美国的平行线竞争模式与私人投资运营是紧密联系在一起的，所以，能够打破政府垄断，促使政府放松管制。但是，平行线竞争模式最为人所诟病之处就是缺乏规划和协调，不但铁路建设一哄而上造成恶性竞争和资源浪费，而且，运营当中也是各管一段，难以实现互联互通。

欧洲的网运分离模式比较好地解决了美国平行线竞争模式存在的严重问题，但是，其路网由政府垄断经营，导致路网运营效率低下，并且长期得不到发展和升级，实际上抑制了铁路发展，排斥了私人资本的进入。运输业务尽管名义上是放开的，可以竞争，但是也受到路网垄断的严重制约，实际上并不具有很强的开放性和竞争性，其效率不彰经常受到批评。欧洲网运分离模式的确立与欧洲小国林立有很大关系，在网运分离的基础上实现路网的一体化就比较好地解决了互联互通问题。另外，这种模式对于政府保障铁路的普遍性服务具有很大的作用。

不过，需要指出的是，哪些基础设施和基础产业需要纳入政府提供普遍性服务的范畴，在全球有很大争议，与各个国家政府的政治倾向、财政能力以及社会习惯都有很大关系，公益性服务并不必然成为选择铁路体制模式的关键制约因素。

日本的分区域的一体化公司模式是在日本国铁曾经一统天下的基础上形成的，也就是说，日本的几大区域性网运一体化的铁路公司是由原来覆盖全国的国铁公司分拆形成的，这是改革路径依赖形成的结果。日本模式由于在一个区域内是一体化经营的，所以，区域内不存在路网和运营公司之间的摩擦问题，避免了巨大的协调成本，使路网和运输之间无缝对接，给客户带来了很大的便利。不过，由于在区域内不存在竞争，日本的铁路系统也比较僵化。日本国土面积不大，竟然将铁路系统分割为若干个区域公司，各自可以独立运营，与日本人口分布有很大关系。事实上，日本有几家区域公司人口稀少，运量不大，与其他区域公司之间不存在复杂的互联互通问题。

总之，各种铁路体制模式都有其优点，也有其缺点，完美的模式是没有的。中国的铁路改革需要借鉴各国经验，也需要结合自己的特点。

迈出第一步

最重要的是，不管哪种模式，都必须遵循一些共同的原则：政企分开，引入竞争，开放投资，放松管制。

下一步的中国铁路改革，在开始的时候其实并不需要陷入具体模式选择之争，只要遵循上述原则迈出第一步，改革进程就会按照自己的逻辑和自身规律进行下去。政府需要做的是在基本监管上下功夫，如保障互联互通，保障运输安全，管制垄断性价格，等等。

首先必须实行政企分开。铁道部既承担铁路建设规划和项目审批以及价格管制等政府职能，又承担路网建设与维护管理及运输组织、运输服务等企业职能，实行政企合一的体制，这在历史上对于中国铁路发展起到了一定作用，但现在远远不能适应市场经济体制的要求。没有政企分开，其他什么改革都无法推进，什么模式都无从谈起，所以第一步必须要实行政企分开。

实行政企分开应该与继续推进政府管理的大部制结合起来，效仿民航体制改革的做法，将铁道部的政府职能分离出来成为铁道总局，并入大交通部或者大运输部当中，留下来的路网资产和运输资产及相应的业务，则设立一个或者若干个企业来承接。究竟是设立一个企业还是设立若干个企业，以及若干个企业到底如何划分资产和业务，当然会涉及模式选择问题。在改革起步的时候，最简单的办法就是回避模式之争，可以只设立一个企业，先解决政企分开问题，然后再根据情况来探讨，是否对这个覆盖全国的网运一体化企业加以分拆以及如何分拆。

在政企分开之后，由于形成了企业，出现了市场主体，就可以引入竞争、开放投资了。只有在路网建设与经营、运输业务经营方面引入竞争，开放投资才有意义；只有开放投资，才能真正形成不同投资主体乃至不同所有制之间的竞争，竞争才会促进效率的提高。在改革的初步阶段，引入竞争、开放投资可以先从增量部分开始，然后再总结经验，并向存量部分延伸。也就是说，可以先对一些规划修建的某一辖区内的支线铁路、运输专线、城际铁路实行开放投资和开放经营的政策，让地方政府、大国有企业以及大民营企业等原铁路系统以外的投资主体来投资建设并经营，从而打破一直以来的大一统局面。

中国很多的地方政府、企业都有进入铁路行业的积极性，地方政府自不必说。愿意进入铁路行业的企业既包括国有企业也包括民营企业，有的是铁路运输的长期客户，如煤炭企业；有的是其他运输企业，如公路运输企业、航运企业；有的是有资金优势愿意从事长期投资的企业。让这些企业进入铁路行业，既可以缓解运输困难或开拓新的市场，也可以引入更多的竞争。尽管这些企业所投资的首先可能是区域性的路段，但其积极意义不可低估。这些企业经过市场竞争，总有一天会成长为大型的线路企业，到那时，对中国铁路竞争格局将会产生巨大影响。只要这种新格局形成，中国铁路业就会像当年的民航业那样，在市场化经营、多元化竞争的道路上不断走下去。

不过，引入竞争最终要向存量部分延伸，也就是说，对从铁道部分离出来的全国性的路网和全国性的运输体系，也要尽力构造一定程度的竞争性。所谓一定程度，是因为铁路在一般情况下所具有的自然垄断性不会完全消失，并不会成为一个经济学上典型的竞争性行业，所以，能引入的竞争就是有限的。这种竞争性的构造，就是要对这个全国性的路网和运输体系适度分拆，这不可避免会涉及在几种模式之间选择的问题。

单纯的美国模式、欧洲模式和日本模式都不会成为中国的现实，最有可能的结果是，我们会走向一种混合模式，既存在平行线竞争，也存在网运分离，更会存在区域性网运一体化公司。

首先，在中国东部地区可以构造平行线竞争，尽管不一定是绝对的平行线，但引入一定程度的竞争是完全可能的。北京到广东、北京到上海之间，其实都具有这样的条件。

其次，是区域性网运一体化公司。风险最低、不确定性最小的模式，可能还是在一个很大的区域内维持网运一体化，将中国的铁路系统分拆成至少两个区域性的网运一体化公司是完全可能的。根据中国人流和物流的分布特点，完全可以分拆出两个对互联互通依赖度不算太高的区域性公司。从电信、石油石化等领域的改革来看，这样的分拆在开始似乎象征意义大于实际意义，但随着时间的推移，实质性的竞争将会出现，它们之间不但会形成比较性竞争，也会出现相互进入的情况，或者会通过发展新生业务来构筑竞争。因此，这种风险低、不确定性小的方式，是完全可以采用的。

再次，是网运分离。网运分离的最大争议之处，就是路网还是垄断的，就像电网与发电分离之后出现的情况一样，更严重的是，网运分离之后的运输安全性受到很大怀疑。不过，中国的铁路系统即使不推行主动的网运分离改革，也会出现一定范围内的网运分离局面。因为，只要有平行线竞争，只要有区域性的网运一体化公司，一家公司的某些运输业务必然会超出自己的路网范围而进入其他公司的路网，这就出现了网运分离。通过这种局部的、有限的网运分离的试验，我们就可以总结经验，根据情况进一步推进网运分离。

企业化经营、竞争性的构造，会进一步促进铁路业对各种资本的开放，并实现铁路业与资本市场的对接，这对于改变中国铁路建设过度依赖国家投资和债务融资的状况具有积极作用，对于促进中国铁路业的进一步快速发展具有重要意义。中国是一个快速发展的大国，城市化在进一步推进之中，铁路业面临的市场是非常巨大的。与许多国家相比，只要经营得当，中国大部分区域的铁路都有可能实现持续盈利。

因此，资本市场将会热烈欢迎铁路企业。国际经验也表明，将商业化条件好的铁道线路上市是完全可以实现的，这样既能够缓解资金困难，还能够改善铁路企业的公司治理，有利于企业更好地面向市场。特别是中国东部地区的一些铁道线路有着良好的业务保障，上市必将能使其面貌焕然一新。另外，通过上市还能够择机出售一部分国有股，收回一部分现金用于偿还债务，这对铁路行业的可持续发展具有积极意义。

当然，需要指出的是，实行政企分开，在铁路行业推进企业化经营，并不意味着所有的铁道线路都变成普通的商业性企业，按照普通的公司法律来建立治理结构，进行商业活动。由于一些线路在相当长一段时期内可能难以盈利，一些线路因为其战略意义并不考虑盈利，因此，国家可以将一些线路企业改组为特殊法人，通过特殊法律来规范政府和企业的关系。

铁路体制的所有改革，都需要政府放松管制。政府首先要放松对具体项目的管制，由企业在国家的规划下自行决定项目并筹集资金。其次要放松竞争性业务的价格管制，并提高垄断性业务的成本透明度。政企分开之后，政府不能再直接从事投资活动、插手经营事务。

铁路体制改革可能比电力、电信、民航、石油石化等领域的改革更加复杂，难度更高。但是，这些领域的改革经验也表明，尽管争议难以避免，方案难以抉择，但改革只要迈出一小步，行业就会前进一大步。

（本文作者系国务院发展研究中心企业所副所长张文魁）

求解高铁债务危机

有人士认为，目前中国铁路的资产负债率约为56%，低于许多国外铁路公司的负债水平，高铁建设不会导致财务危机。事实上，中国大规模高铁建设的债务危机已经存在，并将在“十二五”时期爆发。

做出这个判断的依据在于：

中国高速铁路的建设标准和建设成本过高，规模过大，而铁道部的资金链极为脆弱。建设1公里时速300公里高速客运专线的成本，是建设1公里普通铁路的3倍左右，一列运载1200人的动车组价格是普通列车的5倍左右，其运营和维修费用也远高于普通列车。而中国按世界铁路最高标准建设的高速客运专线里程，即将超过世界各国用40多年时间建设的时速300公里高速铁路里程的总和。世界各国的高速铁路（除日本东京到大阪的500公里能够盈利外）都需要国家补贴才能维持运营，在欧洲高速铁路最发达的法国，政府对铁路的补贴甚至达到总成本的50%。

中国铁路是财务上极为脆弱的部门。铁道部2008年出现全面亏损，2009年据说实现了盈亏平衡，但当年营业收入仅3778亿元，完成固定资产投资则达7000亿元。目前，铁道部主要依靠大规模负债来开展高铁建设。2010年年底，铁道部总资产3.3万亿元，负债达到1.8万亿元。铁道部每年支付的利息费用很快将超过1000亿元，而唯一能够用来支付利息的资金来源，每年的铁路建设基金收入仅500亿元左右，根本不够支付利息。目前，铁道部的债务已经超过其偿债能力，如果没有扩大内需4万亿元投资的支持，不用新的融资来偿还不断增长的利息费用，铁道部的资金链现在就会断裂。

目前，弄清铁路债务的整体状况，及时处理铁路债务危机，制止其进一步扩展已经不应拖延，然而，认识造成中国铁路债务危机的深层次制度根源，推进民主法治建设和政治体制改革则具有更为紧迫和更为重要的意义。

违背科学发展观的铁路发展方式是高铁债务危机的直接原因

中国铁路正在开展大规模建设，资产负债率快速上升是必然的，资产负债率高本身并不是问题，决定铁路债务危机能否发生的关键因素是现金流而不是资产负债率。

而现金流主要来自客流，这首先取决于新开通的高速客运专线上是否能实现动车组的高密度开行，动车组是否有较高的客座利用率，是否能在高票价水平上吸引大量客流；其次取决于在客运专线开通后，能在多大程度上把平行既有线上的客流转移到客运专线上来，实现客运专线的功能定位，尽可能实现客货分线运输，充分释放既有线的货运能力，从而创造足够多的现金流。否则，就无法弥补客运专线的建设运营成本和还本付息。

铁路运输本身的经济技术属性决定了铁路具有运价低、运量大的竞争优势，作为大众化交通工具，应主要服务于大多数中低收入旅客，而中国高速客运专线的目标市场是高收入旅客，这必然极大地减少高速客运专线的客流。这种市场定位本身不仅违背了铁路运输的基本属性，而且违背了“以人为本”的科学发展观，这种违背科学发展观的铁路发展模式是造成高铁债务危机的直接原因。

目前，中国投入运营的高速客运专线普遍存在客流远低于预期、亏损严重的问题。日本东海道新干线的年旅客发送人数在 20 世纪 80 年代就达到 1 亿人次，2008 年东海道新干线每天开行 160 对动车组，年旅客发送人数高达 1.49 亿人次，因而能够盈利。法国任何一条高速铁路的年旅客发送量都没有达到 3000 万人次，中国的京津城际铁路、武广客运专线与法国高铁的客流情况相当，因而亏损严重。郑西高速客运专线每天只开行 11 对动车组，年旅客发送人数还不到 1000 万人次。郑西客运专线至少有每天开行 160 对动车组的通过能力，这类似于建设了 1 座 160 层的豪华饭店，但只有 11 层在营业，而且入住率不到50%，有149层处于闲置状态，债务危机已经是客观存在。

高速客运专线能否吸引较大客流，取决于高铁能够给旅客带来的价值，这是由节约旅行时间的经济价值决定的。中国人均收入水平还很低，节约旅行时间的经济价值也很低。春运期间，普通列车的硬座车票一票难求，而高铁车票随时可以买到。2006年，中国铁路旅客中，83.7%的人是乘硬座出行，10.76%的旅客是乘坐硬卧出行，只有1.26%的旅客是乘软卧出行。大规模的高速客运专线建设实际上是要求今后大部分铁路旅客都要支付比软卧还要贵的票价，坐动车组出行。在中国铁路客运市场，廉价和基本的舒适程度比节约几小时的乘车时间更为重要。为节约几个小时的乘车时间而花费3倍以上的钱买车票，很难被大多数旅客接受。

另一方面，国土面积大小不同的国家，在节约旅行时间的经济价值上具有显著差异，这是因为节约旅行时间的经济价值在一天24小时中是不均等的，节约白天或夜晚的旅行时间具有完全不同的经济价值。

在日本、法国、德国等国土面积小的国家，主要城市间的距离一般不超过500公里，这样，高速铁路就能够使旅客在2小时内到达，因而具有很高的节约白天旅行时间的经济价值。

中国城市和人口分布具有明显的大国特征，主要城市间的距离大多在1000公里以上。在这样长的距离，白天出行飞机比高铁更有竞争优势，晚间出行夕发朝至列车更有吸引力。从北京到上海的列车以每小时200公里的速度运行，晚上10点上车，第二天早晨7点到达，比列车以每小时300公里速度运行，晚上10点上车凌晨3点到达更具吸引力。在卧铺睡一夜不仅可以节约住旅馆的费用，而且不占用白天的时间，夜晚旅行时间的经济价值为负值。

高速铁路技术适用于200～800公里（或2～3小时）的旅行，因为在这种距离内，高速列车比飞机和汽车更有竞争优势。机场通常远离市中心，再加上机场的安全检查及登机时间较长，因此，500公里左右的距离，高速铁路能够比飞机更快。但是，在1000公里以上的距离，飞机比高铁快，高铁没有竞争优势，这已经被日本的实践所证实，也在中国武广高速铁路的运营中得到证实。这是高速铁路的技术经济属性本身决定的，即使未来中国居民收入达到发达国家的水平，这一性质也不会改变。

政企不分、强化垄断是造成高铁债务危机的体制根源

落实科学发展观不仅需要一个部门或地区的领导者转变发展思路，更重要的是要通过深化改革来构建落实科学发展观的体制基础。

然而，2003 年上任的铁道部部长立刻搁置了原本铁道部正在推进的改革，拒绝打破铁路垄断，提出了“铁路实现跨越式发展”的工作思路，把片面追求政绩的客运专线建设放在一切工作的首位。继续维持政企不分、高度行政垄断的铁路运输管理体制，拒绝深化改革，是造成高铁债务危机的体制上的原因。

在铁道部政企合一的体制中，预算软约束问题极为突出，铁道部不直接承担经济盈亏责任，又直接从事投资建设活动，这样，个别领导人片面追求高标准、高速度的客运专线建设就能够利用行政权力全面展开，而对市场前景、经济效益、还本付息的问题不加考虑，因为那是下一届领导班子的事。不仅如此，在铁道部缺乏监管、高度垄断的体制下开展数万亿元的投资建设，出现巨额腐败案件具有某种必然性。

如果在 2003 年或 2008 年中国铁路实行了政企分开的改革，即使铁路行业只有一个垄断的铁路运输总公司，作为要永续生存的企业法人，在从事数万亿元的大规模投资时，也不得不慎重地分析市场前景、投资的经济效益和企业的还本付息能力，不可能开展目前这种根本不计后果的高标准、大规模的高速铁路建设。

铁道部不仅存在政企不分的行政垄断，而且存在信息垄断，这种信息垄断不仅针对社会公众，而且针对中央政府。铁路是技术和管理高度复杂的行业，模糊的信息披露有利于实现铁道部个别领导人的意图，从而摆脱其他政府机构和社会公众的监督。

例如，铁道部在“跨越式发展思路”指导下提出的《中长期铁路网规划》有这样的表述：2020 年，全国铁路营业里程达到 10 万公里，主要繁忙干线实现客货分线，建设客运专线 1.2 万公里以上，客车速度目标值达到每小时 200

公里及以上。该规划 2004 年 1 月经国务院常务会议讨论并原则通过。路网规划中使用了“客运专线”的提法，而没有出现“高速铁路”的字样，这里存在严重的信息隐瞒行为，而铁道部作为铁路行业的行政主管部门，是难以被追究责任的。

首先，客运专线是完全新建还是对既有线实施技术改造？美国奥巴马政府 8500 英里的高速铁路计划，主要是通过技术改造，使 7500 英里的铁路既有线可运行时速 176～200 公里的列车，只有财政上几乎破产的加利福尼亚州准备新建 1256 公里时速为 350 公里的高铁。中国既有铁路经过技术改造，主要干线上时速 200 公里线路的营业里程已经达到 6227 公里，按国际铁路联盟的标准已经是高速铁路。另一方面，中国铁路货运是国民经济发展最主要的瓶颈，中国铁路货运周转量占全社会货运周转量的比例只相当于美国的 50%，运输结构严重不合理。大量适宜铁路运输的货物长期由公路运输，山西省每年有 1 亿吨煤用汽车外运，是在用石油换煤炭。中国需要开展大规模的铁路建设，那么，为什么不新建低成本的货运专线，使既有铁路转变为以客运为主，从而实现客货分线呢？这些问题铁道部没有给出任何解释。

其次，《中长期铁路网规划》中出现的“客车速度目标值达到每小时 200 公里及以上”的表述，是一种故意隐瞒信息的做法。“每小时 200 公里及以上”，可以“以上”到什么程度？每小时 250 公里、300 公里，还是 350 公里？铁路运营时速从 160 公里每提升 50 公里，就是一个技术台阶，铁路路基轨道工程、四电工程、机车车辆或动车组都要上一个新的技术等级，每公里造价都要相应提高，铁路工程总投资都要大幅度上升。

速度目标值是铁路工程项目具有决定意义的设计指标，设计速度目标值直接影响该铁路项目的功能定位、市场定位、线路走向和车站位置选择，并决定了该铁路项目的建设成本和运营成本，同时，间接决定了票价水平。

以京津城际铁路为例，2004 年年底，国务院审议通过了京津城际铁路的可行性研究报告，批复项目总投资为 123.4 亿元，批复可研报告中关于设计速度目标值说法是“每小时 200 公里及以上”。但是，在实际建设过程中，速度目标值被“以上”到时速 350 公里，其概算最后调整为 215.5 亿元，超过可研批复的75%，每正线公里投资额高达1.85亿元，相应的二等软座票价为58元。

据报道，京津城际铁路第一年运营共发送旅客1870万人次，亏损额超过7亿元。由于信息垄断和信息隐瞒，京津城际高速铁路成为只能被接受的现实。

京津城际铁路如果按时速200公里的设计标准建造，项目总投资可以控制在123.4亿元以内，北京到天津的运行时间大约是40分钟，仅比目前的京津城际高速铁路慢10分钟。这是因为最高运行速度每小时300公里的动车组在一个车站停靠后，一个加减速周期需要行驶的距离为26.2公里，而最高运行速度每小时200公里的动车组一个加减速周期需要行驶的距离仅为8.9公里，在不到120公里的距离内，高速铁路的优势发挥不出来。

设计时速200公里的京津城际铁路在短期内就能够达到盈亏平衡并开始盈利，因为它的建设和运营成本低，票价也会降低，因而能够吸引更多的客流。而片面追求高速度高标准建设的京津城际铁路虽然在时间上快了10分钟，却预计在20年内也难以实现盈亏平衡，更不用说归还本金。

铁道部的信息垄断还表现在提出虚假理由继续维持政企合一体制上。铁道部强调，没有铁道部的统一调度指挥，路网的完整性就会受到威胁，铁路运输效率就会下降。这种说法把行车调度的统一指挥和车流调整（与运输管理体制有关）的调度指挥混为一谈，把路网物理的完整性与路网经营管理的可分性相混淆，利用铁道部的信息垄断，使中央政府难以对铁道部实行政企分开的改革。

20世纪80年代中期，日本国铁无法偿还主要因建设高速铁路欠下的3500亿美元的债务，日本政府被迫承担债务并推行铁路改革。日本政府之所以敢于对日本国铁着手改革，是因为日本国铁无法进行信息垄断，日本有大量的民营铁路，国铁巨额亏损而民营铁路能够盈利，这说明日本国铁是缺乏效率的。然而，中国几乎没有民营铁路，铁道部的信息垄断是其能够继续维持政企合一体制的一个重要原因。

政治体制改革有待推进是导致高铁债务危机的根本原因

然而，铁道部的政企合一体制还不能解释造成中国高铁债务危机的最根本原因。印度铁路也是政企合一的体制，但是，印度铁道部并没有片面追求高标准高速度。

印度铁道部曾经考虑过在孟买到艾哈迈达巴德之间建设客运专线，设计速度目标值为时速 200～250 公里。这段铁路是孟买到德里铁路的一部分，长约 490 公里，是印度最繁忙的铁路，相当于中国京沪铁路的沪宁段。2003 年，印度最大的铁路咨询设计公司 RITES（印度铁路技术和经济服务公司）开展了可行性研究，他们得出的结论是：印度不应当建设高速铁路客运专线，因为成本太高，印度老百姓不能承受高速铁路的高票价。RITES 认为，建设时速 200 公里铁路客运专线的投资回报率仅为 2%，而建设货运专线的投资回报率可以达到 11%。印度铁道部后来做出了建设货运专线的决定，并在 2006 年提出了新建 1 万公里货运专线的建设预算，获得印度国会的批准。印度铁道部所以能做出理性的决定，是因为印度政府受到国会的有效制约，印度铁路的所有重大投资计划甚至年度经营计划都要得到国会的批准。

但在中国，涉及数万亿元投资的大规模高速度高标准的客运专线建设，在没有经过不同意见的充分讨论，没有不同铁路建设方案的认真比选，没有经过全国人大批准的情况下，就能够展开大规模建设。

中国铁路 1.6 万公里高速客运专线网的投资规模至少要超过 2 万亿元，相当于三峡工程投资规模的 10 倍。三峡工程尚需要全国人大批准，超过 2 万亿元投资的高速铁路客运专线网怎么可以不经过全国人大批准呢？造成这种状况的根本原因在于中国政治体制改革的滞后和民主法治制度上的问题。中国在制度上给予了政府过多的不受制约的权力，这是造成高铁债务危机的最根本的原因。

对于中国大规模的高速铁路客运专线建设，没有不同意见的争论本身就是不正常的。任何领导人都不会因就任高层职位而具有完全的知识，在重大问题上认真听取不同意见的争论，才可能做出正确的决策。

铁道部为避免出现对大规模高速客运专线建设的批评意见，采取了隐瞒信息和压制发表不同观点的媒体和学者的办法。社会公众不了解时速350公里高速铁路的建设预算和运营成本，更不了解票价要提高到什么水平。高铁投入运营后，媒体才出现了抱怨高铁票价过高的声音。实际上，高票价是在把设计速度目标值确定为时速350公里时，就已经确定了的。天下没有免费午餐，提高速度是有成本的，高成本必然导致高票价。但是，社会公众在事前并不了解高铁票价要高于软卧票价，至少要3倍于目前的火车硬座票价。对成本和价格的不了解甚至使某些律师对铁道部提起诉讼，说铁道部从高铁的高票价中获得巨额利润，因而是严重的垄断行为。实际上，铁道部在高铁运营上正遭受巨额亏损。

2010年年初，针对社会上对武广高铁票价高、上座率低的指责，铁道部运输局称武广高铁平均上座率达到74.4%，武广既有线列车的上座率是78%，二者的上座率基本持平。铁道部运输局解释，“上座率”是上车旅客人数与列车定员之比，这里铁道部再次对公众隐瞒武广高铁运营的真实情况。

国内外的铁路运输企业在运营管理中都普遍统计两个指标来分别反映客车和铁路线路的利用率，即客座利用率（旅客周转量与客座公里之比）和旅客运输密度（旅客周转量与线路营业里程之比）。铁路客运服务的产出是以周转量即人公里来计量的，收入也是从完成的人公里中产生的。客座利用率反映了列车平均每个座位完成的人公里，旅客运输密度反映了平均每公里线路完成的人公里。公众抱怨高铁上座率低，实际上是指高铁的客座利用率低，但铁道部运输局利用公众对铁路专用术语的不了解，重新定义了新的“上座率”的概念。按这样的“上座率”概念，在京沪列车上，旅客从北京上车坐到天津下车，该座位在天津到苏州之间没人坐，又有旅客从苏州上车坐到上海，那么按铁道部运输局的说法，该座位的“上座率”是200%，但该座位的客座利用率还不到20%。铁道部运输局提供这种毫无意义的“上座率”信息，是为了掩盖高速客运专线客座利用率低的真实情况，以便继续推进不符合市场需求的高速客运专线建设。

中国大规模高标准的高铁建设是在已经造成巨大损失后才引起注意的，出现这种状况的原因是中国民主法治制度上的问题，是中国政治体制改革有待积极稳妥推进的结果。2007 年，中共十七大提出，要“深化政治体制改革”，“保障人民的知情权、参与权、表达权、监督权”。但是，要真正落实还需付出更大努力。深化政治体制改革的第一步是要制定政府实行信息公开的法律法规，并逐步深化细化制定出实施细则，因为人民在获取政府行为信息方面处于弱者地位，获取相关信息的成本极高，任何公民个人都很难获得高铁的建设成本、运营成本、运营和盈亏状况的信息。建立起约束政府权力的民主法治制度，政府依法执行信息公开并允许媒体表达不同的声音，不仅是发展民主政治的内在要求，同时是保证中国经济健康快速发展的内在需要，也是建立落实科学发展观的制度基础，这是从高铁债务危机中得到的最重要教训。

（本文作者系北京交通大学经济管理学院教授赵坚）

谨防“高铁大跃进”变种

“7·23”高铁追尾事故引发的对高铁发展方式的思考和讨论，已经取得初步成果：政策层面的降温措施开始执行，专业领域的讨论出现多元化趋势，舆论对高铁的评论渐趋冷静。由此，几年来一浪高过一浪的“高铁大跃进”开始了理性复归。

高铁较快发展根植于中国经济和社会发展到一定阶段所产生的对快捷交通的需求，其成绩也有目共睹。但是，自刘志军主政铁道部以来，高铁的“跨越式发展”越来越呈现为对规模和速度的盲目追求，在很多方面，十分类似 1958 年的“大跃进”。从列车制造技术到工程建设，从区域经济空间的整合到地方产业规划，从出行方式的便捷到生活形态的变革，高铁被塑造成了这个时代的一座新神像，“突破”缤纷而至，“革命”旋踵即来，高铁兴奋弥漫于整个社会。

尤其值得注意的是，刘志军主政下的铁路部门为“高铁大跃进”精心制造了一套“修辞学”。在被刘志军高度赞扬的一篇报道中，高铁被描述为“中国梦”的最佳模本，是“中国人民创造的人间奇迹”（铁道部原发言人王勇平语）。刘本人则是这样描述中国高铁成就的："我国高铁丰富和发展了世界高铁理论与实践，把世界高铁发展水平提升到新的高度，把世界高铁运行品质提升到新的水平，为世界高铁发展开创了一个崭新的技术领域。目前，我国高铁技术创新正在不断取得新的成绩，引领世界高铁发展新潮流。"熟悉中国政治的人对这套语言或许有似曾相识之感。"高铁修辞学"有这样几个关键词：速度不断刷新、本土创新、世界第一、民族自信心和全世界羡慕。这些关键词糅合起来，将高铁塑造成在全球化背景下中国实现崛起的代表性事件。本是一种交通工具的高铁演变为高度政治化的符号，基于便捷出行需求的高铁幻化成显示民族自信心的工具。

"高铁修辞学"向社会传递了两个信号：一是铁道部门围绕高铁所做的一切都是合理的，二是对高铁的质疑有可能变得政治上不正确。在这种不良氛围里，严肃的专业问题无法得到耐心、细致、科学的研究。例如，高铁一再提速，但速度的经济合理性则很少被提及。世界高铁发展经验显示，超过一定速度将导致车辆制造、路基、运营和乘坐成本大大增加。过高的速度使安全性下降本是常识，而支持高铁的专家的结论却是：不同时速下的列车，其脱轨系数都要小于 0.8，中国新一代高速动车组的脱轨系数小于 0.1，远远低于限度标准，中国高铁更安全。对此，一位铁道部前副总工程师对财新记者说："这并不说明高速安全，只能说明我们原来用的数学模型在这么高的速度下不适用。"但这种质疑不被重视，相反，"违反科研规律的行动计划"还是获得通过，更"令人振奋"的跨越目标不断被提出，技术这一高度专业化、累积性的领域在"技术民族主义"的压力下无法得到自由研究。

透过这一套修辞，我们看到了被吴敬琏等经济学家一再批评的那种发展模式，即"政府主导型市场经济"和"威权发展模式"。铁道部是政企合一的体制，它对整个行业形成垄断，它拥有众多企业，它还曾拥有自成体系的公、检、法（目前尚在改制之中）。刘志军主政铁道部之时，科学发展观、转变经济发展方式已成为国家主导思想，但是，这位部长很少谈及转变发展方式，相反，在其任内进一步强化了政企合一的体制，将垄断的优势发挥到极致。有一篇报道这样描述其体制优势："中国铁路运输市场，任何一个车、任何一个配件，都不能分割。”这种抵制竞争、强化统制的发展模式在创造“奇迹”的同时，也制造了虚假繁荣和泡沫，在路内公司越来越强大的同时，大量民间企业被排斥出局；在权力经济规模不断膨胀的同时，腐败也愈演愈烈。

“7·23”事故之后，高铁热开始降温。但是，如果不从根本上对支撑“高铁大跃进”的体制实施改革，不改变其政企合一的威权发展模式，过一段时间，高铁热或许会再次出现。铁道部门的改革已经不可再拖延了。

作为一种发展模式的代表，“高铁大跃进”暴露的弊端应当引起决策者的高度重视。在其他领域，这种旧的发展模式也不同程度地存在。虽然转变发展方式已经提出 20 多年，最近 10 年来更是成为主导性的政策取向，但是，模式转变的任务仍然艰巨，旧体制的基础仍然深厚。即使高铁热最终得到遏制，这套发展模式也一定会在另外的领域找到新出口。因此，全社会应当形成广泛共识，汲取高铁热的教训，谨防高铁式热病再次出现。

（本文作者系财新传媒总发行人兼总编辑胡舒立）

危险的"国家资本主义"

黄　湘

财新关于高铁的一系列报道，揭示了高铁列车高额采购的秘密，政企合一的铁路管理体制的惊人弊端再次暴露。近来，国际舆论描述中国当前发展模式时，屡用"国家资本主义"概括，而高铁模式常被作为例子。因此，在反思动车系列事件之时，我们正可对"国家资本主义"加以辨析。

对于国际上的"国家资本主义"说，中国国内的看法大体可以分为两类。

一类认为，以此解释中国成功并不准确，因为中国取得的经济成就自有一套市场化的动力机制，包括过去30多年农村改革、民营经济成长、对外开放及全球化等。用"国家资本主义"来描述中国发展路径，则于过去是误读，对将来可能造成误导。另一类认为，以市场手段强化国有资本的控制力，特别是在战略领域，提升国有经济实力地位，是中国经济取得成功的标志。虽然他们不使用"国家资本主义"这一概念，但对其理念其实是颇为赞同的。

对"国家资本主义"这一概念，中国经济学界并不陌生。国家资本主义，是指国家资本以政治权力为依托，进入市场与其他资本展开竞争，进而形成市场控制力的一套政治经济体制。在传统的政治经济学中，它是资本主义后期出现的一种金融资本形式。在前社会主义计划经济初期，它侧重国家资本对制高点的占领。在1949年制定的《共同纲领》中，国家资本主义被定义为"国家资本与私人资本合作的经济"，并规定"在必要和可能的条件下，应鼓励私人资本向国家资本主义方向发展"。当然，此后，中国所实行的苏式计划经济，在本质上是排斥市场甚至连国家资本主义也拒斥的。

改革开放以来，特别是近10年来，在市场经济成长过程中，也伴随着国家资本主义的部分复归。不过，这终究只是经济发展的局部，不应成为主流更不是目的地。然而，经过多年反复，在当下中国，国有部门在整个经济中的比重相当高，控制了所有战略性产业，其扩张势头十分强劲。国有资本强化垄断、压制竞争、影响市场公平的负效应日益显著，国有资本与民间资本相比效率低下，更为经验数据所证明。国有资本极易催生部门或其内部人利益最大化，“高铁奇迹”中不断曝出的事故、腐败等一系列丑闻，成为国家资本主义的微观注脚。

经济史表明，国家资本主义的程度是有区别的。在极端情况下，政府会凭借自身的强制力，以权力资本方式对一般资本实施或显或隐的强制，甚至结成裙带关系。在中国的现实政经环境中，国家资本主义若不进行有效抑制，就极有可能滑向权贵资本主义。

市场经济本身并不排斥国家的作用，也承认存在一定数量的国有企业之必要性，特别是在自然垄断领域。但是，一个比较完善的市场体系，需要强调平等的市场主体，需要保持充分的和正当的竞争。要做到这一点，正如制度经济学家奥尔森所说，需要具备两个条件，一是权利的公平，二是不存在任何形式的强取豪夺。正因此，由“国家资本”而“主义”以强化之，与中国所选择的社会主义市场经济模式是不兼容的。

早在1999年，中共十五届四中全会就做出了对国有资本实施战略性调整的决定，要求国有资本从一般竞争性行业退出，国家只保留极少数非由国家来支配不可的领域。这一决定执行至今，现实难尽如人意。

究其原因，在中国，国有资本具有“体制黏性”。由于同国家权力的同构关系，国有资本除了更容易获得金融支持及政府合同，还很容易通过游说，通过庇护自己的法律，实现于己有利的再分配。这种以市场主体的面目出现的特殊利益集团，更易形成市场扭曲。在当前，对这种发展方式已暴露出的种种弊端，必须大声喝止，坚决改革，下大力鼓励发展民营经济，并使国有资本退出一般竞争领域。中国经济在旧模式下发展已经到了临界点，未来能否顺利转变经济增长方式，避免中等收入陷阱，关键即在于此。

中国从来没有宣布过要实行国家资本主义战略，但是，旧体制惯性仍然刺激着国家资本大举扩张。当前对于国际舆论发出的“国家资本主义崛起”

的惊呼，需要冷静思考、审慎对待。我们希望，把国际上的惊呼，变作对中国的盛世危言，成为凝聚改革共识的力量。

如果改革的步伐仍然赶不上国家资本主义扩张的步伐，那么，下一场危机就是国家资本主义的危机。

后　记

///////////

于　宁

2011年一年，我和谷永强以及后来的王晨等几位同事都在围着高铁转。中国高铁从未引起公众如此密集和强烈的关注，不仅因为实权人物刘志军被查，也因为行业投资陡降带来的一系列问题，还因为突发的“7·23”事故。

这一系列事件让我们重新思考中国高铁的发展路径。后来有人批评说中国媒体对高铁的负面报道太多、太过，影响了中国高铁在世界上的形象。但我个人认为对这个垄断行业的报道仍然处于初期阶段，还有许许多多不为人知的人与事。

何谓初期阶段？首先价格不透明，我们做《奢侈动车》时，一项基本工作就是采集价格，这几乎是我20年前刚做记者时干的活儿，而铁路行业往往三四家甚至一两家企业垄断某一市场，供货商与主机厂的关系稳定，报价对外秘而不宣。

其次，像2004年开始的高铁引资谈判这样对中国高铁发展产生重大影响的事件，深度报道非常少，即使现在回溯那段历史，当事者也讳莫如深，这在其他领域是很少见的。我们多年前在做几大银行引入外资的报道时，事件保密性也相当强，但仍然有参与者愿意对外发言，我们每个重大进展都会迅速跟踪报道，信息不像铁路行业这样闭塞。

另一个例证是“7·23”事故报道，事发一周后基本就处于信息封闭状态，参与调查的专家也不敢发声，直到当年年末调查组公布调查结果，还是严控媒体跟进报道。

其三，铁路行业中还隐藏着许多我们一无所知但规模惊人的企业。我们在《奢侈动车》中试图梳理一些行业内的垄断企业，但最终也只是涉及一小部分，比如卫生间、座椅，但实际上这样的例子数不胜数。一个几元钱的开口销，你要主导了这个行业，一两年内就能赚几千万元。当然，诸如王兴（张曙光妻子）这样的中间人就更多，甚至一个跑口记者的妻子都能成为中间人并获益千万元，原因只是因为铁路人脉广。除了已经涉入张曙光案的王兴，这些形形色色的中间人几乎还未浮出水面。

铁路行业利益之深令人咋舌，甚至某些官员也在为企业做营销，因为采购方不仅是中国南车、中国北车，各铁路局、动车段的采购量都很大。而这次调查的层面只涉及刘志军、张曙光及几个铁路局局长，大量的利益中人仍是在位的实权人物，他们甚至庆幸，幸亏有刘志军和张曙光在前面顶着贪腐的帽子，舆论才没有将矛头指向他们。

报道做得越多、越深，我们就越感到这个行业内幕之深深不可测，而且这个行业发生的问题绝不是刘志军和张曙光所能覆盖的。有一位在铁道部待了几十年、跟过几任铁道部领导的消息人士在接受我们采访时提到，某位刘志军下台后被重新重用的司局长，当年其实是刘的铁杆亲信，只是后来仗着跟刘的关系老跟铁道部另一个领导对着干，刘志军实在摆不平才将他外放了出去。不想等刘下台，他反而因祸得福，被当成刘志军排挤的对象而重获启用。

当然，我们对铁路行业的报道不只是批评，批评报道只是揭示行业问题，我们还希望能有建设性，最终是希望问题揭示出来后能帮助高铁未来真正健康发展。

随着采访的深入，我们也看到其中复杂性的一面。比如刘志军，我们的记者在采访中听到一个小故事，让人五味杂陈。春节前，刘志军一人来到北京西站附近，问票贩子票是哪里来的，发生冲突后被打，后来叫来西客站的工作人员才解决，这确实是刘实干的一面。再如：像上海坦达、孙汉本的青岛威奥这样的垄断企业虽然高价获得订单，也未必一定拿得到高利润，如孙汉本根据张曙光的乐观估计进行的扩张反而导致其部分业务亏损。

正因为高铁行业利益之深、涉及面之广、对宏观经济影响之重大，一年来热点不断，才成为我们2011年报道的重中之重。但是，垄断行业的报道并不好做，没有熟悉的人，没有现成的资料，都得靠自己一点点去积累，有时一两周才能见到一个重要的人愿意接受采访，但一旦突破，深谈几个小时，收获则甚丰。所以，我们有时要花一两个月甚至几个月去完成一篇报道，其间要做很多无用功，打很多注定被拒绝的电话，一次又一次鼓起勇气去找某个已经拒绝过我们的关键人，可以说每个字都是这样一点点采访出来的。这对我这样跑了很多年新闻的记者尚且是难事，更何况永强这样才刚刚入行不到一年的新记者！个中甘苦不足为外人道，也不是谁都愿意这样花功夫去做的。

但也正因为有这些门槛，有如此强的挑战性，在我们这种愿意做深度调查报道的媒体人看来，才特别有意义，所以才有了《垄断下的蛋》、《张曙光的秘密》、《奢侈动车》这样的报道，虽然有些人与事我们不能指名道姓，但我们可以向读者保证每个小事例都是真实的。

回想这一年多来的报道，真正的突破始自丁书苗被查。当时我不认识一个铁道部的官员，能依靠的就是过去在金融领域的一点积累。

一天中午，一个做金融的朋友突然来电话说，一个叫丁书苗的老太太被调查了，她以前在铁路边卖鸡蛋，后来认识了刘志军，这个事情很可能牵涉到刘志军本人。

丁书苗何许人也？我们开始迅速搜寻有关她的信息，查询工商资料，可以看到她在铁路及其他行业的诸多投资，但是记者来到博宥集团及其下属的高铁传媒，都没有证实到她被调查。我们当时只有三四个山西的信源确认听说此事，而通常这样的报道我们要从公安或纪检部门得到确认才敢发稿。当时已经是周五中午，最后的截稿期限，到底能否发稿？我又向线人求助，他说已经从5个消息来源确认了。最后编辑决定发稿。第二天中午，线人来电说丁书苗搞的影视制作，向刘志军介绍女人，此时刘志军本人已被谈话，我悬着的心才彻底放下。

刘志军被查之后，非常幸运的是，我认识的一位从事审计的朋友正了解此事，当我听到丁书苗作为大型项目中间人拿几亿元的好处费时异常吃惊。

但是，后来让我更吃惊的是，类似丁书苗这样每年拿几百亿元订单的中间人不是一个，而是一群。

“7·23”突发事件中，媒体最初将报道聚焦在现场，而我们将还原事故原因作为主文，现场报道作为辅文，难度非常大，因为要在短短几天内搞清楚复杂的高铁信号传输技术和自动防追尾系统的运作。当时上海铁路局局长安路生在事故报告会上提到电务的责任，但是温州的电务车间拒绝采访，当事人已经被带走了。给我留下深刻印象的是，当时在温州采访时目睹一位技术人员紧盯着屏幕，眼中透露着害怕、焦虑与不平。第二天我再去时，电务车间主任、副主任的牌子已经被摘掉了。

当时，大家都相信了安路生的解释。但事后发生的一系列事件证明，当时的结论下得太早，电务人为了证明自己不应承担责任，从微机上调出了当时的记录，逐条分析，并在内部论坛披露出来，引起很大的风波。这样的事情以前很少发生，在一向封闭集权的铁路行业更是罕见，这也显示出刘志军离开后，这个过去最坚硬的垄断堡垒已经在内部出现了裂缝。或许也因为此，事故发生后亦有线人看到我们的文章，主动与我们联系，介绍了事故的详细过程，让我们比较早地了解到真相，并刊出了《信号奔命》。

“7·23”之后紧接着是中国北车召回，我们的记者了解到济南动车段发现空心轴存在材质缺陷，并获得有关报告。铁道部派出的专家则称没有问题，是检测设备过于灵敏，而提供检测设备的企业坚信自己的产品。遗憾的是，铁道部及政府其他部门并未对我们的报道《深藏的裂纹》进行公开回应，是否内部展开了相关调查并最终解决隐患也未对外界披露。

在这个忙碌的夏季过后，我们有了大段的空闲时间，终于可以着手写我们一直想写的人物——张曙光。在之前和铁路人的聊天中，我们已经发现这是一个有争议而丰富多彩的人物，非常立体。他的妻子王兴是个重要的中间人，尽管很多人都不知道她的名字，只称其为“张曙光的老婆”。最终，我们通过北京、青岛、福建、无锡以及美国的大量采访，勾画出王兴的脉络与角色，确认她曾代理过美国公司的产品。

从集便器这个小市场，我们摸到一些其他行业的利益中人，并希望能够系统地梳理行业内的垄断企业。我的思路非常简单，既然中国南车、中国北车是上市公司，就应该采购透明，不能让证券市场的投资者为腐败官员埋单，否则就不要成为公众公司。

几经努力，我们终于获得了一份新近的CRH2采购目录，其中一些产品的价格令我们一看就大吃一惊。为什么这么高？是高铁的速度带来的特殊要求吗？这样的高价是真的离谱还是有技术支撑？

我们开始通过向这些企业询价、市场比价的方式来了解采购成本。我们深知高铁有其特殊性，所以花了很多力气去寻找真正可比的价格，比如同业竞争对手的出价。同时，我们试图了解铁道部的招投标体制是如何运作的，铁道部的话语权到底有多大。在四五位记者一个多月的撒网式调查后，我们的结论是确实有部分产品价格高得离谱，比如1000多元的纸巾盒，比如7万元的面盆，事后对方的解释是，这是给VIP乘客使用的。最终，我们从我们调查过的产品中选择了一部分予以公开。而我们调查的动车产品，在整个动车采购体系中所占比例连1‰都不到，在那些我们还没有剥开的领域，还隐藏着多少秘密？

图书在版编目（CIP）数据

大道无行 / 王晓冰，于宁，王晨 等著. — 广州：南方日报出版社，2013.5
ISBN 978-7-5491-0802-2

Ⅰ. ①大…　Ⅱ. ①王…　Ⅲ. ①新闻报道—作品集—中国—当代
Ⅳ. ① I253

中国版本图书馆 CIP 数据核字（2013）第 056363 号

DADAO WUXING

大道无行　　王晓冰　于宁　王晨　等著

出版发行： 南方日报出版社
地址： 广州市广州大道中 289 号
电话：（020）83000502
经销： 全国新华书店
印刷： 北京天宇万达印刷有限公司
开本： 720mm × 1040mm　1/16
印张： 19.5
字数： 297 千字
版次： 2013 年 5 月第 1 版
印次： 2013 年 5 月第 1 次印刷
定价： 39.00 元

投稿热线：（020）83000503　**读者热线：**（020）83000502
网址： http://www.nfdailypress.com/
发现印装质量问题，影响阅读，请与承印厂联系调换

财新图书
Caixin book
series

财新图书
Caixin book
series